Tod an der Pader

Barbara Meyer, Jahrgang 1948, ist in und um Paderborn herum aufgewachsen, studierte dort Mediävistik und Allgemeine Literaturwissenschaften und lebt seit Jahrzehnten in der Nähe des Doms. Sie arbeitet als Autorin für Regional- und Familiengeschichte. Im Emons Verlag erschienen ihre historischen Kriminalromane »Im Schatten des Doms« (2008), »Mord im Hochstift« (2010), »Die Schätze des Bischofs« (2013) sowie aus der Gegenwart die Kriminalromane »Fastenzeit« (2009) und »Mord auf Libori« (2010).

BARBARA MEYER

Tod an der Pader

OSTWESTFALEN KRIMI

emons:

Bibliografische Information der Deutschen Nationalbibliothek
Die Deutsche Nationalbibliothek verzeichnet diese Publikation in der Deutschen Nationalbibliografie; detaillierte bibliografische Daten sind im Internet über http://dnb.d-nb.de abrufbar.

FSC
www.fsc.org
MIX
Papier aus verantwortungsvollen Quellen
FSC® C083411

Umschlagmotiv: fotolia.com/tsitsystems
Umschlaggestaltung: Tobias Doetsch
Gestaltung Innenteil: César Satz & Grafik GmbH, Köln
Lektorat: Carlos Westerkamp
Druck und Bindung: CPI – Clausen & Bosse, Leck
Printed in Germany 2014
ISBN 978-3-95451-377-2
Ostwestfalen Krimi
Originalausgabe

Der Empörer

Ein Engel, adlergleich, stößt steil aus Wolkenschichten,
Den Bösewicht ergreift er bei den Haaren schrill
Und schüttelt ihn und ruft: »Erkenne deine Pflichten!
(Dein guter Engel bin ich, hörst du mich?) Ich will!

Du hast zu lieben, denk daran, ohn ein Besinnen,
Wer arm und lahm, gequält und krank nur immer naht,
Um der Barmherzigkeit Beweis dir zu gewinnen,
Vor Christus breite hin den Teppich guter Tat!

Nur dies heißt Liebe! Und damit dein Herz sich stärke,
Begeistre glühend dich an Gottes hohem Werke:
Dies ist die wahre Lust, die ewig Heil verspricht!«

Dann straft der Engel ihn nach seiner Liebe Maßen
Und züchtigt ihn voll Zorn, und seine Fäuste rasen,
Doch der Verdammte gibt zur Antwort: »Ich will nicht!«

Aus: Charles Baudelaire, »Die Blumen des Bösen«

EINS

»Unglaublich, diese Ähnlichkeit!« Ihr Gegenüber hob die Hand mit der Gabel darin. Aus blauen Augen über glänzend roten Bäckchen starrte er sie an.

Ujunwa senkte den Blick. Sie ahnte, was kam. Weiße – Europäer, Amerikaner – versäumten kaum einmal, sie darauf anzusprechen. Zu Hause passierte ihr das nie.

»Wie heißt sie nur? Diese verrückte Sängerin ...« Die Gabel schwankte vor und zurück. »Warten Sie, gleich hab ich's.« Aus dem Steak auf seinem Teller sickerte hellrotes Blut.

Grace Jones, wen sonst konnte er meinen? Ujunwa sagte nichts, hob lediglich die Schultern. Sie sah ganz anders aus, viel weniger dramatisch. Nur genauso schwarz ...

»Aber klar, das können Sie ja nicht wissen. James Bond gibt's bei Ihnen bestimmt nicht.« Er schlug mit der Gabel in die Luft wie auf ein Stück Holz, aus dem die Lösung, der Name, gleich rieseln würde. »Martin Wrede, Finanzreferent« stand auf dem Schildchen, das er an seine Krawatte geklemmt hatte. Sie war so hellblau wie Wredes Augen. In Nigeria war er wohl nie gewesen, obwohl er in der kirchlichen Verwaltung für die Betreuung der katholischen Projekte in ihrem Heimatland zuständig war.

Wrede war nicht viel älter als sie. Sollte sie ihm erzählen, dass ihre Großeltern zur Zeit der Unabhängigkeit – vor mehr als fünfzig Jahren – schon einen Volkswagen gefahren hatten? Von Grace Jones gab es CDs im Schrank ihres Vaters, und die James-Bond-Filme wurden auch bei ihnen dauernd wiederholt. Martin Wrede benutzte seine Gabel jetzt zum Essen, stach ins Fleisch, kaute und ließ sie nicht aus den Augen.

Ujunwa widmete sich ihrem Salat. Eben erst hatte Antonius von Etteler, Vorsitzender der weltweit tätigen St.-Ansgar-Stiftung, ihre Reisegruppe willkommen geheißen. Er war ein Adliger, ein Graf, was aber in Deutschland – so hatte sie es gelernt – keine Bedeutung mehr hatte. Auf Ujunwa wirkte er herausgeputzt mit dem Einstecktuch im gleichen Rotton wie sein Schlips, der Krawattennadel mit blitzenden Steinen. Sein anthrazitfarbener Anzug sah nach Armani aus.

Neben von Etteler in der Mitte der langen, weiß gedeckten Tafel saßen seine Frau, die er als Gräfin Annabelle vorgestellt hatte, und auf der anderen Seite Bischof Ahmadu Rufai. Er war der offizielle Vertreter des katholischen Sekretariats der CAN, der mächtigen »Christian Association of Nigeria«, deren politischer Einfluss immens gestiegen war, seit der Christ Goodluck Jonathan das Präsidentenamt Nigerias übernommen hatte. Durch die Aufnahme der populären Pfingstkirchen mit ihren Millionen Mitgliedern war die CAN noch stärker, aber auch noch konservativer geworden. Wie ein Lampion in tiefschwarzer Nacht leuchtete die violette Soutane Rufais, die er samt seidenem, ebenfalls violettem Käppchen zum feierlichen Anlass angelegt hatte. Verstohlen musterte ihn der katholische Priester – ein Monsignore als Vertreter des hiesigen Bischofs, dessen Namen Ujunwa nicht verstanden hatte –, der im schwarzen Clergyman neben ihr und dem Bischof gegenübersaß. Seine Begrüßungsrede hatte gar nicht enden wollen.

Viele freundliche Worte hatte Ujunwa von den deutschen Gastgebern gehört, doch am Nachmittag, als sie am Paderborner Bahnhof aus dem Zug gestiegen waren, hatte sie sich nicht eben willkommen gefühlt. »Was wollen denn die Bimbos hier?«, hatte ein Mann gerufen, was ihre Reisegefährten zum Glück nicht verstanden hatten. Als Übersetzerin in der achtköpfigen Gruppe nigerianischer Christen, die das katholische Sozialwerk St. Ansgar anlässlich der großen Ausstellung zur christlichen Mission nach Paderborn eingeladen hatte, sprach sie – Ujunwa Achibola aus Lagos – als einzige Deutsch.

Das seien Fußballfans aus dem Osten, hatte ihr der Assistent des Grafen von Etteler erklärt, Dr. Oliver Bussmann, ein kräftiger, rothaariger Mann mit Dreitagebart, der sie vom Bahnhof abgeholt hatte. In Paderborn gebe es so etwas nicht.

»We are happy to live in a very catholic region«, erklärte der Graf jetzt dem Bischof, und seine Frau nickte dazu. Weil alle Deutschen am Tisch Englisch zumindest radebrechten, war Ujunwa arbeitslos. Ihr fiel auf, dass die Besucher aus Nigeria

besser als die Deutschen mit dem Englischen zurechtkamen, das neben Igbo, Yoruba und Haussa, die sie ebenfalls ins Deutsche hätte übersetzen können, die Amtssprache ihres Landes war. Seit Generationen hatte sie jedes Kind in der Schule zu lernen. Sie selbst hatte – vor ihrer Zeit in Washington, D.C. und nach Paris – zwei Jahre lang in Bayreuth gelebt und für das »Iwalewa-Haus« der Universität Übersetzungen angefertigt.

Bischof Rufai hatte die weiten Ärmel seines Gewands zurückgeschoben und kämpfte mit dem riesigen T-Bone-Steak auf seinem Teller. Salatblätter und Kartoffelspalten schwammen im blutigen Saft. Von Dr. Bussmann, dem Assistenten, wusste sie, dass dies das Lieblingsrestaurant seines Chefs war, der oft bei argentinischen Freunden zu Besuch war und dann gleich St. Ansgars wohltätige Projekte inspizierte, die es auch in Argentinien gab. Nur hier bekomme man ähnlich gute Steaks, hatte der Graf bei der Bestellung gesagt, und alle Männer am Tisch waren seiner Empfehlung gefolgt.

Die Gräfin hatte einen Salat mit Filetstreifen bestellt, ebenso Ujunwa und Regina Okafor, die der Gräfin schräg gegenübersaß. Neben Emmanuel Sabo natürlich, den Regina nicht aus den Augen ließ. Sie war klein und – wie die Deutschen sagten – pummelig, ihr Kopf bedeckt mit vielen kleinen Zöpfen, in die sie heute bunte Perlen geflochten hatte. Der junge Diakon Emmanuel, der an diesem Abend ausnahmsweise ein Kollar trug, war wie Regina in St. Ansgars von Ordensfrauen geleitetem Kinderhaus aufgewachsen und nun auf dem Weg zur Priesterweihe.

»Ich will vielleicht Nonne werden«, hatte Regina – inzwischen Lehrerin an ihrer alten Schule – ihr erzählt, doch die Blicke, mit denen sie Emmanuel bedachte, verrieten etwas anderes. Er hätte auch Ujunwa gefallen können: größer als sie, was in ihrem Land selten war, dazu ausgesprochen hübsch mit dem schmalen Gesicht und dem nur leicht gekräuselten Haar, das er weniger kurz trug als die meisten jungen Nigerianer. Sie hatten vieles gemeinsam, doch das wusste hier niemand.

Ujunwa hielt die Hand übers Glas, als der Kellner ihr nachschenken wollte. In Nigeria galt Deutschland als Land der

Biertrinker, doch wie in Frankreich tranken hier am Tisch fast alle Rotwein. Außer Martin Wrede, dem Finanzreferenten, der gerade sein drittes Glas Bier serviert bekam. Wieder einmal freute sich Ujunwa über ihre schwarze Haut, denn die weiße war doch zu verräterisch.

Nach dem vielen Bier war Wredes Gesicht, das ohnehin zum Erröten neigte, bis hinauf zu den hellen Haarwurzeln dunkelrot gefärbt. Er beobachtete sie immer noch skeptisch, als enthielte sie ihm eine wichtige Information vor. Mit seinen Nachbarn – er saß zwischen Bischof Rufai und Yakubu Oibe, einem der drei Theologiestudenten, die ihn begleiteten – hatte er noch kein Wort gewechselt.

Vom anderen Ende des Tisches, wo sich Daniel Adigwe aus der Verwaltung der CAN angeregt mit Dr. Bussmann unterhielt, schallte lautes, aber schnell unterdrücktes Gelächter herüber. Adigwes runder, kahl geschorener Kopf glänzte vor Schweiß. Ein paar Gläser Wein hatten seine Zunge gelockert; sonst saß er nur still herum und behielt alle im Blick. Als Einziger trug Adigwe afrikanische Kleidung – eine dunkelgraue *Dashiki* in formeller Version, doch die aus dem gleichen Stoff wie das tunikaähnliche Hemd gearbeitete *Kufi*-Mütze hatte er abgenommen.

Auf dem nächsten Platz saß Gräfin Annabelle, eine zierliche Blondine mit großen blauen Augen, die mit Emmanuel und Regina über Kinderschicksale sprach, über Aidswaisen und Straßenkinder, die ohne die von St. Ansgar geförderten Kinderhäuser keinerlei Zukunft hätten. Neben Emmanuel saß der Stellvertreter des Bürgermeisters, der anfangs ebenfalls ein paar Begrüßungsworte an die afrikanischen Besucher gerichtet hatte. Auch seinen Namen – etwas kompliziert Westfälisches – hatte Ujunwa nicht verstanden.

»Stellen Sie sich vor«, sagte die Gräfin zu ihm, »da unten werden behinderte Kinder noch als unwertes Leben angesehen, die durch Folter und Misshandlung entweder vom Bösen gereinigt, sprich geheilt werden, oder eben sterben müssen.«

Ujunwa schämte sich für ihre rückständigen Landsleute.

Der stellvertretende Bürgermeister, ein freundlicher, zurückhaltender Mann, stellte sein Weinglas ab und nickte der Gräfin mit betroffener Miene zu.

Kinder seien die Zukunft der Kirche, führte Gräfin Annabelle aus, und dass es sie mit tiefer Freude erfülle, wenn Kinder, die aus traumatischen Situationen kämen, selbst zu »Boten der Hoffnung« würden. Bei diesen Worten lächelte sie Regina und Emmanuel an. Aus den von den Schwestern allmonatlich versandten Berichten aus Nigeria sei ihr bekannt, dass viele ihrer Zöglinge geistliche Berufswege einschlügen.

Emmanuel machte ein betretenes Gesicht. Ujunwa wusste, dass er sich weniger als Missionar verstand, der den Nigerianern den katholischen Glauben vermitteln sollte, sondern als jemand, der mit Hilfe der jungen Leute die sozialen Verhältnisse in ihrem Land verbessern wollte. Regina dagegen strahlte die Gräfin an.

Von Etteler, der sich vorher auf Deutsch mit dem stellvertretenden Bürgermeister unterhalten hatte, drückte die Hand seiner Frau, die um einiges jünger zu sein schien als er. »Ja, das Elend in den Straßen Nigerias ist groß«, sagte er, ins Englische wechselnd, »und meine liebe Gattin leidet ganz besonders darunter. Wir haben ja selbst zwei Kinder …« Dann wandte er sich Bischof Rufai zu und hob sein Glas. »Es gibt allerdings etwas, das ich an Ihrem Land bewundere, Exzellenz.«

In Rufais breitem Gesicht schien die Sonne aufzugehen. Eifrig nickte er und griff ebenfalls zum Glas. *»You mean …?«* Der Bischof war ein fülliger Mann, doch seine Stimme war erstaunlich piepsig.

»Ich meine Ihre neueste Gesetzgebung, Exzellenz«, antwortete der Graf und verzog das auffallend bleiche Gesicht zu einem Lächeln. »Endlich einmal ein Land, das konsequent gegen widernatürliche Beziehungen vorgeht!«

Rufai nickte heftiger. Die CAN hatte die neuen Bestimmungen, die zum Entsetzen aller nigerianischen Homosexuellen weitaus schärfer ausgefallen waren als in Putins Russland, vehement unterstützt. Der Protest der liberalen Minderheit in ihrem Land – nur acht Prozent der Nigerianer hatte sich gegen das *Jail-all-the-gay*-Gesetz ausgesprochen – war ungehört verhallt.

Auch in Ujunwas Gegenüber kam Bewegung. »Bei uns

dürfen die Schwulen sogar heiraten!«, fiel der Finanzreferent auf Deutsch und an Ujunwa gerichtet ein. Sollte sie das nun übersetzen?

Der Graf achtete nicht auf Wredes Einwurf. »Was Sie aber unbedingt in den Griff bekommen müssen, Exzellenz«, sagte er, während der Kellner sein Glas auffüllte, »das ist die Korruption in Ihrem Land.«

Das Nicken des Bischofs war jetzt verhaltener. Den Blick nach unten gerichtet, zupfte er an den zerknautschten Ärmeln herum. Die Gespräche am Tisch waren verstummt, alle hörten zu.

»Sie kommt uns teuer zu stehen, wissen Sie?« Das Lächeln war aus des Grafen Gesicht verschwunden. »Wir deutschen Katholiken und speziell unsere St.-Ansgar-Stiftung könnten viel mehr Schulen bauen, viel mehr Gutes tun, wenn nicht fast die Hälfte der investierten Gelder – Spendengelder, wohlgemerkt – in dunklen Kanälen versickern würde.« Es klang mahnend, wie von Etteler auf den Tisch pochte. »Allein beim letzten Projekt, ein Kinderhaus in Ilesha, soweit ich weiß, mussten wir vierzigtausend Euro zulegen. Ich werde Ihnen die Abrechnung zeigen.« Er sah zu seinem Assistenten hinüber, der mit einem verhaltenen Kopfnicken alles bestätigte. Sein Gesicht war säuerlich verzogen; er fand es wohl nicht geschickt, in aller Öffentlichkeit illegal gezahltes Geld zur Sprache zu bringen. Martin Wrede nickte ebenfalls zu den Worten des Grafen.

Der Bischof rückte das violette Käppchen auf seinem Kopf zurecht. »Das Problem ist uns – der CAN und ihrer Leitung – durchaus bekannt«, erwiderte er in schleppendem Tonfall. »Wir setzen auf den neuen Präsidenten. Er hat bereits bewiesen, dass er hart durchgreifen kann.«

In der Tat hatte Goodluck Jonathan bald nach seiner Wahl ein paar Behördenleiter und Bankdirektoren verhaften lassen. Er war Christ, und viele verbanden mit seiner Wahl die Hoffnung auf eine Entmachtung der korrupten muslimischen Generäle und Ölbarone, deren Gegenwehr indes – sie hatten natürlich Angst um ihre Pfründe – nicht zu unterschätzen war.

Der stellvertretende Bürgermeister beugte sich vor und ergriff das Wort, bevor der Graf etwas erwidern konnte. »Nun, unsere Frau Merkel hat ja Ihr Land besucht«, sagte er, »und sie ist, wie ich gehört habe, recht zufrieden zurückgekommen. So rasant, wie Ihre Wirtschaft wächst, ist Nigeria für deutsche Investoren ein durchaus interessanter Staat.«

»Durchaus, durchaus«, echote der Bischof nickend.

»Und es ist ja nicht so, als hätten wir hier nicht ebenfalls Probleme. Ich muss leider zugeben, dass es auch bei uns Korruptionsfälle gibt, und es scheint sogar, als sei unser Bundesland Nordrhein-Westfalen in dieser Hinsicht geradezu eine Hochburg.« Der Bürgermeister wandte sich Emmanuel zu. »Und Elend – arme Familien, verlassene Kinder – gibt es auch hier. Drogen, Aids, was Sie wollen.« Er trank einen Schluck Wein, bevor er aus der Arbeit sozialer Hilfseinrichtungen berichtete.

Gespannt hörte Ujunwa ihm zu. Bei der offiziellen Begrüßung hatte er neben einem kleinen Einblick in die Stadtgeschichte auch einige Daten zur Größe und Wirtschaftskraft Paderborns genannt. Alles hatte sich rosig angehört. Schon auf der Fahrt vom Bahnhof in die Innenstadt waren Ujunwa die sauberen Straßen aufgefallen, die Autos ohne Beulen, die hell erleuchteten Geschäfte. Durch die großen Fenster des gepflegten argentinischen Restaurants blickte sie auf eine Straße voller Lichter und auf viele gut gekleidete Menschen. Jetzt wurde eine andere Seite sichtbar: finstere Ecken, in denen sich die Armut, das Elend verbargen, Gewalt in den Straßen und Häusern.

»Wir tun, was wir können«, erklärte der stellvertretende Bürgermeister. »Ganz in der Nähe beispielsweise befindet sich eine Anlaufstelle für Drogenabhängige, die von der Stadt unterstützt wird. So etwas bringt natürlich auch Probleme mit sich.« Er wies zum Fenster hinaus. »Wir befinden uns hier am schönsten Ort Paderborns, auf einer Halbinsel, von den Armen der Pader umgeben. Ein dicht bewachsener Park, verwinkelte Spazierwege, dunkle Nebengassen – Sie können sich vorstellen, was da alles passiert.«

»Nun jagen Sie unseren Gästen mal keine Angst ein, Herr Bürgermeister«, warf der Graf ein und berichtete vom mit Schlagstöcken ausgerüsteten städtischen Ordnungsdienst, der zusammen mit der Polizei die Lage im Griff habe. Das erinnerte Ujunwa wieder an Nigeria. Als von Etteler zu Ende gesprochen hatte, winkte er seinem Assistenten, der einen kleinen Papierstapel ergriff und seinen Stuhl zurückschob.

Doch der Bürgermeister meldete sich noch einmal zu Wort. »Nein, Angst müssen Sie wirklich nicht haben«, sagte er mit einem freundlichen Lächeln. »Denn eigentlich ist Paderborn eine vergleichsweise sichere Stadt. Lassen Sie sich von meinen Worten auf keinen Fall abhalten, das Paderquellgebiet zu besichtigen, und genießen Sie die Wege entlang der Quellbäche. Wenn wir jetzt draußen säßen, könnten Sie ihr Rauschen hören, das einen hier allenthalben umgibt. Ein ganz besonderes Naturerlebnis, das verspreche ich Ihnen.«

Ujunwa nahm sich vor, das auf keinen Fall zu versäumen.

Von Etteler erhob sich und klopfte mit seinem Ehering an ein Glas. Er war groß und von schmaler Gestalt, wohl mittleren Alters, aber jünger wirkend mit den dynamischen Bewegungen und vor allem dem ordentlichen Seitenscheitel im hellen gegelten Haar. Sogar für einen Deutschen war er sehr blass, nicht einmal seine Hände waren gebräunt – hatte es hier keinen Sommer gegeben? Niemand mehr sagte ein Wort.

Dr. Bussmann begann, die Zettel zu verteilen, auf denen das Programm der nächsten Woche aufgeführt war. Ein erster Blick verriet Ujunwa, dass neben all den Ausstellungsbesuchen, Klöster- und Kirchenbesichtigungen für Ausflüge an die viel gerühmte Pader nicht viel Zeit bleiben würde.

»Nach der langen Reise werden Sie müde sein«, meinte der Graf; es sei an der Zeit, die Quartiere aufzusuchen. Bischof Rufai, Daniel Adigwe und Emmanuel Sabo sollten bei ihm im Schloss wohnen, das in einem Nachbarort stand, die Übrigen in einem kirchlichen Gästehaus in der Nähe des Doms. Ujunwa warf einen Blick auf Regina, die ihre Enttäuschung kaum verbergen konnte. Der Graf erläuterte die nächsten Programmpunkte. Im Dom würden sie morgen – am Sonntag – alle zusammen eine Bischofsmesse besuchen, die Rufai mit zelebrieren sollte. Danach waren sie im Kloster, mit dem St. Ansgar zusammenarbeitete, zum Mittagessen geladen.

»Und am Montag, verehrte Gäste«, er nahm die Hand seiner Frau und half ihr beim Aufstehen, »würden meine Gattin und ich uns freuen, wenn wir Sie bei uns in Ettlerbrück begrüßen dürften. Herr Dr. Bussmann wird Sie am Morgen abholen.«

Auf der hell erleuchteten Straße vor dem Restaurant verabschiedeten sie sich von den Deutschen. Der Graf stieg mit den Offiziellen in ein schwarzes Ungetüm von Range Rover, den Dr. Bussmann vor das Lokal gefahren hatte.

Noch als er Ujunwa die Hand gab, hatte Martin Wrede, der Finanzreferent, nicht herausgefunden, an wen sie ihn erinnerte.

»Ich rufe Sie an, wenn es mir einfällt«, kündigte er an. »Dann gehen wir zusammen ein Bier trinken.«

ZWEI

Hatte man sich den Mond damals so vorgestellt? Mit runden Öffnungen wie Fenster ins nachtschwarze Mondinnere, mit fernen Gebirgen und burgähnlichen Gebilden, mit fremden, von geisterhaften Wesen bevölkerten Welten? An Urmel aus dem Eis erinnerte eine der Gestalten, eine andere breitete engelhaft die Flügel aus.

Ganz von allein hatte sich das Buch an der Stelle mit der Mondansicht geöffnet, als Therese es aus dem Regal nahm. Sie war wohl nicht die Erste, die sich davon hatte faszinieren lassen. Generationen gräflicher Kinder hatten aus den Büchern ihr Wissen bezogen, ihre Neugier befriedigt, und die erlauchten Grafen selbst hatten sicher noch als Erwachsene hineingesehen. Therese lag nichts ferner, als sich im Adelsglanz zu sonnen, aber in der gräflichen Bibliothek arbeiten zu dürfen empfand sie als großes Glück.

Wie immer leistete ihr Sir Henry Gesellschaft, ein kapitaler, selbstbewusster Kater mit rötlich marmoriertem Fell, der es sich in einem leeren Regalfach bequem gemacht hatte. Mit zuckender Schwanzspitze träumte er von der Mäusejagd, zu der er sich aber höchst selten herabließ. In vielen Schränken fand Therese Löcher in den Rückwänden, angenagte Lederbände, Mauseküttel, doch Sir Henry verfolgte das Viehzeug nur im Schlaf. Wahrscheinlich hatte er sich wieder an Whiskas satt gefressen.

Angesichts der mit feudaler Pracht eingerichteten Büchersäle wollte Therese gar nicht erst darüber nachdenken, woher der Reichtum kam, der es der Grafenfamilie ermöglicht hatte, die riesigen Bestände durch die Jahrhunderte zu erhalten, zu vermehren und den kostbaren Rahmen zu schaffen, in dem sie ausgestellt waren. Nur wenigen Auserwählten war es erlaubt, in den Schränken zu stöbern oder die Bücher gar auszuleihen. Zu ihnen zählte auch Therese Urban nicht, die den Bibliothekar – einen emeritierten Germanistikprofessor der Paderborner Universität, bei dem sie studiert und der sie dem Grafen empfohlen hatte – während seines Forschungsaufenthalts in Cambridge vertreten durfte. Ihr Aufgabenbereich war klar umrissen, Lesen gehörte nicht dazu. Der Graf war eigen mit seinen Büchern.

Nur wenn niemand hinsah, nahm sich Therese heraus, darin zu blättern, ein paar Seiten zu lesen, vor allem die Abbildungen zu bewundern. Wie die hier vom Mond. Sie schlug das Titelblatt auf, das Werk war aus dem Jahr 1856. Damals hatte es schon gute Fernrohre gegeben, auch die Fotografie war bereits erfunden worden, aber bestimmt hatten noch keine hochauflösenden Teleobjektive existiert, die ein realistisches Bild des Erdtrabanten hätten liefern können. Ein Holzschnitt musste die Sicht des Astronomen veranschaulichen, der im Dienst eines adligen Prälaten im tschechischen Olmütz ins All geblickt und einen durchlöcherten Schweizer Käse gefunden hatte, den phantastische Welten wie Schimmelpilze besiedelten.

Therese stellte das Mondbuch zurück und zog ein anderes heraus. In diesem Saal standen die naturwissenschaftlichen Werke früherer Jahrhunderte mit detailgenauen Zeichnungen raffinierter Apparaturen, die längst überholt waren wie das Olmütz'sche Bild vom Mond. In hundertfünfzig Jahren würden die Menschen wohl ebenso über das rückständige Weltbild schmunzeln, an das Therese heute glaubte. Der nächste Schrank enthielt zoologische Darstellungen. »Der Schmetterlingsfreund« las Therese in goldgeprägten Lettern auf einem der Buchrücken. Ein Schmetterlingsfreund war sie auch. Doch als sie das Titelblatt betrachtete, schauderte es sie. Neben einer Beschreibung der deutschen Schmetterlinge versprach der Autor, ein Realschullehrer, seinen Lesern – wohl vor allem Kinder – eine »leicht fassliche« Anweisung, »sie auf zweckmäßige Weise zu fangen, zu erziehen, zu töten, aufzuspannen, systematisch zu ordnen und aufzubewahren«. Schnell schlug sie das Buch zu.

Das nächste gehörte zu einer von vielen Händen zerfledderten englischen »Animal History« in sechs Bänden aus dem Jahr 1806. Als sie den Band herauszog, entdeckte sie ein Mauseloch, sah aber keine Fraßschäden an den Büchern. Darauf musste sie Joe Richter aufmerksam machen, den Hausmeister, den alle wegen seiner Figur nur den langen Joe nannten. Sie blätterte durch die grob gezeichneten Tierbilder, bis sie zur Darstellung eines Löwen mit Bernhardinerkopf kam, der vor einer afrikanischen Landschaft einen weißen Mann zwischen den Zähnen hielt und davontrug. Ein seltsames Bild. Sollte hier – mitten in der Kolonialzeit – vor den Gefahren Afrikas gewarnt werden?

Eben wollte sie den Text zu der Abbildung lesen, da fuhr sie herum. Stimmen näherten sich, das Knarren des Parketts hörte man schon von Weitem. Sir Henry verließ würdevoll seinen Ruheplatz und stolzierte in die andere Richtung davon. In seiner Bibliothek mochte er keine Besucher.

Therese stellte das Buch zurück und griff wieder zu ihrem Poliertuch. Neben der – meist abschlägigen – Beantwortung von Benutzeranfragen, der Katalogisierung der Neueingänge und dem Abgleich ihrer Verzeichnisse mit denen anderer Sammlungen war es ihre Aufgabe, die Bucheinbände zu pflegen, wozu sie viel Zeit hatte. Also fettete sie, ohne sich jemals zu langweilen, Tag für Tag die Ledereinbände ein und polierte sie liebevoll. Mehrere zehntausend Bände versprachen Arbeit für Jahre, wenn auch nicht ihr, denn ihre Zeit zwischen den kostbaren Werken würde bald vorbei sein. Jedes Buch war speziell für die gräfliche Bibliothek einheitlich in farbiges Leder eingebunden, mit goldgeprägten Zierleisten, Titeln, Verfassernamen. Verheißungsvoll schimmerten die Buchrücken hinter den verglasten Türen, Reihe um Reihe, Schrank um Schrank, Saal um Saal … Therese seufzte leise. Hier hätte sie ihren Urlaub verbringen mögen.

Die Schritte waren im Nachbarsaal zum Stillstand gekommen, wo die geografischen Werke, die Atlanten und Reiseberichte untergebracht waren. Ein riesiger Globus stand in einer Ecke auf einem fein ziselierten Messinggestell. Sicher führte der Graf eine Gruppe wichtiger Besucher herum, denn dann blieb er unweigerlich vor der Vitrine stehen, in der die Reisetagebücher der Gräfin Amalie ausgestellt waren, und erzählte von der glorreichen Familiengeschichte der von Ettelers. Geradezu ehrfürchtig sprach er von Amalie, die eine richtige Prinzessin aus königlichem Geblüt gewesen sei, bevor sie seinen Ahnherrn, den Grafen Adalbert von Etteler, geheiratet hatte. Die beiden hatten zu Beginn des 19. Jahrhunderts den Großteil der Bibliothek zusammengetragen.

Heute parlierte von Etteler auf Englisch. *»They loved to go bathing«*, erklärte er, regelmäßig hätten seine Vorfahren Seebäder in England und auf Norderney aufgesucht. Amalie war die umfangreiche Sammlung zur Bäderkunde zu verdanken, auch medizinisch-balneologische Werke hatte sie angeschafft. Lebendig erzählte sie in ihren Reisetagebüchern vom Alltag in den eleganten Seebädern, wo sie von Kopf bis Fuß bekleidet vom Badekarren aus ins Wasser stiegen, aber auch von rauschenden Festen mit gekrönten Häuptern.

Seine Lieblingsstelle las der Graf regelmäßig vor, heute übersetzte eine Frauenstimme den Text. Es ging darin um Amalies Gatten, der sich während des Aufenthalts um kaum jemanden scherte, sondern von früh bis spät auf die Pirsch ging. In nur einer Saison hatte er auf Norderney siebenhundert Kaninchen und dreihundert Vögel geschossen. Der heutige Graf war ebenfalls begeisterter Jäger. Von seinem Ahnherrn hatte er Wälder genug geerbt, wo er auf alles schießen konnte, was sich bewegte.

Den zweiten Teil seines für diesen Ort bestimmten Vortrags ließ er heute aus, wie immer, wenn er die Leute vor ihm für zu beschränkt hielt, um für Fragen der Wissenschaft Verständnis aufzubringen. Das hatte ihr Oliver Bussmann verraten, der Assistent von Ettelers, der nur zu gern über seinen Chef lästerte. Kamen Akademiker zu Besuch, erzählte ihnen der Graf, dass er seine Bibliothek gern für die wissenschaftliche Aufarbeitung zur Verfügung stelle und dass bereits zahlreiche Professoren und ihre Hilfskräfte aus den verschiedensten Disziplinen hier geforscht hätten. Was er nicht erwähnte, war, dass ohne eine Empfehlung ihm bekannter Wissenschaftler, ersatzweise kirchlicher Institute oder hochrangiger Kirchenleute, kaum jemand einen Fuß auf das glänzende historische Parkett setzen durfte.

Das Getrappel im Nebensaal hatte wieder eingesetzt und näherte sich der Tür des Saals, in dem Therese eifrig ein Buch nach dem anderen zur Hand nahm, es einfettete und dann mit zarter Hand polierte. Das konnte sie, ohne hinzusehen. Ihre Augen wurden groß, als sie die Besucher erblickte. Als wären sie dem Buch mit dem merkwürdigen Löwen entstiegen, das Therese vorhin schnell weggestellt hatte, ging ein Afrikaner nach dem anderen an ihr vorbei, nickte ihr zu und sah sich in dem riesigen Raum um. Das viele Schwarz um ihn herum brachte den hochroten Kopf des einzigen Weißen – ein kleiner Dicker im grauen Anzug – noch mehr zum Leuchten. Als Letzter kam der Graf in Begleitung eines gewichtigen afrikanischen Würdenträgers mit einem edelsteinverzierten Kreuz auf der Brust. Er trug eine violett gepaspelte Soutane – sicher war er ein Bischof.

»Später werde ich Sie noch Sir Henry vorstellen«, sagte von Etteler, als er an ihr vorbeiging, auf Englisch zu seinem Begleiter, der eifrig nickte. Das war der Lieblingsscherz des Grafen. Therese nahm er gar nicht wahr. Sie wartete auf Oliver Bussmann, doch der war nicht dabei.

Eine große Frau mit tiefschwarz schimmernder Haut, deren aufrechte Haltung und rasierte Kopfseiten Therese an eine Massai erinnerten, stach aus der Gruppe hervor. Sie hatte nur einen Blick auf die prunkvollen Gemälde und fein gearbeiteten Schränke geworfen und quetschte sich fast die aristokratische Nase an einer Glastür platt, um die Aufschriften auf den Buchrücken besser lesen zu können. Sie sah alles andere als beschränkt aus. Der kleine Dicke stand neben ihr, zeigte auf die Bücher und erklärte etwas. Sie nickte nicht einmal dazu. Eine zweite Afrikanerin war kleiner und rundlich, ihr Haar zu vielen kleinen Zöpfen geflochten. Soweit Therese sehen konnte, waren sie die einzigen Frauen. Beide trugen Jeans und Blazer in universellem Bürodesign.

Einige der Männer hatten ebenfalls Jeans an. Einer – ein hübscher mit nicht allzu krausen Locken – trug eine khakifarbene Leinenhose und ein aquamarinblaues Hemd, das zu seiner dunklen Haut hervorragend passte. In einer Hand hielt er ein Papier, das in einer Prospekthülle steckte. Ein älterer Schwarzer mit kräftiger Figur in einer grauen, Ton in Ton bestickten Tunika, die ihm bis zu den Oberschenkeln reichte, wischte sich mit einem weißen Taschentuch unablässig den Schweiß vom kahl geschorenen Kopf. Er schien als Einziger nicht viel Interesse für die Bücher aufzubringen, sondern starrte zur stuckverzierten Decke empor. Er schaute kaum hin, als der Graf einen Folianten aus dem Schrank zog und seinen afrikanischen Gästen zeigte, dass man sich auch im abgelegenen Westfalen in der Fauna und Flora ihres Kontinents auskannte.

Im nächsten Saal konnte von Etteler ein weiteres Mal die Weltläufigkeit des gräflichen Hauses beweisen. Therese rückte mit ihrem Polierzeug ein paar Schränke weiter vor, um die exotischen Besucher weiter im Auge behalten zu können. »Neugier« sei ihr zweiter Vorname, behauptete nicht umsonst ihr Freund Michael. Nebenan lag in einer immer verschlossenen Panzerglasvitrine einer der größten Schätze des Grafen, nämlich der 1705 in Amsterdam erschienene Erstdruck der *Metamorphosis insectorum Surinamensium* von Maria Sibylla Merian, mit von ihr selbst entworfenen Kupferstichen, die sie nach dem Druck mit Hilfe ihrer Töchter eigenhändig koloriert hatte. Eine Rarität – mehr als sechzig Exemplare waren damals nicht hergestellt worden. Der Graf hob den Folioband heraus und legte ihn auf dem Vitrinendeckel ab.

Als er die halbmeterhohen Seiten vorsichtig eine nach der anderen umwandte, hätte sich Therese zu gern der Gruppe angeschlossen. Sonst stand sie immer nur vor der abgesperrten Vitrine und starrte auf Tafel XVIII, die der Graf nach jeder Besichtigung wieder aufschlug. Inzwischen hasste sie die fette schwarze Spinne, die auf einem bunten, elend auf dem Rücken liegenden Kolibri mit erbarmungswürdig vorgerecktem Schnabel hockte. Zwei Jahre hatte die Merian, nur von einer Tochter begleitet, in den unzugänglichen Urwäldern Surinams verbracht, von 1699 an, das stelle man sich vor. Sechzig farbige Bildtafeln waren die Ausbeute, da musste es in dem Band doch auch weniger grausliche Darstellungen der surinamischen Insektenwelt geben.

Die schöne große Frau beugte sich ganz fasziniert über den Bildband. Therese schaute auf ihr dichtes schwarzes Haar, das mindestens fünf Zentimeter in die Höhe stand. Die Afrikanerin streckte eine schmale Hand mit langen Fingern aus und fuhr sachte, fast ehrfürchtig über eine Zeichnung. Was hatte sie da wohl entdeckt? Als der Graf ein Geräusch machte, das sich wie »Ksch« anhörte, und abwehrend mit der Hand wedelte, fuhr sie hoch und zog hastig die Finger zurück. Mit einer wenig freundlicheren Handbewegung gab er der Gruppe zu verstehen, dass es weiterging. Den Merian-Band ließ er auf der Vitrine liegen.

Therese lockerte ihre Halsmuskeln, die von all den verstohlenen Blicken über die Schulter ganz verkrampft waren. Da nahm sie aus dem Augenwinkel heraus eine Bewegung wahr. Der lockenköpfige junge Mann hatte von Etteler am Ärmel gefasst und hielt ihn zurück. Dieser wehrte seine Hand ab, blieb aber stehen. Mit gedämpfter Stimme, zu leise, als dass Therese ihn hätte verstehen können, redete der Afrikaner auf von Etteler ein, zeigte ihm das Papier und deutete mit dem Finger auf einzelne Stellen, doch der Graf schaute gar nicht hin. Er drehte sich um und schritt davon, warf aber noch ein paar Worte über die Schulter zurück, von denen Therese nur »honorable« und »country« verstand. Der junge Mann sah ihm nach und schüttelte heftig den Kopf. Dann trat er an die Vitrine und steckte sein Papier zwischen die Seiten der surinamischen Zeichnungen Maria Sibylla Merians.

Erst eine gute Weile später sah Therese, wie die pummelige Frau mit den lustigen Zöpfchen dem Afrikaner im aquamarinblauen Hemd folgte. Sie musste während des Gesprächs vor einem der Schränke gestanden haben. Warum bewegte sie sich nur so hölzern?

Die Stimme des Grafen, die in den offenen Sälen lange nachhallte, war endlich verklungen. Eben wollte Therese in den Nachbarraum gehen, um rasch Maria Sibylla Merians Zeichnungen zu bewundern und auch deshalb, weil sie neugierig war, was es mit dem ominösen Papier des jungen Schwarzen auf sich hatte, da hörte sie wieder sich nähernde Schritte aus der Richtung, in der die Besuchergruppe verschwunden war. Eilig huschte sie zurück zu ihrem Schrank und nahm die Dose mit dem Lederfett zur Hand, das angenehm nach Zitrone roch.

Es war ihr Kollege Oliver Bussmann, der von der anderen

Seite, von den Privaträumen der gräflichen Familie her, die Bibliothek betreten hatte. Mit Bedauern sah Therese über ihre Schulter hinweg, wie er den Merian-Band zurücklegte und den Schaukasten zuklappte. Von Etteler musste ihn beauftragt haben, die Vitrine zu verschließen. In der Hand hielt er den Schlüsselbund des Grafen, als er durch die offene Tür zu ihr hinüberkam. Heute trug er wieder den Lodenjanker, der ihm besonders dann, wenn er im Range Rover des Grafen unterwegs war, das Aussehen eines Landadligen gab. Ein englischer Landadliger – mit rötlichem Haar und exakt auf drei Millimeter Länge getrimmtem Bart. Von Etteler hingegen – der echte Landadlige – sah in seinem dreiteiligen Anzug aus wie ein smarter Geschäftsmann. Im Jägerdress lief er nicht einmal im Garten herum, und die Bibliothek würde er so nie betreten. Oliver musste den Grafen auch begleiten, wenn er auf die Pirsch ging, durfte aber selbst nicht schießen.

»In dem Merian hat einer von den Besuchern ein Blatt Papier versteckt«, sagte Therese zu ihm.

»Das geht mich nichts an«, gab er zurück. »Ich sollte nur die Vitrine abschließen.« Allzu gern spielte er nicht den Kofferträger des Grafen.

»Ach so.« Er hätte sich ruhig mehr Zeit lassen können. »Wo warst du überhaupt?« Sonst war es Bussmann, der die Schränke und Vitrinen aufschloss und herausnahm, worauf der Graf zeigte. »E.T. musste alles allein machen.« E.T. – weil alle gräflichen Fahrzeuge mit ET für Etteler gekennzeichnet waren – nannten die Bediensteten den Chef nur dann, wenn sie ihn weit weg wussten. Manchmal hatte er tatsächlich etwas von einem Außerirdischen.

»Hat er wieder mit seinen königlichen Vorfahren geprotzt?«, fragte Bussmann und ging in den Nachbarsaal hinüber, wo er überprüfte, ob die Vitrine mit Amalies Tagebüchern ordentlich verschlossen war.

Therese trat zum Fenster und sah hinaus in den Garten. Auch heute gelang es ihr nicht, mit den Augen den ineinander verschlungenen Linien der barock angelegten Blumenbeete zu folgen. Der Himmel war trübe, September eben. Seit Tagen war es viel zu kalt. Über dem großen Teich am Rand des Parks lag sogar Nebel. Der schwitzende Afrikaner fiel ihr ein. Er müsste eigentlich ganz andere Temperaturen gewohnt sein …

Unten stand Hans Mikus, der Gärtnermeister, zwischen seinen Dahlien, die in allen Farben blühten. Als er die Hand hob, winkte sie zurück. Den langen Joe sah sie nicht, er hatte wohl im Haus zu tun.

»Ich sollte doch die Italiener aus Ahden abholen«, erklärte Bussmann, als er zurückkam.

»Ja und?« Die Italiener waren eine Besuchergruppe aus dem Vatikan, die von Etteler, Chef der international vernetzten St.-Ansgar-Stiftung, anlässlich der Credo-Ausstellung eingeladen hatte.

»Sie waren nicht da. Flugzeug verpasst. Ich hab in Rom angerufen, da hatten sie gerade eine Maschine gechartert. Ich hoffe nur, sie sind rechtzeitig zum Begrüßungsessen beim Argentinier da, sonst wird E.T. nöckelig.«

»Dann wird das Essen noch blutiger als sonst.«

Oliver grinste. »Seine Flinte wird er wohl zu Hause lassen.«

»Was steht denn morgen an?«

Er zog einen Zettel aus der Tasche. »Morgen schleppt er alle Besucher in die Credo-Ausstellung. Mittagessen im Domhof.« Der Domhof lag in engster Nachbarschaft zum Diözesanmuseum mit dem ersten Teil der dreiteiligen Ausstellung über die christliche Missionierung Europas.

»Das passt«, sagte Therese. »Sie werben mit ›Credo spezial – Die besten Burger der Stadt‹.«

»Ja. Ich hab auch schon Credo-Sekt gesehen, die Flasche zu siebzehn fünfzig.« Amüsiert verzog Oliver das Gesicht. »Abends gibt's dann einen frugalen Imbiss bei den Nonnen des Gästehauses. Das wird E.T. nicht schmecken.«

»Nein.« Der Graf war nicht eben als Vegetarier bekannt.

»Mittwoch und Donnerstag das Gleiche.« Er steckte den Zettel wieder ein. »Ich glaube ja nicht, dass diese Schwarzen sich für die Ausstellung begeistern können.« Seine schmalen grauen Augen, aus denen es blitzte, wenn er lachte oder wütend war, waren heute noch kleiner als sonst.

»Ich denke doch«, sagte Therese. »Die Bücher haben sie auch interessiert.« Sie selbst hatte ebenfalls einiges darüber gelesen, wie die Christen mit vereinten Kräften Afrika missioniert hatten. »Woher kommen sie denn?«

»Aus Nigeria. Afrika, wo es am schwärzesten ist. Ich sage nur ›Nigeria-Connection‹.«

»Aha.« Den Ausdruck hatte Therese bereits gehört, verband mit ihm aber nur eine vage Vorstellung von organisierter Kriminalität. Sie nahm sich vor, später danach zu googeln.

Bussmann gähnte. »Ich leg mich aufs Ohr, der Abend wird lang genug. Den Italienern hab ich gesagt, sie sollen mit dem Taxi zum Argentinier fahren.«

»Erzähl ihm aber das mit dem Blatt Papier.« Oliver traf den Grafen öfter als sie.

»Mmh.«

Mit dem Schlüsselbund klimpernd, verließ er die Bibliothek durch den anderen Eingang, der zur Rückseite des Schlosses führte. Kurze Zeit später sah Therese ihn durch den Park zum Kavaliershaus gehen, in dem Gäste untergebracht wurden und er ein Appartement hatte. Weit dahinter lagen die Gewächshäuser, wo der Graf Karnivoren züchtete, sein ganzer Stolz, den er keinem Besucher vorenthielt. Die Nigerianer würden heute viel zu laufen haben.

Therese trat vom Fenster zurück und ging wieder an ihre Arbeit. Sie durfte nicht vergessen, Joe Richter, wenn er am Nachmittag wie üblich bei ihr hereinschaute, über das Mauseloch zu informieren.

DREI

»Guck mal.« Therese tippte mit dem Finger auf eine Überschrift in der Paderborner Tageszeitung, die vor ihr auf dem Frühstückstisch lag. »Jetzt haben wir auch unseren Schnappi.«

»Mmh«, kam von Michael, dessen Kopf hinter dem Sportteil verschwunden blieb. »Hab ich schon im Radio gehört.«

»Leguan JJ ist ausgerissen« verkündete das Blatt in großen Lettern und erinnerte an die Alligator-Schildkröte, die »fast ganz Bayern« in Atem hielt. Schöne Formulierung, »fast ganz« – damit konnte man nichts falsch machen. Die Polizei suchte nach dem Reptil.

JJ – das musste man wohl englisch aussprechen. War er nach irgendwem benannt? Im Artikel stand nichts darüber. Aber die Bevölkerung wurde gewarnt: Leguane seien zwar Pflanzenfresser, doch sie hätten scharfe Krallen und spitze Zähne …

»Leben Leguane eigentlich am Wasser?«, wollte sie von Michael wissen. »Was ist, wenn er jetzt die Pader unsicher macht?«

»Du spinnst doch«, murmelte der Fußballer, dessen Gesicht in Großaufnahme das Zeitungsblatt vor ihrer Nase zierte. »Dem ist es viel zu kalt hier.«

Die Sonne schien durchs Küchenfenster und zeigte Therese, dass es dringend geputzt werden musste. »Vielleicht wird's jetzt wärmer.« Nicht nur für den Leguan wäre das angenehm. »Wenn das Wetter so bleibt, können wir heute Abend noch mal draußen sitzen.«

»Bin sowieso nicht da.«

»Hm.«

Michael blätterte um. Therese goss sich neuen Kaffee ein und vertiefte sich wieder in ihre Zeitung. Der Wahlkampf – in knapp vierzehn Tagen sollte ein neuer Bundestag gewählt werden – füllte wieder mal die Seiten und hatte sich jetzt auch des Dauerbrenners unter den Paderborner Themen bemächtigt. Den ganzen Sommer über war in Berichten, Kommentaren und vielen Leserbriefen darüber diskutiert worden, ob die katholische Bonifatiusschule zu Recht einem muslimischen Schüler die Aufnahme verweigert hatte, weil ihn dessen Eltern nicht am christlichen Religionsunterricht teilnehmen lassen wollten. Eine brisante Frage und typisch für Paderborn, denn hier gab es fast nur christliche Schulen. Inzwischen hatte das Verwaltungsgericht dem Schulleiter recht gegeben. Politiker aller Parteien hatten sich bereits zu Wort gemeldet; heute forderte die grüne Landtagsabgeordnete, die Bekenntnisschulen abzuschaffen, und die Jungen Liberalen sprachen sich für deren Erhalt aus. Wenn Therese für die nächste Kommunalwahl den Koalitionspartner der CDU – unweigerlich war sie wieder die größte Partei – vorhersagen sollte, wäre wohl die FDP der heißeste Tipp.

Das zweite große Thema des Sommers war die Credo-Ausstellung, obwohl die Berichterstattung inzwischen auf die hinteren Seiten gerutscht war. Therese blätterte um, sie war neugierig, ob die nigerianischen Besucher ihres Arbeitgebers erwähnt wurden. Farbe gab es hier hinten nicht mehr, und so erschrak sie beinahe, als ihr eine Reihe schwarzer Gesichter über schwarzer Kleidung, Dunkelmänner allesamt, entgegenschaute. Nur das Weiße der Augen stach heraus. Geisterhaft bleich erschien der Kopf des Grafen dazwischen. Erst auf den zweiten Blick erkannte Therese die große Frau, die ihr in der Bibliothek aufgefallen war. Sie stand in der zweiten Reihe, neben ihr der Deutsche mit dem roten Schädel, der auf dem Foto genauso dunkel wirkte wie die Köpfe der Schwarzen. Die Kleine mit den Zöpfen – ebenfalls in der zweiten Reihe – war kaum auszumachen. Therese leerte ihre Kaffeetasse und las die wenigen Zeilen unter dem Bild.

Eine offizielle Delegation der »Christian Association of Nigeria, kurz CAN«, schrieb der Berichterstatter, Gäste der St.-Ansgar-Stiftung, die – angeführt von einem Bischof – aus Anlass der Credo-Ausstellung nach Paderborn gereist seien. Afrikanische Namen, aber einige der Besucher waren auf christliche Vornamen getauft. Der rotköpfige Dicke – er wich der schönen Afrikanerin wohl nicht von der Seite – war Martin Wrede, Finanzreferent einer Paderborner Kirchenbehörde. Die Besuchergruppe stand vor dem Paradiesportal des Doms.

Therese schob die Zeitungsseite zu Michael hinüber. »Die waren gestern in der Bibliothek«, sagte sie. »Sie kommen aus Nigeria.« Die Sportseiten sollte er inzwischen auswendig gelernt haben.

An einer Bewegung seiner schwarzen Locken erkannte sie, dass er den Kopf wandte. Immerhin. Eine Hand erschien, das Blatt wurde zurückgeschoben. »Mir wird schlecht, wenn ich diesen Grafen nur sehe.« Dann senkte er die Zeitung und gönnte ihr für einen Moment den Anblick seiner blitzeblauen Augen. »Kannst dich gleich dazustellen. Vielleicht lässt er dich dann ja auch die Negerlein missionieren.«

Dass sie mit der »Sklavenarbeit«, wie Michael ihre in der Tat nicht sonderlich anspruchsvolle Beschäftigung nannte, angeblich dem Grafen »den Neger machte«, war ein ständiger Streitpunkt zwischen ihnen.

Therese stand auf und räumte ihre Tasse weg. Die Sonne schien, und sie wollte sich nicht ärgern. Es war ohnehin Zeit, nach Ettlerbrück aufzubrechen. Wenn schon nicht Michael, der alte Griesgram, so warteten doch sechzigtausend Bücher auf ihre liebevolle Hand.

***

Neptun war doch wohl ein heidnischer Gott?

Der Neptunbrunnen sei als Treffpunkt ausgemacht, hatte Martin Wrede erklärt. Hier irgendwo musste das Museum sein, das sie heute besuchen sollten. Es sprang ihr geradezu ins Auge: »CREDO – Christianisierung Europas im Mittelalter« stand auf einem riesigen Transparent über dem Eingang, der von Menschengruppen umlagert war. Das runde Logo in Rot-Gold – zwei Männer, die sich nahezu verliebt anschauten – war ihnen überall begegnet. Im homophoben Nigeria hätten die Plakate nicht lange überlebt.

»Wir stehen hier vor dem Dom …«, führte Martin Wrede aus, als hätte man den übersehen können. Ujunwa übersetzte brav. Wrede hatte sich in den letzten Tagen als ihr ständiger Begleiter entpuppt, der sein Amt als offizieller Betreuer der

Gruppe ernst nahm. Schon beim Frühstück tauchte er in ihrer klösterlichen Unterkunft auf, verbrachte mit ihnen den Tag und versäumte es abends nie, Ujunwa auf ein Glas Bier einzuladen. Dass sie dazu zu müde sei, war nicht einmal gelogen gewesen.

Wrede erklärte im gewichtigen Ton eines Stadtführers, welche Funktion der Dom – die Bischofskirche – und die mit ihm verbundenen kirchlichen Behörden im Leben der Diözese spielten. Satz für Satz übersetzte Ujunwa seine Ausführungen, obwohl niemand ihr zuhörte. Zwei der Studenten unterhielten sich leise auf Yoruba, der andere schaute sich die Passanten an, und Regina hatte sogar Stöpsel in den Ohren und hörte ihre *Juju*-Musik. Wenn Emmanuel nicht in ihrer Nähe war, interessierte sie sich für nichts. Jetzt ging Wrede dazu über, die Baugeschichte des Doms zu erläutern, sprach von romantischem Stil im Westen und Gotik im Osten. Ujunwa unterdrückte ein Schmunzeln. Romanik und Romantik hätte wohl nicht einmal Regina verwechselt, nicht, nachdem sie sich in tagelangen Seminaren auf die Reise ins Land der christlichen Kirchen vorbereitet hatten.

Ujunwa schaute sich auf dem Platz um, doch von ihren in Ettlerbrück untergebrachten Gefährten – Bischof Rufai, sein Adlatus Daniel Adigwe vom CAN und Emmanuel Sabo – war nichts zu sehen. Nur weiße Gesichter ringsum, die sie – die Schwarzen am Brunnen – mit verstohlenen Blicken bedachten. Dies war wohl der Markt, umgeben von historischen Fassaden, die eher als das moderne Museum ihrer Vorstellung von Paderborn als »Puppenstubenstadt« entsprachen. So groß er auch war, wirkte der Dom doch eher niedlich im Vergleich zum Kölner Dom oder Notre-Dame in Paris, die Ujunwa, seit sie bei der CAN als Übersetzerin angestellt war, zusammen mit nigerianischen Besuchergruppen besichtigt hatte.

Schließlich fiel sogar Martin Wrede auf, dass sich niemand so recht für seine Erklärungen interessierte, und richtete seine Worte nur noch an Ujunwa. Ausführlich schilderte er ihr das soziale Engagement der Paderborner Katholiken in der »Dritten Welt« und seine eigene Rolle in der Verwaltung, wo er vor allem die Projektabrechnungen kontrollierte. »Von daher weiß ich genau darüber Bescheid, was in Ihrem Land los ist«, behauptete er.

Über seinen spärlich behaarten blonden Kopf hinweg sah Ujunwa auf die Brunnenfigur mit dem Dreizack in der Faust. Fontänen sprudelten in die Höhe. Ein römischer Wassergott war Neptun, jetzt fiel es ihr ein. Hier vor dem christlichen Dom? Sein Gesicht hatte etwas Listiges, geradezu Bübisches, wie die Deutschen sagten. Sie fühlte sich an Shango, den tanzenden Gott der Yoruba, erinnert, der in ihrem Heimatland eine große Rolle spielte.

Einer der Studenten – es war Yakubu Oibe, der größte von ihnen – sprach Regina an, die tatsächlich die Stöpsel aus ihren Ohren zog. Lebhaft nickte sie und lachte. Martin Wrede hörte auf zu reden und starrte neugierig hinüber. Auf Yoruba unterhielten sich die beiden über nigerianische Musik und King Sunny Adés letztes Konzert in seiner Heimatstadt Oshogbo. *»Baba«* nannten sie ihn inzwischen – »der Alte« –, aber seine Musik kannte jedes Kind. In seinen Texten erstand der Geist der Yoruba-Götter neu, er hatte die *»talking drum«* in die Weltmusik eingebracht und mit westlichen Instrumenten die traditionelle *Juju*-Musik aufgepeppt. Das Ergebnis gefiel auch Ujunwa, obwohl sie mit den Göttern und dem mit ihnen verbundenen Zauberglauben – denn auch das war *Juju* – nichts anfangen konnte. Für Regina indes waren die Songs ebenso kultische Handlungen wie die Marienlieder, die sie in der Schule zu singen hatte. Bloß konnte man zu Letzteren nicht tanzen.

Eine junge Frau zog ihr Kind weiter, das – den Daumen im Mund – Reginas schwarzes Gesicht anstaunte. Ujunwa schmunzelte, ebenso erging es weißen Besuchern bei ihr zu Hause. Alle Mitglieder ihrer Delegation stammten aus dem Yoruba-Land, das den Südwesten Nigerias einnahm und Teile der angrenzenden Staaten. Neben den christlichen Religionen, zu denen Anglikaner, Katholiken und viele evangelikale Pfingstkirchler zählten, waren die alten Götter, die Orishas, noch sehr lebendig. Von hier aus waren sie mit den von ihren eigenen Stammeskönigen verkauften Sklaven nach Amerika gekommen. Dass Santería und Voodoo dort und in Europa äußerst populär waren, hatte King Sunny Adé den weltweiten Erfolg sehr erleichtert. An der Hand seiner Mutter sah der kleine Junge sich immer wieder nach ihnen um, bis die glitzernden Fontänen die beiden verbargen.

Regina hatte wieder die Stöpsel ihres MP3-Players in den Ohren. Mit ihrem »King« verband sie neben der Kultmusik auch die gemeinsame Herkunft aus dem Herzen des Yoruba-Lands, dem Bundesstaat Osun, dessen Name auf Oshun zurückging, der obersten aller weiblichen Gottheiten und Symbol der Fruchtbarkeit. Oshogbo, die Hauptstadt, war das Zentrum des Orisha-Kults. Ihre Mutter habe sie der Oshun geweiht, hatte Regina Ujunwa an ihrem ersten gemeinsamen Abend anvertraut. Bei der Taufe sei daraus aber Regina geworden, nach Maria, der »Himmelskönigin«, die seit der Christianisierung Oshuns Position einnahm. Ihre Eltern waren kurz nacheinander an Aids gestorben, als Regina noch nicht einmal zur Schule ging.

Ujunwa sah zum Domturm hinauf, auf dessen Spitze ein goldenes Doppelkreuz glänzte. Wie der Neptun neben ihr zeigte, war auch hier das Heidentum nicht weit. Das Nebeneinander reichte aber nicht an den religiösen Mischmasch heran, den Regina seit ihrer katholischen Erziehung praktizierte. Gleich nach ihrer Ankunft im Gästehaus hatte sie eine ziemlich abgegriffene Marienstatue mit hellblauem Umhang ausgepackt, die sie wohl durch ihre Zeit in der Missionsschule begleitet hatte.

»Heute ist Samstag«, sagte sie, »das ist Oshuns Tag.« Vor der Figur stellte sie eine verzierte und mit Wasser gefüllte Kalabassenhälfte auf – Oshun war auch die Göttin der Seen und Flüsse – und streute getrocknete Kräuter hinein. Ein paar Kauri-Muscheln wurden wie Opfergaben aufgereiht. Als Regina vor dem kleinen Altar in die Knie ging, verließ Ujunwa das Zimmer.

Vom Domturm her erklangen zwei Glockenschläge, halb elf war es schon. Wo blieben nur die anderen? Sie ging zum Brunnen hinüber und setzte sich auf die Umrandung.

»Gute Idee«, sagte Martin Wrede – schon wieder mit rotem Gesicht – und ließ sich neben ihr nieder. Er klebte an ihr wie Regina an ihrem Emmanuel. Zum Glück hielt er den Mund, doch Ujunwa merkte, wie er sie mehrfach von der Seite her musterte.

Während Ujunwa wie Regina und Yakubu die vorbeilaufenden Paderborner beobachtete, wanderten ihre Gedanken wieder in ihr Land zurück, das sie erst in vierzehn Tagen wiedersah. Ihre eigene Familie stammte aus Lagos, wohin sie nach den Jahren im Ausland krank vor Heimweh zurückgekehrt war. Doch Verbindungen zu Reginas Heimatstadt Oshogbo hatte sie ebenfalls, noch von ihren Großeltern her, die in der damaligen Künstlerszene Nigerias eine gewisse Rolle gespielt hatten. Ihr Großvater – ein Sammler nigerianischer Kunst und junger Künstlerinnen – war Arzt gewesen wie ihr Vater, beide hatten sie in England studiert, doch Großmutter Tolu hatte sich in Nigeria als Bildhauerin einen Namen gemacht, deren Werke ebenso wenig rund und gefällig waren wie der kantige Neptun hier vor dem Dom.

Tolus künstlerisches Talent war von Susanne Wenger entdeckt worden, der österreichischen, später weltweit bekannten Künstlerin, der Nigeria sein größtes Kunstwerk zu verdanken hatte. Ihr Lebenswerk – nachdem sie sich den Yoruba-Göttern zugewandt hatte – bestand in der Neugestaltung der heiligen Haine bei Oshogbo, die Oshun und ihren göttlichen Gefährten gewidmet und von der UNESCO vor einigen Jahren zum Weltkulturerbe erklärt worden waren. Ujunwas Großmutter hatte daran mitgewirkt.

Vom Oshun-Park hatte Martin Wrede sicher noch nie etwas gehört, der seine Aufmerksamkeit jetzt zwischen Regina und ihr gerecht aufteilte. Das sprudelnde Wasser im Blick, dachte sie an Susanne Wenger zurück, die in Nigeria Adunni Olurisa hieß und Ujunwa in vielerlei Hinsicht beeinflusst hatte. Durch ihre Verbindungen war sie nach Bayreuth ans Iwalewa-Haus gekommen, wo sie viel gelernt hatte. Als Kind hatte sich Ujunwa vor der großen weißen Frau gefürchtet, die ihre hellblauen Augen mit dickem Kajalstift dramatisch umrandete, und allein deshalb die von ihr – der Yoruba-Priesterin – repräsentierten Götter abgelehnt. In Glaubensfragen war sie lieber ihrem Vater gefolgt: Bei so vielen Göttern und Propheten falle ihm die Wahl schwer, hatte er erklärt und jede religiöse Betätigung verweigert. Später hatte sie Adunni als warmherzige, aufgeschlossene und sehr irdische Frau kennengelernt. Zumindest deren Lieblingsgöttin Oshun war ihr dann sympathischer geworden.

Ujunwa ließ ihre Hand durch das grünliche kühle Brunnenwasser gleiten. Noch heute liebte sie die Oshun-Haine, doch heilige Stätten sah sie darin nicht. Die Abbilder der Götter nahm sie eher als historische Zeugnisse wahr, versuchte sich vorzustellen, was die Menschen früher in ihnen gesehen und wie sie deren Leben beeinflusst hatten. Längst waren die Orishas mit christlicher Heiligkeit übertüncht worden. Es war indes etwas ganz anderes, die jungfräuliche Gottesmutter zu verehren als die lebenslustige Oshun mit ihren zahlreichen Liebhabern.

Ob Regina das bewusst war? Ujunwa warf einen Blick auf ihr herzförmiges Gesicht, das sie als typisches Yoruba-Mädchen kennzeichnete. Sie hatte so gar nichts von der Jungfrau Maria, aber viel von Oshun, die in den Legenden als sanftmütig, aber auch als kokett, eitel und ehrgeizig dargestellt wurde. Anderen Frauen gegenüber verhielt sich die Göttin eifersüchtig und hinterhältig. Von Regina hatte Ujunwa manch missgünstigen Blick aufgefangen, wenn sie Emmanuel zu nahe kam, und immer fiel ihr ein Trick ein, wie sie ihn von Ujunwa weglotsen konnte.

Wie aufgedreht kam ihr Regina heute vor, gar nicht so angespannt, wie sie sonst oft wirkte. Mit Yakubu zusammen, dem sie einen Ohrstöpsel abgegeben hatte, wippte sie verhalten zur Musik. Ujunwa hatte sie noch nie so lebendig gesehen – wenn sie redete, flogen die Zöpfe nur so um ihren Kopf. Und noch etwas war anders: Kein einziges Mal an diesem Morgen hatte Reginas Handy geklingelt, das sonst einfach keine Ruhe gab. Meist drückte sie die Gespräche weg und machte ein besorgtes Gesicht, wenn sie doch eines annahm. Martin Wrede beobachtete Regina ebenfalls. Von Emmanuel und den anderen war weit und breit keine Spur.

Je länger Ujunwa in der Sonne saß, desto schwerer fiel es ihr, sich auf die langen Stunden in den düsteren Ausstellungsräumen zu freuen. So viel Historisches war in den paar Tagen ihres Hierseins auf sie eingestürmt, und nach der Credo-Ausstellung standen weitere Besichtigungen auf dem Programm. In ihrem Zimmer hatten sie ein dickes Infopaket vorgefunden – Flyer und Bildbände zu allen Sehenswürdigkeiten, die sie besuchen sollten, Broschüren zur jeweiligen Geschichte und sogar den zweibändigen Credo-Katalog, den sie kaum heben konnte.

Beim Blättern war ihr viel goldglänzende Pracht ins Auge gefallen. Offenbar hatte man riesige Mengen historischer Glaubenszeugnisse aus ganz Europa zusammengetragen – sakrale Geräte fielen ihr ein, Münzen mit christlichen Herrscherköpfen und Schmuck mit religiösen Zeichen, auch Handschriften und Steintafeln mit Symbolen und Inschriften. Alles bewies die Macht des Christentums, das sich unaufhaltsam über die Welt verbreitet hatte. Heidnische Artefakte gab es kaum, die waren schnell untergegangen. Traurige Reste wie ein paar menschenähnliche Pfahlidole aus germanischer Zeit hatten Ujunwa an die schlichte Kunst ihrer eigenen Vorfahren erinnert. Die Essays schienen interessant zu sein, doch die konnte sie draußen in der Sonne lesen.

In der Bibliothek des Grafen dagegen, die sie gestern besichtigt hatten, wäre Ujunwa liebend gern länger geblieben. Über die deutsche Literatur des 19. Jahrhunderts hatte sie an der Universität – um sich auch für historische Übersetzungen zu qualifizieren – ihre Abschlussarbeit geschrieben. Zu gern hätte sie mit ihr bekannten Autoren Wiedersehen gefeiert, die Erstausgaben in Händen gehalten, vielleicht sogar weitere Bücher und Lebenszeugnisse gefunden. Doch der Graf hatte immer nur die Schränke mit den Schaustücken geöffnet, über die er dann endlos redete. Beim Mittagessen mit Gräfin Annabelle hatte er lange über die Geschichte Ettlerbrücks gesprochen.

Martin Wrede trug nicht gerade dazu bei, ihr die Langeweile zu vertreiben. Er spekulierte, was den Grafen aufgehalten haben könne, und zählte dessen Ämter und Aufgaben auf. Ujunwa war ein geduldiger Mensch – dafür wurde sie bezahlt –, doch so langsam ging er ihr auf die Nerven. Hätte man ihnen nicht einen weniger öden Betreuer zuteilen können? Da war sie schon einmal in Deutschland, aber ohne jede Chance, junge Deutsche kennenzulernen, mit denen sie sich unterhalten konnte.

Wie zum Beispiel die rothaarige Frau, die ihnen gestern in der Bibliothek so neugierige Blicke zugeworfen hatte. Sie hatte ein Poliertuch in der Hand gehalten, aber eine Putzfrau war sie bestimmt nicht. Ujunwa hatte die Frage auf der Zunge gelegen, was sie hier tat, doch da war der Graf schon zum nächsten literarischen Prachtexemplar geeilt.

»Die Pause ist vorbei, junge Frau«, sagte Martin Wrede und legte ihr für einen viel zu langen Moment seine warme Hand auf den Arm. Mit der anderen wies er zum Parkplatz hinüber, wo Dr. Bussmann aus dem Range Rover stieg und Bischof Rufai half, vom hohen Rücksitz herabzuklettern. Von der Beifahrerseite kamen der Graf und Daniel Adigwe auf sie zu. Emmanuel war nicht bei ihnen.

»Ja, wir sind nur zu viert«, sagte der Graf nach der Begrüßung. »Der junge Mann hat offenbar eine andere Beschäftigung vorgezogen.«

»Der Hausdiener hat an seine Tür geklopft, aber er hat nicht aufgemacht«, erklärte Bussmann. »Vielleicht hat er verschlafen.«

Regina trat neben Ujunwa. »Emmanuel war es gestern schon übel«, sagte sie leise auf Yoruba. »Gleich nach dem Mittagessen hat er darüber geklagt. Anscheinend verträgt er das viele Fleisch nicht.« Ujunwa gab nur den ersten Satz auf Deutsch wieder. Emmanuels Abwesenheit überraschte sie, er hatte sich auf die Ausstellung gefreut und war gespannt gewesen, ob die Missionierung der europäischen Länder ähnlich abgelaufen war wie in Afrika. Das bisschen Übelkeit musste doch längst vergangen sein …

Der Graf verzog sein Gesicht. »Man kann niemanden zu seinem Glück zwingen. Aber jetzt wollen wir den armen Professor nicht länger warten lassen.« Er schritt ihnen voraus zum Museumseingang, wo ihm die anderen Besucher sofort Platz machten.

Ujunwa folgte der Gruppe zögernd. Eigentlich gehörte sie gar nicht dazu. Als Übersetzerin war sie in der Ausstellung nicht gefragt, der Museumsleiter, der sie persönlich führen sollte, sprach hervorragend Englisch. Sollte sie ebenfalls den Unmut des Grafen riskieren und einfach gehen? Mehr als die Zeugnisse der europäischen Christianisierung interessierte sie das säkulare Paderborn, das im Besichtigungsprogramm nicht vorgesehen war, wie zum Beispiel die Universität im Süden der Stadt. Es gebe dort viele Schwarze, hatte von Etteler gesagt. Vielleicht kam sie mit jemandem ins Gespräch oder lernte sogar Deutsche kennen …

Martin Wrede wollte ihr an der Tür den Vortritt lassen, doch Ujunwa verhielt ihren Schritt und schlug sich mit der Hand vor die Stirn. »Entschuldigung«, stieß sie hervor. »Ich kann auch nicht teilnehmen. Eben fällt mir ein, dass ich etwas Dringendes vergessen habe.« Und schon war sie weg. Mochte er doch denken, was er wollte.

***

Bevor Therese Urban sich auf den Weg zur Arbeit machte, hatte sie noch schnell ihre Mails abgerufen. Endlich ein Lebenszeichen von Renate Quickstern, ihrer Freundin aus turbulenten Zeiten, die sich als abenteuerlustiger erwiesen hatte, als Therese je geglaubt hätte. Kurz entschlossen hatte sie ihren Job im Arbeitsamt gekündigt und war ihrem neuen Freund nach Dubai gefolgt. Es ging ihr dort nicht schlecht. Eine neue Stelle hatte sie bald gefunden, in einer deutschen Bank, und nebenbei absolvierte sie ein Fernstudium, um später als Übersetzerin arbeiten zu können. Deutsch war eine wichtige Sprache in Dubai. Therese solle sie bald besuchen, hatte Renate geschrieben und Sonne, Strand und ein prickelnd süßes Leben versprochen. Hörte sich gut an.

Therese hatte Renates gut gepflegten Fiat Panda übernommen, der nun sie jeden Morgen erwartungsvoll anblinkte, sobald sie auf den Schlüsselknopf drückte. Sie wohnte im Paderborner Ükern, nur ein paar Schritte vom Maspernplatz entfernt, wo sie mit ihrem Anwohnerausweis günstig parken konnte. Unter den mächtigen Türmen der ehemaligen Stadtmauer fühlte sie ihr kleines Auto gut beschützt.

Besser wäre es aber gewesen, wenn sie es gestern nicht unter einem Baum abgestellt hätte. Schon von Weitem sah Therese das Malheur: Ein dicker Batzen Vogelkot prangte auf ihrer

Windschutzscheibe, ein ekelhaft blauer Klecks mit Tentakeln aus gräulichem Schleim. Angewidert wandte sie den Blick ab. Der große Platz war mit riesigen Bäumen umstanden, deren Äste nachts von unzähligen Krähen bewohnt waren. Morgens in der Dämmerung erhoben sie sich unter ohrenbetäubendem Krächzen und flogen in die Stadt, die für sie ein einziger großer Fressnapf zu sein schien. Der Maspernplatz war ihr Klo. Therese wischte mit einer Handvoll Gras den gröbsten Dreck ab, den Rest schafften die Scheibenwischer.

Über den Heierswall und durch das Riemekeviertel fuhr sie zur B 1. Die Straßen waren frei, alle Pendler, die morgens und abends die Straßen verstopften, waren längst bei der Arbeit. In der Bibliothek konnte sie anfangen, wann sie wollte, überwacht nur vom elektronischen Schließsystem, das ihre Anwesenheit registrierte. Als sie das Radio einschaltete, begrüßte Norah Jones sie mit »One Flight Down«. Beflügelt gab Therese Gas.

Als das Lied zu Ende war, meldete sich die Moderatorin von Radio Hochstift zu Wort, dessen Reporter auf der Paderborner Westernstraße eine Umfrage zu dem entflohenen Leguan veranstaltet hatten.

»Man traut sich ja kaum noch vor die Tür«, schimpfte eine Frau mit harscher Stimme. »Jeden Tag ist was anderes.« Zwei Männer hatten gehört, dass sich JJ an den Fischteichen herumtreibe, ein anderer meinte, er sei am Habichtssee gesehen worden. Ein Besucher vom Dorf mit deutlich plattdeutschem Tonfall sagte, er glaube die ganze Geschichte nicht. »Dütt iss doch man wi'er sso 'ne typische Ssommerlochmeldung.«

»Sie haben es gehört«, fasste die Moderatorin zusammen, »alle reden über JJ, das Alligator-Reptil. Wo mag er sich nur versteckt halten? Falls Sie JJ irgendwo sehen sollten, liebe Hörer, rufen Sie uns an. Aber ich muss Sie warnen: Gehen Sie nicht zu nah heran! JJ wirkt träge, aber wenn er zuschnappt oder Sie mit seinen Krallen angreift, kann das zu schweren Verletzungen führen.« Kurz darauf begann der Werbeblock vor den Nachrichten. Therese schaltete ab und drückte auf den CD-Knopf. Roxy Musics »Avalon«, das noch von gestern im Fach lag, konnte sie immer hören, und besonders an einem sonnigen Tag wie diesem. »More than this …«, sang sie mit Bryan Ferry, der aber seinen Text besser beherrschte als sie.

Nachdem sie einen mit Holzstämmen beladenen Lkw überholt hatte, blieb sie auf der linken Spur. Wenn der Chef mit den Besuchern in der Stadt war, war es heute wohl ruhig in der Bibliothek. Bussmann musste ihn fahren. Therese würde ausgiebig in den Büchern schnüffeln können …

Ob sie die nigerianische Delegation noch einmal zu Gesicht bekam? Dass die große Frau mit der Grace-Jones-Frisur so viel Interesse an den Büchern zeigte, hatte Therese gleich für sie eingenommen. Bestimmt konnte sie Deutsch, sie war es wohl auch gewesen, die im Nebenraum das Zitat des Grafen aus Amalies Reisetagebüchern übersetzt hatte. Hatte sie vielleicht in Deutschland studiert? Ihr Blick auf das Land könnte durchaus erhellend sein. Und wie aufdringlich dieser Martin Wrede um sie herumgewuselt war. Was sie wohl dazu sagte? Deutsche Männer waren ein Kapitel für sich, aber auch über die Nigerianer gäbe es sicher viel zu erzählen.

Auf der Höhe des Habrinkhauser Waldes bog Therese rechts von der Schnellstraße ab auf die alte Trasse der B 1, durchquerte Salzkotten, überwand die drei Kreisel am Ortsende und gab wieder Gas, als die bis Geseke freie Strecke vor ihr lag. Nach endlosen Industrieansiedlungen kam wieder westfälische Landschaft: freies Feld, Wälder, einzeln stehende Häuser, dann und wann ein zwischen Baumreihen mäandernder Bach. Dazu Sonnenschein und Bryan Ferry im Ohr, der jetzt eine unbekannte Schöne anschmachtete: *»Won't you take a chance with me?«*. Therese klopfte den Rhythmus aufs Lenkrad. Bei derart subtilen Tönen war sie geneigt, Roxy Music die leicht bekleideten Frauen auf den CD-Covern zu vergeben.

Am Straßenrand flog eine Plakatwand nach der anderen an ihr vorüber, Wahlkampf vor allem, aber auch viele rot-goldene Hinweise auf die Paderborner Ausstellung zur historischen Mission, für die sich die Kirchen nach Thereses Verständnis eigentlich hätten schämen sollen. Sicher war es verdienstvoll, wenn wohltätige Stiftungen wie St. Ansgar in einem Land mit derart armer Bevölkerung wie der Nigerias Kinderhäuser und

Schulen errichteten. Aber was sollten die Kruzifixe und Heiligenbilder in Klassenräumen und Krankenzimmern, die Therese auf Fotos in den Broschüren zur Spendenakquise gesehen hatte, und warum mussten auf Transparenten auf dem Schulgelände fromme Sprüche zu lesen sein? Sie sollten die Leute nach ihrer Fasson selig werden lassen und ihnen nicht eine fremde Religion und Kultur aufzwingen.

Ihr Arbeitgeber hingegen war stolz auf das Bekehrungswerk der von katholischen Adelsfamilien des Hochstifts schon im 19. Jahrhundert gegründeten Stiftung. Jedem – ob er es hören wollte oder nicht – erzählte von Etteler von den »Erfolgen« der sozialen Arbeit St. Ansgars, die vor allem darin bestanden, dass möglichst viele Zöglinge katholische Lehrer und Priester wurden oder in Klöster eintraten. Er hätte als Missionar nach Afrika gehen sollen.

»Der Glaube muss weitergetragen werden wie ein Licht, von Generation zu Generation …« – allzu oft hatte Therese die salbungsvoll vorgetragenen Worte vernommen. Sie trat aufs Gas und überholte ein Treckergespann mit gedroschenem Korn in offenen Wagen.

Woher nur nahmen die Christen die Überheblichkeit, die von ihnen als heidnisch bezeichneten Religionen als minderwertig anzusehen? Für Therese war es das Gleiche, wenn ein in Paderborn ansässiges Missionswerk sein Augenmerk neuerdings auf die neuen Bundesländer richtete, um den dort lebenden Ungläubigen ein katholisches Angebot zu unterbreiten, wie es im besten Verkaufsdeutsch hieß. In hiesigen Kirchen wurde für die bedauernswerten Menschen in der »Diaspora« gesammelt, die nur deshalb als defizitär galt, weil dort keine Gotteshäuser der als einzig richtig angesehenen Glaubensrichtung standen. Brauchte es im Osten nicht andere Aufbauleistungen?

Zu ihrer Rechten zogen die ersten Gehöfte Gesekes vorbei, nun war es nicht mehr weit bis Ettlerbrück. Etwas von dieser missionarischen Überheblichkeit meinte Therese auch ihrem Arbeitgeber angemerkt zu haben, der zwar stolz war auf die Ergebnisse seines Wirkens, die Menschen selbst aber nicht ernst nahm. Nicht eben achtungsvoll war von Etteler gestern mit dem jungen Afrikaner umgesprungen, der ihm unbedingt ein – für ihn jedenfalls – wichtiges Papier zeigen wollte. Er hatte den Mann abgefertigt wie einen lästigen Bittsteller und war so hoheitsvoll davonstolziert, dass Therese wieder einmal versucht war zu glauben, jemand habe den alten Grafen Adalbert, einen echten Feudalherrn, in einen modernen Nadelstreifenanzug gesteckt und ihm einen dezenten Schlips umgebunden. Immerhin war dieser längst verstorbene von Etteler – wohl unter dem Einfluss der aufgeklärten Amalie – in Glaubensfragen ziemlich liberal gewesen.

Wieder stand ihr das tiefschwarze sensible Gesicht des jungen Mannes vor Augen. Was er sich wohl davon versprochen hatte, das Blatt zwischen Maria Sybilla Merians Insekten zu verstecken? Jetzt lag das rätselhafte Papier für jeden unsichtbar in der fest verschlossenen Vitrine.

An den wie mittelalterliche Burgen am Horizont aufragenden Zementwerken Gesekes war sie vorbeigefahren, bald musste der Hinweis nach Störmede auftauchen. Von hier aus führte der Weg ins bis zur Lippe reichende Bruchgelände, durchzogen von zahlreichen Bächen und Sumpfgebieten und besiedelt mit verwirrend vielen kleinen Dörfern, deren Namen alle auf -hausen endeten. Wenn sie hier falsch abbog – anfangs war es ihr mehrfach passiert –, war sie verloren.

Mit von Etteler war schwer warm zu werden, aber anders als ihr Freund Michael sah Therese sich nicht als von ihm Ausgebeutete. Michael ließ gern den Gewerkschafter heraushängen, übersah jedoch, dass es für Geisteswissenschaftler – Therese war Germanistin – nicht so einfach war, Arbeit zu finden. Was hatte sie nicht alles getan, um nicht zum Arbeitsamt gehen zu müssen. Dagegen war ihr Job in Ettlerbrück die reine Erholung.

Worüber sollte sie klagen? Abgesehen von ihrer eigenen Freude an den Büchern entlohnte von Etteler sie großzügig mit dem Gehalt einer wissenschaftlichen Angestellten an der Universität, er ließ sie weitgehend selbstständig arbeiten und kontrollierte sie nur hinsichtlich der Arbeitszeiten. Dazu hatte er jedes Recht. Wie alle Beschäftigten bekam sie Essensmarken fürs Schlosscafé und durfte sich in ihren Pausen im Park auf gräflichen Bänken und in rosenbewachsenen Pavillons niederlassen.

Nur die gräflichen Bücher zu lesen, sie gar für wissenschaftliche Recherchen zu benutzen, blieb ihr versagt wie damals Adam und Eva die Äpfel im Paradies, die der allmächtige Gott eifersüchtig hütete. Er hätte vielleicht seinen Erzengel mit dem Flammenschwert vor den Bücherschränken Aufstellung nehmen lassen sollen. Therese las heimlich, aber mit Vergnügen.

Vor der engen Brücke über dem letzten Kanal bremste Therese ab und fuhr langsam hinüber. Verwachsene Kopfweiden reihten sich an den Ufern wie das Sonderangebot im Ausstellungsregal eines Pinselhändlers. Der schmale, asphaltierte Weg führte durch eine menschenleere Landschaft mit von Gräben durchzogenen Wiesen und ausgedehnten Wasserflächen, die den blauen Himmel spiegelten. Hier hatte sie manchmal Störche gesehen.

Therese nahm sich vor, heute lange im Schloss zu bleiben. Vielleicht traf sie noch auf Oliver Bussmann, der wohl liebend gern ihre Neugier befriedigte und vom Tag der nigerianischen Delegation im schwarzen Paderborn erzählte. Keinen noch so kleinen Missgriff E.T.s würde er auslassen. Seine Boshaftigkeit war nicht ohne Grund. Er hatte es nicht leicht mit dem Grafen, der dafür bekannt war, dass er auf andere keine Rücksicht nahm. Oliver hatte Forstwirtschaft und Geologie studiert, sogar promoviert, aber wie Therese durfte er seine Kenntnisse nicht anwenden, weil sich der Graf höchstselbst um seine Steinbrüche und Wälder kümmerte. Er brauchte wohl nur einen studierten Lakaien.

Als Therese vor Schloss Ettlerbrück ankam, erklangen gerade die trompetenähnlichen Töne von »Tara«, dem letzten kurzen Stück auf Roxy Musics »Avalon«. Sie wartete, bis der letzte Ton im kosmischen Rauschen verhallt war, drückte auf den Knopf und stieg aus.

Wie immer bewunderte sie für einen Moment den imposanten Anblick. Eine vom Ettlerbach gespeiste Gräfte umgab den hellgelben Barockbau mit den geschwungenen Fensterlaibungen, vor dessen mit Wein bewachsenem Westflügel – einem von vieren – der Angestelltenparkplatz lag. Früher hatte es hier eine Zugbrücke gegeben, doch jetzt sorgte – wollte man die beiden Löwen nicht hinzurechnen, die auf den mächtigen Pfeilern furchterregend die Tatzen hoben – nur noch die elektronische Schließanlage im schmiedeeisernen Tor für Sicherheit.

Therese zwinkerte ihrem Löwen zu, dem mit der abgeschlagenen Nase, und steckte ihr Kärtchen in den Schlitz. Das Tor schwang geräuschlos auf und ließ sie ein. Ihr Dornröschenschloss hatte sie wieder.

»Gib es zu, Therese. Du hast den schwarzen Mann abgeschleppt.«

Was sollte das denn? Bussmann zeigte manchmal einen seltsamen Humor.

Therese wollte Feierabend machen, stand aber noch am Fenster und schaute in den Park hinab, wo es außergewöhnlich geschäftig zuging. Angestellte des Grafen liefen die Wege entlang, schauten in Nischen und Pavillons, hinter Büsche und Hecken. Einer – der Hausdiener – redete mit dem Gärtner, der vehement den Kopf schüttelte. Hatte jemand etwas verloren?

Als Bussmann zu ihr ans Fenster trat, wandte sich Therese ihm zu. Heute trug er zur verwaschenen, aber gebügelten Levi's ein schwarzes Jackett mit offenem weißem Hemd darunter. Ziemlich lässig, gerade noch an der Grenze zu dem, was der Graf unter korrekter Kleidung verstand. Aber in der Stadt fiel er damit weniger auf als in seinem Jägeranzug.

»Wird jemand vermisst?«, fragte sie.

»Du verstehst aber auch gar keinen Spaß«, gab Oliver zurück. »Dabei war der keineswegs abwegig. Der junge Mann schien mir doch ansehnlich genug, dass sich jede Frau nach ihm die Finger lecken würde.« Er grinste anzüglich. »Diese Leute mit stark pigmentierter Haut sollen ja ganz besondere Qualitäten haben.«

»Verschon mich mit deinem Peniskomplex.« Therese drehte sich zum Fenster um. »Erklär mir lieber, was da draußen los ist.« Auch der Graf und der nigerianische Bischof schritten jetzt die Parkwege ab. Dessen vierschrötigen Begleiter, den schon die Bibliothek nicht interessiert hatte, entdeckte sie untätig im

Schatten einer Kastanie, wo er sich mit einem großen weißen Taschentuch übers schwitzende Haupt fuhr.

Bussmann war nicht so leicht zu beleidigen. »Einer der jungen Männer in der Delegation, ein Diakon, ist seit gestern Abend nicht gesehen worden«, erklärte er. »Als er am Morgen nicht auftauchte, dachten wir, er hätte verschlafen, aber eben war er auch nicht auf seinem Zimmer. Deshalb sollen wir nach ihm suchen, meinte E.T.«

»Welcher von ihnen ist es denn?«

»Der mit dem dunkelblauen Hemd und der hellen Hose. Du weißt schon – seelenvolle Augen und so. Emmanuel Sabo heißt er, einer von denen, die hier im Schloss wohnen.«

Aquamarinblau, dachte Therese. »Und du meinst nun, er hätte sich hier bei mir versteckt.«

»Kann doch sein.« Wieder dieses ätzende Lächeln. »Aber ich vermute eher, bei dem schönen Wetter wird er irgendwo auf dem Gelände unterwegs sein. Wir haben noch längst nicht überall gesucht.«

»Er kann auch einen größeren Spaziergang machen.«

»Genau. Oder mit dem Bus irgendwohin gefahren sein. Er sitzt hier ja nicht im Gefängnis.«

»Was sagt denn E.T.?«

Oliver zog eine Grimasse. »Der geht davon aus, dass sich der Schwarze abgesetzt hat und untergetaucht ist. ›Leichter kann er es doch nicht haben‹, hat er zu mir gesagt, als keiner zuhörte. ›Sonst bezahlen sie Unsummen für Schleuserbanden, da hat er durch Sankt Ansgar eine Menge gespart. Irgendwo wird er wieder auftauchen und Stütze beantragen.‹ Ist ja nicht von der Hand zu weisen, der Verdacht. Aber wir suchen ihn trotzdem, schon damit der Bischof zufrieden ist.«

Therese hatte das Bild des jungen Schwarzen vor Augen, dessen Lockenkopf sie an den Michaels erinnerte. »Kann ich mir eigentlich nicht vorstellen. So gepflegt, wie er aussieht, scheint er bei der Kirche doch durchaus sein Auskommen zu haben.«

»Ich sag's dir, Therese, den lockt der goldene Westen.«

VIER

»Haben Sie schon von dem toten Neger gehört?«, erkundigte sich Thereses Balkonnachbarin. Politisch korrekte Sprache hatte Paderborn noch nicht erreicht. »War eben im Radio.« Ungerührt goss sie ihre Geranien.

»Radio Hochstift?« In der Zeitung hatte noch nichts gestanden.

»Mmh. Jetzt kommen sie mit ihren Bandenkriegen schon zu uns.«

»Wurde davon etwas gesagt?«

»Nee. Aber was soll es denn sonst sein?« Frau Kazinski schob ab, um ihre Gießkanne neu zu füllen. »Von alleine stirbt doch so ein Neger nicht«, rief sie über ihre Schulter hinweg.

Unglaublich.

Kopfschüttelnd ging Therese hinein, um sich die Hände zu waschen. Freie Tage verbrachte sie gern auf ihrem zimmergroßen Hinterhofbalkon, wo es immer etwas zu pflanzen, zu zupfen und zu ordnen gab. Blumenkästen standen auf der Balkonumrandung, eine Ecke nahmen ein paar Stockrosen ein, und in zwei Kübeln hatte sie ein Kräuterbeet angelegt. Ihr ganzer Stolz war die große goldgelbe Azalee, die neben ihrem Sitzplatz stand und den ganzen Sommer über die Luft mit ihrem leicht zitronigen Honigduft erfüllt hatte.

Im Spiegel sah sie ihr sommersprossiges Gesicht. Wie viele Schwarze gab es wohl in Paderborn? In den letzten Tagen hatte sie die Nigerianer nicht gesehen, nur von Bussmann gehört, dass Emmanuel Sabo nicht wieder aufgetaucht sei. War er womöglich der Tote?

Sie schaltete das Radio ein, musste aber eine ganze Weile warten, bis Radio Hochstift endlich Nachrichten brachte. Inzwischen kam Michael vom Sport zurück und stellte sich unter die Dusche.

»Da ist ein toter Neger gefunden worden«, rief er durch die offene Tür Therese zu. »Weißt du das schon?«

Political Correctness konnte man Michael nicht absprechen, er sagte so etwas, um zu provozieren.

»Sei ruhig.« Der Werbeblock war fast zu Ende.

»Ein rätselhafter Leichenfund beunruhigt die Paderborner Bevölkerung«, begann die Moderatorin ihren Bericht. »In den frühen Morgenstunden des heutigen Tages fand der Hund einer Spaziergängerin im idyllischen Geißelschen Garten in der Paderborner Innenstadt einen Toten.«

Ein O-Ton wurde zwischengeschaltet. »Es war furchtbar, einfach furchtbar«, schluchzte eine Frauenstimme. »Und Bosso, unser Hund, hat noch daran geschnüffelt!«

Therese hörte genau zu, als die Moderatorin über den Fundort sprach. »Der Tote lag unter Eiben und dichtem Efeu an der Rothobornpader in der Nähe des Eingangs zur Stadtbibliothek und war von den Spazierwegen aus nicht zu sehen. Erst der Hund hat ihn entdeckt.« Die Rothoborn- und die Dielenpader umgaben den Geißelschen Garten wie zwei Arme. Therese kannte dort jeden Grashalm.

»Nach Angaben der Polizei handelt es sich um einen Nigerianer, der bereits seit einigen Tagen vermisst wurde. Er gehörte einer katholischen Delegation aus dem westafrikanischen Land an, die auf Einladung der St.-Ansgar-Stiftung in Paderborn zu Gast war. Graf Antonius von Etteler, der Vorsitzende der Stiftung, drückte sein tiefes Bedauern über den Vorfall aus.«

Also doch. Therese hatte Emmanuel Sabo gar nicht gekannt, dennoch fühlte sie sich bedrückt. Da kam so ein netter junger Mann nach Paderborn und fand den Tod …

In seiner Heimat sei er ein Diakon der katholischen Kirche gewesen, führte die Moderatorin weiter aus. Sein Vorgesetzter, Bischof Ahmadu Rufai, der ebenfalls der Delegation angehörte, habe von einem hoffnungsvollen jungen Mann gesprochen, dessen Tod äußerst bedauerlich sei und einen großen Verlust für sein Land bedeute.

»Die Polizei geht von einem Unfalltod aus. Aber man muss wohl erst die Ergebnisse der Obduktion abwarten, bevor man etwas Genaues sagen kann.« Am Schluss des Beitrags wurde die Bevölkerung zur Mithilfe aufgerufen: Jeder, der in der Umgebung des Geißelschen Gartens etwas Verdächtiges beobachtet habe, solle sich bei der Polizei melden.

»Der entflohene Leguan JJ konnte noch immer nicht eingefangen werden.« Die Stimme der Moderatorin hörte sich nicht anders an als bei der Nachricht über Emmanuel Sabos Tod. Therese schaltete das Radio aus.

»Was ist los?«, fragte Michael, als er mit einem Handtuch über dem Kopf aus dem Bad kam. »Passt es dir nicht, dass ich Neger gesagt hab?«

»Ach, halt den Mund. Weißt du, dass ich den Toten, den sie an der Pader gefunden haben, gekannt habe?«

»Du hast den gekannt?«

»Na ja, nicht direkt. Er war in der Bibliothek, so nah, dass ich ihn am Ärmel hätte fassen können. Ich hab dir doch von den Nigerianern erzählt, die der Graf eingeladen hat.«

Es hatte ihn nicht interessiert, doch jetzt richtete er seine Augen gespannt auf Therese. »Sag bloß. Deshalb also haben sie den Schleimbeutel zitiert.«

Sie verzog das Gesicht. »Wenn du fertig bist, lass uns zum Habichtssee fahren. Ich brauch frische Luft.« Den Spaziergang hatten sie schon gestern vereinbart.

Der Habichtssee, ein aufgelassener Kiesteich nördlich von Schloss Neuhaus, lag in einem lichten Kiefernwald. Als Therese ihr kleines blaues Auto auf dem Parkplatz an der Husarenstraße abstellte, reihte sich bereits eine Familienkutsche an die nächste. Klar – es war Samstag und warm. Viele Familien, vor allem Briten aus dem nahen Sennelager, fuhren, obwohl überall Verbotsschilder standen, zum Schwimmen hierher. Der Waldboden war übersät mit zerquetschten Getränkedosen, schreiend bunten Chipstüten, dubiosen unter einem Tempotaschentuch verborgenen Häufchen.

Therese und Michael schlugen den Weg ein, der um den See herumführte. Es war nur ein Trampelpfad, man musste Erdbuckeln ausweichen und niedrigem Gebüsch. Der Untergrund war sandig, hier begann bereits die Senne. Felsige Hügel ließen sie mal am Seeufer, mal hoch darüberwandern.

»Ich glaube ja nicht an diese Unfalltheorie«, sagte Michael, als sie nebeneinander über ein breiteres Wegstück gingen.

Daran hatte Therese auch schon gedacht.

»Das waren bestimmt die Faschos. Er war doch schwarz, oder nicht?« Michael war in der Antifa und kannte seine Nazis. In den letzten Wochen hatten sie sich in Paderborn mit Überfällen auf linke Jugendliche und Hakenkreuzschmierereien hervorgetan.

Er sah sie von der Seite her an. »Oder es war eine Beziehungstat, was meinst du? Man weiß ja, wie sie sind. Neulich hat ein Kollege von einem erzählt, der hat eine deutsche Frau und Kinder im Südviertel, und im Riemeke hat er eine Zweitwohnung, wo er mit den Mädels Highlife macht.«

»Du spinnst doch. Der Mann war Diakon.«

»Na und? Du weißt selbst, was in der Kirche abgeht. Warum sollte das ausgerechnet in Afrika anders sein?«

Therese schüttelte nur den Kopf. Allerdings hatte auch Bussmann etwas Ähnliches angedeutet, als sie sich bei ihm nach dem jungen Mann erkundigte. Eine der beiden Frauen – die kleine – sei von Tag zu Tag verzweifelter über die rätselhafte Abwesenheit des Diakons und frage dauernd nach ihm. »Da ist bestimmt was im Busch«, hatte Oliver gesagt. Im Schloss hatten sie zu dem Zeitpunkt noch geglaubt, dass Sabo sich abgesetzt hätte.

Immerhin hatte von Etteler Oliver Bussmann zur Polizei geschickt, um ihn vermisst zu melden. »Aber die hatten wohl den gleichen Eindruck. Besonders engagiert waren sie nicht«, waren seine Worte gewesen.

»Komm, ich zeige dir was.« Michael stellte sich an den Rand eines sandigen Abhangs. »Guck mal, da.« Mit einer Hand wies er auf den See. Er kannte sich hier aus, nannte jeden Baum, jeden Busch beim Vornamen, weil er jahrelang mit seiner Familie in Mastbruch gelebt hatte.

Therese sah nicht gleich, was er meinte. Ein paar verrottete Baumstämme ragten aus dem Wasser, Gestrüpp und Dreck bildeten eine kleine Insel.

»Da – auf dem Baumstamm.«

»Ach so.« Ein paar Schildkröten lagen auf der rissigen Borke in der Sonne. Schildkröten – na und?

»Weißt du, wo die eigentlich leben?«, fragte Michael. »Da, wo dauernd die Sonne scheint. In deinem Afrika zum Beispiel. Oder steht in den gräflichen Büchern etwas anderes?«

»Hm.« Michael hatte recht. Schildkröten galten als exotische Haustiere, und Schildkrötensuppe, die früher auf jedem gutbürgerlichen Tisch zu stehen hatte, war importiert worden.

»Die Leute setzen sie aus, wenn sie zu groß werden oder die Kinder aus dem Haus sind. Seit etwa fünfzehn Jahren gibt es die hier. Und sie haben sich sogar vermehrt.« Im Winter buddelten sie sich in den Schlamm ein, erzählte er. Der Habichtssee fror nie ganz zu. »Und bei Sonnenschein – siehst du ja – krabbeln sie auf die Stämme und träumen von ihrer warmen Heimat.«

»Die Nachkommen wohl nicht mehr.«

»Nein. Die haben sich angepasst, wie wir.« Michael warf mit weitem Schwung einen Stock ins Wasser. »Hier könnte dieser ausgebüxte Leguan wohl auch überwintern.«

JJ, das Alligator-Reptil. Würde man dann auch von Alligator-Schildkröten sprechen? Furchtlos schienen sie zu sein, Michaels Stock, der nicht weit von ihnen platschend ins Wasser gefallen war, hatte sie nicht weiter gestört.

Sie ließen sich auf einem Felsen nieder, der mitten auf dem Weg aus dem Boden ragte. Der See lag glitzernd in der Sonne. Eine Familie mit zwei halbwüchsigen Kindern und einem niedlichen Hund, den sie »Bella« riefen, rutschte vor ihnen durch den Sand zum Ufer hinab. Der kleine weiße Hund bellte und schnappte ausgelassen nach einem Knüppel, den die braunlockige Frau in der Hand trug. Sie schienen die Schildkröten ebenfalls zu kennen, denn sie suchten sich einen Platz weitab von ihnen. Abwechselnd warfen sie den riesigen Stock weit hinaus in den See und jubelten unisono, wenn der Hund ihn eifrig paddelnd zwischen den Zähnen zurücktrug. Das Wasser triefte nur so aus seinem Fell.

»Wenn es kein Unfall war, dann war es Mord«, sprach Therese unvermittelt aus, was ihr schon die ganze Zeit durch den Kopf ging.

»Sag ich doch. Die Faschos oder eine Frau. Da waren doch noch andere Jungs dabei, oder nicht?«

»Schon ...« Und eine schöne, große, junge Frau. Sie hätte viel besser zu dem hübschen Diakon gepasst als das bezopfte Mädchen. »Aber ich hab noch etwas anderes beobachtet.« Therese nahm ein trockenes Stöckchen auf und zerbrach es in kleine Teile.

»Nun sag schon.«

»Da war so eine komische Szene in der Bibliothek, zwischen dem Grafen und diesem Sabo.« Therese gab wieder, wie der Afrikaner auf von Etteler eingeredet und erfolglos versucht hatte, ihm sein Papier aufzudrängen. »Er ist einfach davonstolziert wie Graf Koks.«

»Das kann ich mir lebhaft vorstellen.« Michael lachte. »Man hat ja seine feudale Würde, da kann nicht einfach so ein Negerlein kommen und ihn am Arm packen.«

Unberührt vom Kläffen des Hundes und dem Geschrei der Kinder ruhten die Schildkröten auf ihren Baumstämmen. An afrikanischen Stränden war es bestimmt nicht ruhiger. »Und was ist, wenn dieses Papier etwas mit dem Tod des jungen Mannes zu tun hat?«

»Ist doch klar. Dann ist dein Graf der Mörder.« Es gab nichts, das Michael von Etteler nicht zutraute.

FÜNF

Die schwarzen Tauben waren ihr schon aufgefallen, als der Graf, ihr Gastgeber, ihnen die Stadt gezeigt hatte. Sie umflatterten die Jungfrau Maria, die inmitten einer wassergefüllten Brunnenschale auf ihrer Säule stand. Hohe Bäume umgaben den ovalen Platz. Endlich war sie am richtigen Ort.

Erleichtert ließ sich Regina Okafor auf einer schwarz gestrichenen Bank nieder. Das Drahtgeflecht fühlte sich kühl an, obwohl die Sonne daraufgeschienen hatte. In ihrer Heimat war jetzt Regenzeit, mit dampfender, schweißtreibender Hitze und zahllosen Moskitos. Auf metallenen Ruhebänken könnte man wohl Yamswurzeln braten. Dennoch wünschte Regina, sie wären in Nigeria geblieben.

Wie betäubt war sie seit der Nachricht vom Tod des armen Emmanuel, die sie zutiefst erschreckt hatte. Es konnte doch nicht sein …

Hilfesuchend sah Regina zu der Heiligen auf, folgte ihrem Blick ins Brunnenwasser, das Element Oshuns, deren Anwesenheit sie ebenso spürte wie die Mariens. Beide mussten ihr jetzt beistehen. Und Eshu natürlich – sein Platz war an Straßenkreuzungen, und hier liefen gleich sechs Wege zusammen. Er war der unberechenbare Herr über das unergründliche Schicksal, über Gelingen und Misserfolg, und dazu der Wächter vor der Tür zu den Orishas. Ihm stand bei jeder Anrufung, jeder Zeremonie das erste Opfer zu.

Ein Ort der Götter und Geister, das hatte sie schon gewusst, als sie zum ersten Mal das makellos rote Pflaster betreten hatte. Eshu musste ihre Schritte so gelenkt haben, dass sie ihn wiedergefunden hatte. Eine Gasse, die vom Dom wegführte, so viel hatte sie sich gemerkt, doch die Richtung vergessen. Lange war sie orientierungslos durch die Straßen gehastet, den vielen Menschen ausgewichen, die – obwohl es Sonntag war und alle Geschäfte geschlossen hatten – in der Stadt unterwegs waren.

Auch das war in Nigeria anders. Bewaffnete Räuberbanden, religiöse Milizen und nicht zuletzt die Polizei machten die Straßen unsicher, und an Feiertagen ging niemand vor die Tür, der nicht unbedingt musste. Wer es sich leisten konnte, ließ sein Haus von Wächtern mit Maschinenpistolen schützen. Und ständig hörte man von Übergriffen der Sicherheitskräfte. Ein Vorfall hatte sich besonders in Reginas Gedächtnis eingegraben: Es war nur ein paar Wochen her, dass in Lagos Polizisten der Regierung mit Tränengas den Wagenkonvoi einer angeblichen Rebellengruppe gestoppt hatten. Es hatte einen Kampf gegeben, fünf Leute – darunter Onkel Kazeem – waren in Handschellen abgeführt worden. Damit hatte alles angefangen …

Sie schob die Hand in die Rocktasche und ließ die glatten Perlen durch ihre Finger gleiten. Schwarz-Rot waren sie, Eshus Farben. Drei für jeden Tag, hatte sie gedacht, als sie auf dem Markt in Oshogbo vor dem Tisch des *Juju*-Händlers gestanden hatte. Doch heute wollte sie einundzwanzig opfern, eine ebenfalls Eshu heilige Zahl, die ihn hoffentlich gnädig stimmte. Aber wo konnte sie so viele Perlen unauffällig ablegen?

Verstohlen sah sie sich um. Gleich hinter ihrer Bank war niedriges Gebüsch, doch dann kam ein Weg voller Menschen, die sie bisher gar nicht wahrgenommen hatte. Am Brunnen spielten drei Kinder, platschten mit den Händen ins Wasser und spritzten sich gegenseitig nass.

Regina suchte nach den Eltern, doch die waren nicht zu sehen. Vielleicht saßen sie an einem der Tische, die sich zu beiden Seiten des ovalen Platzes aufreihten. Gemurmel drang zu ihr herüber. Viele Stühle waren mit Familien besetzt, die bunte Eisbecher auslöffelten. Junge Leute spielten mit ihrem Smartphone, das war nicht anders als zu Hause. Sie wirkten gelangweilt, hatten nicht den wachsamen Blick wie in Nigeria, wo kein Handy vor den »area boys« – gewalttätigen Jugendbanden, die es in jeder Stadt gab – sicher war.

Nun standen ein Mann und eine Frau auf und gingen an Regina vorbei zu den Kindern hinüber. Alle fünf hatten das gleiche glänzend blonde Haar. Die Eltern setzten sich auf den Brunnenrand und sahen den Kindern zu, wie sie die Tauben mit Wasser bespritzten.

Nach einer Weile merkte Regina, dass sie ihr neugierige Blicke zuwarfen, was sie ein wenig verwunderte. Es gab viele schwarze Studenten in der Stadt, hatte ihr Gastgeber erzählt, daran waren die Paderborner also gewöhnt. Vielleicht hätte sie doch wieder ihre Jeans anziehen sollen statt des traditionellen Wickelrocks und der Bluse in bunten *Adire*-Mustern, eine Batikart, die es nur bei den Yoruba gab. Erst jetzt fiel ihr auf, dass hier die Menschen am Sonntag nicht anders aussahen als sonst. Sie wusste, dass die meisten Deutschen nicht einmal sonntags zur Kirche gingen.

Auch am Morgen, als Bischof Rufai eine Seelenmesse für Emmanuel zelebriert hatte, war die Kirche fast leer gewesen. Außer ihr hatte niemand geweint. Niemand hatte sich zur Musik gewiegt, um Trost zu finden. Die ganze Zeit über hatte sie das Räuspern Schwester Elisabethas vernommen, die in der Reihe hinter ihr saß. Als Regina von der Kommunionbank zurückkam, hatte die Nonne ihre Missbilligung nicht verbergen können.

Regina wusste, warum: Seit gestern, als sie ihren kleinen Schrein entdeckt hatte, hielt die Nonne sie für eine gottlose Heidin. Eben hatte sie Oshuns Wasser aufgefüllt und die Opfergaben zurechtgelegt, da war Elisabetha zur Tür hineingekommen, gefolgt von Ujunwa, die hinter ihrem Rücken mit den Achseln zuckte.

»Mag sein, dass so etwas bei euch da unten angeht«, sagte Schwester Elisabetha lauter, als es nötig gewesen wäre. Ujunwa übersetzte ins Englische. »Aber wir hier dulden keinen Götzenkult.« Sie zog einen Rosenkranz aus der Tasche ihres Ordenskleids und breitete ihn, nachdem sie Reginas Utensilien beiseitegeräumt hatte, zu Füßen der Madonna aus. »So, junge Frau. Jetzt können Sie zur Muttergottes beten.« Die Opferschale, die Kräuter und Muscheln nahm sie einfach mit. Aber das war bedeutungslos, Oshun hörte sie auch so.

Der Bischof hatte das für heute geplante Besichtigungsprogramm abgesagt und ihnen den Tag freigegeben. Viel zu unruhig, um wie die Studenten im Aufenthaltsraum zu sitzen und zu lesen, war Regina aus dem Haus gelaufen. Ujunwa war ebenfalls irgendwohin entschwunden, sie hatte nicht gesagt, was sie vorhatte. Die makellose Ujunwa mit ihrem phonetischen Englisch – ob sie wohl je in solche Schwierigkeiten geriete wie die, in denen Regina jetzt steckte? Die Menschen in den Cafés um sie herum schienen ebenfalls keine Sorgen zu haben. Sie beugte sich vor und starrte auf die roten Fliesen.

Obwohl sie an Onkel Kazeem nicht denken wollte, schob sich sein breites Gesicht mit den Schmucknarben ohne ihr Zutun vor ihre Augen. Es wäre wohl besser gewesen, wenn sie auf Schwester Helena gehört hätte, die Regina als Kind von der Straße aufgelesen hatte. Nach dem Tod ihrer Eltern hatte Onkel Kazeem, der mit Vaters Schwester verheiratet war, als einziger männlicher Verwandter ihr Haus beansprucht, aber die kleine Regina nicht durchfüttern wollen.

Ihre Familie seien jetzt Jesus und ihre Mitschüler, hatte Schwester Helena damals gesagt, und es nicht gern gesehen, als Kazeems Frau, weil sie die Familie zusammenhalten wollte, nach ein paar Jahren begann, Regina in den Ferien zu sich nach Oshogbo zu holen. Sie hatte Tante Bisi, die Cousins und Cousinen, die ihr alle nur mit Herablassung begegneten, nicht einmal gemocht, und das ewig unfreundliche Gesicht des Onkels hatte sie geängstigt. Schwester Helena hatte nur ihr Bestes gewollt.

Nie hätte sie Kazeem von ihrer Reise nach Europa erzählen dürfen. Regina wagte sich nicht auszumalen, was ihr geschehen würde, wenn sie nach Nigeria zurückkam. Oder würden sie gar nicht so lange warten?

Laute Stimmen schreckten sie aus ihren Gedanken auf. Ein paar Männer, die eben noch ruhig hinter dem Brunnen auf der Treppe gesessen hatten, standen mit Flaschen in der Hand voreinander und schimpften aufeinander ein. Eine Frauenstimme keifte dazwischen, dann war es ruhig. Regina wunderte sich – eine Frau mit so viel Macht. Tante Bisi wäre es schlecht bekommen, hätte sie je gewagt, ihren Mann so anzufahren. Es gebe keine schlimmeren Paschas als die Männer der Yoruba, sagte Ujunwa, die in der ganzen Welt herumgekommen war. Regina kannte nicht viele Männer, und Emmanuel war bestimmt kein Pascha gewesen, aber was Onkel Kazeem anging, hatte Ujunwa recht. Er schlug schon zu, wenn man ihm nur widersprach.

Regina vertrieb die Erinnerung, indem sie sich mit der Hand übers Gesicht fuhr, straffte ihren Rücken und sah sich um. Von ihr unbemerkt hatte die hellhaarige Familie den Platz verlassen. Die schwarzen Tauben pickten wieder eifrig in den Lücken zwischen den Steinen. Eine flatterte auf und ließ sich ganz oben auf dem Kopf der Himmelskönigin nieder. Von hier unten sah es wie ein *head tie* aus, die turbanartige Kopfbedeckung der Yoruba-Frauen zu Hause. Sandte ihr Oshun ein Zeichen?

Nach einem schnellen Griff in ihre Rocktasche führte Regina die Hände hinter dem Rücken zusammen und streckte wie zur Entspannung die Arme nach hinten über die Banklehne hinweg. Ganz leise raschelten die Blätter, als sie die Perlen zwischen die Sträucher rieseln ließ. Wenn sie später jemand fand, würde er sicher nicht an eine Opfergabe für einen Gott denken, der hier als heidnisch angesehen wurde.

Dann erhob sie sich und ging die paar Schritte zum Brunnen. Dünne Wasserstrahlen sprudelten aus den oberen Becken hinab. Oshun liebte vor allem das bewegte Wasser, deshalb beugte sich Regina über die Umrandung und rief mit der Hand Wellen hervor. Sagen musste sie nichts. So gut kannten die Orishas ihre Schutzbefohlenen, um zu wissen, in welcher Not sie ihnen beistehen sollten.

***

Genauso zerzaust wie ihre Frisur, wenn sie morgens aus dem Bett stieg, lag der Geißelsche Garten vor Therese. Paderborn war so ordentlich wie sonst keine Stadt, selbst die Kaugummis wurden von den Straßen gekratzt, aber hier waltete das Chaos. »Naturbelassen« hieß das Konzept des städtischen Gartenamts, und so war mitten in der Stadt ein winziger Urwald entstanden. Umgestürzte Baumriesen durften liegen bleiben, wuchernde Eiben wurden nicht gestutzt. Ein paar überwachsene Findlinge konnten ein eingestürzter Tempel sein oder eine Feuerstelle von Urzeitriesen. Therese hätte den verwunschenen Garten am liebsten umarmt, wie es Rothoborn- und Dielenpader taten.

Und nun war hier ein Mensch zu Tode gekommen. Durch

die Bäume blitzte das doppelte Kreuz auf der Turmspitze des Doms, täglich segnete es den kleinen Park, doch das hatte Emmanuel Sabo nicht geholfen.

Als sie aus der Richtung, wo der Tote gelegen hatte, Gemurmel vernahm, blieb Therese stehen. Neugierig wie sie selbst, wollte anscheinend halb Paderborn den schaurigen Ort in Augenschein nehmen. Katastrophentourismus nannte man das. Therese schämte sich ein wenig.

Sie änderte die Richtung und ging quer über die kurz geschorene Rasenfläche, die sich jedes Jahr weiter in die ungezähmte Wildnis fraß, auf die Dielenpader zu. Bestimmt juckte es manchen Paderborner in den Fingern, das gesamte Gelände einmal gründlich aufzuräumen. Aber der Urwald verschwand auch so. Aus den früheren Trampelpfaden waren breite, gepflasterte Wege geworden, sogar Laternen standen hier. Auf der anderen Seite des Parks am diesseitigen Ufer der Rothobornpader hatte man der Natur zuliebe auf Licht verzichtet, dort war Emmanuel Sabo gefunden worden.

Links rauschte die Dielenpader an ihr vorbei, klares, grau schillerndes Wasser in einer Menge, die Therese immer wieder erstaunte. Dem stadteinwärts gelegenen Quellbecken des Paderarms sah man die ungeheure Produktivität nicht an; in der unbewegten Oberfläche spiegelte sich der Domturm, dessen klare Linien höchstens von den Enten gestört wurden. Klammheimlich quoll das Wasser aus dem Boden und unter Mauern hervor. Die Stadtführer wussten allerdings, wie man die Pader auf Trab bringen konnte. Sie ließen Touristengruppen neben dem Becken kräftig auf und ab hüpfen, und schon sprudelten die Quellen.

Warmer Modergeruch stieg Therese in die Nase, als sie den Kopf zur rechten Seite wandte. So roch eben Totholz. Mit Efeu durchsetztes Buschwerk und mächtige Baumstämme versperrten ihr die Sicht zum Weg an der Rothobornpader. Rote Beeren leuchteten im Eibengesträuch. Waren die Leute nun weg? Das Geplätscher der Pader übertönte jeden Laut.

Langsam ging Therese weiter. Am Morgen hatte Radio Hochstift weitere Einzelheiten zum Tod Emmanuel Sabos bekannt gegeben. Ein erstes Obduktionsergebnis bestätigte den anfänglichen Verdacht, das Opfer sei ertrunken. Toxikologische Untersuchungen stünden noch aus, hieß es. »Die Kripo will also prüfen, ob Drogen im Spiel waren«, fügte der Nachrichtensprecher hinzu, als nähme die Polizei nicht bei jedem unklaren Todesfall derartige Tests vor. Rätselhaft blieben fünf kleine Verletzungen über der linken Schläfe des Toten, nicht intensiv genug, um ihn zu töten, aber doch mit solcher Wucht zugefügt, dass er in tiefe Bewusstlosigkeit, ja sogar ins Koma hätte fallen können. Irgendetwas hatte ihn dort getroffen.

»Pass auf, das war der Leguan«, flachste Michael gleich, der gestern noch vehement und ausdauernd seine Theorie vom Nazitäter verteidigt hatte.

Zum Schluss der Meldung kam Thereses alter Freund, der Paderborner Kommissar Liborius Schlüter, zu Wort. Hatte nicht in der Zeitung gestanden, er solle pensioniert werden? »Es war unzweifelhaft ein Unfall«, behauptete er so felsenfest überzeugt, wie ihn Therese kannte. »Doch wir haben noch keine Informationen darüber, wie der Getötete an den Fundort gelangte.« Seit letztem Montag sei er vermisst worden, erklärte der Sprecher. Falls jemand an diesem oder den folgenden Tagen in der Nähe des Paderquellgebiets einen dunkelhäutigen Mann beobachtet habe, möge er sich bei der Polizei melden. Therese wartete vergebens auf Angaben über Größe, Alter oder Kleidung.

Der Weg mündete auf den sonnenbeschienenen Platz vor der Stadtbibliothek. Härter konnte der Kontrast nicht sein: hinter ihr der undurchdringliche, wilde Dschungel, vor ihr der bestaufgeräumte Platz Paderborns, dessen öde Fläche kein Grashalm auflockerte. Man hatte ihn dem verstorbenen Kardinal Degenhardt gewidmet, der wohl nicht gefragt worden war, ob er mit den modernen Skulpturen zurechtkäme, die hier und da nackte Figürlichkeit erkennen ließen. Früher hatte es an diesem Ort Rosenbeete gegeben und im Frühjahr ein Meer von Tulpen, dazwischen eine wilde Quelle, die sich jahrelang allen Versuchen, sie zu fassen, widersetzt hatte.

Therese spähte zur Rothobornpader hinüber, wo von der Michaelstraße her eine Brücke auf das Gelände führte. Das schmiedeeiserne Tor stand immer offen. Am Anfang des Wegs in den Park hatte sich ein Grüppchen Spaziergänger versammelt, ein Mann stocherte mit einem Stock im Gebüsch herum.

Eine ältere Frau mit hellgrauem Hut wandte sich um, als Therese, die ihre Neugier nicht bezwingen konnte, sich näherte. Freundlich nickte die Frau, als heiße sie Therese auf einer Party willkommen. Und sogleich begann der Small Talk. »Stellen Sie sich das vor«, bekam Therese zu hören. »Ausgerechnet auf unserer Leberwurstinsel muss so etwas passieren.« Ihre Miene konnte man nur als indigniert bezeichnen.

Eine Frau mit weißen Löckchen mischte sich ein. »Und dann ist er nicht mal von hier.«

Voller Verständnis nickte Therese, während sie mühsam ein Kichern unterdrückte. Sie hatte ganz vergessen, dass die Paderborner seit den Hungerjahren nach dem Krieg, als die mildtätigen Nonnen des benachbarten Michaelsklosters Wurstbrote an hungrige Kinder verteilten, den Geißelschen Garten »Leberwurstinsel« nannten. Ein derartiges Heiligtum durfte sich so ein hergelaufener Afrikaner natürlich nicht zum Sterben aussuchen.

Die Leute standen wohl schon so lange zusammen, dass ihnen die Themen ausgegangen waren. Therese war ein williges Opfer ihrer Mitteilsamkeit. Sie nickte zu dieser und jener Bemerkung über die Gefährlichkeit der abschüssigen Paderufer und die Uneinsehbarkeit des Geländes und war im Übrigen froh, dass sie die neue Stoffhose angezogen und ihr Oberteil gebügelt hatte. Die Paderborner mochten am Sonntag nicht viel anders gekleidet sein als sonst, doch musste alles »wie neu« aussehen. Abgewetzte Jeans oder ein verwaschenes T-Shirt fassten sie am Tag des Herrn als Beleidigung auf.

»Die Frage ist doch, warum er grad hier ins Wasser gefallen ist«, sagte ein Mann, der zu seinem blauen Anzug glänzend gewienerte braune Schuhe trug.

»Ist doch klar«, kam von einem anderen zurück, dessen braun gebrannter Schädel ebenso blinkte wie die Schuhe des vorigen. »Hier ist es abends dunkel. Die Stadt war mal wieder zu geizig, Laternen aufzustellen.«

Eine Frau mittleren Alters in weißer Bluse mit Schalkragen stupste ihren Mann in die Seite. »Mein Mann meint ja«, sagte sie, als er nicht reagierte, »dass es dieser Leguan war.«

»Nur wegen der komischen Verletzungen«, murmelte der Angestupste.

»Das meinen wir alle«, rief eine Frau, die mit einem schwarzen Hund etwas abseits stand. »Dieser Jott-Jott treibt sich doch immer noch frei herum.« Sie hatte wohl nur in der Zeitung darüber gelesen, denn im Radio war der Name korrekt ausgesprochen worden.

Natürlich musste sie jemand korrigieren. »Sie meinen Dschay-Dschay.« Es war ein blonder jüngerer Mann.

»Was?«

»Dieses Killerreptil heißt Dschay-Dschay.«

»Unsinn.« Die Frau zog an der Hundeleine und ging kopfschüttelnd davon.

»Stimmt doch«, murrte der Blonde. »Was will sie denn?«

Therese sprach den Mann an, der immer noch mit seinem Stock das modrige Laub durchwühlte. »Was suchen Sie denn da?«

Er richtete sich auf. »Ach, nichts.« Sein rundes Gesicht war rot angelaufen. »Die Polizei hat doch gar nicht richtig geguckt.«

»Vielleicht findeste ja Leguanküttel«, rief ein Mann mit Brille, der den mit dem Stock wohl kannte.

»Halt du den Mund. Du Blindfisch musst ja mit der Nase drin liegen, bevor du was findest.«

Der andere lachte nur.

Als Therese den Eindruck gewann, dass nichts Neues mehr nachkommen würde, nickte sie kurz in die Runde und ging weiter. Auf der anderen Seite der Rothobornbrücke standen wieder Laternen, ganz dunkel war es also nicht. Beleuchtet war auch die Michaelstraße, die an dem Paderarm entlangführte. Aber musste Sabo unbedingt abends und im Dunkeln ins Wasser gefallen sein?

Therese blieb stehen. Am gegenüberliegenden Ufer hatte der Tote im Wasser gelegen. Kein Wunder, dass man ihn nicht eher gefunden hatte: Eine dichte Gardine aus Efeuranken hing von einem Ast herab und verdeckte alles, was nicht ohnehin unter den ins Wasser ragenden Zweigen einer Eibe verborgen war. Im tiefen Schatten war ein dunkelhäutiger Mann unsichtbar.

Die Sache mit dem Leguan war natürlich Quatsch. Aber da waren die seltsamen fünf Wunden …

Mit dumpfen Schlägen begannen die Domglocken ihr Mittagsgeläut, hellere Töne mischten sich hinein. Die Luft vibrierte. In die Gruppe auf der anderen Seite der Pader kam Bewegung, sie löste sich auf, die Leute gingen in alle Richtungen davon. Es war Zeit fürs Sonntagsmahl.

Zwei Ehepaare gingen vor Therese her, als sie am Michaelskloster vorbei den Weg zum Eselsberg einschlug, den man – so war es salonfähig – in Michaelstraße umbenannt hatte. Als Mittagessen würde sie sich ein Eis gönnen und vorher einen Gang durch die Stadt machen, um es sich zu verdienen. Michael sollte Zeit genug haben, den Frühstückstisch abzuräumen, wonach es, als sie aufbrach, allerdings nicht ausgesehen hatte. Die »Süddeutsche«, die er sonntags immer las, hatte er über das benutzte Geschirr gelegt, nebenbei lief der Fernseher. Er machte sich in ihrer Wohnung ganz schön breit.

Zufriedener war Therese gewesen, als sich ihr Zusammensein auf ab und an eine Nacht oder ein Wochenende beschränkt hatte. Doch seine Kinder waren groß und brauchten ihn kaum noch. Ihretwegen hatte er den Anschein einer Ehe aufrechterhalten und weiterhin viel Zeit mit der Familie verbracht, aber das war nun nicht mehr nötig. Nach und nach hatte es sich eingeschlichen, dass Michael so gut wie immer bei ihr war.

Mehrstöckige kahle Hausfassaden klemmten die steile Gasse zwischen sich ein. Therese ging langsamer, der Berg und die Enge nahmen ihr die Luft. Sie hatte einen Liebhaber gewollt, aber gewiss keine feste Beziehung. Dass sie fürs Zusammenleben nicht geschaffen war, hatte sie immer gewusst und Michael darüber nicht im Unklaren gelassen. Ihre Freizeit verbrachte sie lieber mit einem Buch als mit banalen Gesprächen, und Fernsehen – Michaels liebster Zeitvertreib – mochte sie nur beim »Tatort«. Und mehr und mehr entpuppte er sich als wahrer Eheschluffen, daran gewöhnt, dass ihm jemand das Essen auf den

Tisch stellte und die Wäsche machte. Wenn er kochen sollte, holte er Pizza oder lud sie zum Griechen ein. Über all das hätte Therese lachen können, hätte er sich nicht angewöhnt, an ihr herumzukritteln und ihr Vorschriften zu machen.

Sie schob ihren Missmut beiseite. Irgendwann würde sie sich über ihre Beziehung Gedanken machen müssen, an einem grauen Tag, wenn ihre Laune sowieso am Boden lag. Jetzt schien die Sonne, das wollte sie genießen.

Der Eselsberg endete an der Westseite des Doms mit dem romanischen Turm. Therese umrundete den kleinen Wald aus Fahnenstangen, auf flatternden Stoffbahnen wurde auch hier für die Credo-Ausstellung geworben. Etwas oberhalb befand sich ein Fachgeschäft für Priesterkleidung, in dessen Inhaberfamilie der Schauspieler Gerd Wameling groß geworden war. Im Schaufenster klebte ein Zettel: »Credo-Sonderangebote«. Vor dem Museum warteten wieder lange Menschenschlangen.

Am Eingang des Schildern saß der vollbärtige Bettler auf seiner Decke, der inzwischen zum Stadtinventar zählte. Therese grüßte und ließ einen Euro in den Pappbecher fallen. Er nickte ihr zu.

»Das versäuft der doch nur«, sagte Michael jedes Mal, wenn er es mitbekam, und jedes Mal antwortete sie: »Das ist mir egal.« Sollte das bis an ihr Lebensende so weitergehen?

Auf dem Rathausplatz wich sie den Bussen aus und ging hinab zum Marienplatz. Auf dem Kopf der Jungfrau, die in luftiger Höhe auf ihrer Säule stand, hatte sich eine der schwarzen Tauben niedergelassen, die Therese bisher nur hier gesehen hatte. Erst auf den zweiten Blick entdeckte sie die dunkelhäutige Frau im sonnengelben Batikkleid, die auf ihrer Bank merkwürdige Verrenkungen machte. Als wären ihre Schultern verspannt, streckte sie die Arme nach hinten. Therese schien es, als riesele etwas aus ihren Händen in die Büsche. Die vielen Zöpfchen auf ihrem Kopf erinnerten sie an die kleine Nigerianerin in der gräflichen Bibliothek – oder war sie das etwa selbst? Das Kleid, wohl etwas traditionell Afrikanisches, veränderte ihr Aussehen. Doch als die Frau aufstand und zum Brunnen hinüberging, war sich Therese sicher. Genauso hatte sie sich bewegt, als sie in der

Bibliothek der Gruppe gefolgt war: steif wie ein Roboter, aber mit wippenden Zöpfen.

Die Schlange vor dem Eiscafé zog sich bis fast zur Marienstraße hinab. So gut war das Eis nicht, dass sich langes Anstehen lohnte. Therese entschied sich, zurückzuspazieren und ihr Eis am Bogen zu essen, wo die Kugeln ohnehin größer waren. Sie drehte sich um und warf einen Blick auf den Brunnen. Jetzt streckte die Nigerianerin eine Hand über den Beckenrand und bewegte sie im Wasser hektisch hin und her. Ihre Augen waren auf die Maria gerichtet, doch Zuversicht las Therese in ihrem Gesicht nicht. Dazu wirkte es viel zu angespannt.

Im Vorbeigehen musterte Therese den Boden hinter der Bank, auf der die Bezopfte eben gesessen hatte, und entdeckte zwischen mageren Mahonienbüschen ein paar schwarz-rote Kugeln, die in der Sonne blinkten. Was war das? Hatte sie eine zerrissene Halskette hier entsorgt? Oder war das irgend so ein Voodoo-Kram?

Weil sie nicht wieder durch den düsteren Schildern gehen wollte, nahm Therese den Weg über den Kamp, wo die Biergärten vor den Lokalen immer größer wurden. Sie bog in die ruhigere Liboristraße ein und erreichte nach ein paar Schritten die südliche Stadtmauer, an deren Innenseite sie nach Osten wanderte. Hier war sie ganz allein unterwegs. Die hohen Rolltore der Libori-Galerie waren geschlossen, am Sonntag gab es keinen Lieferverkehr. Die Häuser auf der rechten Seite waren direkt an die mittelalterliche Stadtmauer gebaut, nur in Lücken kam sie zum Vorschein.

Therese hätte es gern Interesse an exotischen Kulturen genannt, musste aber zugeben, dass es reine Neugier war, die in ihr brannte. Eine komische Szene hatte sie da eben erlebt. Zielstrebig war die Afrikanerin zur Mariensäule gegangen, aber nach Beten hatte ihr Tun vor der Gottesmutter nicht ausgesehen. Jede Bewegung hatte ihre Anspannung verraten. Und was sollten die schwarz-roten Perlen am Boden? Natürlich konnte es sich um ein afrikanisches Trauerritual handeln, immerhin hatte sie gerade einen Bekannten, vielleicht sogar Freund verloren.

In der Bibliothek hatte Therese kaum auf die kleinere der beiden dunkelhäutigen Frauen geachtet. Sie war ihr erst aufgefallen, als sie – bemüht unauffällig, wie es Therese jetzt schien – den Raum verlassen hatte, in dem vorher ihr verstorbener Reisegefährte seinen kleinen Disput mit dem Grafen ausgefochten hatte. Ob sie wusste, was es mit dem Papier Emmanuel Sabos auf sich hatte? Jedenfalls musste sie viel besser als Therese gehört haben, worüber die beiden sprachen.

Sie blieb vor einem der erhalten gebliebenen Wachttürme stehen und bewunderte den Baum, der die Mauer durchdrungen hatte. Man konnte wohl nicht bezweifeln, dass Sabo ertrunken war. Aber warum in der Pader? Zuletzt war er im weit entfernten Schloss Ettlerbrück gesehen worden, dort hatte von Etteler am Dienstag nach ihm suchen lassen. Offenbar war Sabo am Tag zuvor – bald nach dem Gespräch mit dem Grafen – verschwunden.

Als Therese die Kasseler Straße erreichte, wandte sie sich wieder stadteinwärts. Der jede innerstädtische Dimension sprengende Klotz des Vinzenz-Krankenhauses war um einen weiteren Block erweitert worden. Wie eine Gefängniswand zog sich die gelbe Backsteinmauer die Straße entlang. Dennoch war ihr der Anblick von außen lieber als die Aussicht, irgendwann einmal in einem der Zimmer liegen zu müssen.

Im Vorbeigehen fragte sich Therese, ob man den jungen Afrikaner hätte retten können, wenn er rechtzeitig gefunden worden wäre. Wie lange er wohl noch gelebt hatte nach dem Schlag? Die tiefe Bewusstlosigkeit, von der im Radio die Rede gewesen war, hatte ihn hoffentlich vor Schmerz und Todesangst bewahrt. Die Verletzungen seien rätselhaft, hatte der Sprecher gesagt. Fünf an der Zahl, aber über deren Größe und Anordnung war nicht gesprochen worden. Vielleicht war er auf etwas gefallen? Aber was konnte das sein?

Sie war am Bogen angekommen. Vor dem Eiscafé waren alle Tische besetzt, aber am Ausgabefenster standen nur ein paar Leute.

»Mokka, Vanille, Zitrone«, bestellte Therese, als sie an der Reihe war. »Mit Sahne.« Ihre Neugier konnte warten.

***

Ein weniger trauriger Anlass für den freien Tag wäre Ujunwa lieber gewesen, aber so war es nun mal. Es half Emmanuel nichts, wenn sie Trübsal blies.

Schon früh am Morgen war sie zu einer Schwimmrunde im Freibad aufgebrochen und kehrte nun erfrischt und tatendurstig in ihr Zimmer zurück. Regina war nicht da. Beim Frühstück nach der Trauermesse hatte sie nicht mehr geweint, aber den Anschein erweckt, als sei sie aus Stein. Kein Wort hatte sie gesagt. Wo sie wohl sein mochte? Ujunwa hängte sich den kleinen Rucksack über die Schultern und verließ das Gästehaus.

Den Dom mit dem goldenen Doppelkreuz auf dem Turm sah sie schon von Weitem, verlaufen konnte man sich kaum in dieser Stadt. Bei der Besichtigung hatte sie in seinem Inneren etwas entdeckt, das der Domführer links liegen gelassen hatte, ihr aber als die wahre Attraktion erschienen war. Jetzt konnte sie es in Ruhe betrachten.

Die Sonne blendete, aber ihre Sonnenbrille wollte sie nicht aufsetzen, weil sie damit noch mehr wie Grace Jones aussah. Zum Glück blieb ihr heute Martin Wrede erspart. Das Wetter war viel besser, als sie erwartet hatte, anfangs ein paar Tage mit Regen, Wind und Nebel, wie Ujunwa den Herbst in Deutschland kannte, aber jetzt schien seit Tagen die Sonne. Sie musste wohl Regina verlockt haben, ihr *Adire*-Kostüm anzuziehen. Ujunwa zog es vor, sich europäisch zu kleiden, in ihrem Leinenkleid fiel sie nicht so auf. *Adire*-Muster hingen bei ihr zu Hause eingerahmt an der Wand, die traditionelle Batik war wie die Orishas ein Teil ihrer Kultur, auf die sie stolz war, die aber nichtsdestotrotz vergangen war.

Heute hatten die Yoruba wahrlich andere Sorgen, als die Götter zufriedenzustellen. Es ärgerte Ujunwa, wenn sie sah, wie viele ihrer Landsleute lieber den Orishas opferten, als die Dinge selbst in die Hand zu nehmen. Die korrupten Generäle, die seit der Unabhängigkeit das Land ausplünderten, hatten schon so manchen *Juju*-Zauber überlebt. Ganze Herden von Widdern, das Symboltier des Hauptgottes Shango, hatten verbluten müssen, ohne dass er mit Blitz und Donner die Machthaber hinweggefegt hätte, und Oshun hatte trotz aller

Ziegen und Hühner, die man ihr geopfert hatte, keine Sintflut über die Hauptstadt ergossen. Es half auch nicht, wie es oftmals geschehen war, den Regierungsmitgliedern heimlich Haare abzuschneiden und sie zu einem mächtigen *Babalawo*, dem Yoruba-Priester, zu bringen, der ihnen mit einem ebenso mächtigen Zauberspruch Krankheit und Tod für sie und die Ihrigen an den Hals hexte. Davon bekamen sie nicht einmal einen Schnupfen. Menschen wie Regina war das nicht klarzumachen.

Aber es gab auch andere und immer mehr davon, die sich den Machthabern widersetzten, auf politischem Weg wie sie selbst oder militant, was Ujunwa nicht guthieß, aber verstand. Nigeria – besonders das Yoruba-Land – war mit seinen unerschöpflichen Ölquellen im Nigerdelta und den ergiebigen Diamantvorkommen eins der reichsten Länder Afrikas. Warum also solche Armut? Warum mussten die Leute zehnmal länger für ihre Nahrung arbeiten als in Europa? Die Eliten hielten ein ganzes Volk in Not und Elend, davonjagen musste man sie.

Auch wenn es Ujunwa besser ging als vielen Nigerianern, wusste sie doch, was es hieß, mit weniger als umgerechnet zwei Euro am Tag auskommen zu müssen, wie es neunzig Prozent ihrer Landsleute zugemutet wurde. Sie hatte bei der Christian Association einen gut bezahlten Job, doch ohne ihren Vater hätte sie wie viele ihrer Freunde in etwas wohnen müssen, das man hier als »finsteres Loch« bezeichnen würde. Ein eigenes Auto hatte sie schon deshalb nicht, weil das Fahren auf Straßen voller Schlaglöcher keinen Spaß machte.

Wenn in Deutschland das Pflaster uneben war, dann war es historisch wie hier auf dem Platz hinter dem Dom. Nur gut, dass sie die High Heels in Lagos gelassen und Sandalen eingepackt hatte. Auch für ihre Kleidung kam Vater auf, er betrachtete es als Investition in eine Ehe, die sie baldmöglichst schließen sollte. Für das Selbstbestimmungsrecht der Frauen musste ebenfalls noch einiges getan werden …

Die Deutschen hatten ein Wort für die kleinen weißen Wolken, die hinter dem Domturm am blauen Himmel schwammen. Ein Anblick wie die bayrische Fahne. Schäfchenwolken, das war es. Eine prächtige Kulisse, wären da nicht die vielen kreuz und quer geparkten Pkws, zwischen denen sich Ujunwa hindurchwinden musste. Warum missbrauchten sie diesen schönen, von alten Mauern umgebenen Ort als Parkplatz?

Auf dem Weg zur Bischofsmesse am vorigen Sonntag hatte ihnen Martin Wrede die Hintertür des Doms gezeigt, die Ujunwa jetzt aufschob. Auch hier ging sie auf historischem Bodenbelag, »Tudorfer Pflaster« hatte Wrede es genannt, was immer das war. Es habe früher in der ganzen Stadt gelegen. Ujunwa liebte Steine in jeder Form, und diese waren wirklich kunstvoll angeordnet, wie ein Mosaik. Die Zickzacklinien erinnerten sie an *Adire*-Muster. Wrede war nicht mehr gesehen worden, seit sie von Emmanuels Tod erfahren hatten. Ujunwa vermisste ihn nicht.

Vor der furchterregenden Maske mit dem weit offenen Mund, die hier aus der Wand schaute, war Regina stehen geblieben. »Eine *Juju*-Maske«, flüsterte sie Ujunwa zu. »Bestimmt ein böser Geist. Was er wohl macht, wenn man ihm die Hand in den Mund steckt?«

»Er beißt zu«, gab Ujunwa zurück und übersetzte ihr Wredes Erklärung. Für die Paderborner schien der Kopf ein Lügendetektor zu sein, denn angeblich biss er jeden in die Hand, der die Unwahrheit gesagt hatte. Regina zuckte zusammen und ging weiter, bevor ihr Ujunwa erzählen konnte, dass es laut Wrede auch gegen die Angst half, wenn man der Maske die Hand in den Mund steckte.

Glücklich gemacht hatte Regina dann das marmorne Weihwasserbecken, groß wie eine Salatschüssel, das am Eingang des eigentlichen Kirchenraums angebracht war. »Wie bei uns«, hatte sie lächelnd gesagt und das Wasser aufgerührt, bevor sie wie die anderen ein Kreuzzeichen schlug. Auch so ein Aberglaube, dachte Ujunwa, als sie jetzt an dem Becken vorbeiging. Wasser und Wohlergehen hingen zweifelsfrei zusammen, aber was hatten die Götter damit zu tun? Die Christen glaubten sogar, dass es Sünden abwaschen könne. Der Geruch des Weihrauchs stieg ihr in die Nase.

Jemand spielte die Orgel, aber der Altarraum war leer. Die

paar Menschen, die hier und da in den Bänken saßen oder durch das Dominnere schlenderten, verloren sich fast in dem riesigen Raum. Vor einem mehrreihigen Kerzenhalter klimperten Geldstücke, die in einen eisernen Kasten fielen. Zwei Frauen zündeten weitere Lichter an, bevor sie niederknieten und die Hände zum Gebet falteten.

Links und rechts des Kirchenraums waren Seitenkapellen in die Wände eingelassen, mit schmiedeeisernen Gittern und Türen, die Ujunwa schon beim ersten Vorbeigehen fasziniert hatten. Ihretwegen war sie noch einmal hergekommen. Sie trat an eines der Gitter und strich mit den Fingern über die darauf angebrachten, mit Engelsfiguren bemalten Bleche. Sie waren flach wie eine Leinwand, das frühere Rot-Gold war verblasst. Das Eisengeflecht um sie herum bildete ein verwirrendes Muster.

Erst als sie ein paar Schritte zurücktrat, ordneten sich die Linien, wurde der vom Kunstschmied beabsichtigte Effekt sichtbar. Jetzt standen die Figuren auf Podesten hintereinander, als könne man an ihnen vorbeigehen in die Tiefe des Raums bis zum Altartisch im Hintergrund einer langen, schmalen Kapelle. Verblüffend. Man wurde geradezu hineingezogen. Ujunwa trat wieder näher heran. Jetzt war da einfach nur ein planes Gittertor, durch dessen Lücken man den realen Raum dahinter erkennen konnte. Sie ging zurück und sah das vorige Bild.

Wie konnten ihre Gefährten nur achtlos an diesem Wunder vorbeigehen? Ujunwa hatte stehen bleiben wollen und versucht, Daniel Adigwe, der als Letzter der Gruppe ein paar Schritte hinter ihr ging, ebenfalls aufzuhalten. Er hatte gar nicht hingesehen und nur etwas von »nicht den Anschluss verlieren« gemurmelt. Sie fragte sich, wozu er mitgekommen war. An nichts, was man ihnen gezeigt hatte, war er interessiert gewesen.

Von der Orgelmusik begleitet, ging Ujunwa weiter. Das nächste Portal war ebenso kunstvoll gestaltet, man schaute in eine halbrunde Apsis mit einem Kreuz, darüber wölbte sich ein muschelförmiger Altarhimmel. Weitere Türen hielten andere Überraschungen bereit. Waren das Vexierbilder? Sie hatte etwas

Ähnliches bisher nur auf Papier gesehen. Die reine Hexerei war das.

Sie war sicher, dass Emmanuel ebenfalls Spaß an den wechselnden Perspektiven gehabt hätte. Seinem scharfen Blick war nichts entgangen, aber bei der Dombesichtigung hatte er bereits gefehlt. Regina wäre wohl neben ihm stehen geblieben, ein wenig gelangweilt, weil sie hier nichts an ihre geliebten Orishas erinnerte. Emmanuel hatte für die alten Götter nichts übrig gehabt, er glaubte – so hatte er sich einmal geäußert – an den einen Gott und die Gerechtigkeit. Ujunwa und er hatten sich schon früher getroffen, noch in Nigeria, doch er hatte sie gebeten, das für sich zu behalten. Sie hatte selbst nicht gewollt, dass ihr Arbeitgeber, die Christian Association, von ihrem Geheimnis erfuhr.

Anfangs hatte sie nicht glauben können, dass Emmanuels Tod wirklich ein Unfall war. Es gab in Nigeria so viele Gefahren für einen wie ihn, und dann sollte er hier einfach ertrinken? Doch sie hatte keinen Grund, der deutschen Polizei zu misstrauen, und auch sonst schien niemand ihre Zweifel zu teilen. Sie unterdrückte einen Seufzer, weil ihr eine Familie mit mehreren Kindern entgegenkam. Touristen wie sie – alle hatten Rucksackriemen über den Schultern.

Das schönste Gitter wartete noch auf sie, eine ganze Gitterwand, die sich quer über die westliche Schmalseite des Doms zog. Sie hatte es schon bei der Domführung entdeckt, es aber nicht betrachten können, weil sie die Worte des Führers übersetzen musste, der langatmig das monströse Denkmal eines vor fünfhundert Jahren verstorbenen Bischofs erklärte. Er hatte es noch zu Lebzeiten in Auftrag gegeben und ein Abbild von sich selbst bestellt, das an heuchlerischer Frömmelei nicht zu überbieten war. Ujunwa ging schnell daran vorbei. Bischof Rufai hatte zu der Figur aufgesehen wie ein Kind zum Weihnachtsbaum.

Meter an Meter reihte sich vor ihr ein Gitterwerk, das die ganze Kunst früherer Schmiedemeister offenbarte. In der Mitte war es, als schaue man in eine große Halle, eine Ritterburg vielleicht, mit Seiteneingängen, Nischen und Kabinetten, aus denen leises Orgelspiel herausklang. Über eine Stufe gelangte man in einen von zwei Figuren bewachten Festsaal mit einer gewölbten Decke. Sechs breite Fenster auf jeder Seite mit halbrunden Oberkanten ließen die Tiefe des Raums erahnen. Es war unglaublich. Wie hatte der Künstler das bloß hinbekommen? »1654« stand über dem Tor.

Und er hatte noch weitere Sensationen eingebaut. Zu beiden Seiten der vorderen Halle befanden sich Türen, die in zwei Nebengelasse führten. In jedem stand an der Längswand ein rotsamtener Thronsessel, in dem sie, wäre er größer gewesen, ohne Weiteres hätte Platz nehmen können. Darüber ragte ein ausladender Baldachin weit in den Raum. In den anschließenden Gitterelementen fand Ujunwa kleine Kapellen in tiefen Nischen, an denen am deutlichsten zu erkennen war, mit welch perspektivischen Tricks der Kunstschmied gearbeitet hatte. Immer wieder musste sich Ujunwa überzeugen, dass die Gitterwand in Wirklichkeit flach war wie ein Spalier.

Es war die reine Illusion – geheimnisvolle Räume, die es gar nicht gab, die aber doch zum Betreten einluden. Doch wenn man hineinwollte, stand man vor den eisernen Streben. Verhielt es sich mit Emmanuels Unfall nicht ähnlich? Ujunwa schien es, als lägen hinter seinem Tod weitere Ebenen, unzugängliche Winkel voller Mysterien, und dass sie nur ein Stück zurücktreten müsse, um sie zu entdecken. Aber in welche Richtung?

»Do you speak English?«

Ujunwa schrak zusammen, als sie unvermutet von der Seite angesprochen wurde. Ein älterer Mann mit einem Namensschild, das er an einem roten Band um den Hals trug.

»Yes, I do«, antwortete sie, fügte jedoch in bester, ein wenig spitzzüngiger Aussprache hinzu: »Aber möchten Sie nicht lieber Deutsch sprechen?«

Er hüstelte und hielt kurz die Hand vor den Mund. »Darf ich fragen, was Sie hier tun?«

»Ich schaue mir die schönen Portale an.« Ujunwa wusste nicht, ob das die richtige Antwort war, aber der Mann zog ab. Fragten sie jeden Touristen? Er hatte wohl geglaubt, sie spähe die

Kunstschätze des Doms aus, um sie von Bandenmitgliedern ins finstere Afrika bringen zu lassen. Sie verließ den Kirchenraum durch die hohen Schwingtüren, die auf den Markt hinausführten. Draußen schien noch immer die Sonne.

SECHS

Und wieder war es ein schöner Tag. So konnte es bleiben und dann Frühling werden. Therese mochte den Winter nicht.

Sie holte ihre Zeitungen aus dem Briefkasten und ging hinaus auf den Balkon, wo die Morgensonne soeben über das Nachbardach geklettert war. Hinter dem Hotel nebenan klapperten Mülleimerdeckel. Die Tasse mit dem Milchkaffee kam aufs Stövchen.

Obenauf lag die Wahlkampfzeitung der CDU, die wohl am Wochenende – dem letzten vor dem Wahlsonntag – verteilt worden war. Unzählige Fotos, und auf allen lächelte der Bundestagskandidat Therese an. Es half ihm nichts, sie würde ihn nicht wählen. Immerhin war er ein nachdenklicher junger Mann mit Widerspruchsgeist, beileibe nicht der »schwarz angemalte Besenstiel«, der – so wollte es die Legende – zu jeder Wahl aus der Ecke geholt und unweigerlich gewählt wurde. Die CDU würde diese Wahl wieder haushoch gewinnen, die Karawane zog weiter … Guck an, auch der Graf war auf einem der Fotos.

In den Tageszeitungen überwog ebenfalls der Wahlkampf. Therese war eine disziplinierte Leserin; obwohl sie gespannt war auf weitere Informationen über den Tod Emmanuel Sabos, blätterte sie nicht voraus. »Woran glauben die Parteien?« betitelte das Blatt seine ganzseitige Berichterstattung über die Rolle der Religion im Bundestagswahlkampf. Fast die halbe Seite nahm ein Foto Angela Merkels ein, neben ihr der neue Papst.

Therese vertiefte sich in die Schaubilder mit Angaben über die Verteilung der Glaubensrichtungen: Zwischen dreißig und vierzig Prozent Katholiken gab es im Bistum, aha. Paderborn – die Bischofsstadt – mit ihren zweiundfünfzig Prozent war also ein statistischer »Ausreißer«. Wie bestellt begannen die Domglocken zu läuten.

Ein Schmetterling – ein Pfauenauge mit dunkelroter Zeichnung – ließ sich auf der tiefblauen Männertreuwiese im Balkonkasten nieder. Ein schöner Kontrast. Der Falter saugte am

Nektar und pumpte mit den Flügeln. Vom Getöse der Glocken ließ er sich nicht stören.

Therese lauschte der himmlischen Musik und ließ ihre Augen über die in Kübeln und Kästen blühenden kleinen Wunder streifen. Die Kirche und in der Politik das »hohe C« dominierten die Stadt. Wie hatte es ein über die Region hinaus bekannter Kunstschaffender formuliert: Manch einer hier träume sich zurück in den »Gottesstaat klerikaler Prägung«. Therese lehnte sich zurück und sah zum blauen Himmel hinauf. Er mochte recht haben. Statt angesichts des Antimodernismus den Kopf einzuziehen, betrachteten die Stadtoberen die allgegenwärtige Präsenz der Kirche geradezu als marketinggerechtes Alleinstellungsmerkmal. War nicht die Credo-Ausstellung das beste Beispiel? Sie war nun schon das dritte millionenschwere Event seiner Art, jedes »unter dem Primat der Kirche mit dem Zielpunkt des Missionsgedankens«. Als habe ihn etwas aufgestört, flatterte der Schmetterling davon.

Es musste am Glockengeläut liegen, dass Thereses Gedanken wieder einmal beim zurzeit meistdiskutierten Thema der Stadt landeten, das ihr, seit sie für den Grafen arbeitete, ohnehin oft im Kopf herumspukte. Sie stand auf und strich mit der Hand über die blaue Blütenwiese. Die Aussage des als kritisch (bei den Stadtoberen hieß das »mäkelig«) bekannten Künstlers hatte sie sich gemerkt, weil ihr die in die heutige Zeit gerichtete Missionsabsicht der eigentlich historischen Ausstellung nicht bewusst gewesen war.

Aber so musste man es wohl sehen. Im Credo-Katalog, der natürlich auch in ihrer Bibliothek stand, hatte sie gelesen, dass sich derzeit der Missionsbegriff der Kirchenoberen wandele; nicht mehr die Bekehrung der »Heidenkinder« in fernen Ländern stehe im Vordergrund, sondern die Missionierung »nach innen«, die Überzeugungsarbeit unter den lau gewordenen Mitchristen. Nach Missbrauchsskandalen und Tebartz van Elst liefen der katholischen Kirche die Leute weg, da half es vielleicht, ihnen die glorreiche Geschichte des Christentums vor Augen zu führen. Ganze Herden von Schülern, denen man schon von Weitem die Langeweile ansah, wurden durch die Ausstellung gejagt, jeder Landfrauenverein hatte sie fest im Programm. Und warum sonst schleppte von Etteler Leute aus aller Welt ins Museum, wenn nicht, um ihnen die Größe seiner Kirche und die Verlockungen ihrer Macht vor Augen zu führen? Sie mochte in Afrika nichts zu suchen haben, aber bestimmt fanden es die Menschen dort reizvoll, ihr anzugehören und Gottes so prachtvoll ausgestatteten Reichs teilhaftig zu werden.

Die Glocken waren verstummt, auf dem nahen Heierswall brummte der Verkehr. Mit dem Finger in der Erde prüfte Therese, ob ihre Blumen Wasser brauchten. Was wohl die Nigerianer von der Credo-Ausstellung hielten? Sie würden, wenn sie nach Hause kamen, Wunderdinge zu erzählen haben, vor denen ihre eigene Kultur verblasste. Jemand sollte von Etteler mitteilen, dass sein und St. Ansgars missionarisches Engagement in der »Einen Welt« sogar in Kirchenkreisen unmodern geworden war. Therese zupfte ein paar verblühte Löwenmäulchen ab und warf sie in den Mülleimer.

Als sie an ihrem Kräuterbeet schnupperte, fiel ihr noch jemand ein, der ihre Kritik an den Paderborner Prioritäten geteilt hatte. »Vor dem Himmel kommt das Leben auf Erden«, hatte Heinz Nixdorf gesagt, dem die Stadt alles zu verdanken hatte, was sie modern machte. Vorrang habe der Aufbau einer sozialen Gesellschaft mit Arbeitsplätzen und einem zufriedenen, gesunden Dasein für alle. Wie so ein Traumland zu realisieren war und wie es im Einzelnen auszusehen hätte, darüber konnte man streiten, aber es ins Himmelreich zu verlagern hieß für Therese, das Andenken des Computerpioniers mit Füßen zu treten.

Zufrieden mit dem Zustand ihres Balkongärtchens, in dem die bunten Blumen wild durcheinanderwuchsen, ließ sich Therese wieder auf der Bank nieder und blätterte den Lokalteil auf. Erst auf der dritten Seite fand sie die gesuchte Überschrift: »Der Tote an der Pader – Ist JJ ein Mörder?« Ein langer Artikel mit einem großformatigen Foto des Fundorts, der hier geradezu idyllisch wirkte. Das rot gesprenkelte Grün der Eiben spiegelte sich im Wasser.

In der Textmitte war ein kleines Foto Kommissar Schlüters

abgedruckt. Er hatte sich verändert, sah irgendwie abgemagert aus. Der letzte Fall vor seiner Pensionierung sei es gewesen, den er noch mit Erfolg habe abschließen können. Schon heute trat ein Kommissar aus Bielefeld die Nachfolge an.

Man hatte Liborius Schlüter gefragt, was er von dem Gerücht halte, dass der Leguan JJ den Tod des Afrikaners verursacht habe.

»Sicher, möglich ist es«, wurde er zitiert. »Die Anordnung der Verletzungen über der Schläfe des Ertrunkenen entspricht in etwa der Form einer Pfote mit scharfen Krallen.« Als seitlich am Kopf oberhalb der Schläfe im Dreieck angeordnete Einkerbungen wurden die fünf Wunden im Text beschrieben. Tatsächlich konnte man an eine krallenbewehrte Klaue denken.

Ob man die Bevölkerung vor dem Alligator-Reptil warnen müsse?

»Auf jeden Fall«, so Schlüter. Niemand solle zu nah herangehen und unter gar keinen Umständen versuchen, JJ zu streicheln.

»Vielleicht ist das dem ausländischen Besucher zum Verhängnis geworden«, unkte der Redakteur im Kommentar. JJ habe ihn möglicherweise an die heimische Tierwelt erinnert.

Gehörten Leguane nicht nach Südamerika?

Noch einmal wurde bekräftigt, dass Emmanuel Sabo laut Obduktionsergebnis ertrunken sei. Man habe in seinen Lungen Wasser gefunden. Da kein Fremdverschulden festzustellen sei, müsse man von einem Unfall ausgehen. Vermutlich sei Emmanuel Sabo beim Sturz in die Pader auf ein paar Steinsplitter gefallen. »Klappe zu, Affe tot.« Das stand da nicht, aber Therese hatte Schlüters Diktum noch im Ohr. Damals hatte er nicht recht behalten. Die Brieftasche des Toten mit Geld und Papieren war nicht gefunden worden, auch das sprach nicht für einen Unfall.

Nachdem sie die Todesanzeigen studiert hatte, faltete Therese die Zeitungen zusammen und ging hinein. »Erfolgreich abgeschlossen«, das sah Schlüter ähnlich. Offene Fragen ignorierte er einfach. Wie konnte er davon ausgehen, dass es sich um einen Unfall ohne Fremdverschulden handele, wo es die mysteriösen Verletzungen an der Schläfe des Toten gab? An den Leguan glaubte er doch wohl selbst nicht. Offenbar hatte Schlüter auch nicht recherchiert, wie Emmanuel Sabo aus Ettlerbrück an die Pader gekommen war.

Sie machte sich ein Marmeladenbrot und einen zweiten Milchkaffee. Michael schlief immer noch, deshalb ging sie wieder hinaus in die Sonne. Ein paar weiße Wolken trieben am blauen Himmel. Emmanuel Sabo war in ihrem Land zu Gast gewesen, da sollte man seinen rätselhaften Tod doch wohl gründlicher untersuchen.

Dass Liborius Schlüter dermaßen von seiner angeblichen Lösung überzeugt war, reichte schon, um Therese zum Widerspruch zu reizen. Nachdem sie zweimal recht behalten hatte, war die statistische Wahrscheinlichkeit hoch, dass es auch diesmal so war. Aber es gab darüber hinaus Grund genug, zu zweifeln. Sie hatte nicht erwartet, dass der Fall so bald zu den Akten gelegt würde, sondern fest mit weiteren Ermittlungen in Ettlerbrück gerechnet, bei denen alle Angestellten und auch sie befragt worden wären. Dann hätte sie natürlich vom Auftritt zwischen dem Grafen und Emmanuel Sabo berichtet und den Beamten die Vitrine mit dem Merian-Band gezeigt, in dem das Blatt Papier, das von Etteler nicht annehmen wollte, noch liegen musste. Vielleicht hätte sie sogar einen Blick darauf werden können.

Auf dem Nachbarbalkon goss Frau Kazinski ihre Geranien, die sie jedes Jahr wieder in Monokultur zog. Therese mochte es bunter, aber jedem das Seine.

»Guten Morgen«, rief sie hinüber.

Die Nachbarin schaute auf. »Ach – ich hab Sie gar nicht gesehen.« Sie deutete zum Himmel. »Schönes Wetter haben wir wieder, ne?«

»Ja, ja, so kann's bleiben.« Wie oft hatten sie diese Unterhaltung schon geführt. Frau Kazinski verschwand in ihrer Wohnung, bald darauf hörte Therese den Staubsauger.

Sie trank einen Schluck Kaffee und biss in ihr Brot. Wer wohl Schlüters Nachfolger geworden war? Vielleicht war es dieser Brinkmöller, der kam doch aus Bielefeld. Unwahrscheinlich war es nicht, schließlich kannte er Paderborn von einem früheren Fall, bei dem ihn Therese kennengelernt hatte. Fünf Jahre musste das her sein. In Bielefeld war er sicher einer von mehreren Kommissaren, während er in Paderborn der Chef wäre, das musste einen Mann doch reizen. Schlüter hatte sich nahezu als Alleinherrscher aufgeführt, verpflichtet nur dem Landrat und dem lieben Gott. Damals hatte ihm die übergeordnete Bielefelder Kripo Brinkmöller als Aufpasser zugeteilt.

Schon weil er immer diese bunten Hawaiihemden trug, war Brinkmöller Therese sympathisch gewesen, auch wenn er mit dem typischen »Klobrillenbart« wie ein biederer Beamter ausgesehen hatte. Er war ein naseweiser Bielefelder – wie hatte er sich damals über die »heilige Stadt« lustig gemacht, als Paderborn von den Medien wegen des angeblich hier grassierenden Exorzismus durch den Kakao gezogen worden war. Aber er hatte Therese zugehört.

Mit der Kaffeetasse in der Hand trat sie an die Balkonbrüstung. Von hier aus konnte sie ein Stück der alten Stadtmauer erkennen mit einem Wachtturm, aus dem weiße Neonröhren herausragten. Die Hinterlassenschaft eines städtischen Kunstprojekts zur Illuminierung der Stadttürme, die Neonröhren sollten die Speere der Wachhabenden symbolisieren. Nachts warfen sie ein gespenstisches Licht auf Thereses Balkon.

Sie sollte zur Polizei gehen, auch wenn es vielleicht nicht Brinkmöller war, auf den sie dort traf. Jeder war besser als Schlüter. Immerhin war in dem Presseartikel die Bevölkerung zur Mithilfe aufgerufen worden. Es war zwar von Beobachtungen die Rede gewesen, die jemand in der Nähe der Pader gemacht haben mochte, aber was Therese mitzuteilen hatte, war sicher auch relevant.

Die Uhrglocke des Doms läutete zur vollen Stunde. Es war erst acht Uhr, so früh erwartete sie niemand im Schloss. Überdies hatte sie in der letzten Woche Stunden genug angesammelt, sodass sie sich heute einen freien Vormittag leisten konnte. Und was war bei dem schönen Wetter gegen einen Spaziergang einzuwenden? Sie würde durch die Paderwiesen und den Riemekepark zur Polizeiwache laufen, da konnte sie in Ruhe überlegen, was sie sagen wollte.

Mit einem tiefen Schluck leerte sie ihre Kaffeetasse. Emmanuel Sabos Tod musste weiter untersucht werden, denn wenn es tatsächlich einen Mörder gab, sollte der nicht frei herumlaufen.

Es gab doch einen Gott, er hatte ihre Gebete erhört.

»Peter Brinkmöller, Kriminalkommissar K1« stand auf dem Namensschild an der Tür, hinter der früher Liborius Schlüter residiert hatte. Therese klopfte an und trat ein, als sie ein »Herein« zu hören glaubte. Sie sah nur einen Rücken im weißen Hemd, der Kopf war tief über eine offene Schublade gebeugt. War das Brinkmöller?

»Guten Tag«, sagte Therese, und der Kopf fuhr in die Höhe.

»Was tun *Sie* denn hier?« Nach einem Moment der Verblüffung lächelte er sie an. Die dunkelblauen Augen, die lustigen Fältchen in den Winkeln waren noch dieselben, aber sonst wirkte Brinkmöller verändert.

»Kein Hawaiihemd?«

Er lachte laut auf. Jetzt bemerkte Therese auch, dass er den unsäglichen Bart abgenommen hatte. Um Klassen besser sah er aus, nur der Schlips stand ihm nicht.

»Heute nicht.« Er wies mit der Hand auf unausgepackte Kisten. »Sie sehen ja, ich bin gerade erst gekommen. Es gibt später eine offizielle Begrüßung durch den Landrat mit Presse und WDR-Team.«

»Ach so.« An der Wand, wo früher Schlüters Ansichtskartensammlung gehangen hatte, war jetzt ein Arminia-Poster mit Stecknadeln an die Tapete gepinnt.

Brinkmöller stand auf, entschuldigte sich, weil er sie nicht gleich ordentlich begrüßt habe, und gab ihr die Hand. »Setzen Sie sich doch, Frau Urban.« Er zog zwei der kreuz und quer im Raum stehenden Stühle übereck an einen Besuchertisch. Er hatte kein Gramm zugenommen, war immer noch so groß und schlank, wie ihn Therese in Erinnerung hatte. »Bin leider noch nicht fertig hier, sonst könnte ich Ihnen einen Kaffee anbieten.« Eine blauschwarze Arminia-Tasse stand auf seinem Schreibtisch.

»Nicht nötig«, sagte Therese. »Ich bin ja schon froh, dass ich Sie hier treffe und nicht …« Sie brach ab. Allzu offenherzig sollte sie wohl doch nicht sein, auch wenn sie damals mit Brinkmöller über Schlüter einer Meinung gewesen war.

»Und nicht meinen werten Vorgänger, wollten Sie sagen. Das war 'ne Marke, was?« Er hob die Hände und rückte umständlich und mit den Augen rollend eine fiktive Brille zurecht.

Genauso hatte es Schlüter gemacht. Therese grinste. Brinkmöller ging mit ihr um, als seien sie uralte Bekannte. »Und was treibt Sie ausgerechnet nach Paderborn? Damals hatten Sie eine Heidenangst, den Exorzisten in die Hände zu fallen.«

»Habe ich immer noch«, behauptete er. »Hat sich hier was geändert?«

»Exorzisten hab ich lange nicht mehr gesehen, aber jede Menge Missionare laufen frei herum.«

»Ach ja, die Credo-Ausstellung. Mein neuer Chef hat sie mir empfohlen, aber da wird mir noch eine Ausrede einfallen.«

Therese lachte. »Besorgen Sie sich Krücken. Die Museen sind nicht behindertengerecht.«

»Gute Idee. Waren Sie denn schon drin?«

»Nicht meine Welt.«

»Aha.« Er fuhr mit der Hand über den Krawattenknoten, als sei er ein Fremdkörper. »Aber nun sagen Sie schon, Frau Urban, lassen Sie mich nicht an Neugier sterben: Was verschafft mir die Ehre? So nett es auch wäre, aber bestimmt wollten Sie mich nicht nur an meinem ersten Arbeitstag in Paderborn begrüßen.«

»Nicht direkt ...«, druckste Therese.

»Oh nein! Sagen Sie nicht, Sie sind wegen des Leguan-Falls hier.«

»Leguan-Fall?«

»Sie wissen doch, dieser JJ, der angeblich den Afrikaner umgebracht hat. Mein Vorgänger hat den Namen erfunden. Aber der Fall ist abgeschlossen, das haben Sie ja sicher in der Zeitung gelesen. Sie werden einsehen, dass wir einen Leguan nicht vor Gericht stellen können.«

Er fing schon genauso an wie Schlüter. »Zu dem Leguan hab ich nichts zu sagen«, gab Therese zurück. »Es geht um etwas anderes. Auch wenn es derselbe Fall ist.«

»Also doch. Nun reden Sie schon.« Seine Miene wirkte nicht

unfreundlich. Er schien wirklich hören zu wollen, was sie zu sagen hatte.

»Nun ja.« Sie erzählte von ihrem neuen Job in der Schlossbibliothek, von der nigerianischen Delegation, die beim Grafen zu Besuch war, von dessen Bibliotheksführung einschließlich der befremdlichen Szene zwischen von Etteler und Emmanuel Sabo, und von dem ominösen Papier, dass dieser versteckt habe. Sie erwähnte auch, dass Sabo zuletzt im Schloss gesehen worden sei und man zumindest fragen müsse, wie er nach Paderborn gekommen war. Ihr Bericht geriet länger als beabsichtigt, aber Brinkmöller hörte die ganze Zeit zu und wandte keinen Blick von ihrem Gesicht.

»Und dann sind da noch die merkwürdigen Verletzungen«, fügte sie hinzu. »Sie mögen zwar aussehen wie von einer Pfote, aber seien Sie ehrlich, Herr Brinkmöller – glauben Sie wirklich, dass es der Leguan war? Warum sollte er den Mann schlagen? Und in seinen kurzen Armen hat er bestimmt nicht so viel Kraft, wie es braucht, um jemanden zu töten.«

»Das hat er ja auch nicht getan. Ich habe zwar am Wochenende meinen Umzug gemacht und war nicht im Büro, aber so viel habe ich doch mitbekommen, dass es sich um einen Tod durch Ertrinken handelt.«

»Und was ist, wenn Sabo vorher bewusstlos geschlagen wurde? Ich kann mir nämlich nicht vorstellen, dass ein so junger Mann von allein ins Wasser fällt. Ich habe mir die Stelle an der Pader angesehen. So leicht ist es gar nicht, bis zum Ufer vorzukraxeln. Da ist alles voller Gestrüpp.«

»Vielleicht hat Sabo wirklich den Leguan gesehen und wollte gucken, was es damit auf sich hatte?«

Therese schüttelte den Kopf. »Er hätte sich jederzeit an einem Ast festhalten können, bevor er ins Wasser fiel. Und wenn doch, hätte er leicht hinausklettern können. Es sei denn, er war da schon ohnmächtig. Mit so viel Wucht, dass man sich an ein paar Steinen oder sonst was die Schläfe aufschlägt, kann man das Paderufer kaum hinabfallen.«

Brinkmöller nickte. »Zumal das Wasser den Fall gebremst hätte.«

»Genau.« Darauf war sie nicht gekommen.

»Hm.« Nachdenklich musterte Brinkmöller die umherliegenden Utensilien.

Im Papierkorb entdeckte Therese das uralte RAF-Plakat mit den teilweise durchkreuzten Gesichtern, das all die Jahre an Schlüters Wand gehangen hatte. Sie deutete darauf. »Haben Sie die Jagd eingestellt?«

Brinkmöller verzog das Gesicht. »Er hätte seinen Müll auch selbst entsorgen können.« Irgendwie wirkte er unbehaglich. »Und seine Fälle selbst lösen.« Mit der linken Hand kratzte er sich im Nacken unter dem Hemdkragen. Anscheinend machte es ihm nicht viel Spaß, als erste Amtshandlung hinter Schlüter herräumen zu müssen.

Mit übertrieben gerunzelter Stirn sah er Therese an. »So langsam verstehe ich meinen geschätzten Vorgänger. Wo Sie auftauchen, liebe Frau Urban, gibt's Ärger. Meinen Sie, mein Vorgesetzter findet es lustig, wenn ich den Fall wieder aufrollen will?«

Das war sein Problem. »Sind Sie hier der Chef oder nicht?« Es lag doch wohl in der Verantwortung eines Kriminalkommissars, allem nachzugehen, was auf eine Straftat hindeutete.

»Sie haben gut reden.« Er griff wieder zum Krawattenknoten, als sei er überrascht, ihn an seinem Hals zu finden. »Und dann noch ein leibhaftiger Graf, und ein prominenter dazu. Können Sie sich vorstellen, was hier los ist, wenn ich die Truppe ins Schloss schicke und nach Ihrem Papier suchen lasse?«

Immerhin wusste er schon, was zu tun war. Therese sah zum Fenster hinüber, das auf die Baumkronen des Riemekeparks hinausging.

»Aber gut.« Sein Seufzer konnte tiefer nicht sein. »Sie sollen Ihren Willen haben.«

»Darum geht es nicht.«

»Dann eben, weil ich es mir mit Ihnen nicht verscherzen will.« Er grinste sie an.

Therese verdrehte die Augen. Er wollte nur nicht zugeben, dass sie recht haben könnte.

»Andererseits haben Sie mich wirklich neugierig gemacht.

Dieses Papier kann ganz harmlos sein, aber man weiß eben auch, dass es allerhand dunkle Kanäle gibt zwischen Nigeria und unserem Land.«

»Kommen Sie mir jetzt nicht mit der ›Nigeria-Connection‹. So einer war Herr Sabo nicht.« Bei von Etteler konnte sie sich eher finstere Umtriebe vorstellen, aber das sagte sie lieber nicht.

»Woher wollen Sie das wissen? Man schaut den Leuten immer nur *vor* den Kopf, nicht hinein.«

»Eben. Besser ist es, sich ihre Taten anzusehen, und dazu gehört in diesem Fall, dass ein Fragen aufwerfendes Papier versteckt wurde. Wäre es für Sabo belastend gewesen, hätte er es bei sich behalten.«

»Sie haben recht, Frau Urban, ist ja schon gut.« Brinkmöller machte ein belustigtes Gesicht. »Aber eines will ich Ihnen gleich sagen.« Sein Ausdruck wurde ernst. »Falls hier Ermittlungen nötig werden sollten, dann werden wir – die Staatsorgane, nicht wahr? – diese durchführen. Da bin ich so stur wie mein Vorgänger, das verspreche ich Ihnen in die Hand. Sie werden auf keinen Fall versuchen, irgendetwas auf eigene Faust herauszubekommen, haben wir uns verstanden? Ich möchte nicht noch einmal erleben, dass Sie sich oder andere mit Ihren Recherchen in Gefahr bringen.«

Voll des besten Willens, ihre Neugier nur auf das zu richten, was sie aus der Zeitung erfuhr, nickte Therese.

»Gut.« Brinkmöller zeigte ihr wieder die Lachfältchen in seinen Augenwinkeln. »Da das jetzt geklärt ist und wo Sie schon mal hier sind, können wir ja noch einen kleinen Plausch halten. Was mich interessiert: Gehen Sie immer noch in die Schwimmoper? Am meisten bedaure ich nämlich, dass ich mein Schwimmbad in Bielefeld lassen muss.« Er bewegte die breiten Schultern vor und zurück.

Therese hatte schon damals gedacht, dass er ein Schwimmer sein müsse. »Jeden Morgen«, behauptete sie, obwohl das längst nicht mehr so war.

»Dann schließe ich mich Ihnen an. Wie läuft es denn da so?«

Brinkmöller war wirklich von der schnellen Truppe. Aber sie hatte nichts dagegen, ihn ab und zu beim Frühschwimmen zu treffen, und notfalls war das Bad groß genug, dass man sich aus dem Weg gehen konnte.

»Die Damen an der Kasse sind nett, die zeigen Ihnen bestimmt, wie das mit dem Durchlass und den Garderobenschränken funktioniert.« Alles war gut ausgeschildert, Dusche und WC sollte er finden. Sie erklärte ihm noch, an welchen Tagen man um acht Uhr das Wasser verlassen musste und an welchen nicht. »Das Schönste ist das Sprudelbecken an der frischen Luft, da entspanne ich immer noch ein paar Minuten.«

»Schön«, sagte er. »Dann bis morgen im Sprudelbecken. Und bei Gelegenheit müssen Sie mir mal die Stadt zeigen. Dabei können Sie mir gleich mehr über Ihre Bibliothek erzählen. Schöne Bücher interessieren mich nämlich auch.«

»Gern.«

Na so was, dachte Therese, als sie Brinkmöllers Tür hinter sich schloss. Dass sie hier mit fast so etwas wie einem Date hinausgehen würde, hatte sie sich auf dem Hinweg nicht vorgestellt.

Ein kühler Wind fegte von Westen her die Riemekestraße hinauf, der Himmel hatte sich bezogen. Therese beschloss, auf dem Rückweg durch die Stadt zu laufen, da konnte sie sich unterstellen, falls es auch noch regnen sollte. Wozu einen Schirm, hatte sie gedacht, die Sonne scheint, und war im T-Shirt losmarschiert. Sie rieb ihre Arme, auf denen sich schon eine Gänsehaut bildete. Die schwarze Leinenhose flatterte um ihre Beine.

Hier war das Behördenviertel, erkennbar nicht nur an den Hochbauten von Kreisverwaltung, Finanzamt und Arbeitsagentur. Männer mit Schlips und Frauen in oft schwarz-weißer Bürokleidung strebten dem Großkaufhaus zu und kehrten mit gelb bedruckten Bäckertüten zurück. In den alten Häusern des Riemekeviertels lebten viele Migranten; Frauen mit Kopftüchern schleppten Papiertüten den Gehweg entlang, ein paar Kinder trotteten hinterher. Therese wich aus, wo es notwendig war, und freute sich über jeden Windschatten.

Sie fühlte sich so erleichtert, dass sie mitten auf der Riemekestraße hätte tanzen mögen. Endlich hatte sie mit jemandem über ihre Zweifel und Befürchtungen reden können. Brinkmöller hatte geduldig zugehört, als sie Beobachtungen und Argumente zusammengesucht hatte, und ihr selbst war auf einmal alles sonnenklar erschienen. Sie hatte ihn wohl überzeugt: Es hatte ganz so ausgesehen, als wolle er sofort »die Truppe« losschicken. Der Graf, an den sie bisher gar nicht gedacht hatte, würde nicht eben begeistert sein. Hoffentlich erzählte ihm niemand, dass der Tipp von ihr gekommen war, denn dann konnte sie die schönen Bücher in den Wind schreiben. Sie ging einen Schritt schneller, um ihr Frösteln zu vertreiben.

Peter Brinkmöller hatte ihr die Verantwortung abgenommen, aber nicht die Neugier, die sich wieder regte, als sie an die junge Afrikanerin auf dem Marienplatz dachte. Er hätte Therese wohl ausgelacht, wenn sie ihm davon erzählt hätte, und vielleicht hatte er ja recht und sie interpretierte viel zu viel in ihr Verhalten hinein. Alles – sogar die schwarz-roten Kugeln – mochte eine ganz harmlose Erklärung finden. Und was ihre Beobachtung in der Bibliothek anging: Wenn Brinkmöller das Papier fand und es Ermittlungen rechtfertigte, konnte sie immer noch davon erzählen.

Vor der Bank an der Ecke zur Grunigerstraße bog ein silberfarbener Mercedes mit Schwung vor ihr auf den Bürgersteig ein. Therese musste in weitem Bogen ausweichen, doch das störte den sonnenbebrillten Fahrer nicht, der die Autotür aufriss und so eilig in die Schalterräume rannte, wie sie es sonst nur von Bankräubern im Fernsehen kannte. Sie wartete geradezu auf einen Streifenwagen mit heulender Sirene, und sei es nur, um dem Idioten einen saftigen Strafzettel zu verpassen. Gegenüber betraten ein paar dunkelhäutige junge Männer den afrikanischen Telefon- und Internetladen.

Gleich sah sie wieder das angespannte Gesicht der jungen Schwarzen vor sich, die großen, wie starr wirkenden Augen, die Therese schon gestern nicht aus dem Kopf gegangen waren. Das war nicht nur Trauer gewesen, eher hätte man meinen können, sie habe Angst vor etwas gehabt. Befürchtete sie ein ähnliches Schicksal wie das Emmanuel Sabos? Oder hatte etwas anderes sie geschockt? Wenn es mit dem Toten zusammenhing, hatte Therese gestern gedacht, konnte das Problem nicht erst in Deutschland entstanden sein. Sie mussten es mit hergebracht haben. Dann hatte sie den PC eingeschaltet und in der Suchmaschine das Stichwort »Nigeria« eingegeben. Ob sie mit ihrer Vermutung nun recht hatte oder nicht, inzwischen war ihr Interesse an dem Land gewachsen.

Als Erstes bot ihr Google »Nigeria-Connection« an – davon hatte Oliver Bussmann gesprochen. Ein Artikel aus »Computer-Bild«, von »miesen Betrügern, die Frauen auf Datingportalen abzockten« war die Rede. Illustriert war der Bericht mit Websites ausschließlich weißer Männer. Die »Nigeria-Connection« sei ein Syndikat, hieß es da. Eine Mafia, der gleichzeitig Schwarze und Weiße angehörten? In einem Chatforum warnten deutsche Frauen, sich mit Nigerianern einzulassen, die allesamt Lügner und Betrüger seien und außerdem notorische Fremdgänger. Die gab es auch unter Weißen.

Wieder musste Therese warten, weil vor der Baustelle des neuen Wohnkomplexes ein mit Sand beladener Lkw umständlich auf der Straße wendete. Zwei gelbe Baukräne mit abgewinkelten Armen operierten auf so engem Raum, dass sie nur hoffen konnte, sie verschöben den unvermeidlichen Zusammenstoß, bis sie weitergegangen war.

Endlich konnte sie ihren Weg fortsetzen, und sofort drängten sich wieder die von Google gelieferten Bilder vor ihr inneres Auge: nigerianische Sportler in deutschen Vereinen, der Viva-Moderator Mola Adebisi, auch ein Nigerianer, eine im Ruhrgebiet ermordete nigerianische Prostituierte mit Zöpfen wie die der jungen Frau vom Marienplatz. Interessant fand Therese die Berichte über einen Berliner Schleuser-Prozess, in dem eine Nigerianerin angeklagt war, eine Reihe Frauen aus ihrem Land mit Voodoozauber, in dem Blut, Haare und Fingernägel eine Rolle spielten, zur Prostitution gezwungen zu haben. Ganz aktuell, vom Sommer 2013. War es möglich, dass Nigerianerinnen heute noch an so etwas glaubten? An Voodoo hatte Therese auch beim Anblick der schwarz-roten Kugeln am Marienplatz gedacht.

Wikipedia klärte sie dann darüber auf, dass Voodoo der Zauber der früheren Sklaven Amerikas war, den diese aus Westafrika mitgebracht hatten. In Nigeria hieß der Kult *Juju* und umfasste mehr als die Verehrung der alten Götter. Es gab eine ganze Musikrichtung, die so benannt war, begründet von King Sunny Adé, dessen Musik Therese bisher für Reggae gehalten hatte. Man konnte schlechtes *Juju* haben und gutes, es bedeutete also auch so etwas wie das indische Karma.

Im Back-Shop holte sich Therese ein Kürbiskernbrötchen und verzehrte es im Gehen. Wie hieß der nigerianische Volksstamm mit dem *Juju*-Kult? Sie hatte sich den Namen merken wollen. Die von ihnen verehrten Orishas hatte Therese bereits auf Kuba kennengelernt und sie für einheimische Götter gehalten. Nach ihrer Reise hatte Shango, der tanzende Donnergott mit der Doppelaxt und »Anführer« der Sklavenaufstände, auf einem Poster lange ihre Wand geziert. Der Volksstamm, dessen Namen sie vergessen hatte, stellte einen großen Teil der Bevölkerung Nigerias und darüber hinaus, das fiel ihr noch ein. Therese fragte sich, ob die Besuchergruppe dazugehörte. Vielleicht konnte sie das von Oliver Bussmann erfahren.

Die Ampel am Westerntor ließ sich wie immer Zeit, bevor sie von Rot auf Grün wechselte. Der Wind blies unangenehm kühl um ihre nackten Arme. Sie sah sich um. Viele in der großen Gruppe der Wartenden trugen Jacken und Regenschirme; sie waren wohl weitblickender als Therese, vielleicht auch misstrauischer, was das Paderborner Wetter betraf, oder sie waren einfach später losgegangen als sie. Die gesichtslosen Wohn- und Geschäftshäuser am Rand des Platzes hätten so auch in Lagos stehen können. Therese hatte Fotos gesehen, auf denen es genauso aussah, mit Straßen voller Autoverkehr wie hier.

Inmitten eines Pulks von Passanten überquerte sie den Zebrastreifen, alle beeilten sich, weil die Grünzeit nur für Sprinter ausreichte. Ein paar Senioren blieben auf der Mittelinsel zurück, links und rechts rauschten Autos und Busse an ihnen vorbei.

In den großen Städten Nigerias mochte es ähnlich sein wie hier, wenn auch die Straßen voller Schlaglöcher waren, die niemand reparierte. Doch durch die Dörfer führten oft nur sandige Pisten, über Verkehrsampeln hätte wohl jeder nur gelacht. Die Leute hatten andere Sorgen: Neunzig Prozent der nigerianischen Bevölkerung hatten kaum das Nötigste zum Leben, Sozialunterstützung, die hier arme Leute vor dem gröbsten Elend schützte, gab es nicht, Renten und Pensionen bekamen nur Staatsbedienstete, und auch die wurden oft nicht gezahlt, weil sich Funktionäre an den Rücklagen bereicherten. Dort würde niemand eine halb leere Pita-Tüte wegwerfen wie hier am Westerntorbrunnen. Eine Handvoll Pommes frites lag neben der Schachtel im Dreck.

Obwohl die ganze Zeit graue Wolken über der Stadt gehangen hatten, begann es erst zu regnen, als sie schon ein Stück der Westernstraße hinter sich gebracht hatte, in der sich ein Geschäft an das nächste reihte. Glück gehabt, dachte Therese noch, als es ordentlich zu plästern begann. Sie rannte los. In der Franziskanergasse hatte ihr alter Freund Uwe seinen Laden, dort würde sie ein Handtuch und einen Kaffee bekommen. Uwe freute sich immer über eine gute Geschichte, und die hatte sie ganz sicher zu bieten.

»Putz dir die Füße ab!« Mit seinem Laden war Uwe eigen.

Obwohl sie nass war wie eine Katze, die man aus der Regentonne gezogen hatte, trat Therese zurück auf die Matte vor der Tür. »Tritt ein, bring Glück herein« stand rosenumkränzt auf makellos samtig blauem Grund. Das war Uwe: kitschig, aber mit Stil. Das Glockenspiel bimmelte seine kleine Melodie, als sie die Tür hinter sich schloss.

»Theresa furiosa«, begrüßte er sie, als er mit einem Handtuch in der Hand vor ihr stand. »Haare auf Sturm, wie immer.« Sie waren schon zusammen zur Schule gegangen.

»Kann dir ja nicht passieren.« Sein Glatzkopf war frisch rasiert.

Therese rubbelte über Haar und Gesicht und rieb ihre Arme trocken. Im Laden hing noch die Wärme der vergangenen Tage. Sie schnupperte. Es roch nach frischem Kaffee.

Uwe nahm ihr das Handtuch ab. »Alt genug bist du doch wahrhaftig, um zu wissen, dass man in Paderborn mit Regen rechnen muss.«

»Sprich nicht von meinem Alter, sonst erwähne ich deins.«

»Schon gut.« Uwe hob die Hände. »Wir gehören sowieso zur Generation der Alterslosen.« Er zog die Augenbrauen hoch und musterte ihre Figur, die sich unter den nassen Klamotten abzeichnete. »Gehst du nicht mehr schwimmen?« Uwe war wirklich ihr bester Freund.

»Doch, doch.« Ab morgen wieder jeden Tag. »Gib mir 'n Kaffee, dann erzähle ich dir was.«

Er ging in seine kleine Küche und stellte Milch in die Mikrowelle. Therese hörte es piepsen, als er sie einschaltete. Geschirr klapperte.

Uwe hatte sich den kleinen Laden neben dem Franziskanerkloster eingerichtet, als er es leid geworden war, mit seinen heilkräftigen Steinen über die Jahrmärkte zu ziehen. Therese umrundete den großen Tisch mit den vielen Fächern, aus denen es in allen Farben leuchtete. Einen grünen Stein fischte sie heraus und warf ihn von einer Hand in die andere, während sie durch den Raum wanderte. An den Wänden hingen schön gefasste Opale und Amethyste, eine ganze Ecke nahm Indianerschmuck ein mit viel Jade und Silber. »Paraphernalia« stand in verschnörkelter Schrift über dem Regal mit dem Kifferzubehör, das er regelmäßig entstaubte, aber nicht verkaufte, weil die Leute aus Angst, erkannt zu werden, lieber nach Bielefeld fuhren, wenn sie eine zerbrochene Glasbong ersetzen mussten.

Das Prunkstück des Ladens, eine gläserne Vitrine, stand gut ausgeleuchtet in einer Ecke. Therese ging hinüber, um zu schauen, ob es etwas Neues gab. Hier war Uwes ganz persönliche Spielwiese, sein »Hausaltar« sozusagen, mit Devotionalien aus aller Welt, die er auf Reisen selbst zusammentrug. Echt goldene Buddhafiguren, juwelenverzierte indische Göttinnen, winzige Klappaltäre mit goldenen Schließen, mythologische Tiere aus Elfenbein. Alles ohne Preisschilder – wer so etwas erstand, dem war das Geld egal. Die rot und golden bemalte Jesusfigur mit dem Alabastergesicht hatte er noch nicht verkauft, das blutende Herz – ein Granat – schien im Licht zu pulsieren.

Uwe erschien mit einem Tablett, das er auf dem runden Tisch in der kleinen Sitzecke abstellte. »Bitte.« Er wies auf die rotsamtenen Sessel mit den goldenen Troddeln, nach denen er lange auf Flohmärkten gesucht hatte. Die Milch für Thereses Kaffee hatte er sogar aufgeschäumt, selbst gebackene Schokoladenkekse lagen in einer silbernen Schale.

»Das ist ein Amazonit«, sagte er, als Therese den grünen Klunker, den sie noch in der Hand hielt, auf den Tisch legte. »Mal wieder ein Beispiel dafür, dass die Steine automatisch zu dem kommen, der sie braucht.«

»Wieso?« Therese nahm den Stein wieder auf und besah ihn genauer. Zarte weiße Adern durchzogen ihn.

»Er beruhigt die Nerven und bringt Gelassenheit.«

»Soso.« Uwe bezeichnete sie gern als radderiges Weib, so nannten die Paderborner jede Frau, die nicht als Schlaftablette herumlief.

»Ich schenke ihn dir. Und jetzt erzähl.« Er war ebenso neugierig wie Therese.

»Was meinst du, wen ich getroffen hab?«

»Nun sag schon.« Er griff zu seinem Tabakspäckchen und drehte sich eine Zigarette. Auf Vorrat, wusste Therese, denn in seinem Laden rauchte er nicht.

»Erinnerst du dich noch an Peter Brinkmöller, den Kommissar aus Bielefeld?«

»Der mit den süßen Hawaiihemden?« Er verdrehte die Augen und spitzte die Lippen. Ein Gesicht wie eine der Putten in seiner Vitrine.

»Mmh.«

Das Engelsgesicht verschwand. »Aber hatte er nicht einen ganz furchtbaren Bart?« Er schauderte theatralisch zusammen.

»Der ist ab.« Sie erzählte, dass Brinkmöller sich mit ihr im Schwimmbad treffen und sich von ihr die Stadt zeigen lassen wolle.

»Oh, oh«, machte Uwe mit gespitztem Mund und begann an ihr herumzuschnüffeln. »Ich rieche, rieche Menschenfleisch«, brummte er dann wie aus dem Grab. Ein Spruch aus irgendeinem Märchen.

»Nichts da. Ich hab schon einen Kerl zu viel.«

»Schmeiß ihn raus. Meiner ist neulich auch geflogen.« Uwe liebte die Abwechslung.

»Heute hatte er aber einen Schlips um.«

»Igitt.« Uwe verzog das Gesicht und wollte wissen, wo sie Brinkmöller getroffen hatte. Sie erzählte es ihm. Von dem toten Afrikaner in der Pader und Schlüters angeblich erfolgreicher Lösung des Falls hatte er in der Zeitung gelesen, das brauchte Therese nicht auszuführen. Auch JJ, den Leguan, kannte er natürlich. Er hörte genau zu, als sie das Gespräch mit Brinkmöller wiedergab.

»Ich hab die Reisegruppe, mit der Emmanuel Sabo unterwegs war, in der Bibliothek gesehen«, sagte sie. »Er war so ein hübscher junger Mann.«

Diesmal verdrehte Uwe nicht die Augen, sondern sah sie ernst an. »Du meinst, er wurde umgebracht?«

»Ich weiß nicht. Irgendetwas gefällt mir an der Geschichte nicht. Ich wollte nur, dass sie noch mal genauer hingucken.«

»Meinst du, Brinkmöller sagt dir, was auf dem Blatt Papier steht, wenn er es findet?«

»Keine Ahnung. Er hat mir verboten, mich in die Angelegenheit einzumischen.«

»Woran du dich selbstverständlich hältst.«

»Klar. Was soll ich sonst tun?«

Uwe grinste sie an, ohne etwas zu sagen. Wie immer stand sein Hemd halb offen, man sah ein Stück des Tattoos mit Mick Jaggers herausgestreckter Zunge. Um den Hals trug er an einem Lederband einen durchscheinend rötlich gelben Stein.

Therese wies mit der Hand darauf. »Und wofür ist der?«

»Weisheit und Einklang mit der Umwelt«, gab er Auskunft. »Das ist Jade, auch wenn es nicht so aussieht. Täte dir ebenfalls gut.«

»Man muss nur dran glauben«, wiederholte sie den Spruch, den er schon hundertmal gehört hatte.

»Eben. Ist wie mit dem Jesulein – wenn man dran glaubt, hilft's.«

»Du solltest dich bei Credo als Touristenführer bewerben.« Er selbst glaubte an gar nichts und trug die Steine nur wegen der Kunden.

»In meinem nächsten Leben. Dieses ist ausgebucht.«

»Hast du schon wieder 'n Neuen?« Braun gebrannt und gepflegt, wie er war, sollte das kein Problem sein. In schwarzer Lederhose und weißem Hemd sah er einfach gut aus. Die paar Pfunde zu viel machten ihn eher sympathisch.

»Noch nicht.«

Therese nickte. »Da war übrigens noch was, das ich dir erzählen wollte. Etwas ganz Komisches.« Sie gab wieder, wie sie die junge Schwarze mit den Zöpfen in der Bibliothek und dann an der Mariensäule beobachtet hatte. Als sie die schwarz-roten Perlen erwähnte, horchte er auf.

»Schwarz-rot, sagst du?« Er stand auf und kam mit einer Handvoll ebender Kugeln zurück, die Therese unter der Bank gesehen hatte. Eine Hälfte schwarz, die andere rot. Sie schienen etwas größer zu sein.

»Was ist das?«

»Das sind Türöffner«, erklärte er. »Unter den Orishas – die kennst du ja aus Kuba – gibt es einen Wächter, der auf Schwarz-Rot steht. Die hier hab ich aus Nigeria.«

Bisher hatte Therese nur von Afrika gesprochen. »Aus Nigeria sind die Besucher auch.«

»Echt? Interessant. Bestimmt gehören sie zu den Yoruba, die haben es mit den Orishas.«

Yoruba. Das war das Wort, das sie gesucht hatte.

»Ganz klar«, sagte Uwe. »Die Kleine wollte ihre Schutzgöttin um einen Gefallen bitten, und um den Wächter vor der Himmelstür zu bezahlen, brauchte sie etwas Schwarz-Rotes.« Er wog die Kugeln in der Hand. »Granat und schwarzer Opal, nicht billig. Was sie von ihrer Orisha wollte, war bestimmt nicht so einfach.«

»Den Eindruck hatte ich auch. Sie war total verspannt.« Therese nahm eine Kugel und rollte sie über den Tisch. »Wann warst du denn in Nigeria?«

»Ich nicht. Hat mir jemand mitgebracht, der hier studiert.«

Die Türglocke bimmelte, eine junge Frau trat ein, die zu ihrem geblümten langen Rock ein hellgrünes T-Shirt trug. Ohne Jacke, es musste aufgehört haben zu regnen. Sie fragte nach einer Kette, die Uwe für sie gekürzt hatte, und wollte sich einen Anhänger dazu aussuchen. Sie ließ sich Zeit, fragte Uwe dieses und jenes. Therese stand auf und schlenderte zum anderen Ende des Raums mit dem Bücherregal. Reihenweise esoterische Literatur, Mondkalender, Feng-Shui-Ratgeber.

»Die Kraft der Eiben« las Therese auf einem Buchrücken und fühlte sich an den Geißelschen Garten mit den struppigen Eibengehölzen erinnert, wo Emmanuel Sabo gefunden worden war. Sie zog das Werk heraus und blätterte darin herum. Eiben waren giftig, das hatte sie schon gewusst, aber nicht, dass an sehr heißen Tagen sogar die Luft dazwischen lebensgefährlich sein konnte. Sie stellte das Buch zurück und hoffte, dass es Schlüter nicht in die Hand fiel, denn sonst hätte er noch einen Grund gehabt, Sabos Tod nicht untersuchen zu müssen.

Die Sommerwiesenfrau bezahlte und ging. Therese nahm wieder auf ihrem Thronsessel Platz und ließ sich von Uwe mit neuem Kaffee bewirten. Er war der perfekte Gastgeber und als Hausmann der Traum jeder Frau.

»Für Schwule ist Nigeria ein Alptraum«, sagte Uwe, als er sich wieder gesetzt hatte. »Da würde ich nie im Leben hinfahren.« Er drehte sich eine neue Zigarette, die er wie die vorige in eine silberne Schachtel schob.

»Ist dein Freund auch schwul? Der Student?«

»Mmh. Der hat's da nicht mehr ausgehalten. Es gibt hier 'ne ganze Reihe von denen, viele wandern aus. Für 'n simplen Fick kannste für zehn Jahre ins Gefängnis gehen, das ist doch finsterste Steinzeit. Und weißt du, wie die Knäste da sind? Die Gefangenen müssen sich sogar ihr Waschwasser kaufen, ohne Geld bleibst du dreckig, zehn Jahre lang! Und die Zellen sind so überfüllt, dass sie nur dicht nebeneinander auf der Seite schlafen können. Am Boden und Kopf an Fuß, stell dir das mal vor.« Er wirkte so entsetzt, als habe er den Horror selbst erlebt.

»Schrecklich.« Vorstellen wollte sie sich das gar nicht.

»Und im Norden, wo die Muslime sind mit ihrer bekloppten Scharia, droht unsereins sogar die Steinigung.« Wieder griff er zum Tabaksbeutel.

Therese nahm sich einen Schokoladenkeks. »Ob in dieser Gruppe auch jemand schwul ist? Vielleicht sogar der Tote?«

»Nicht ganz unwahrscheinlich. Wir reisen ja alle gern.« Er steckte die Zigarette zu den anderen in die Schachtel. »Aber das kriegst du nicht raus. Die sind so dran gewöhnt, sich zu verstecken – da wackelt keiner mal mit dem Hintern, das kannst du mir glauben.« Er stand auf, öffnete die Tür und sah hinaus. Uwe verbarg seine Homosexualität nicht, im Gegenteil: Schon lange vor Harald Glööckler hatte er Wert darauf gelegt, sämtlichen Klischees zu entsprechen. Zum Glück verzichtete er aber auf Federboas, Fummel und Zigarettenspitzen.

»Ich muss dringend eine rauchen«, sagte er, als er zurückkam. »Kommste mit?« Seine Zigaretten rauchte er im Park der Franziskanerpatres, dessen Eingang dem seinen schräg gegenüberlag.

»Nee, so viel Zeit hab ich nicht. Die Bücher warten.« Therese trank ihren Kaffee aus und stand auf.

Uwe hängte ein emailliertes Schild in die Tür: »Bin gleich wieder da«.

»Ich sag's dir, Therese«, sagte er noch. »Diese Frau hat was damit zu tun. Umsonst opfert die nicht 'n Haufen teure Perlen.« Als sie ging, rief er ihr nach: »Halt mich auf dem Laufenden.«

Therese hob die Hand, drehte sich aber nicht mehr um. Wenn es nach Kommissar Brinkmöller ging, würde sie nicht viel zu erzählen haben.

***

Die Sonne beschien in breiten Streifen den Kreuzgang des Dalheimer Klosters, helles Licht fiel auf weiß gestrichene Wände und Deckenbemalungen in zarten Farben. Es gab nichts Düsteres hier. Dennoch war es Ujunwa so unheimlich, als müsse sie sich im Klosterkeller, den sie vorhin besichtigt hatten, ohne Licht ihren Weg suchen.

Sie blieb zwischen zwei Gängen vor einer bröckelnden Mauerecke stehen, während ihre Reisegenossen mit der Klosterführerin langsam weitergingen. Im Kreuzgang waren bewegliche Spiegel aufgestellt, mit deren Hilfe die Gemälde in den Gewölben leichter zu betrachten waren. Ujunwa hörte, wie die Führerin, eine ältere Frau mit weichen braunen Locken, von

Pflanzenmotiven sprach, welche die Ordensleute, die früher hier gelebt hatten, an das Paradies erinnert hätten. Sie sprach ein flüssiges Englisch. Regina bewegte den ersten Spiegel in der Reihe hin und her, gab aber bald auf und verrenkte sich lieber den Hals beim Blick nach oben.

Mit Absicht sei die Mauerecke, vor der Ujunwa stehen geblieben war, nicht verputzt worden, hatte die Führerin eben erklärt. Man habe alles so herrichten wollen, wie es zu den Glanzzeiten des Klosters gewesen sei, aber auch den zwischenzeitlichen Verfall deutlich machen wollen. Ujunwa ging näher heran. Auf früherem Verputz waren Farbreste zu erkennen, herausgeplatzte Stücke zeigten das ursprüngliche Mauerwerk. Sie strich mit den Fingerspitzen über die alten Steine, die ihr voller Geheimnisse schienen. Wie ihr Leben seit Emmanuels Tod. Er war erschreckend genug, doch seitdem waren so viele Fragen aufgetaucht, war so viel Beunruhigendes geschehen, dass Ujunwa sich fragte, ob sie alle heil in ihr Land zurückkehren würden.

Es war wie mit dem Verputz hier: Die Oberfläche war strahlend weiß, und darunter lagen verrottete Schichten, die nur stellenweise sichtbar wurden. Sie fuhr mit dem Finger eine Lücke entlang, Sand rieselte herab. So konnte man wohl den gesamten Pfeiler zerbröseln. Ihr war, als hätte sie bei einigen ihrer Reisegefährten ebenfalls hinter eine Wand geschaut, hinter die Fassade christlicher Sorglosigkeit in Gott, die Gästen eines katholischen Sozialwerks wohl angestanden hätte, nun aber mehr und mehr Risse aufwies.

Die Gruppe wanderte weiter, der Führerin nach, die hier und da an die Decke zeigte, während sie sprach. Der Graf tippte Daniel Adigwe mit einem Finger auf die Schulter und zeigte auf eine der Fensternischen, die hinaus auf den Kreuzgang führten. Bevor sie darin verschwanden, sagte von Etteler etwas zu Adigwe, wovon Ujunwa nur deshalb, weil er es aufgeregt betonte, das Wort »Police« verstand.

Ging es um den Grund für des Grafen Verspätung am Morgen? Er war mit ärgerlichem Gesicht dem Range Rover entstiegen und hatte den Fahrer – diesmal nicht Oliver Bussmann – noch angeblafft. Eine Erklärung für die Verzögerung hatte es nicht gegeben, auch kein Lächeln zur Begrüßung.

Langsam schlenderte sie den anderen nach, spitzte die Ohren, hörte aus der Nische aber nur Gemurmel. Der Graf redete leise auf Adigwe ein, doch als Ujunwa vorbeiging, sah er auf und verstummte. Adigwe zog sein Tuch aus der Tasche und wischte sich den Schweiß von der Stirn.

Ob er krank war? Das hatte Ujunwa sich schon öfter gefragt. Bei diesen Temperaturen transpirierte doch niemand. Aber es war nicht die übermäßige Schweißabsonderung des Reisegenossen, sondern sein verändertes Verhalten, das ihre Antennen aufrecht stehen ließ wie ihr Haar. Schon als sie die Reise antraten, hatte sich Ujunwa gedacht, dass Adigwe in ihrer Gruppe den obligatorischen Aufpasser der Regierung darstellte. Und wirklich – er hatte mit kaum jemandem gesprochen, aber alles, was um ihn herum vorging, genau registriert.

Mit Emmanuel hatte sie darüber geflachst, wie es alle taten, wenn es um die tumben Spitzel des State Security Service ging. »Keine Angst, der will nur was von mir und dem Bischof«, hatte er gemeint, weil Adigwe sonst wohl nicht im Schloss gewohnt hätte. Sie hatten sich keine Sorgen gemacht, weil der SSS in Deutschland keine Befugnisse hatte, ihnen etwas anzuhaben.

Nachdem sie die Gruppe erreicht hatte, schaute Ujunwa mit den anderen zum bemalten Gewölbe hinauf, doch die Erklärungen der Führerin rauschten ungehört an ihr vorbei. Sie war nicht Emmanuels Meinung gewesen, weil sie bemerkt hatte, wie Adigwe jedem nachsah, der sich von der Gruppe entfernte, und bei jedem Handyklingeln aufmerksam wurde. Und was sie selbst anging: Martin Wrede hatte ihr erzählt, dass sich Adigwe nach ihr erkundigt, als sie den ersten Teil der Credo-Ausstellung versäumt hatte, und ihn ziemlich eindringlich nach dem Grund gefragt habe. Er hatte also jeden von ihnen im Blick, außer vielleicht den Bischof, für den er wenig Interesse zeigte, obwohl doch dessen Sicherheit seine erste Sorge sein sollte.

Seit Kurzem – Ujunwa hatte nicht bemerkt, wann es anfing – schien Adigwe die Lust an der Bespitzelung verlassen zu haben. Er interessierte sich für die besichtigten Kunstwerke, stellte

Fragen zu den historischen Bauwerken und sah nicht einmal auf, wenn die Studenten miteinander flüsterten. Sie konnte so oft zurückbleiben, wie sie wollte, ohne dass er noch hinter ihr auftauchte. Konnte es sein, dass er die Beobachtung aufgegeben hatte? Ujunwa sah dafür keinen Grund, außer dass es mit Emmanuels Tod zusammenhing.

»Nun kommen wir zum unterhaltsamen Teil der Besichtigung des Dalheimer Klosters«, kündigte die Führerin an und öffnete eine Tür. Bischof Rufais Augen leuchteten erwartungsvoll auf. Als sei das Unglück gar nicht geschehen, setzte die Gruppe das geplante Programm fort.

»Es war Gottes Ratschluss, dass er Emmanuel Sabo von uns nahm«, hatte der Bischof gestern nach der Abendandacht gesagt, und Ujunwa hatte es für die deutschen Teilnehmer übersetzen müssen. »Wir haben für ihn gebetet und um ihn getrauert und werden das fortsetzen, bis uns der letzte Atemzug verlässt.« Aber es wäre dem Verstorbenen nicht recht gewesen, die Besichtigungstour abzubrechen, hatte er gemeint. Sabo habe so viel Arbeit in die Vorbereitung gesteckt, da dürfe seine Mühe nicht vergebens sein. Ganz zu schweigen von den Kosten. »Wir wissen alle, wie sparsam er mit den Spendengeldern umging«, hatte Rufai mit Blick auf den Grafen hinzugefügt.

Alles richtig – aber war eine unterhaltsame Ausstellung über die Spiele und Zerstreuungen der Mönche die richtige Art, um ihren Gefährten zu betrauern? Lachen schallte durch den Raum, als die ersten Exponate in Sicht kamen.

Zu allen Zeiten hätten die Menschen und natürlich auch die Klosterbewohner Freude am Spiel gezeigt, erklärte ihre Führerin. Es habe in Klöstern Billardzimmer und Kartenspielrunden, geistliche Lotterien und Freiluftkegeln gegeben, man habe Theater gespielt und Musik gemacht. Nach »ora et labora«, der höchsten aller Klosterregeln, hörte sich das nicht an.

Warum auch nicht, dachte Ujunwa. Mönche brauchten Freizeit wie jeder andere. Aber dann sollte die Kirche den Müßiggang nicht als sündig verdammen.

Vor einer niedlichen Jesuskindfigur mit apfelroten Bäckchen blieb sie stehen, während die Führerin mit Teilen der Gruppe weiterging. In einer Hand hielt der kleine Gott die von ihm beherrschte Weltkugel, auf der anderen Seite reckte sich ein mahnender Zeigefinger in die Höhe. Aber er war völlig unbekleidet, sogar das pummelige Geschlechtsteil war nackt. Die Klosterfrauen hätten die Figur als Anziehpüppchen benutzt, entnahm Ujunwa der Beschriftungstafel, es habe ihnen geholfen zu meditieren.

Martin Wrede, der in der ersten Woche nicht von ihrer Seite gewichen war, hätte dazu sicher einen dummen Spruch parat gehabt. Ujunwa war froh, dass sie dessen Süffisanz nicht ertragen musste, fragte sich aber doch, warum er seit dem Samstag, als sie von Emmanuels Tod erfahren hatten, nicht wieder aufgetaucht war. Niemand hatte ihn entschuldigt. Mehr aus Neugier als weil sie Wrede vermisste, hatte sie überlegt, den Grafen zu fragen, aber wegen dessen Unzugänglichkeit lieber davon abgesehen. Immer wirkte er, als schwebe er in höheren Sphären. Wrede hatte sicher anderes zu tun.

Ihre Gruppe hatte sich weitgehend aufgelöst, nur noch der Graf, der Bischof und Adigwe standen um die Führerin herum. Auch Ujunwa schlenderte ein wenig abseits durch die verschiedenen Abteilungen der Ausstellung, hier und da stehen bleibend, um ein Objekt näher in Augenschein zu nehmen oder eine Beschriftung zu lesen. Es war alles viel zu viel, um es mit einem Mal aufzunehmen, aber sie hatte ja den Katalog.

Wenn es nach Ujunwa ginge, hätte Bischof Rufai die Reise ruhig abbrechen können. Die richtige Freude kam nicht mehr auf, weder bei ihr noch bei den anderen. Aber vielleicht war es doch gut, dass sie hier ein wenig Ablenkung fanden, denn sakrale Ernsthaftigkeit hatten sie in wahrlich ausreichendem Maße genossen. Sie warf einen Blick auf antike Würfelspiele, zerklüftete Bocciakugeln aus Holz, Schachfiguren aus Walrosszähnen. Elfenbeinschnitzereien waren ebenfalls vorhanden; auch dafür waren die afrikanischen Elefanten abgeschlachtet worden, die es heute nur noch in Nationalparks gab.

Ein paar Schritte von Ujunwa entfernt stand Regina vor einer Bildtafel in leuchtenden Farben. Die Frau im Zentrum war von hier aus nicht zu erkennen, doch wegen des Kindes auf ihrem

Schoß tippte sie auf eine Darstellung Mariens. Regina war völlig versunken in die Szene. Bestimmt sah sie wieder Oshun vor sich, auch wenn die Malerei so gar nichts Afrikanisches hatte. Mit ihrer Jeans und dem dunklen Baumwollblazer wirkte Regina wie ein Fremdkörper vor den in farbiger Pracht erstrahlenden Gewändern. Die Arme hatte sie vor der Brust gekreuzt.

Ujunwa dachte an das Gespräch vom gestrigen Abend zurück. Sie hatte sich erkundigt, wie es ihr ergehe nach Emmanuels Tod, und sich gewundert, dass sie nur ein dahingesagtes »Gut, gut« zu hören bekam. Von Reginas Gelassenheit ermutigt, brachte sie die mysteriösen Umstände zur Sprache, unter denen er gestorben war. Doch da fauchte Regina sie an wie eine Katze: »Es war ein Unfall, sonst nichts.« Später war sie so freundlich wie immer, alberte bei Tisch sogar mit den Studenten herum. Nichts deutete darauf hin, dass sie für Emmanuel mehr empfunden hätte als für einen zufälligen Reisegenossen.

Auch die Szene vorhin vor dem Kloster, als sie auf den Grafen gewartet hatten, war seltsam gewesen. Wie so oft hatte Reginas Handy geklingelt, doch diesmal nahm sie den Anruf an und entfernte sich ein paar Schritte von der Gruppe. Ujunwa wunderte es, dass sie ihre Schultern hochzog, als erwarte sie Schläge. Einen Satz konnte sie hören, als Reginas Stimme laut wurde: »Ich kann es doch auch nicht ändern«, sagte sie auf Yoruba.

»Mein Onkel«, erklärte sie achselzuckend, als sie wieder neben Ujunwa stand. Aber ihr Gesicht war ganz starr. Ein anderes Mal hatte sie nach einem ähnlichen, kaum nach harmlosem Geplauder klingenden Anruf gesagt, es sei eine Freundin gewesen.

Ujunwa wusste nicht, was sie von all dem halten sollte. Jedes Mal, wenn die *Juju*-Melodie ihres Handys ertönte, zuckte Regina zusammen, und in der Regel drückte sie die Anrufe weg. Und wie häufig sie sich umschaute, als erwarte sie, hier im fernen Deutschland jederzeit auf Bekannte zu treffen. Man könnte meinen, dachte Ujunwa, Regina fühle sich von irgendwem bedroht. Konnte Daniel Adigwe etwas damit zu tun haben? Er stand mit dem Bischof vor einem Tisch, beide lachten und zeigten mit den Fingern auf einzelne Exponate, die

Ujunwa nicht erkennen konnte. Der Graf unterhielt sich mit ihrer Führerin.

Noch etwas hat sich verändert, kam es Ujunwa in den Sinn, als ihr Blick auf Yakubu Oibe fiel, einen der Theologiestudenten aus der Diözese des Bischofs, der neuerdings ständig in Reginas nächster Umgebung anzutreffen war. Fast schien es, als nutze er die Gelegenheit – ihr Alleinsein nach Emmanuels Tod, dem früher jeder ihrer Blicke galt –, mit ihr anzubandeln.

Wenn ihr diese Entwicklung eher erfreulich vorkam – Regina machte ganz den Eindruck, als brauche sie jemanden, der auf sie achtgab –, so galt das nicht für das Verhalten der anderen beiden Studenten, Joseph Numbere und Timothy Ilobi, die vor einer Vitrine standen, tuschelten und kicherten und Yakubu Blicke zuwarfen. Es war vorbei mit der dreifaltigen Einigkeit vom Anfang der Reise, die Ujunwa oft belustigt hatte, weil sich die drei so ähnlich sahen und immer beieinander waren. Sie vermochte sie nur auseinanderzuhalten, weil Yakubu hübscher und etwas größer war als die anderen und Timothy sich von Joseph durch ein paar Akneflecken im Gesicht unterschied. Beide waren kräftig gebaut, das Kraushaar auf den schmalen Köpfen war millimeterkurz geschoren, Hemd und Hose im gleichen pastoralen Grau, das zu ihrem kindischen Verhalten nicht passen wollte. Wie früher auf dem Schulhof mobbten sie ihren Gefährten, verlachten alles, was er sagte, und redeten kein Wort mit ihm.

Yakubu stand schräg hinter Regina und blickte gelangweilt hinauf zu dem Kirchengewölbe über dem Kopf Mariens. Ujunwa beschloss, noch einen Versuch zu machen, mit Regina in ein freundschaftliches Gespräch zu kommen, und ging auf die beiden zu. Gleich entfernte sich Yakubu, wie alle nigerianischen Männer, wenn sie Frauengespräche witterten. Als Ujunwa neben Regina stand, schien es ihr, dass diese wie versteinert auf einen Punkt im samtenen Faltenwurf des Umhangs einer feinen Dame starrte, der feuerrot aus dem Bild herausleuchtete. Sie gehörte zu einer Reihe glanzvoll gekleideter Gestalten, die wohl den »Hofstaat« der thronenden Himmelskönigin bildeten. Die Namensschildchen über den Köpfen waren von hier aus nicht zu entziffern.

Regina hatte sich immer noch nicht geregt, sie schien gar nicht registriert zu haben, dass Ujunwa neben ihr stand. Diese folgte noch einmal ihrem Blick und merkte, dass er gar nicht dem Prachtgewand galt, sondern einem blutig roten Messer auf dem gefliesten Boden gleich daneben. Es war wohl nur rot angemalt, denn es gehörte zu den Spielgeräten einer Gruppe niedlicher grün gekleideter und bemützter Kinder, die sich zu Füßen der Gottesmutter tummelten. »Heilige Rasselbande« las Ujunwa auf dem Schild.

Das Altargemälde stammte aus dem Jahr 1484 – zu der Zeit war man in ihrer Heimat noch nackt herumgelaufen und hatte dem Kannibalismus gefrönt. Doch damals war die lebenslustige Oshun die Herrscherin des Himmels und Vorbild der Yoruba-Frauen gewesen und nicht die ewig jungfräuliche Gottesmutter. Einen Unterschied machte das schon …

Sachte legte sie Regina die Hand auf den Arm. Ein erschrockener Blick traf sie, dann atmete Regina auf.

»Was ist mit dir, Regina?«, fragte Ujunwa. »Ist bei dir zu Hause alles in Ordnung? Du hast eben schon beim Telefonieren so besorgt ausgesehen.«

»Ach nein, mach dir keine Gedanken«, kam es hastig zurück. »Alles bestens, wirklich.« Flüchtig streifte ihr Blick das Bild mit den spielenden Kindern. »Ich habe nur über etwas nachgedacht.« Ruckartig, sodass ihre Zöpfe bebten, wandte sie sich zu Ujunwa um. »Kannst du glauben, dass dieser Leguan Emmanuel auf dem Gewissen hat?« In ihrem Blick lag die Hoffnung, dass Ujunwa die Frage bejahte.

Was sollte sie sagen? Am Morgen beim Frühstück hatte ihnen Schwester Elisabetha einen Zeitungsartikel gezeigt, in dem Emmanuels Tod mit einem entlaufenen Leguan in Verbindung gebracht wurde. Der zuständige Kommissar schien so etwas zu glauben. Auch in den Lagunen um Lagos herum hatten sich diese Tiere breitgemacht, die in Afrika genauso fremd waren wie hier, sich im vertrauten Klima aber prächtig vermehrten. Ujunwa hatte allerdings nie gehört, dass sie Menschen angriffen.

»Das kann ich mir eigentlich nicht vorstellen«, gab sie zurück. »Wenn auch Emmanuels Kopfverletzung so etwas nahelegt. Aber wie hätte er in seine Nähe kommen können? Du kennst doch die Leguane bei uns – kaum hat man sie gesehen, sind sie schon weg.«

Regina nickte, als habe sie es bereits gewusst. »Du hattest gestern ja recht, Ujunwa, und es tut mir leid, dass ich so aufgefahren bin.« Sie knetete ihre Hände. »Irgendwie glaube ich auch nicht an einen Unfall. Ich weiß noch genau, dass es Emmanuel an dem Tag, als er verschwunden ist, nach dem Mittagessen bei der Gräfin gar nicht gut ging. Du weißt schon, Wildschweingulasch«, mühsam suchte sie die Silben zusammen, doch das Wort fiel selbst Ujunwa schwer – »und diese Knödel. Warum sollte er dann allein nach Paderborn gefahren sein? Noch dazu, ohne jemandem etwas zu sagen. Irgendetwas stimmt da nicht, das meine ich auch.« Sie holte tief Luft.

»Hast du denn eine Idee, was da passiert sein kann?«

»Nein.« Regina schaute wieder auf das Bild, aus dem das Messer so rot herausleuchtete wie der samtene Umhang.

»Wirklich nicht?«

Sie wandte Ujunwa den Blick zu. »Vielleicht ...«

»Was meinst du?«

»Könnte es vielleicht ...« Sie brach ab und runzelte die Stirn.

Ujunwa wartete.

Regina straffte ihren Rücken. »Ich meine, es könnte ein *Juju*-Fluch sein, der Emmanuel hierherverfolgt hat.« Gleich hob sie die Hände. »Ich weiß, du glaubst nicht an *Juju*. Aber ich kenne zu Hause einen *Babalawo*, der so etwas kann. Es gibt genug Beispiele, dass seine Zaubersprüche gewirkt haben.« Sie nickte mehrfach mit dem Kopf, ihre Zöpfe gerieten ins Trudeln. »Er braucht nur ein paar Haare dazu.«

Ujunwa musste ein Schmunzeln unterdrücken. Regina. Sie wollte in ihrer Schule Kindern etwas beibringen und war doch selbst noch ein Kind.

»Emmanuel glaubte an Gott, Regina. Er war ein so guter Mensch, dass der ihn bestimmt vor dem *Babalawo* beschützt hätte.«

»Denkst du?« Überzeugt war sie nicht.

»Mit Sicherheit.« Ujunwa legte ihr den Arm um die Schultern. »Lass uns weitergehen. Ich sehe die anderen gar nicht mehr.«

Nur Yakubu hielt sich noch in ihrer Nähe auf. Regina eilte zu ihm, deutete auf das Bild, das er sich ansah, und machte eine Bemerkung, über die beide lachten. Jetzt wirkte sie wieder, als habe sie nie etwas bedrückt.

Alle drei blieben vor dem Tisch stehen, wo sich eben Adigwe und der Bischof so köstlich amüsiert hatten. Der Grund war allerlei modernes Spielzeug, das auch Regina begeisterte. Gleich griff sie zu einer Nonne aus Plastik, die man aufziehen und zum Tanzen bringen konnte. Eine schwarze Sonnenbrille saß gefährlich wackelig auf ihrer Nase. Yakubu schoss mit dem Finger einen rotgelben Ball – Feuer sollte das wohl sein – in eine Gruppe schwarz gekleideter Nonnen mit gefalteten Händen. Er hatte nicht gut gezielt und traf nur fünf von ihnen. »*Nunbowling*« las Ujunwa, makaber, aber lustig. Wer dachte sich so etwas aus? Sinn für Ironie konnte man den Ausstellungsmachern nicht absprechen.

In aller Ruhe wartete Regina ab, bis die Nonne ausgetanzt hatte. »Wir müssen weiter«, sagte sie dann und eilte, gefolgt von Yakubu, den Stimmen nach, die soeben noch zu hören waren.

Ujunwa ging ihnen langsamer nach. *Juju*-Zauber, kaum zu glauben. So naiv konnte Regina doch nicht sein. Da gab es ganz andere Mächte, die Emmanuel hierhergefolgt sein und durchaus mit seinem Tod zu tun haben mochten. Dass sie sich von Adigwe nicht mehr beobachtet fühlte, hatte Ujunwa keineswegs erleichtert, sondern ihre Unsicherheit noch verstärkt. Mit einem bekannten Feind konnte man umgehen, aber was, wenn noch jemand im Hintergrund lauerte?

Regina mochte gute Gründe haben, wachsame Blicke in die Runde zu werfen.

SIEBEN

»Einen wunderbaren Einstand haben Sie mir beschert, liebe Frau Urban!«

Was war das denn? Therese schrak auf, als habe sie ein Guss kalten Wassers erwischt. Da lag sie gemütlich im warmen Sprudelbecken und freute sich darauf, von Peter Brinkmöller zu erfahren, was die Suche in Maria Sibylla Merians Bildband ergeben hatte, und dann blaffte er sie an.

»Wie steh ich jetzt da?« Brinkmöller legte sich gar nicht erst neben sie, obwohl alle Becken frei waren. Wütend stand er vor ihr. Von den Lachfältchen war nichts zu sehen, die Augenbrauen zog er hoch bis in die Stirn. Sein Chef hatte ihm die Hölle heißgemacht, natürlich hatte von Etteler seinen Parteifreund sofort angerufen.

»Ihr mit eurem katholischen Kleinstadtfilz!«

Als wäre sie daran schuld. Therese setzte sich auf und schlang die Arme um die Knie. Zu einer Antwort ließ er sie gar nicht erst Luft holen.

»Wie bin ich bloß auf die blöde Idee gekommen, mich hierher zu bewerben! Jede andere Stadt wäre besser gewesen! Ich hätte wissen müssen, warum die so 'ne Pfeife wie Schlüter so lange gehalten haben!«

Jedes Ausrufezeichen traf Therese wie ein Peitschenschlag. »Was ist denn passiert?«

»Das fragen Sie noch? Da war kein Papier! Wie ein dummer Schuljunge, den man bei einem Streich erwischt hat, durfte ich zuschauen, wie der Graf den ganzen Band Seite für Seite durchgeblättert hat.«

Das konnte Therese sich vorstellen. Gewöhnliche Sterbliche durften die Prachtwerke nicht anfassen.

»Verdammt noch mal, Frau Urban, so was tun Sie mir nie wieder an. Seien Sie froh, dass ich dem Grafen nicht gesagt habe, von wem der Tipp kam, sonst säßen Sie jetzt wohl auf der Straße. Oft genug danach gefragt hat er.«

Dann würden wohl jetzt die Afrikaner schlechte Zeiten erleben, dachte Therese, denn sonst war niemand in der Nähe gewesen …

»Das war's«, sagte Brinkmöller, hob kurz die Hand – »schönen Tag noch« – und drehte sich um. Kommissar Schlüters Rücken hätte nicht abweisender sein können, war aber sicher nicht so muskulös und braun gebrannt wie dieser. Den »schönen Tag« konnte er sich sonst wohin stecken.

Therese sah Brinkmöller nach, wie er mit heftigen Kraulschlägen zum Ausgang schwamm und zwischen den Plastiklamellen verschwand. Was konnte *sie* denn dafür? Er regte sich auf, als habe sie ihn in die Falle gelockt.

Nach einem Blick in die Runde ließ sie sich ins warme Wasser zurücksinken. Zum Glück war sie allein, niemand hatte den Auftritt belauscht. Mit dem Kleinstadtfilz hatte er jedenfalls recht – erst neulich hatte der neue Bürgermeisterkandidat verkündet, der doch, falls er gewählt wurde, für alle Bürger da sein sollte, zwischen ihn und die CDU passe kein Blatt Papier … Aber das hatte Brinkmöller vorher gewusst.

Darum ging es auch nicht. Therese hatte ihm genau beschrieben, wo die Vitrine mit dem Merian-Band stand. Ganz deutlich hatte sie gesehen, wie Emmanuel Sabo den Buchdeckel angehoben und das Blatt zwischen die Seiten geschoben hatte. Das hatte sie doch nicht geträumt. Brinkmöller würde doch das richtige Buch erwischt haben? Aber so dumm war er nicht und hatte sich den Titel außerdem aufgeschrieben. Auch die junge Frau mit den Zöpfen stand ihr deutlich vor Augen, ihr Bemühen, keine Eile zu zeigen, als sie nach dem Grafen und Emmanuel Sabo den Raum verlassen hatte. Sie musste die beiden die ganze Zeit beobachtet haben.

Düstere Ahnenporträts der traditionsreichen Familie von Etteler begleiteten Therese auf dem langen Gang, der von der Eingangspforte zur Bibliothek führte. Gepanzerte Ritter, schwarz gekleidete Äbte, feine Herrschaften in Samt und Seide – und alle hatten das durchgeistigte, schmale Von-Etteler-Gesicht mit der hohen Stirn. Wie am Kopierer vervielfältigt schaute der

Graf Dutzende Male auf sie herab. Rümpfte er etwa die Nase? Unwillkürlich zogen sich ihre Schultern zusammen.

Erfrischt fühlte sie sich nicht nach dem morgendlichen Bad in der Schwimmoper, eher, als habe jemand einen Kübel Unrat über ihr entleert. Therese war sich so sicher gewesen, dass nach einem Blick auf das Papier alle Fragen gelöst wären, dass darin das Geheimnis aufgedeckt wurde, das Emmanuel Sabos Tod umgab. Peter Brinkmöller hatte ihr gestern geglaubt, und jetzt stand sie da wie eine überspannte Gans.

Was hatte sich geändert? Es waren doch wohl ihre Zweifel an den Umständen des Leichenfundes gewesen, die ihn überzeugt hatten. Wenn er Sabos Papier nicht gefunden hatte, bedeutete das nicht, dass es nicht weiterhin offene Fragen gab. Eine war jetzt hinzugekommen: Wer mochte das Papier aus dem Merian-Band entfernt haben?

Kaum hatte Therese die schwere Eingangstür der Bibliothek spaltbreit aufgeschoben, da wischte Sir Henry an ihren Füßen vorbei hinein. Woher kam er bloß immer so schnell? Er pflanzte sich mitten auf das glänzende, im Fischgrätenmuster verlegte Parkett und putzte sich eifrig. Ein Kater von Adel – der erledigte seine Morgentoilette nicht in jedem beliebigen Raum. Er brauchte antike Bücherschränke um sich herum, Kristalllüster, die von einer Stuckdecke herabhingen, eine hellgrün gemusterte Tapete mit Schmuckborte, die für viel Geld restauriert worden war. Dass sie damals von der Gräfin Amalie ausgesucht worden war, mochte ihm aber egal sein.

Zielstrebig ging Therese über das knarrende Parkett. Sie war ganz allein hier. Der Schaukasten war natürlich wieder verschlossen. Ratlos stand sie davor und starrte durch die Panzerglasscheibe auf die ekelhafte Spinne und den bemitleidenswerten Kolibri. Von Etteler mochte sich über Peter Brinkmöllers Besuch geärgert haben, hatte sich danach aber die Zeit genommen, in dem Merian-Band sein Lieblingsbild aufzuschlagen. Nur der Graf hatte einen Schlüssel zur Vitrine – hatte er das Papier an sich genommen? Aber warum hatte er dann Brinkmöller gegenüber getan, als wisse er von nichts, und in seiner Gegenwart den ganzen Band durchblättert, um es zu beweisen? Auch Oliver hatte – wenn auch nur kurz – die Schlüssel in Händen gehabt.

Therese ging weiter bis zu dem Schrank, wo sie gestern aufgehört hatte, die Bücher einzufetten. Der Kasten mit dem Polierzeug stand noch auf dem Fußboden daneben. Ein zitroniger Duft schlug ihr entgegen, als sie die Doppeltür mit den oben gerundeten Glasscheiben öffnete. Matt glänzende Lederrücken mit goldener Prägung, verlockende Buchtitel … alles war wie immer.

Dennoch überkam sie ein mulmiges Gefühl. Beklommen sah sie sich im Raum um. Nie hätte sie gedacht, dass es ihr in ihrer geliebten Bibliothek einmal so unheimlich sein würde. Tage und Wochen hatte sie hier völlig allein verbracht, nur unterbrochen von gelegentlichen Besuchen Oliver Bussmanns oder einem kleinen Plausch mit Joe Richter, dem Hausfaktotum, der die von Mäusen angenagten Hölzer reparierte. Was den Grafen betraf, so musste sie sich mit den Abbildern auf dem Gang begnügen, ihn selbst sah sie nur selten.

Jetzt beängstigten Therese die leeren, hallenden Säle, der Blick durch offene Türen in Raumfluchten mit uneinsehbaren Ecken. Das Holz der Schränke knackte, unter dem Parkett raschelte es wie das Echo heimlicher Schritte. Das waren die Mäuse. Sir Henry ließen sie kalt, er lag auf der Fensterbank in der Sonne.

Zum Büchereinfetten fehlte ihr heute die Ruhe. Therese ging in das kleine Büro, war erst versucht, die Tür fest hinter sich zu verschließen, ließ sie dann aber offen, weil sie fürchtete, dass jemand von ihr unbemerkt in der Bibliothek herumschlich. An der Wand standen die vertrauten, hier einfacher gearbeiteten Regale mit modernen Handbüchern, Lexika und Vokabularien.

Sie schaltete den PC ein. An die Bibliothek gerichtete E-Mails zu beantworten gehörte zu ihren Aufgaben. Anfragen nach Besichtigung und Recherchen vor Ort musste sie an den Grafen weiterleiten, den Interessenten aber eine freundliche Zwischennachricht schicken. Eine Anfrage aus England war im Postfach, die Bodleian Library schickte ein paar Buchtitel aus dem 18. Jahrhundert mit der Bitte um Katalogrecherche. Das konnte Therese selbst beantworten. Sie suchte die Titel im Katalog der Schlossbibliothek, fand aber keinen einzigen Eintrag. Den Oxfordern war das sicher recht, jede historische Bibliothek legte Wert auf Raritäten. Sie schickte die E-Mail ab.

Ihre eigenen Bücher – die des Grafen natürlich –, vor allem die von der Gräfin Amalie zusammengetragenen Romane und Bildwerke, standen ebenfalls in kaum einer anderen Bibliothek. Therese machte sich daran, den Katalog einer französischen Büchersammlung mit dem der Schlossbibliothek zu vergleichen, langweilte sich aber bald, weil sie keine Übereinstimmungen fand.

»Geh weg, du Kater«, fauchte sie Sir Henry an, der auf den Tisch gesprungen war und sich vor dem Monitor breitmachte. Unbeeindruckt leckte er seine Pfote. Therese versuchte, ihn mit der Hand zur Seite zu schieben, doch auf einmal war er zentnerschwer. Als sie aufgab und sich auf dem Bürostuhl zurücklehnte, reckte er sich und sprang auf ihren Schoß, wo er sich zusammenrollte und gleich zu schnurren begann. Wenn es ihm in den Kopf kam, konnte er ziemlich lästig sein.

Mit dem Gewicht auf ihren Beinen arbeitete Therese weiter, hin und wieder gestört von Sir Henrys Krallen, die er im Traum in ihre Haut bohrte. Sie wollte ihn gerade auf den Boden befördern, da löste sich das Problem von selbst. Die Eingangstür wurde geöffnet, Schritte näherten sich. Sir Henry sprang von ihrem Schoß und war verschwunden. Das musste Oliver Bussmann sein, den mochte der Kater nicht.

Als er eintrat, hob er die Hand. »Hi, Therese.« Dann schnüffelte er im Raum umher, steckte seine Nase zwischen Kataloge und in Karteikästen. »Hast du hier irgendwo Drogen versteckt?« Bussmann konnte die provokanten Auftritte nicht lassen.

»Was soll der Quatsch?«

»Na, immerhin war die Polizei in deiner Bibliothek. Sie hätten hier alles durchsucht, hat Joe Richter gesagt.«

»Blödsinn. Hier wurde nichts durchsucht. Das hätte ich gemerkt.«

»Wenn Joe es doch sagt.« Er lehnte sich mit dem Rücken an ein Regal.

Therese schob ihren Stuhl vom Schreibtisch zurück. »Ich hab dir doch damals von dem Zettel erzählt, den einer von den Nigerianern in dem Merian-Band versteckt hat, weißt du noch?«

»Mmh. Meinst du, die Polizei hätte danach gesucht?«

»Kann sein. Sonst war doch hier nichts anders. Hast du das eigentlich E.T. erzählt?«

»Klar. Gleich, als ich ihm die Schlüssel zurückgegeben hab. Er hatte unten schon auf mich gewartet, weißt ja, wie er sich mit seinen Schlüsseln anstellt.«

»Und was hat er gesagt?«

»Er wollte sich drum kümmern. Was kann denn da Brisantes draufgestanden haben?«

»Keine Ahnung. Kann uns auch egal sein.«

»Genau. Er sagt's uns sowieso nicht, wir sind ja nur die Neger.« Jetzt fing er auch schon damit an.

Bussmann machte sich an der Kaffeemaschine zu schaffen. »Willst du auch einen?«

»Mmh.«

Nebenbei erzählte er von seinem anstrengenden Vormittag. »Du kannst dir nicht vorstellen, wie schwierig es ist, in einem Kloster den Zeitplan zu ändern. Die tun alle so, als wären sie pausenlos im Stress.«

Es war eine lange Geschichte. Wegen der polizeilichen Durchsuchung gestern war die Gruppe zu spät ins Kloster Dalheim gekommen, was alle folgenden Termine durcheinandergebracht hatte. Am Nachmittag waren die Nigerianer bei den Armen Schulschwestern zur Brede angemeldet, die als Ersatztermin nur den heutigen Morgen anbieten konnten. Da hätten sie aber bei den Paderborner Klarissen sein müssen, die am Nachmittag angeblich keine Zeit hatten. Vor Thereses Augen kreiste als Bildschirmschoner das gräfliche Wappen.

»Jetzt fallen also die Klarissen aus, aber dafür hab ich einen Referenten von St. Ansgar besorgt, der ihnen im Gästehaus was über die katholische Diaspora erzählt. Er spricht sogar Englisch.«

Bussmann war offensichtlich stolz auf seine organisatorische Meisterleistung.

Therese nahm ihre Tasse und hielt sie ihm entgegen. Er goss Kaffee ein, reichte ihr die Kondensmilch, dann zog er sich einen Stuhl heran.

Sie rührte um und trank einen Schluck. »Hat E.T. gar nichts über die Durchsuchung gesagt? Ihr seid doch zusammen im Auto gefahren.«

»Doch neugierig, was? Ich hab mich schon gewundert. Aber mich hatte er ja zur Druckerei nach Dortmund geschickt, da hab ich gar nichts davon mitgekriegt. Und heute Morgen – nichts. Was glaubst du denn?«

»Und der Tote? Was sagt er über den?«

»Du meinst, ob er an den Leguan glaubt?« Er grinste sie an.

»Tut er das?«

»Wohl nicht. So blöd ist er nun auch nicht.«

»Was sagt er denn sonst?«

»Was gibt's da groß zu sagen? Der Mann war unvorsichtig und ist ertrunken. Du tust ja gerade so, als würde da was nicht stimmen.«

»Nein, nein. Aber komisch ist es doch.«

»Das hat auch dieser Adigwe gesagt, mit dem kannst du dich zusammentun.« Seinen Worten nach hatten sich der Graf und sein Begleiter im Auto über den Tod Sabos unterhalten, und Adigwe hatte den Verdacht geäußert, dass er von Drogenabhängigen verursacht worden sei. »Man hört ja so viel aus Deutschland, meinte er. Stell dir das vor – das sagt ausgerechnet ein Nigerianer.«

»Und E.T.?«

»Der hat wie verrückt auf meiner Rückenlehne herumgetrommelt, der Kerl ging ihm wohl auf die Nerven. Was hat er noch gesagt? Ach ja – die Junkies würden vom Staat bestens versorgt, die hätten so was gar nicht nötig.«

»Hat er Junkies gesagt?«

»Nein, natürlich nicht. Sei nicht so pingelig.«

»Gehört zum Berufsbild.« Sie wies auf die Kataloge auf dem Tisch, die noch penibel zu durchforsten waren.

Oliver lehnte sich auf seinem Stuhl zurück, ihm war wohl nach Schwatzen zumute. »Dieser Adigwe kann einem aber auch wirklich auf den Geist gehen. Schwitzt pausenlos vor sich hin und stinkt wie 'n Otter. Und dann will er jeden Abend in die Stadt gefahren werden, keine Ahnung, was er da macht. Ich setze ihn immer am Westerntor ab.«

»Und wie kommt er zurück?«

»Mit dem Taxi. Der Graf bezahlt ja.« Es waren über dreißig Kilometer bis hierher.

»Du meinst St. Ansgar.«

»Genau. Wahrscheinlich geht der Kerl von den Spendengeldern in den Puff. Da kommt er dann richtig ins Schwitzen.« Bussmann lachte.

Schließlich schaute er auf die Uhr und trank seinen Kaffee aus. »Ich muss weiter. Der Graf will in den Wald, heute muss er sich ja nicht um die Schwarzfüße kümmern.«

Therese schüttelte nur den Kopf.

Bei ihrer Suche nach literarischen Duplikaten war sie nur wenig weitergekommen, da näherten sich wiederum Schritte. Als Vorhut erschien Sir Henry, der sie keines Blickes würdigte und sich – elegant trotz seiner Körperfülle – auf die sonnige Fensterbank schwang.

Joe Richter klopfte mit weit vorgestreckter Hand an die offene Tür. »Darf ich?« Den Hut aus hellbraunem Cord hielt er in der Hand. In scharfem Kontrast zu seinem sonnenverbrannten Gesicht schimmerte die Kopfhaut rosig durch das schüttere missfarbene Haar.

»Klar. Komm rein, Joe.« Therese wies auf den nach Bussmanns Besuch kaum erkalteten Stuhl.

Er richtete sich zu seiner vollen Größe auf, die ihm den Beinamen »der lange Joe« eingetragen hatte, und trat vorsichtig näher. Die Bibliothek war nicht seine Welt, das merkte man jedem seiner Schritte an. Hier im Büro fiel es nicht so auf, doch vor dem glänzenden Holz und den goldschimmernden Bucheinbänden wirkte er in der Tat wie ein Fremdkörper. Als einfacher Arbeiter in verdreckten Schuhen und mit langen Schmutzstreifen an den Seiten der schwarzen Breitcordhose, wo er sich immer die Hände abwischte, hatte er in den herrschaftlichen Räumen nichts verloren. Unter der verbeulten, ausgeblichenen Weste waren braune Hosenträger zu sehen, die Joes ohnehin zu kurze Hose bis hoch über den nicht vorhandenen Bauch zogen.

Therese schaute ihm nach, wie er an ihr und dem angebotenen Stuhl vorbei zum Fenster ging. Nach einem Blick hinaus in den Barockgarten wandte er sich zu ihr um. »Na, wieder bei den alten Schinken?« Er deutete auf einen der handgeschriebenen Kataloge, die sie am Morgen aus dem Magazin geholt hatte.

»Sicher. Ist interessant.« Therese wusste, dass er ihre Arbeit für ziemlich überflüssig hielt.

»Na ja.« Er drehte sich wieder zum Fenster um und öffnete es. »Wenn's dir Spaß macht.« Sein Umgang mit ihr war von freundlicher Nachsicht geprägt; als »Gelehrte« aus der Stadt nahm er sie nicht sonderlich ernst. Das merkte sie auch, wenn er sich um kleine, für sie undurchsichtige Probleme mit ihrem Auto kümmerte. »Dass du überhaupt weißt, wo der Schaltknüppel sitzt«, sagte er dann gern.

Therese erhob sich und stellte sich neben Joe. Unten stand Hans Mikus inmitten seiner Dahlien, ein wogendes, feuerfarbenes Meer mit Wellenkämmen aus fast mannshohen dunkelroten Blüten, an die sich immer niedriger werdend die rot, orange und gelb leuchtenden Büsche anschlossen. Der Garten war nie schöner gewesen als jetzt. Ihre Hände streichelten ganz von selbst das weiche Fell des sich genüsslich räkelnden Katers.

»Der immer mit seinen Dahlien«, sagte Joe und zog die Marlboroschachtel heraus. Er wusste genau, dass er hier nicht rauchen durfte. Ein freundliches Wort über den Gärtnermeister würde man von ihm nicht hören, obwohl beide zusammen aufgewachsen waren. Sie konnten erbittert miteinander streiten, was Therese von hier oben schon ein paarmal beobachtet hatte. Neugierig, wie sie nun mal war, hatte sie sich früher einmal nach dem Grund erkundigt und von beiden die erstaunte Auskunft bekommen, sie seien die dicksten Freunde und unterhielten sich nur manchmal über nachbarschaftliche Angelegenheiten. Nach und nach war ihr klar geworden, dass sie aus dem Dorfklatsch herausgehalten wurde, der ging sie nichts an. Im personellen Gefüge Ettlerbrücks – alle im Schloss Beschäftigten stammten aus dem Dorf – waren Oliver und sie die Fremdkörper.

Aber was alle verband und zumindest Oliver gern wahrnahm, war die allgegenwärtige Nörgelei über die Marotten und Wünsche ihres anspruchsvollen Arbeitgebers. Heute überwog Thereses Neugier ihr Unbehagen. »E.T. hat sich gestern über die Polizei aufgeregt, meinte Oliver?«

»Jau. Das kannste laut sagen. Mit rotem Kopf – was ja selten ist bei ihm – ist er den Bullen in die Bibliothek vorangestürmt.«

»Und was wollten sie hier?«

»Keine Ahnung. Aber E.T. hatte hinterher eine saumäßige Laune.« Ausführlich gab er wieder, wie ihn von Etteler auf der Fahrt nach Paderborn getriezt hatte. Zwischen seinen Händen drehte er die ungeöffnete Zigarettenschachtel.

Wieder einmal wunderte sich Therese über die gehässigen Worte, denn eigentlich war Joe wie alle Ettlerbrücker dem Grafen treu ergeben. Von Etteler war Ehrenmitglied im Schützenverein, und alle hatten Geschichten von gemeinsamen Besäufnissen und sonstigen Abenteuern parat. Jeder im Schloss war bemüht, ihm alles recht zu machen, was aber niemanden daran hinderte, in der Arbeitszeit private Dinge zu erledigen und aus den gräflichen Gärten mitzunehmen, was sich anbot. In einer ganz eigenen Welt war sie hier gelandet, die offenbar anders tickte, als sie es gewohnt war.

»Und alles wegen diesem toten Neger«, schimpfte er.

»Meinst du?«

»Weswegen sonst?« Von der Seite her sah er sie an. »Wir hatten doch noch nie die Bullen hier.« Ettlerbrücker Logik, aber falsch lag er nicht.

Nach ein paar Worten über das schöne Wetter, bei dem man am besten draußen arbeitete, verabschiedete sich Joe. Therese nahm wieder an ihrem Schreibtisch Platz, doch statt sich ihren Katalogen zu widmen, verfolgte sie mit den Augen das auf dem Monitor kreisende gräfliche Wappen. Als geschwungene blaue Linie durchfloss der Ettlerbach grüne Felder, links unten war eins mit Laub- und Nadelbäumen besetzt. Forst- und Landwirtschaft hatten die gräfliche Familie reich gemacht und natürlich die Bauern – darunter die Vorfahren Joe Richters und seiner Dorfgenossen –, die jahrhundertelang für sie gearbeitet hatten.

Von Joe hatte sie nichts Neues erfahren, doch Bussmann hatte ihr erzählt, dass von Etteler von dem Papier gewusst hatte. Dann war er es wohl auch, der es fortgenommen hatte, nachdem ihm Bussmann die Schlüssel zurückgegeben hatte. Es musste etwas darin stehen, das den Grafen belastete, denn sonst hätte er Kommissar Brinkmöller davon erzählen können. Therese seufzte. Dem konnte sie mit so einem Verdacht nicht kommen, er hatte die Nase voll von ihr. Schade, dass nun auch aus der Stadtführung nichts wurde, sie kannte ein paar schöne Ecken, die sie Brinkmöller gern gezeigt hätte. Hoffentlich grüßte er wenigstens, wenn sie sich im Schwimmbad trafen.

Wie eine Billardkugel wurde das Wappen zurückgestoßen, wenn es die Ränder des Monitors berührte. Dann nahm es die kreiselnde Bewegung wieder auf. Thereses Gedanken drehten sich um die Frage, wie sie mehr über Emmanuel Sabo erfahren konnte. Was hatte er mit dem Grafen zu tun gehabt, außer dass er dessen Gast war? Wusste die junge Frau mit den Zöpfen etwas darüber? Die Gruppe war heute im Gästehaus, hatte Oliver gesagt, das von Thereses Wohnung nicht weit entfernt war. Wenn Brinkmöller nicht mitspielte, musste sie selbst versuchen, mehr herauszubekommen, etwas, mit dem sie ihn vielleicht überzeugen konnte.

Entschlossen griff sie zur Maus und vertrieb das Symbol gräflichen Wohlstands. Sie würde zum Gästehaus gehen, aber nach der großen Afrikanerin fragen, die wohl die Übersetzerin war und sich in ihrer Bibliothek so neugierig die Bücher angesehen hatte. Therese war sie verständiger erschienen als die Bezopfte mit ihren schwarz-roten Kugeln. Und sie sprach sogar Deutsch.

***

Vor der Sparkasse stand der Sagenbrunnen, den hatte ihnen die Stadtführerin gezeigt. Ujunwa blieb stehen und zog den Stadtplan heraus. Mühlenstraße. Sie war auf dem richtigen Weg.

Nachdem sie die kopfsteingepflasterte Straße überquert hatte, blieb sie vor dem Kunstwerk stehen, ein Brunnen ohne einen Tropfen Wasser, obwohl hier doch die Entstehung der Pader erklärt wurde. Im Vergleich zum Neptunbrunnen auf dem Marktplatz erschien ihr die Ausführung eher heimelig als zeitgemäß. Die Stadtführerin hatte die Sage vom Göttervater Wotan erzählt und von seinem Bärenfell als Quelle des Wasserreichtums gesprochen.

Erneut wunderte sich Ujunwa. Es war zwölf Jahrhunderte her, dass Karl der Große den Paderbornern den christlichen Glauben aufgezwungen hatte, aber die Heidengötter waren weiterhin lebendig. Sie hatte gelesen, dass es in Deutschland immer noch Gruppen gab, die dem Germanenkult anhingen, und was war mit Bayreuth? Richard Wagners Opern lebten von der heidnischen Mythologie.

An kahlen Bürofassaden entlang ging sie weiter. Würde es bei ihr zu Hause, wo das Christentum gerade mal anderthalb Jahrhunderte alt war, auch so lange dauern, bis die Orishas mitsamt Tabus und Zaubersprüchen ihre Macht verloren? Sicher nicht, ehe nicht auch die Herrschaft der großen Religionen gebrochen war, die in ihrem Heimatland mit Pfingstkirchen und Scharia eben erst Anlauf zurück in finsterste Steinzeit nahmen.

Hier musste jetzt bald die Pader kommen, von dort aus solle sie stadtauswärts gehen, hatte die rothaarige Frau gesagt, die sich als Therese Urban vorgestellt hatte. Ujunwa hatte ebenfalls ihren Namen genannt. Es war ihr eigener Wunsch gewesen, sich draußen und möglichst an der Pader zu treffen, sie hatte noch längst nicht genug gesehen von der malerischen Vielfalt des kurzen Flusses. Die Sonne war schon weit in den Westen gewandert, aber sie schien nach wie vor.

Es hatte Ujunwa nicht wenig überrascht, als die Pfortenschwester sie aus dem Seminarraum holte und sie die Rothaarige im Foyer erblickte. Wohl nur, weil die Nonne zuhörte, erzählte sie etwas von ihrem Interesse an Nigeria und bat Ujunwa, ihr mehr über ihr Heimatland zu berichten.

»Dafür zeigen Sie mir die Pader«, hatte sie geantwortet und ein knappes »Gern«, aber umso breiteres Lächeln zurückbekommen. Therese Urban hatte ihr auf Anhieb gefallen, aber sie hatte ihr gleich angemerkt, dass der Grund für ihren Besuch nur vorgeschoben war. Was sie wohl in Wirklichkeit wollte?

Weil Ujunwa vermeiden wollte, dass Daniel Adigwe von ihrer Verabredung erfuhr, hatte sie im Gästehaus nur gesagt, sie gehe an die frische Luft. Sein Desinteresse nahm sie ihm nicht ab; wenn er merkte, dass sie sich mit einer Deutschen traf, käme er womöglich auf die Idee, sie pflege internationale terroristische Verbindungen. Im Foyer war sie auf Yakubu Oibe getroffen. Wartete er auf Regina? Sie hatte nicht erwähnt, dass sie ausgehen wolle, und saß im Aufenthaltsraum vor dem Fernseher. Mit einem unruhigen Gefühl sah Ujunwa sich nach allen Seiten um, konnte aber keinen Verfolger entdecken. Ganz in der Nähe war Emmanuels Leiche gefunden worden, und auch das argentinische Restaurant, in dem sie an ihrem ersten Abend hier gespeist hatten, konnte nicht weit entfernt sein. Der stellvertretende Bürgermeister hatte von dunklen, gefährlichen Ecken gesprochen …

Das Rauschen der Pader hörte sie schon von Weitem. »Am Haxthausenhof« las sie auf einem Straßenschild, hier musste sie rechts abbiegen. Ein großflächiges Graffito begrüßte Stadtbesucher mit »Willkommen«, doch der Hinweis »Canossa 2006« verlockte nicht gerade zum Gang in die Stadt. Ujunwa wollte ohnehin in die andere Richtung.

Eifrig plätschernd rann die Dielenpader neben ihr stadtauswärts. Ujunwa beschleunigte ihren Schritt. Sie war gespannt, was ihr Therese Urban zu sagen hatte. Sie musste von Emmanuels Tod in der Zeitung gelesen haben, sicher ging es darum. Es hatte ihr gefallen, wie neugierig die Frau in der Bibliothek, die wohl ihr Arbeitsplatz war, die exotischen Besucher gemustert hatte. Als habe sie jede Menge Fragen und brenne darauf, sie stellen zu dürfen. In Nigeria war es Ujunwa, die jedem Weißen nachsah und überlegte, wozu er wohl in das fremde Land gekommen war, das Touristen keinerlei Annehmlichkeiten bot. Neugier war erlaubt, nicht aber die Herablassung, die ihre Landsleute gewöhnlich Weißen gegenüber an den Tag legten. In Therese Urbans Blick hatte nichts dergleichen gestanden.

Es würde ihr guttun, mit jemand anderem zu reden als immer nur mit ihren Reisegefährten, die Ujunwas Interesse an allem Deutschen kaum teilten. Mit skeptischem Blick beobachteten sie alles, was ihnen fremd erschien, fragten aber nie nach einer Erklärung. Vielleicht konnte sie mit Therese Urban sogar über ihre Befürchtungen, was Emmanuels Tod anging, sprechen.

Am Ende des Wegs rauschte das Wasser nahezu ohrenbetäubend. Die Dielenpader sprang über ein paar Stufen hinweg und lief in einem großen Wasserbecken aus. Dies musste der Zusammenfluss der Paderarme sein, von dem Therese Urban gesprochen hatte. Erst hier bekam Ujunwa eine Ahnung von den Wassermengen, die in den so ruhig erscheinenden Quellbecken in der Innenstadt produziert wurden. Eine stählerne Brücke überquerte das brausende Gewässer. Auf der zweiten, der hölzernen, Brücke wollten sie sich treffen, da sei die Pader am eindrucksvollsten, hatte die Deutsche gesagt. Ein schneller Rundblick zeigte Ujunwa, wie recht sie damit hatte. Von allen Seiten strömte das Wasser zusammen.

Entspannt lehnte Therese Urban am Geländer und sah Ujunwa entgegen. Wie am Nachmittag stand ihr rotes Haar nach allen Seiten ab, als sei es elektrisch geladen. Als Ujunwa die beiden Stufen überwunden hatte, brach sie statt einer Begrüßung in Lachen aus, in das Ujunwa sofort einstimmte. Beide trugen an ihren nackten Füßen identische Birkenstocks mit schwarzen Lackriemchen, im fast gleichen Rot waren ihre Fußnägel bemalt.

»Ich glaube, wir können Du zueinander sagen.« Therese Urban zeigte auf Ujunwas Füße. »Wir haben die gleiche Basis.« Sie streckte die Hand aus. »Gibt's die auch in Nigeria?«

Ujunwa ergriff die schmale weiße Hand und nickte. »In Lagos. Aber diese habe ich online gekauft, das ist günstiger.« Therese war fast einen Kopf kleiner als sie. »Ich kannte sie schon aus Deutschland.«

»Sie sind längst unmodern, aber ich mag sie einfach.«

»Ja, und sie sind bequem. Unschlagbar auf unebenem Boden.«

»Du meinst, auf unserem historischen Pflaster.«

Ujunwa lachte. »Und bei unseren Schlaglöchern.« Sie ging ein paar Schritte an Therese vorbei auf eine uralte Bruchsteinmauer zu. Zwei runde, mit Ziegeln ummauerte Fenster starrten sie an wie übernächtigte, rot geränderte Augen. Das Haus stand mit den Grundmauern im Wasser, ein breiter Paderarm, der sich stadteinwärts gabelte. Auf der anderen Seite der Brücke sah sie ein moosbewachsenes Mühlrad. Mit der Hand fuhr Ujunwa über die zerbröckelnden Steine und wandte sich um. »Ein ziemlich altes Gemäuer. Was war das früher?«

»Ein Siechenhaus. Es gehörte den Kapuzinerinnen. Du weißt, was ein Siechenhaus ist?«

»Sicher. Ich habe mich viel mit der deutschen Geschichte beschäftigt. Und ich mag alte Steine.«

»Ich auch.« Therese lächelte sie an – noch eine Übereinstimmung zwischen ihnen. Nebeneinander beugten sie sich über das Geländer und sahen ins unablässig fließende Wasser hinab. Dunkelgrüne Algen wehten in der Strömung, der steinige Grund schimmerte in vielen Farben. »Du sprichst ein wunderbares Deutsch. Wo hast du das gelernt?«

»Ich habe Germanistik studiert.«

»Ach – ich auch. Wo denn?«

»In Ile-Ife. Da gibt es eine germanistische Fakultät. Und dann war ich oft in Deutschland.«

»Ile-Ife«, wiederholte Therese stockend den fremden Namen. »Und warum? Ich meine, woher kam dein Interesse am Deutschen?«

»Das ist eine längere Geschichte.«

Therese drehte sich um und wies auf die hölzernen Stufen. »Komm, wir setzen uns. Wenn du darüber reden magst, würde ich die Geschichte gern hören.«

Ujunwa löste den Blick von den hypnotisierenden Wellen. Erstaunlich schnell waren sie ins Gespräch gekommen. Sie nahm eine Stufe tiefer Platz, damit ihre Köpfe auf gleicher Höhe waren. Obwohl die Treppe im Schatten lag, war das Holz noch warm, munter gurgelte unter der Brücke das Paderwasser. Therese hörte aufmerksam zu, als Ujunwa von Susanne Wenger berichtete, der österreichischen Künstlerin, die zur Yoruba-Priesterin geworden war, und dem weltberühmten Oshun-Hain, an dem ihre Großmutter mitgewirkt hatte. In Susannes Haus war viel Deutsch gesprochen worden, seitdem hatte sie es im Ohr und später leicht gelernt.

»Du bist Yoruba?«, fragte Therese.

»Mmh. Hast du schon davon gehört?«

»Nur gelesen.« Sie berichtete von ihren Recherchen im Internet. »Spielen die alten Götter in Nigeria wirklich noch eine Rolle?«

»Aber ja. Obwohl sich die Nigerianer in einer Umfrage von Amnesty International zu hundert Prozent für gottgläubig erklärten. Doch ob Muslime oder Christen – alle haben sie ihre Stammesgötter, Fetische, Ahnenkulte.«

»Auch die jungen Leute?«

»Viele von ihnen. Aber in den Städten werden es weniger.« Ujunwa schmunzelte. »Mir hat Susanne so viel Angst eingejagt – als Kind hab ich ja gedacht, sie sei eine Göttin –, dass ich für mein Leben davon geheilt bin. Mit Göttern, die solche Katastrophen wie damals in Biafra zulassen, will ich sowieso nichts mehr zu tun haben.«

»An Biafra erinnere ich mich dunkel.« Therese machte ein betroffenes Gesicht.

Ujunwa wusste warum. »Ja, diese schrecklichen Fotos von Kindern mit Hungerbäuchen gingen um die ganze Welt. Für uns – die Jüngeren – ist Biafra genauso ein Trauma wie bei euch die NS-Zeit.«

»Das kann ich mir vorstellen. Meine Großmutter glaubte seitdem auch nicht mehr an Gott. Das hab ich wohl von ihr gelernt. Meine Mutter war wieder ganz anders, total fromm.«

»Meine auch. Die geht in eine der Pfingstkirchen, wenn du weißt, was ich meine.«

Therese nickte. »Davon hab ich gelesen. Die arbeiten mit Teufelsaustreibung und Wunderheilungen. Ist da nicht auch ein deutscher Prediger am Werk?«

»Mmh. Reinhard Bonnke, so heißt er. Meine Mutter war letztes Jahr in Ogbomosho eine von seinen vierhunderttausend Zuhörern, sie war absolut begeistert. Am meisten gelacht habe ich über die himmlische Bluttransfusion, mit der er einen Aidskranken geheilt haben will.«

»Echt? Kaum zu glauben.« Therese kratzte mit dem Fingernagel an der hölzernen Stufe herum. »Dann verehrt wohl auch deine Reisegefährtin, die junge Frau mit den Zöpfen, die Orishas?«

»Ja.« Ujunwa war überrascht. »Woher weißt du das?«

Es erstaunte sie allerdings wenig, als Therese von Reginas seltsamem Verhalten an der Mariensäule erzählte. Ujunwa hatte sich gleich gedacht, dass sie, nachdem ihr die Nonne Opferschale und Muscheln weggenommen hatte, einen anderen Ort für ihren Oshun-Kult finden würde. Genauso automatenhaft, wie es Therese beschrieb, hatte sich Regina morgens im Gästehaus bewegt. Ujunwa erklärte, dass Oshun die Göttin des fließenden Wassers sei, deshalb die heftigen Handbewegungen in der Brunnenschale. Was die schwarz-roten Kugeln für Eshu bedeuteten, wusste Therese schon.

»Deinen Freund, diesen Uwe, würde ich gern kennenlernen«, sagte Ujunwa. Er schien, was fremde Kulturen anging, genauso neugierig zu sein wie Therese.

»Kein Problem. Wir können ihn zusammen im Laden besuchen. Er ist in der Franziskanergasse.«

»Ist das in der Nähe des Franziskanerklosters? Da sind wir nämlich morgen eingeladen.«

»Wirklich? Das ist gleich nebenan. Wenn du im Garten einen qualmenden Glatzkopf sitzen siehst, ist das Uwe, er macht da immer seine Pause.«

Ujunwa lachte. »Paderborn ist wirklich klein.«

»Das kann man wohl sagen.«

Therese schaute übers Brückengeländer hinweg in die Baumkronen, ein leiser Wind bewegte die Blätter. Ihr Gesicht war ernst, als sie es Ujunwa zuwandte. »Es hat mir übrigens sehr leidgetan, was dem jungen Mann aus eurer Gruppe zugestoßen ist. Emmanuel Sabo. Ich schäme mich geradezu für meine Stadt.«

»Ja.« Ujunwa nickte. »Es ist so schade um Emmanuel. Aber es hätte überall passieren können.« Sollte sie Therese von ihren Ängsten erzählen?

Sie nahm ihr die Entscheidung ab. »Es gibt da übrigens etwas, das ich im Zusammenhang mit Emmanuel Sabo beobachtet habe.«

»Wo? In der Bibliothek?«

»Mmh. Ich bin mir fast sicher, dass es mit seinem Tod zu tun hat. Und diese Regina spielte ebenfalls eine Rolle.«

»Das würde ich gern erfahren.«

Therese nickte und berichtete, wie Emmanuel sich mit dem Grafen gestritten und dann ein Blatt Papier in einem Buch versteckt hatte. Ujunwa war wie elektrisiert – endlich ein Ansatzpunkt, der ihrem unbehaglichen Gefühl recht gab. Offensichtlich hatte Therese es mit ihr geteilt, sie war sogar zur Polizei gegangen. »Aber das Papier war verschwunden. Da ist jetzt jemand ziemlich sauer auf mich.« Sie verzog das Gesicht.

»Und Regina?«

»Sie muss die Szene beobachtet haben.« Diese Geschichte war kürzer.

Das sah Regina ähnlich: Kein Wort hatte sie gesagt, obwohl ihr doch klar sein musste, wie brisant diese Information war. War ihr etwa bekannt, was dieses Papier enthielt? Sie versprach Therese, gleich nach ihrer Heimkehr Regina darauf anzusprechen. »Aber ich bin nicht sicher, dass sie mir etwas sagt. So richtig traut sie mir nicht.«

»Warum nicht?«

»Ach, das war von Anfang an so. Emmanuel war ihr Ein und Alles. Wenn er mit mir sprach, gab es böse Blicke.« Ujunwa fuhr mit einem Finger über das poröse Holz. »Aber dann hat sie sich erstaunlich schnell getröstet.« Sie erzählte von der neuen Freundschaft zwischen Regina und Yakubu.

»Vielleicht sucht sie in ihm einen Beschützer? An der Mariensäule hatte ich das Gefühl, sie sei starr vor Angst.«

»Ja, das ist sie wohl, immer noch.« Ujunwa dachte an ihr Gespräch im Kloster Dalheim zurück. »Aber es sind eher die Orishas, die sie fürchtet, oder besser böswillige Zaubersprüche eines *Babalawo*, eines Yoruba-Priesters. Dabei …« Sie brach ab. Sollte sie wirklich einer Frau, die sie gerade erst kennengelernt hatte, Dinge erzählen, die nicht einmal ihre Eltern wussten?

Therese war neugierig, auch jetzt las sie es in ihrem aufmerksamen Blick, doch wie ein Tratschweib wirkte sie nicht. Und sie selbst brauchte eine Verbündete.

Ujunwa holte tief Luft. »Dabei gibt es ganz andere Gefahren, die Emmanuel hätten zum Verhängnis werden können. Es hat mit der politischen Situation in unserem Land zu tun. Weißt du etwas darüber?«

»Nur, dass seit der Unabhängigkeit korrupte Militärregierungen einander die Türklinke in die Hand gegeben haben. Der neue Präsident mit dem lustigen Namen ist wohl kein General, aber im ›Spiegel‹ hab ich gelesen, dass immer noch Bestechungsgelder gefordert werden.«

»Ja, die Korruption ist das eine. Von Goodluck Jonathan ist bisher nichts Derartiges bekannt geworden, aber seine Frau – Dame Patience, unsere First Lady – war erst vor ein paar Jahren in einen Geldwäscheskandal verwickelt. Es ging um sechshunderttausend Euro, die sie verschwinden lassen wollte. Regierungsgelder natürlich, damals war er noch Gouverneur.«

»Und das bleibt ohne Folgen?« Therese schüttelte den Kopf. »Wenn ich mir Angela Merkel vorstelle, wie sie mit der Hand in der Kasse erwischt wird – die dürfte sich doch nie wieder in der Öffentlichkeit blicken lassen.« Sie schaute Ujunwa an. »Und was ist das andere?«

»Das andere sind die muslimischen Eliten, die immer noch die Fäden ziehen. Sie sitzen in hohen Regierungsämtern, in Banken und Unternehmen und machen Jonathan, der ja Christ ist, das Leben schwer. Das Schlimmste ist, dass die Muslime überall in Nigeria die Scharia einführen wollen. Im Norden, wo sie die Mehrheit haben, ist sie schon in einigen Bundesländern durchgesetzt worden. Du hast bestimmt von dem armen Mädchen gehört, das nach einer Vergewaltigung der Unzucht beschuldigt wurde und gesteinigt werden sollte.«

»Ja – es gab wohl internationalen Protest, oder?«

Ujunwa nickte. »Das Urteil wurde dann zurückgenommen. Aber viele andere Fälle werden gar nicht erst öffentlich. Es gibt da eine Gruppierung – Boko Haram, das heißt tatsächlich ›westliche Bildung ist Sünde‹ –, die führt sich auf wie eine muslimische Miliz, ermordet Oppositionelle, Christen und unbotsame Wirte, die Alkohol ausschenken. Sie sind schlimmer als damals die Engländer, die unser Land ja auch mit Gewehrkugeln missioniert haben.«

»Sind denn alle Muslime so?«

»Sie sind schon ziemlich fanatisch. Natürlich kenne ich viele, denen die Religion weniger wichtig ist, die einfach nur friedlich leben wollen. Aber das geht kaum in Nigeria.«

»Lass mich raten: Emmanuel hat gegen die Muslime gekämpft.«

»Nicht gegen die Muslime, aber gegen die Machthaber, gegen diejenigen, die nach wie vor unser Land ausplündern, ob christlich oder muslimisch. Und auch nicht gekämpft, jedenfalls nicht mit der Waffe in der Hand. Emmanuel war der sanftmütigste Mensch, den ich je kennengelernt habe. Aber wenn er gesehen hat, wie sich jemand ungerechtfertigt auf Kosten unserer Landsleute bereicherte, ging er auf die Palme.«

»Ob das Papier damit etwas zu tun hatte?«

»Mag sein.« Ujunwa senkte die Stimme. »Es kann sich um eine Petition handeln, die der Graf unterschreiben sollte. Das gibt es öfter, Appelle an die internationale Staatengemeinschaft, die möglichst viele NGOs mittragen sollen, damit sie mehr Gewicht haben. Ich kannte Emmanuel zwar aus der politischen Arbeit, aber ich weiß nicht, was die Oshogbo-Sektion im Einzelnen macht. Ich komme ja aus Lagos. Jedenfalls kann einen schon so eine Petition den Kopf kosten. Sie wollen ja nicht, dass etwas nach außen dringt.«

»Politische Arbeit?«

Ujunwa stand auf und warf einen Blick um die Hausecke. Als sie niemanden sah, nahm sie wieder Platz. »Ja.«

Mit verwundertem Gesicht beobachtete Therese ihr Verhalten. »Ist das so gefährlich?«

»Eigentlich haben wir gedacht, dass wir in Deutschland sicher wären, aber seit Emmanuel tot ist, habe ich Angst.«

»Jetzt hast du mich aber neugierig gemacht.«

Trotz ihrer Besorgnis musste Ujunwa lachen. »Jetzt erst?«

»Ich frage wohl zu viel?« Therese lachte ebenfalls. »Tut mir leid. Alle sagen, ich soll meine Nase nicht immer in Dinge stecken, die mich nichts angehen.«

»Schon gut. Ich bin ja froh, dass ich mit jemandem darüber reden kann.« Die Pader rauschte laut genug, dass sie nur jemand belauschen konnte, der in der Nähe stand. »Hast du mal was vom OPC gehört?«

»Nein. Ist das eine Partei?«

»O'odua People's Congress«, erklärte Ujunwa. »Eher eine Freiheitsbewegung, so etwas wird von der Regierung gar nicht gern gesehen. Und bevor du fragst: O'odua kommt von Oduduwa, das ist der Ahnvater der Yoruba. Angeblich stammen von ihm die Könige ab, die es bei uns außerdem noch gibt. Sie sind besser angesehen, aber genauso korrupt wie die Staatsbeamten.« Unwillkürlich seufzte Ujunwa beim Gedanken an den aus Ölgeldern bezahlten Prunk, in dem ihre *Obas* lebten. »Der OPC will nun die Yoruba einigen und kämpft für deren Selbstbestimmung. Du musst wissen, dass die Ölquellen im Gebiet meines Volkes liegen, das aber von dem ganzen Reichtum nichts abbekommt und noch zusehen muss, wie das gesamte Nigerdelta – die Mangrovenwälder, die Lagunen, alles – von den Ölmultis zerstört wird.« Sie erzählte auch, dass sie nur mit friedlichen Mitteln arbeiteten – Flugblätter und Zeitungsartikel verfassen, politische Schulung, Demos und Mahnwachen. »Es gibt auch einige, die Gewalt befürworten, die meiner Ansicht nach aber zu nichts führt. Sie sind doch immer stärker als wir.«

Dem stimmte Therese zu. »Dann hat der OPC wohl viele Anhänger?«

»Das kann man wohl sagen. Inzwischen sind es fünf Millionen Mitglieder, das ist ein Sechstel aller Yoruba, die wiederum ein Fünftel der hundertfünfzig Millionen Nigerianer stellen.«

Therese machte große Augen. »So viele seid ihr? Die BRD hat nur achtzig Millionen.«

»Mmh. Allein in Lagos leben zehn Millionen, das ist die größte Stadt Afrikas.« Ein wenig war Ujunwa doch stolz auf ihr Land. Dass Berlin nur um die vier Millionen Einwohner hatte, wusste Therese wohl selbst.

So angeregt hatten sie sich unterhalten, dass Ujunwa gar

nicht gemerkt hatte, wie die Sonne weitergezogen war. Sie stand auf und stellte sich ans Brückengeländer. Stadtauswärts war der Himmel von rosa Schlieren durchzogen, die sich im Wasser spiegelten. Dazu die alten Mauern und das viele Grün – Ujunwa beschloss, diesen Fleck als schönsten Ort Paderborns im Gedächtnis zu behalten. Dies und die perspektivischen Türen im Dom.

Therese erhob sich ebenfalls und trat neben sie. Gemeinsam und ohne zu reden genossen sie den Anblick, bis ein junges Paar den Weg entlangkam und ebenfalls auf der Brücke stehen blieb.

»Oh, wie romantisch«, rief das Mädchen mit piepsiger Stimme und drückte sich eng an den jungen Mann, der einen Arm um sie legte. Seine Ohrmuschel war dicht an dicht mit silbernen Kreolen bestückt. Ein Handy klingelte, die Frau löste sich von ihrem Freund und kramte in ihrer Handtasche.

Ujunwa schaute auf ihre Armbanduhr. »Ich muss bald zurück. Regina geht immer früh zu Bett.«

»Ich begleite dich«, sagte Therese. »Unterwegs können wir weiterreden.«

»Okay.«

Zwischen den Büschen am Wegrand war es schon dämmerig, flackernd schalteten sich die Laternen an. »Diese Perfektion!« Ujunwa lachte. »Wenn es bei uns Straßenlampen gibt, brennen sie garantiert nicht.«

»Passiert hier auch. Es gibt Leute, die können mit einem Tritt das Licht ausschalten. Hab ich selbst gesehen.« Therese blieb auf einmal stehen.

»Was ist?«

»Mir kam gerade der Ort in den Sinn, wo der tote Emmanuel gelegen hat. Da steht ziemlich in der Nähe eine Laterne. Ich möchte doch wissen, ob sie in der fraglichen Zeit gebrannt hat.«

Langsam gingen sie weiter. »Du meinst, wenn ihn dort jemand getötet hat, wird er für Dunkelheit gesorgt haben?«, fragte Ujunwa.

»Meine ich. Es ist ja einfach genug. Wenn man nur wüsste, wann genau er gestorben ist.«

»Ich gehe davon aus, dass es am Montagabend war. Emmanuel hätte sicher etwas gesagt, wenn er länger hätte wegbleiben wollen. Er muss irgendwie in die Stadt gekommen sein, und da ist es dann passiert.«

Wieder verhielt Therese ihren Schritt. »Du glaubst also auch nicht, dass es ein Unfall war.«

Ujunwa schaute sich um, zwischen den Büschen waren tiefe Schatten. »Eher nicht. Aber lass uns weitergehen.«

»Du hast ja richtige Angst«, sagte Therese. »Eben hast du schon davon gesprochen. Dass ich neugierig bin, weißt du inzwischen, aber wenn es etwas gibt, das niemand wissen soll, kann ich mich auch zurückhalten.« Sicher hatte sie Terrorismus oder Drogenschmuggel im Sinn.

»Nein, nein.« Ujunwa wunderte sich ein wenig, dass sie so schnell Vertrauen zu Therese gefasst hatte. Regina wäre davongelaufen, wenn sie nur die roten Hexenhaare gesehen hätte. Aber vielleicht war es gerade das … Sie dachte an Susanne Wenger, die dem Urbild einer ordentlichen Österreicherin ebenso wenig entsprochen hatte. Immerhin trug Therese keinen Hut und hatte auch ihre Augen nicht schwarz bemalt.

An der nächsten Brücke war es Ujunwa, die stehen blieb. Zwei Laternen gaben Licht, das Gebüsch war weit entfernt. Über den Dächern vor ihr erhob sich der Domturm, es war gerade noch hell genug, um zu sehen, wie sich das grüne Dach im Wasser spiegelte. Auch ein schöner Ort. Ihr Blick fiel auf einen gepflegten Garten, den eine niedrige Bruchsteinmauer von der Rasenfläche abtrennte. Eine alte Badewanne und ein steinerner Trog waren mit Blumen bepflanzt, zu beiden Seiten des Geländes floss die Pader.

Sie wandte sich zu Therese um, die sie abwartend ansah. »Es ist nur, weil sich die Leute um mich herum seit Emmanuels Tod so merkwürdig verhalten. Reginas Geschichte kennst du ja schon …« Ujunwa erzählte vom Streit der drei Studenten, vom verschwundenen Martin Wrede und von Daniel Adigwe, über dessen offensichtliche Bespitzelung sie erst gelacht hatten, und dass sein Benehmen ihr nun völlig verändert erschien. Nicht er, sondern Yakubu schien sie jetzt zu beobachten. »Und der Graf war auch schon mal freundlicher. Manchmal schaut er uns an, als hätten wir ihm einen bösen Streich gespielt.«

»Das ist bei ihm oft so. Es muss immer alles nach seiner Nase gehen.« Therese lehnte sich mit dem Rücken ans Geländer und sah Ujunwa an. »Nicht dass ich deine Bedenken kleinreden will. Die Sache mit dem Papier ist ja merkwürdig genug.« Therese sah sich um. »Aber über diesen Adigwe weiß ich etwas, das dich nicht gerade beruhigen wird.«

Erschrocken schlug Ujunwa die Hand vor den Mund, als sie erfuhr, dass sich Adigwe jeden Abend in die Stadt bringen ließ. »Was tut er bloß hier? Gesehen habe ich ihn nie.« Trotz der warmen Luft fröstelte sie auf einmal.

Therese legte ihr die Hand auf den Arm. »Jedenfalls begleite ich dich bis vor die Tür des Gästehauses, Ujunwa, und wenn wir uns noch mal treffen sollten, was ich hoffe, hole ich dich dort ab.«

»Danke.«

Nebeneinander gingen sie entlang der Pader auf die Innenstadt zu. Das Plätschern jenseits der bewachsenen Ufer erschien Ujunwa jetzt ungemein beruhigend.

***

Schon auf der Treppe hörte Therese das Telefon.

Sie schloss die Tür auf, ignorierte aber das hartnäckige Klingeln. Erst einmal ankommen – in der vertrauten Sicherheit ihrer Wohnung, in die sie Ujunwa am liebsten mitgenommen hätte. Nach allem, was sie erzählt hatte, war sie innerhalb der Delegation und sogar bei den fürsorglichen Nonnen des Gästehauses nicht gut aufgehoben. Ujunwa musste auf der Hut sein.

Die wachsamen Neonspeere am alten Stadtturm tauchten ihren Balkon in bläulichen Dämmerschein. Das Klingeln hatte aufgehört. Es war sicher nur Michael, der ihr mitteilen wollte, dass er später kam. Sie stützte ihre Arme aufs Geländer und sah in den düsteren Hinterhof hinab, wo Frau Kazinskis schwarzweiße Katze bäuchlings hinter einem Auto lag und wohl einer Maus auflauerte. Anders als Sir Henry tat sie ihre Pflicht.

Mit einem warmen Gefühl dachte Therese an das Treffen mit der Nigerianerin zurück. Nicht nur an den Birkenstocks hatte es gelegen, dass sie Ujunwa gleich gemocht hatte. Vom Studium über den Glauben bis hin zur politischen Einstellung hatten sie viele Gemeinsamkeiten. Ihr Deutsch war wirklich exzellent, nur ein ganz leiser Akzent, und ihre Wortwahl war viel gepflegter als die Thereses.

Im diffusen Licht waren Farben nicht mehr zu erkennen, nur noch die Blütenform zeigte an, was Löwenmäulchen oder Fleißiges Lieschen war. Vor ihren Augen stand Ujunwas dunkles Gesicht, das ihr anfangs fremd erschienen war. Aber das hatte sich bald gelegt. Sie hatte nur noch auf den lebhaften Ausdruck geachtet und das ungewohnte Aussehen ganz vergessen. Ujunwa hatte nur selten gelacht, aber wenn, ging so viel Wärme von ihr aus, dass sich Therese wie eingehüllt fühlte. Sie konnte nur hoffen, dass die andere etwas Ähnliches bei ihr gefunden hatte. Die Afrikanerin als Freundin zu haben wäre sicher schön.

Ob Ujunwa jetzt mit dieser Regina sprach? Sie hatten vereinbart, sich morgen Abend wieder zu treffen, am selben Ort, dann aber mit einem Spaziergang ins Grüne. Für alle Fälle hatte sie Ujunwa ihre Telefonnummer zu Hause und auch die der Bibliothek gegeben. Handys mochten sie beide nicht, noch eine Gemeinsamkeit. Sie würde doch nicht eben schon angerufen haben? Beunruhigt wartete Therese auf erneutes Klingeln, doch alles blieb still.

Sie ging zum Telefon im Flur und rief die Anruferliste auf. Kein neuer Eintrag, also war die Nummer unterdrückt worden. »Anonymer Anruf« stand dann auf dem Display, was Therese oft dazu veranlasste, das Gespräch nicht anzunehmen. Sie schüttelte das Mobilteil, aber es machte keinen Mucks.

Erst als sie in der Küche ein paar Möhren für einen Salat raspelte, klingelte es wieder. »Anonymer Anruf«, doch Therese drückte ohne zu zögern den grünen Knopf.

»Endlich erreiche ich Sie.« Eine Männerstimme. »Peter Brinkmöller hier. Ich versuche seit Stunden, Sie anzurufen.«

Fehlte nur noch, dass er fragte, wo sie denn gewesen sei. »Sie sollten vielleicht Ihre Nummer nicht unterdrücken, dann hätte ich längst zurückgerufen.« Was wollte denn Peter Brinkmöller noch von ihr?

»Das hat dienstliche Gründe.« Pause. »Ja, Frau Urban, guten Abend erst mal.«

Therese sagte nichts.

»Sie sind sicher noch sauer wegen heute Morgen.« Pause. »Deshalb rufe ich an, ich möchte mich nämlich entschuldigen. Der Ton war vielleicht ein wenig rau, aber Sie müssen auch meinen Ärger verstehen.«

»Schon gut.« Sie grinste in sich hinein.

»Ja. Hm.« Er wartete wohl darauf, dass sie mehr sagte. »Als Wiedergutmachung könnte ich Sie vielleicht zu einem Kaffee einladen, was halten Sie davon?«

»Okay …«

»Ich hätte da nämlich noch ein paar Fragen. Vielleicht morgen früh?«

»Wenn es nicht zu spät wird.«

»Nein, nein. Ich muss ja auch zum Dienst.« Er sagte, dass er nicht zum Schwimmen komme, weil er in Bielefeld sei und dann lieber ins Ishara gehe. »Aber gleich danach fahre ich los. Was halten sie von neun Uhr in diesem netten Café an der Pader?« Immerhin bestellte er sie nicht auf die Polizeiwache ein.

»Dann aber mit Frühstück.«

Brinkmöller lachte. »Okay. Wenn Sie mir dann nicht mehr böse sind.«

Er war wieder richtig nett. Dennoch nahm sich Therese vor, ihm kein Wort von dem zu verraten, das Ujunwa und sie heute zusammengetragen hatten. Nie wieder sollte Brinkmöller sie so zusammenfalten wie heute im Sprudelbecken.

***

Regina stand mitten im Raum, ihre Schultern bebten. Sie presste die Hände an den Kopf, als müsse sie ihn vom Zerspringen abhalten. Nicht einmal, als Ujunwa hinter sich die Tür schloss, drehte sie sich um.

»Was hast du, Regina?«, fragte sie auf Yoruba.

Im Raum herrschte das reine Chaos, offene Schubladen, heraushängende Kleidungsstücke. Beide Betten waren zerwühlt. Ujunwa machte einen Schritt über einen kleinen Berg Toilettenartikel, daneben lag ihre eigene Kulturtasche.

»Was ist denn hier passiert?« Sie trat neben Regina und legte ihr einen Arm um die Schultern. Tränen liefen ihre Wangen hinab.

Regina ließ ihren Kopf los und wischte sich mit den Händen durchs Gesicht. Dann schüttelte sie Ujunwas Arm ab. »Was fragst du? Du siehst doch, was passiert ist.« Sie schluchzte auf.

Selbst hatte Regina das Zimmer wohl nicht in derartige Unordnung versetzt, sie räumte immer gewissenhaft auf. »Ist jemand hier gewesen?«

»Ich weiß es doch nicht«, rief sie nahezu hysterisch. »Als ich reinkam, war es schon so.« Sie ließ sich auf ihr Bett fallen und vergrub das Gesicht in den Händen.

Ujunwa setzte sich neben sie. »Nun beruhige dich erst mal.« Sie streichelte ihren Rücken, doch Regina wehrte sie ab.

Es war nicht auszuschließen, dass die Nonnen – vielleicht weil sie weitere heidnische Utensilien hier vermuteten – ihr Zimmer durchsucht hatten, doch niemals würden sie so ein Durcheinander hinterlassen. Jemand Fremdes musste ihr Zimmer betreten haben.

Ujunwa stand auf und ging zur Tür. Das Schloss schien ihr unbeschädigt. Jemand hatte einen Schlüssel benutzt. Ihren eigenen hatte Ujunwa, weil es in diesem Haus so üblich war, bei der Pfortenschwester abgegeben, bevor sie zu ihrem Treffen mit Therese aufbrach. Nie hatte sie sich gefragt, ob er dort sicher war. Es gab nicht viel zu stehlen bei ihr, und zu verbergen hatte sie ebenfalls nichts. Aber was war mit Reginas Schlüssel?

Sie ging vor Regina in die Hocke und zog ihr die Hände vom Gesicht. »Komm, Regina, wir müssen darüber reden.«

»Was gibt es da zu reden? Jemand hat hier herumgeschnüffelt, das siehst du doch. Hört das denn nie auf? Erst ist Emmanuel tot, und dann …« Sie begann wieder zu weinen. Ihre Hände ließ sie aber in denen Ujunwas.

Nach einer Weile schniefte sie, stand auf und griff nach ihrer

Umhängetasche. Mit einem Taschentuch wischte sie ihre Augen ab und putzte sich die Nase, während sie sich im Raum umsah. »Wer hat das bloß gemacht?« Noch einmal schluchzte sie, dann wandte sie sich Ujunwa zu, die sich ebenfalls erhoben hatte. »Ich hab mich so erschrocken.« Mit großen Augen im ängstlichen Gesicht schaute sie wie ein Kind zu Ujunwa auf.

»Das glaube ich. Mir ging es ja nicht anders, besonders als ich gesehen habe, wie du geweint hast.« Ujunwa legte ihr die Hand auf den Arm und führte sie zu den beiden Stühlen, die an einem kleinen Tisch vor dem Fenster standen. Einander gegenüber nahmen sie Platz. Reginas Augen waren gerötet, aus ihren Zöpfchen lösten sich einzelne Haare. Das Päckchen mit den Taschentüchern hielt sie fest umklammert.

»Lass uns überlegen, wer das gewesen sein kann«, schlug Ujunwa vor.

Regina nickte matt.

»Warst du die gesamte Zeit im Aufenthaltsraum?«

»Ja. Mit Joseph und Timothy. Wir haben auf BBC einen Film geguckt.«

»Und Yakubu?«

»Der war den ganzen Abend nicht da.«

Yakubu Oibe hatte im Foyer gestanden, als sie gegangen war. War es möglich, dass er Ujunwas Schlüssel genommen hatte? Die Pfortenschwester konnte nicht die ganze Zeit über in ihrem Büro sitzen.

»Und wo war in der Zeit dein Schlüssel?«, fragte Ujunwa.

»In meiner Umhängetasche, wie immer. Das weißt du doch.«

»Kann ihn jemand unbemerkt herausgenommen haben? Vielleicht warst du mal raus?«

»Meine Tasche nehme ich immer mit.«

Ujunwa wusste, dass sie darin Papiere und Kreditkarten aufbewahrte. Aus demselben Grund ließ sie selbst ihren kleinen Rucksack nie aus den Augen.

»Hast du schon nachgeschaut, ob hier etwas gestohlen wurde?«

»Nein. Ich bin erst kurz vor dir gekommen.« Ihre Augenlider zitterten, neue Tränen quollen hervor. Mit verkrampften Fingern zog sie ein Taschentuch aus dem Päckchen und schniefte hinein.

»Meinst du, es war Yakubu?«, fragte sie hinter dem Tuch.

»Ich weiß es nicht.«

Regina schüttelte den Kopf. »Bestimmt haben die Schwestern wieder hier herumgesucht. Diese Elisabetha hat das ja schon einmal gemacht.«

»Das glaube ich nicht. Sie hat nur gesehen, was du offen herumstehen lassen hast. Und bestimmt hätten sie nachher aufgeräumt.«

»Und wenn sie keine Zeit dazu hatten? Weil sie mich gehört haben vielleicht?«

»Dann müsstest du sie auf dem langen Flur gesehen haben.«

»Trotzdem. Die Unordnung kann ihnen auch egal gewesen sein. Vielleicht sollten wir merken, dass unser Zimmer durchsucht wurde.«

Das mochte durchaus sein, sagte sich Ujunwa, wies jedoch nicht eben auf die Hausschwestern hin. Eine Warnung. Aber wovor?

Sie stand auf und beugte sich zu ihren Toilettensachen hinab, die sie zurück in den ledernen Beutel steckte. Es schien alles da zu sein. Was hatte der Eindringling wohl gesucht? Unter ihren Sachen gab es nichts Verdächtiges. Und Regina? Wenn sie in etwas Illegales verwickelt war, würde sie es ihr kaum verraten.

Sogar ihre Unterwäsche war durchstöbert worden. Ujunwa nahm den zerwühlten Packen, faltete alles neu und legte es zurück in die Schublade.

Regina beobachtete jede ihrer Bewegungen, aber mit so leeren Augen, als nähme sie gar nichts wahr. Was hatte sie eben gesagt? *Erst ist Emmanuel tot, und dann …* Sie mochte recht haben, wenn sie zwischen den Ereignissen einen Zusammenhang vermutete. Aber ob ihr selbst das bewusst war? Vielleicht sah sie nur eine Kette böser Zufälle. Oder wusste sie ganz genau, worum es ging?

Ujunwa schloss die Schublade und nahm sich die nächste vor. Sie hatte Therese versprochen, sich danach zu erkundigen, was

Regina in der Bibliothek beobachtet hatte. Dazu musste sie ihr erst einmal von ihrem Treffen erzählen, denn wie sonst hätte sie davon erfahren können?

»Ich habe heute Abend eine interessante Bekanntschaft gemacht«, sagte sie.

Regina rührte sich nicht. Nach Plaudern war ihr sichtlich nicht zumute.

»Und ich habe dabei etwas über Emmanuel erfahren.«

Jetzt setzte sich Regina auf. »Über Emmanuel?«

»Ja. Du erinnerst dich doch an die Bibliotheksbesichtigung in Schloss Ettlerbrück?« Ujunwa nahm wieder auf ihrem Stuhl Regina gegenüber Platz.

»Sicher. Kurz danach ist Emmanuel doch verschwunden.«

»Ist dir in der Bibliothek eine rothaarige Frau aufgefallen? Sie stand an einem der Bücherschränke.«

»Nein.«

Das hatte Ujunwa erwartet. Regina hatte sicher keinen Blick von Emmanuel gewandt. So knapp wie möglich berichtete sie von Thereses Besuch im Gästehaus und ihrer abendlichen Verabredung.

Trotzdem wurde Regina ungeduldig. »Nun sag schon – was war mit Emmanuel?«

Als Ujunwa wiedergab, was ihr Therese erzählt hatte – vom Disput Emmanuels mit dem Grafen, von dem versteckten Blatt Papier und dass Regina noch im Raum gewesen war –, hörte sie konzentriert und mit leicht gerunzelter Stirn zu. »Weißt du, was das für ein Papier war?«, fragte Ujunwa zum Schluss.

»Das Papier?« Regina überlegte. »Am Morgen hatte mir Emmanuel erzählt, dass er ein Schreiben aus Nigeria bekommen hat, aus unserer Schule, per E-Mail. Das wollte er dem Grafen unbedingt geben, aber ich hab gesehen, dass er keine Gelegenheit dazu hatte. Erst in der Bibliothek …« Sie stutzte. »Meinst du, die Nonnen hätten hier nach dem Papier gesucht? Eine Kopie vielleicht?« Wenn Regina sich einmal etwas in den Kopf gesetzt hatte, war es schwer zu vertreiben.

»Die Nonnen? Wohl kaum.« Ujunwa sah ihr ins Gesicht. »Weißt du, was in dem Schreiben stand?«

»Was darin stand? Davon hat Emmanuel nichts gesagt.« Sie wickelte eins ihrer Zöpfchen um den Zeigefinger.

»Konntest du denn hören, worüber die beiden – der Graf und Emmanuel – gesprochen haben?«

»Darauf hab ich nicht geachtet. Ich hab mir doch die Bücher angesehen.«

»Hast du gar nichts gehört?«

»Doch. Als der Graf rausging, hat er noch was von ›ehrenwert‹ und ›Ruf Ihres Landes retten‹ gesagt.«

Das hatte auch Therese mitbekommen.

»Freundlich hat das aber nicht gerade geklungen. Emmanuel war ganz geknickt, als ich ihn wiedersah.« Regina zog den Zopf bis vor ihre Augen und musterte ihn. »Vielleicht war ihm ja deshalb übel.«

Es kam ihr nicht in den Sinn, dass dieses Papier, der Streit mit dem Grafen, zu Emmanuels Tod geführt haben konnte. »Hast du irgendjemandem von diesem Schreiben erzählt?«, fragte Ujunwa.

Regina schaute zum Fenster, das auf den beleuchteten Parkplatz führte. »Nur Yakubu. Er wollte wissen, warum Emmanuel mit dem Grafen zurückgeblieben war.« Sie sah Ujunwa an. »Da war doch nichts dabei, oder? Es war sicher nichts Geheimes.«

»Das weiß ich nicht. Hast du denn gar keine Vorstellung, was Emmanuel bekommen hat?«

»Hm. Vielleicht einen Projektbericht? Wir haben doch mit allen Schülern dieses Gesundheitsprojekt durchgeführt. Bestimmt wollte er dem Grafen zeigen, was sich seitdem alles verbessert hat. Aber der hat sich ja nicht dafür interessiert.« Regina stand auf und ging zu ihrem Bett. »Und dann hat er den Bericht versteckt, weil er gehofft hat, dass der Graf ihn später finden würde«, sagte sie über die Schulter hinweg, indem sie das Laken glatt zog. Sie steckte es fest und schüttelte ihre Bettdecke aus, dann hob sie ein paar T-Shirts auf und faltete sie zusammen.

Während Ujunwa sie beobachtete, dachte sie nach. Eine E-Mail aus Nigeria, von seiner Schule. Also keine Petition, wie sie angenommen hatte. Emmanuel musste das Schreiben gleich am Montagmorgen nach ihrer Ankunft erhalten haben.

Ein Gesundheitsprojekt konnte so wichtig doch nicht sein? Bestimmt hätte er sich darüber nicht mit dem Grafen gestritten, sondern einfach eine bessere Gelegenheit abgewartet.

Ujunwa stand auf und begann ebenfalls, ihre verstreuten Sachen zusammenzusuchen. »Könntest du vielleicht diese E-Mail noch einmal anfordern, Regina?«, fragte sie wie nebenbei.

Regina schaute auf. »Noch einmal? Ich weiß doch gar nicht, wer sie abgeschickt hat.«

»Das kannst du sicher herausfinden. Du hast doch ein Handy.«

»Schon.« Sie hängte ihr gelbes *Adire*-Kostüm, das zerknüllt unter dem Bett gelegen hatte, zurück in den Schrank. »Ich könnte versuchen, Schwester Helena anzurufen. Aber sie hat bestimmt keine Zeit, bei den Kollegen herumzufragen.«

»Probiere es wenigstens. Es muss mit Emmanuels Tod gar nichts zu tun haben. Die Polizei sagt ja auch, es sei ein Unfall gewesen. Aber ich wüsste zu gern, worüber sich Emmanuel mit dem Grafen gestritten hat.«

»Es *war* ein Unfall.« Regina nickte mehrfach. »Was soll es sonst gewesen sein?« Sie stand vor dem Schrank und ordnete ihre Blusen. »Aber wenn du so neugierig bist, kann ich es ja mal versuchen.«

Ujunwa schaute auf ihre Uhr, es war noch nicht zu spät für einen Anruf. Dass durch die E-Mail Aufklärung über den Inhalt von Emmanuels Papier zu erwarten war, sollte Therese schnellstens erfahren. Sie sortierte weiterhin ihre Kleidungsstücke und legte sie an ihren Platz zurück. Nichts fehlte, und auch Reginas Sachen waren vollzählig.

Ohne Grund ging niemand das Risiko ein, in einem fremden Zimmer beim Schnüffeln erwischt zu werden. Wenn Regina nicht wusste, wonach hier gesucht worden war – wer dann?

ACHT

Peter Brinkmöller war unverheiratet und dreiundvierzig Jahre alt, entnahm Therese dem Zeitungsbericht über die Amtseinführung des neuen Kriminalkommissars. Trotz Schlips und Kragen wirkte er auf dem Foto um einiges jünger, aber ziemlich seriös und sogar distinguiert in dem dunklen Jackett. Hoffentlich hatte er die Hawaiihemden nicht endgültig eingemottet.

Nach dem Schwimmen brauchte Therese ihren Kaffee, doch den Appetit hob sie sich für das Frühstück mit Brinkmöller auf. Sie trank einen Schluck und las weiter. Eine beeindruckende Karriere, er hatte sogar eine Zeit lang beim FBI gearbeitet. Und schon viele Fälle gelöst. Ein paar Bielefelder Kapitalverbrechen, an deren Aufklärung er mitgewirkt hatte, wurden aufgezählt.

»Gib mir mal die Marmelade.«

»Bitte schön.«

Keine Antwort. Michael war völlig vertieft in einen Artikel über Rechtsextreme, die sich zunehmend in der Bio-Szene breitmachten. Sein Brot schmierte er, ohne hinzusehen.

»Nicht gerade das politische Fachblatt«, hatte er gemault, als Therese ihm das Magazin ihres Naturkostladens aufgeschlagen hinlegte, sich dann aber doch zum Lesen herabgelassen. Sie selbst hatte der mit »Vorsicht: braune Bios« überschriebene Bericht ziemlich erschreckt. In Bayern, in der Lüneburger Heide, in Schleswig-Holstein und in Mecklenburg-Vorpommern, wo bereits »nationale Dorfgemeinschaften« entstanden waren, bewirtschafteten sie massenhaft eigenes Land und boten Bioprodukte zum Verkauf an. Die Domuhr schlug acht. Noch eine ganze Stunde bis zu ihrer Verabredung.

Gelangweilt überflog Therese in ihrer Zeitung die Wahlkampfberichte. In Paderborn trat diesmal auch die ausländerfeindliche »Alternative für Deutschland« an, deren Infostand immer dicht umlagert war. Es machte ihr Angst, dass die Rechten immer stärker wurden. Das Thema soziale Gerechtigkeit – wenn auch nur für Deutsche – hatten sie bereits besetzt, nun köderten sie junge Leute mit Natur- und Tierschutz. Längst war die faschistische Musik nicht mehr die einzige Strategie, ihre menschenfeindlichen Ideen zu verbreiten. Jetzt auch noch Nazi-Kartoffeln? Sie würden nicht gerade ansteckend sein, aber Therese hoffte dennoch, dass der Besitzer ihres Bioladens wusste, wo er einkaufte. Die Rechten sollten an ihr keinen Cent verdienen.

Michael schlug das Heft zu. »Neu ist das nicht. Hab ich alles schon irgendwo gelesen.«

»Klar.« Therese schaute durchs Fenster, wo ein tiefgrauer Himmel Regen ankündigte.

Er wies auf ihre Tageszeitung. »Wenn du nicht immer dieses Käseblättchen lesen würdest, hättest du die Infos auch.«

Ebenfalls klar. Aber in der »Süddeutschen« stand nichts über Peter Brinkmöller. »Ich lese die ›taz‹.« Und das viel öfter, als sie dazu Lust hatte. Sicher – »Wissen ist Macht« hieß es seit den alten Griechen. Aber was nützten alle noch so analytischen Berichte über unfähige Politiker und eine brutale Welt, wenn die Macht trotzdem in den falschen Händen blieb? Therese war auf so vielen Demos gewesen, hatte mit Tausenden anderer Menschen gegen Militarismus, Ausländerfeindlichkeit, Sozialabbau und Neonazis protestiert, aber alles war nur schlimmer geworden. Sie hatten schon oft darüber diskutiert, doch Michael konnte ihre politische Frustration nicht teilen.

Wie immer winkte er ab. »Du verträgst einfach die Realität nicht.«

Das mochte sein. Therese blätterte über die Sportseiten hinweg. Eben erst hatte sie von dem Giftgas gelesen, das deutsche Firmen nach Syrien geliefert hatten. »Nur für zivile Zwecke«, hatte die Bundeskanzlerin gesagt und wohl vergessen, dass Assads Truppen vor Kurzem eintausendvierhundert Menschen mit Giftgas ermordet hatten. Die Linke forderte einen Untersuchungsausschuss, aber Therese war sicher, dass sie nie wieder etwas über die Angelegenheit hören würde. Es erfüllte sie mit hilflosem Zorn – ein Gefühl, das sie schlecht ertrug –, lesen zu müssen, dass ihr Land trotz aller Friedensbekundungen weltweit der drittgrößte Waffenexporteur war. Nachdem Angela

Merkel mit ihrem Besuch der deutschen Wirtschaft den Weg nach Nigeria gebahnt hatte, schossen die Milizen wohl bald aus deutschen Rohren auf Ujunwa und ihre Landsleute.

Mit den Fingerknöcheln pochte Michael auf das Naturkostmagazin. »Du weißt ja wohl, dass die Rechten auch hier bei uns aktiv sind?«

»Sicher.« Sogar ihr Käseblatt hatte über sie berichtet. »Domstädter und Formation W«, murmelte sie, während ihr Blick über die Todesanzeigen wanderte. Zum Glück war niemand darunter, den sie kannte. Emmanuel Sabo würde hier wohl niemand einen Nachruf widmen. Ob er in Nigeria eine Familie hatte, die sich um seine Bestattung kümmerte? Sie musste Ujunwa danach fragen. Heute Nacht hatte sie von ihr geträumt, fiel ihr ein, von ihr und von etwas Wichtigem …

»Formation W ist weg vom Fenster.« Michael erzählte, dass die Website der nach eigenen Angaben »aktiven Widerstandsorganisation junger Nationalisten« – junger Paderborner – auf Betreiben des Wewelsburger Museums vom Netz genommen worden sei. Die Leute seien teilweise zur Jugendgruppe der »Alternative für Deutschland« übergewechselt.

»Aber ein fester Kern, so um die dreißig, trifft sich weiterhin. Außerdem haben wir noch ›Radio Germania‹, die ›Wewelsburg Records‹ und den Stammtisch der NPD«, zählte er auf, als könne man darauf stolz sein. Er berichtete von der deutschsprachigen Hip-Hop-Musik des in Schloss Neuhaus ansässigen Internetradios und den rassistischen Texten der im nahen Wewelsburg veröffentlichten CDs, doch obwohl alles bedrückend genug war, hörte Therese nur mit einem Ohr zu.

An der benachbarten Heiersmauer – eine der vielen Dauerbaustellen auf den Straßen der Stadt – lud ein Lkw einen prasselnden Haufen Steine ab, danach war es still. Sicher machte der Fahrer eine Zigarettenpause. Vor sich sah Therese die Bilder des Traums, der sie noch nach dem Aufwachen verfolgt hatte. Sie war mit Ujunwa im Schloss herumgelaufen, und irgendwo hatten sie etwas beobachtet, das mit Emmanuels Tod zu tun hatte.

Aber was? Es spukte ihr noch im Kopf herum …

Ihr Blick wanderte zu dem Gingkobaum vor dem Fenster. Seit wann waren die Blätter so herbstlich gelb? Jetzt begann es zu regnen.

In ihrem Traum hatte die Sonne geschienen, daran erinnerte sie sich genau. Überall waren sie und Ujunwa gewesen, im Schlosscafé, in der Bibliothek und sogar in den Privaträumen des Grafen. Dann waren sie am Ettlerbach gelandet, der sich auf einmal in die Rothobornpader verwandelt hatte. Deutlich sah Therese vor sich die abgerundete Ecke der weiß gestrichenen Stadtbibliothek nahe dem Ufer. Sie versuchte, den Weg zurückzuverfolgen, doch wo es war, wo sie dieses Etwas gesehen hatten und worum es sich dabei handelte, fiel ihr nicht mehr ein.

»Weißt du, dass Anglizismen bei den Faschos verpönt sind?« Obwohl Therese nickte, führte er Beispiele auf: Weltnetzseite für Website, Links waren Verweise, für Flatrate musste der nicht eben urdeutsche Pauschaltarif herhalten, T-Shirts hießen T-Hemden. »Ist das nicht verrückt – T-Hemden?«

»Mmh.« Der Regen schlug gegen die Fensterscheibe. Man musste einen Traum vielleicht nicht so wichtig nehmen …

Jetzt war Michael bei den »Domstädtern«, einem Zusammenschluss von Fans des Paderborner SC, teils gewalttätige, stark mit Rechten durchsetzte Hooligans, die – außer in Paderborn – in mehreren Fußballstadien keinen Zutritt mehr hatten. Sie waren wiederholt beim »Infoladen« aufgelaufen, dem Treffpunkt der Antifa und der autonomen Szene, wo sie randaliert und Leute angegriffen hatten. Ein paarmal war Michael dabei gewesen.

Therese kannte die Geschichten, sie gähnte hinter vorgehaltener Hand. Eine fette Taube setzte sich auf die Fensterbank und äugte durch die Glasscheibe auf ihren Tisch. Michaels Einsatz und der einer weiteren Handvoll Menschen in der Antifa war wichtig, das war Therese klar, auch wenn sie selbst die oft handfesten Auseinandersetzungen fürchtete. Die Polizei interessierte sich wenig genug für die Gewalttäter; nach Angriffen notierten die Beamten zwar akribisch die Namen der Überfallenen, nahmen aber nur lustlos deren Anzeigen auf. Sie verschwanden wohl gleich in der Schublade, denn trotz konkreter Personenbeschreibungen kam es nie zu einem Ermittlungserfolg, einer Gegenüberstellung oder gar einem Gerichtsverfahren.

»Stell dir vor«, erzählte Michael. »Einer von den Bullen hat sogar gefragt, ob wir die Blödmänner provoziert hätten.«

Das war wirklich zum Lachen. Der Polizist meinte wohl, im Infoladen stünden sie den ganzen Tag mit erhobenem Stinkefinger hinter der Gardine und lauerten auf zufällig die abgelegene Straße entlangspazierende Neonazis. Draußen vor dem Fenster schüttelte die Taube ihr nasses Gefieder, als lache sie ebenfalls. Tropfen spritzten aufs Glas.

Michael erzählte weiter, doch heute hatte Therese keinen Sinn für seine Heldensagen. Immer noch erinnerte sie sich ganz deutlich an das Gefühl, das sie bei der geträumten Beobachtung erfasst hatte. Ein Augenblick der Erkenntnis. Wenn sie nur wüsste, was ihr da so klar vor Augen gestanden hatte. Beim Aufwachen war es noch da gewesen … Sie klopfte an die Fensterscheibe, mit wütendem Flügelschlag rauschte die Taube davon.

Nachdem Peter Brinkmöller ihr jede Einmischung verboten hatte, würde sie den Traum – die offenen Fragen, die ihn hervorgerufen hatten – mit ihm kaum erörtern können. Dennoch freute sie sich auf das Treffen. So deutlich wie die nächtlichen Bilder sah sie seine dunkelblauen Augen vor sich, mit den Lachfältchen in den äußeren Winkeln, die er ihr hoffentlich wieder zeigte.

»Du hörst ja gar nicht zu«, sagte Michael mit beleidigtem Gesicht.

»Doch, doch. Nach Fußballspielen ziehen sie grölend durch die Stadt, hast du gesagt.«

Michael nickte, er war zufrieden mit ihr. »Ja, aber nicht nur. Was hast du gesagt, wann dieser Nigerianer wahrscheinlich gestorben ist?«

»Er heißt Emmanuel Sabo und ist am Montag vor einer Woche aus Ettlerbrück verschwunden.« Therese hatte ihm gestern noch von ihrem Treffen mit Ujunwa erzählt und in groben Zügen wiedergegeben, welche Fragen in Bezug auf Sabos Tod aufgetaucht waren. Da war es Michael gewesen, der kaum zugehört und nur darauf gewartet hatte, ihr seine Version der Ereignisse unterbreiten zu können.

»Ich sag's dir, den haben die Faschos auf dem Gewissen.« Er wiederholte sich. »Sie haben ihn vor irgendeine Bruchsteinmauer gestoßen – daher die Verletzungen am Kopf –, und ihn dann halb tot in die Pader geschmissen.«

»Mag ja sein«, sagte Therese. Von der Hand zu weisen war der Verdacht nicht. Ein gut gekleideter, selbstbewusster Afrikaner wie Emmanuel Sabo musste doch – falls sie zusammengetroffen waren – einen Neonazi herausfordern. Anschläge auf Farbige, auch mit tödlichem Ausgang, waren nicht eben selten. Aber in Paderborn? Waren hiesige Rechte wirklich so skrupellos?

»Jedenfalls werde ich mich mal umhören, ob an diesem Montag welche von ihnen gesehen worden sind«, kündigte Michael an. »Bin später sowieso im Infoladen.«

»Tu das«, gab Therese zurück.

»Kann gut sein, dass die Kerle wieder auftauchen. Sie wissen ganz genau, wann die Antifa tagt.« Er schob seinen Stuhl zurück und stand auf.

»Pass auf dich auf.«

»Klar.« Er nahm seine Jacke, die über der Lehne bereithing, und verließ die Wohnung.

Therese blieb es überlassen, den Tisch abzuräumen. Geistesabwesend sammelte sie Teller und Tassen ein und trug sie zur Spüle. In ihrem Traum waren die Nazis nicht vorgekommen. Aber Träume sind Schäume, hieß es. Warum nur wollte sie partout die Ursache bei den Nigerianern selbst suchen oder gar bei deren Gastgeber, Graf von Etteler, ihrem eigenen Arbeitgeber, der sie zwar kaum beachtete, aber immer großzügig behandelt hatte? Bei einem dunkelhäutigen Opfer musste man einen Angriff der Rechten zumindest in Erwägung ziehen.

Sie zog ihre Regenjacke an und schloss die Tür hinter sich. Als sie auf die Straße trat, hörte es auf zu regnen.

Bunte Papageien leuchteten Therese durch die großen Fenster ihres Lieblingscafés entgegen. Peter Brinkmöller hatte den runden Tisch im vorderen Raum besetzt, der einen guten Blick auf die belebte Mühlenstraße bot. Er musste sein schönstes Hawaiihemd herausgesucht haben, es war schwarz und mit Palmen bedruckt, auf deren Zweigen die grüngelb gefiederten Vögel hockten. Vor ihm stand eine Kaffeetasse.

Als Therese durch die original Fünfziger-Jahre-Tür den Caféraum betrat, stand er auf und kam ihr mit ausgestreckter Hand entgegen. Er hatte sie durchs Fenster wohl ebenfalls gesehen.

»Guten Morgen, Frau Urban. Schön, dass Sie kommen konnten.« Brinkmöller nahm ihr die Jacke ab und hängte sie auf. Zu dem bunten Hemd trug er Jeans und anthrazitfarbene Laufschuhe, sein Hintern hätte Uwe zu kleinen spitzen Schreien veranlasst.

»Nur der Hunger treibt mich her«, gab Therese zurück. »Das Frühstück hier ist berühmt.« Sie nahm auf der halbrunden Bank ihm gegenüber Platz und klärte ihn darüber auf, dass er die Bestandteile nach Wunsch zusammenstellen könne. In der Reihe am Fenster waren zwei Tische besetzt, ältere Paare, die Therese aus dem Ükern kannte, vor ihnen Brotkörbe und Wurstteller. Gegen Mittag würden die Studenten einfallen; dass man hier den ganzen Tag über frühstücken konnte, sprach sich in jedem neuen Semester schnell herum.

Die schwarzhaarige junge Frau, die sie bediente, machte große Augen, als Brinkmöller den mit Kreuzen übersäten Bestellzettel überreichte. »Das alles?« Therese hatte nur fünf Kästchen angekreuzt.

»Ich bin mitten im Umzug«, begründete er seinen Wolfshunger. »Und bringen Sie uns bitte auch zwei Gläser Sekt.« Er wandte sich Therese zu. »Sie trinken doch einen mit?«

»Meinetwegen.« Sie wusste, wie klein die Gläschen waren. »War es schwer, hier eine Wohnung zu finden?«

»Keineswegs. Polizisten nehmen die Leute immer gern.«

»Und wo?«

»In der Salentinstraße. Da ist es ruhig, und ich bin in fünf Minuten im Büro.«

»Dann sind Sie ja gut aufgehoben. Salentin war Paderborner Bischof.«

»Ich weiß. Das hat mir die Vermieterin als Erstes erzählt.« Er lachte. »Ich hab ihn sogar gegoogelt. Er war nicht geweiht und hat später noch geheiratet. Merkwürdige Bischöfe habt ihr hier.«

Da gab es noch ganz andere …

Die Bedienung kam mit dem Sekt und einem Milchkaffee für Therese.

Brinkmöller hob sein Glas. »Damit begraben wir die kleine Missstimmung von gestern, okay?«

»Na gut.« Die Gläser klirrten gegeneinander.

Nach dem ersten Schluck war seins halb leer. »Und dann – natürlich nur, wenn Sie wollen – schlage ich vor, dass Sie wie alle meine Freunde Paolo zu mir sagen. Schließlich kennen wir uns schon seit Jahren, und unter Schwimmern ist das sowieso üblich.«

»Hm.« So schnell ging das in Paderborn eigentlich nicht. »Wieso Paolo?« An seiner Bürotür stand doch Peter.

»Na ja – zu jedem Peter gehört ein Paul, nicht wahr? Sieht man ja auch auf den Credo-Plakaten.« Mit einem Schmunzeln erklärte er, dass er den Namen seit der Schulzeit mit sich herumtrage. »Erst war es immer Paul, aber dann hatte ich einen italienischen Freund, der hat Paolo daraus gemacht. Gefiel mir besser.«

Therese ebenfalls. Brinkmöller war sicher nicht der Typ Latin Lover, aber mit seinem lausbübischen Charme, der das Beamtenhafte neutralisierte, hatte er durchaus etwas Italienisches. Donna Leons Brunetti – der aus den Büchern, nicht der urdeutsche Fernseh-Brunetti – könnte sein Vorbild sein.

»Also gut, Paolo«, sagte sie. »Aber nur, wenn Sie mich nicht Threschen nennen.«

»Du.«

Seine Lachfältchen überzeugten Therese. »Okay – du.« Sie wandte den Blick ab. »Auch wenn ich im Leben noch keinen Polizisten geduzt hab.« Man konnte nicht sagen, dass dies zu ihren Prioritäten gehört hätte.

»Man kann alles lernen.«

»Wird man sehen.« Sie rührte in ihrem Kaffee, damit sich

der Süßstoff auflöste. »Wie kommt's, dass du dir ausgerechnet Paderborn ausgesucht hast?« Das Du immerhin war geschafft, wenn auch mit einem fremden Gefühl im Mund. Sie ahnte, dass ihr noch einige Übungsstunden bevorstanden, bevor sie »Paolo« über die Lippen brachte.

»Warum nicht? Bei euch Katholiken gibt's doch immer was zu lachen.«

Frechheit. »Für einen, der aus einer Stadt kommt, die es gar nicht gibt, nimmst du den Mund ganz schön voll.«

Er grinste. »Im Ernst: Die Stelle war frei, und aus Bielefeld wollte ich weg.«

»Aha.«

»Ja.« Er sah zum Fenster hinaus. Ein Geldtransporter fuhr die Sparkasse an, die Sonne schien auf die Litfaßsäule am anderen Straßenrand. »Meine Freundin hat das Weite gesucht«, sagte er und wandte das Gesicht wieder ihr zu. »Ich hatte wohl zu wenig Zeit für sie.« Seine Augen wirkten nicht gerade tränenumflort. »Ist schon eine Weile her.« Er trank sein Sektglas leer. »Ich hatte Lust auf einen Neuanfang, mit Leuten, die mich nicht dauernd nach Simone fragen. Wir hatten ja nur gemeinsame Freunde, wie das so ist, wenn man aus derselben Stadt kommt.«

»Das kann ich mir vorstellen.« Dies war wohl der Moment, in dem Therese von Michael hätte erzählen sollen, doch sie ließ ihn verstreichen. »Wie groß ist denn deine neue Wohnung?«, fragte sie, obwohl sie mehr daran interessiert war, wer ihm jetzt die Hawaiihemden bügelte.

»Drei Zimmer, Küche, Bad, großer Balkon. Altbau. Ich war gleich davon angetan. Und das Beste ist: Ich habe sie ganz für mich allein.«

Diese Freude konnte Therese nachvollziehen. »Ist noch viel zu tun?«

»Es geht. Gestern hab ich die letzten Sachen zusammengepackt, jetzt ist das ganze Auto voll Kram. Am Wochenende muss ich noch die Schränke abbauen, und am Sonntag kommt dann der Nachmieter zur Schlüsselübergabe.«

Die Bedienung hatte dreimal laufen müssen, doch nun stand

das Frühstück vor ihnen. Das goldgelbe Rührei glänzte verlockend. Therese schnitt ein Brötchen auf, während Brinkmöller – Paolo – schon einen Kartoffelpuffer verschlang.

»Wenn du Lust hast, kannst du ja nächste Woche mal vorbeikommen«, sagte er zwischen zwei Bissen.

Therese lachte. »Das Gute an Besuchern ist, dass sie bald wieder gehen, wie?«

»Genau.« Er spritzte Senf auf den gebratenen Leberkäse. Mit der Gabel wies er nach draußen. »Du wohnst hier im Ükern?«

»Ja. Seit ewigen Jahren.« Sie erzählte von ihrem sonnigen Balkongarten mit Blick auf den alten Stadtturm.

»Den musst du mir mal zeigen.«

»Mal seh'n.« So schnell, wie er aß, schloss er offenbar auch Freundschaften. War das die Bielefelder Art? »Die Paderborner sind ja bekannt dafür, dass sie Fremde herzlich aufnehmen …« Sie schob sich eine Gabel voll Rührei in den Mund. Köstlich, wie es zerschmolz. »… wenn sie erst mal zwanzig Jahre in der Stadt leben.«

»Na, das sind Aussichten.« Er strahlte sie aus seinen dunkelblauen Augen an. »Nur gut, dass ich für die Einsamkeit geboren bin.«

»Ein Eremit sozusagen.«

»Eben. Sag Bruder Salentin zu mir.« Er wies auf sein dunkelblondes Haar, das in der Mitte eine ziemlich kahle Stelle aufwies. »Tonsuriert – oder wie das heißt – bin ich ja schon.«

»Und trägst das typische härene Hemd.«

Sein Lachen war ansteckend. Gab es das wirklich? Ein Polizist, mit dem sie herumalbern konnte. Ihn zu duzen fiel ihr jetzt gar nicht mehr schwer.

»Dann lass uns mal zum Geschäftlichen kommen«, sagte Brinkmöller – Paolo –, als alle Teller leer und abgeräumt waren und die junge Frau frischen Kaffee vor sie hingestellt hatte. Albern wirkte er jetzt nicht mehr. Er beugte sich vor. »Aber eines sage ich dir gleich, Therese, wenn auch in aller Freundschaft: Wenn ich mit dir über den Fall rede – du bist ja nun mal involviert –, bedeutet das keinen Freibrief. Du schnüffelst auf keinen Fall herum, klar?«

Therese nickte. Für einen Moment sah sie wieder den Klobrillenbart vor sich.

»Ich hätte keine ruhige Minute.« Der Bart verschwand. »Kann ja durchaus sein, dass es wirklich einen Mörder gibt.«

»Soso.«

»Ja. Ich habe noch einmal nachgedacht. Das mit dem Papier glaube ich dir natürlich, auch wenn es dann nicht aufzufinden war. Und mit den Fragen zu Fundort und Todesursache hast du ebenfalls recht.« Er schüttete zwei Tütchen Zucker in seinen Kaffee. »Gestern war ich bei meinem Chef – dem in Bielefeld –, und der meinte ebenfalls, wir müssten den Fall noch einmal aufrollen.« Er nahm einen Schluck, dann rührte er um. »Allerdings tippt er auf Leute aus der Drogenszene, immerhin fehlten die Brieftasche des Opfers und sein Geld. Ich hab schon zwei Kollegen, die sich da besser auskennen als ich, zu den Anlaufstellen geschickt.«

»Dann sollten sie sich auch mal bei den Rechten umhören. Wir haben hier ziemlich gewalttätige Gruppen.«

»Auch das.« Sonderlich heiß fand er den Tipp offenbar nicht. Draußen rannte eine Gruppe Schülerinnen vorbei, die wohl zu spät zum Unterricht kamen. Das Michaelskloster – heute Gymnasium und Realschule – lag jenseits des Geißelschen Gartens, auf dessen östlicher Seite sich ihr Café befand. Gleich vor dem Eingang der Schule war Emmanuel Sabo gefunden worden …

»Was hat denn der Graf gesagt?«, erkundigte sich Therese. Ein wenig Neugier konnte er ihr nicht übel nehmen.

»Er erinnert sich an das Papier, aber er habe keine Zeit gehabt, sich darum zu kümmern.« Brinkmöller verdrehte die Augen. »Es habe schließlich ein Bischof auf ihn gewartet, deshalb habe er Herrn Sabo gebeten, ihn später noch einmal darauf anzusprechen.«

»So hat das nicht ausgesehen.«

»Ich weiß. Von dem Versteck in dem Bildband wusste er nichts.«

»Sagt er.« Oliver Bussmann hatte ihr das Gegenteil bestätigt, worüber sie Brinkmöller informierte.

»Tatsächlich.« Ein weiteres Zuckertütchen schlenkerte zwischen seinen Fingern hin und her. »Wir werden alle Beteiligten befragen müssen.« Eindringlich sah er sie an. »Und du bist die erste.« Er legte das Tütchen auf die Untertasse.

»Ich hab dir erzählt, was ich weiß.«

»Meinst du. Aber jetzt kommt die Inquisition.«

»Oh.«

»Fangen wir damit an, wer sonst noch Zutritt zur Bibliothek hat.«

Therese erzählte ihm vom Hausmeister Joe Richter, der für alle Reparaturen zuständig war, dem täglichen Putzdienst, der die Schränke abstaubte und das Parkett polierte, und den Gästen, denen der Graf seine Schätze zeigte.

»Holt er dann jedes Mal den Merian-Band aus der Vitrine?«

»Immer. Den und andere seltene Werke.«

»Hast du in den letzten Tagen außer den Nigerianern weitere Besucher gesehen?«

»Nein. Aber ich bin ja nur tagsüber da. Ich kann mir allerdings nicht vorstellen, warum sich jemand Fremdes für dieses Papier interessieren sollte.«

»Das weiß ich auch nicht. Aber das kennst du ja wohl aus Krimis. Wir müssen alles untersuchen, um dann eins nach dem anderen ausschließen zu können.«

»Mmh.«

»Als Nächstes kommt die Frage nach dem Schlüssel zur Vitrine. Weißt du, wer alles darüber verfügt?«

»Nur der Graf. Er gibt ihn nie aus der Hand und verschließt alles sorgfältig.«

»Das hat er mir auch gesagt. Aber wenn das stimmt – wie konnte dann Herr Sabo das Papier zwischen die Seiten des Merian-Bandes schieben?«

»Da war die Vitrine noch offen, und der Band lag obenauf.«

»Aber der Graf war doch weitergegangen? Ist er dann noch einmal zurückgekehrt und hat die Vitrine abgeschlossen?«

»Nein. Das hat Oliver Bussmann gemacht, sein Assistent.«

»Sein Assistent.« Brinkmöller sah sie nachdenklich an. »Also gibt von Etteler den Schlüssel doch aus der Hand.«

»Oliver musste ihn gleich zurückgeben. Er hat mir erzählt, dass der Graf ihn unten an der Tür abgepasst hat.«

»Und als er den Band zurückgelegt hat? Kann er da das Papier herausgenommen haben?«

Das war anderthalb Wochen her, und auf Oliver selbst hatte sie gar nicht geachtet. Therese rieb ihren Nasenrücken und dachte nach. Ganz genau erinnerte sie sich an ihr Bedauern, als sie zusehen musste, wie die schönen Zeichnungen Maria Sibylla Merians weggeschlossen wurden. Mit beiden Händen hatte Bussmann den schweren Bildband in den Schaukasten gelegt und den Deckel zugeklappt. Der Schlüssel war umgedreht worden, das hatte sie gehört. Danach war er auf sie zugekommen. »Da war kein Papier in seiner Hand. Ich hatte ihn die ganze Zeit im Blick, sodass er es kaum hätte verbergen können.«

Ein bärtiger Mann nahm die Zeitung vom Haken und setzte sich an den Ecktisch. Ungefragt brachte ihm die junge Frau einen Kaffee. Die Zeitung raschelte beim Umblättern.

Therese sah Brinkmöller an. »Außerdem hab ich ihm erst nach dem Abschließen von dem Papier erzählt. Wie hätte er vorher davon wissen sollen?«

»Das wäre dann die nächste Frage.« Sein Blick schien nahezulegen, dass sie die Antwort wusste.

Ein schwarzer Lkw mit Bierreklame hielt vor dem Fenster und versperrte die Sicht. Therese überlegte, ob sie berichten sollte, was ihr Ujunwa gestern spätabends über Emmanuels E-Mail mitgeteilt hatte, die Emmanuel aus Nigeria bekommen hatte. Lieber nicht, dachte sie. Sie musste sich nicht unnütz in die Nesseln setzen. Wenn er mit allen sprach, konnte ihm Ujunwa selbst davon erzählen wie auch von ihren Sorgen, was Daniel Adigwe betraf. Auch den würde Brinkmöller wohl befragen. Ob er Therese verraten würde, was er von ihm erfuhr?

»Hast du ein gutes Verhältnis zu diesem Assistenten?«, fragte er.

Sie zuckte mit den Achseln. »Ein Kollege halt. Er ist nett und hat mir sehr geholfen, als ich noch neu war in der Bibliothek. Jetzt unterhalten wir uns manchmal.«

»Mehr nicht?«

Was unterstellte er ihr? »Nein.«

»Nein.« So wie es herauskam, schien er ihr nicht zu glauben.

Therese wurde ärgerlich. »Was denkst du denn? Meinst du, wir haben zusammen den Mord begangen?«

»Natürlich nicht. Sowieso handelt es sich bisher nicht um Mord, sondern um einen ungeklärten Todesfall.« Er schien sich sehr dafür zu interessieren, wie vor dem Fenster schwarze Bierkisten auf eine Sackkarre gestapelt wurden.

»Zu der Frage kann ich dir vielleicht ein Indiz anbieten.«

Mit skeptischem Blick schaute er sie an. »Ein Indiz.«

»Wenn du es nicht hören willst, brauchst du es nur zu sagen.«

»Unsinn.« Er schenkte ihr ein schiefes Lächeln. »Natürlich will ich es hören. Schieß los.«

Aufmerksam lauschte er, als sie von der Laterne in der Nähe des Fundorts sprach und wie leicht sie ausgeschaltet werden konnte. »Vielleicht brannte sie an dem Abend ja nicht.«

»Danach werde ich mich erkundigen«, sagte er und winkte der Bedienung. »Entschuldige, aber ich muss langsam los. Die Nigerianer warten, sie haben ihr Vormittagsprogramm abgesagt.«

Oliver Bussmann würde begeistert sein, wenn ihm wieder der mühsam erarbeitete Zeitplan durcheinandergeriet.

Brinkmöller zahlte. Zu gern hätte Therese ihm Grüße für Ujunwa aufgetragen, doch er sollte besser nicht erfahren, dass sie sich kannten, und schon gar nicht, auf wessen Initiative diese Bekanntschaft zustande gekommen war. Sie hatte versprochen, nicht herumzuschnüffeln. Hoffentlich verriet Ujunwa sie nicht.

Vor der Tür nahm er ihre Hand und hielt sie lange fest. »Ich glaube, dies ist der Beginn einer wunderbaren Freundschaft«, zitierte er schmunzelnd aus »Casablanca«. »Grüne Augen mochte ich schon immer.« Die Lachfältchen zogen sich bis zu den Schläfen. »Sehen wir uns wieder?«

Im Schäkern war er ein echter Paolo. »Warum nicht? Solange du keinen Streifenwagen vorbeischickst …«

»Gute Idee. Ans Telefon gehst du ja sowieso nicht.«

***

»Komm, Regina. Wir müssen zu den anderen.«

Regina fuhr herum. Sie hatte nicht gemerkt, dass Yakubu in ihrer Nähe stand. Hastig drückte sie das Gespräch weg, obwohl Onkel Kazeems Stimme noch aus dem Mikro schallte. Hatte Yakubu etwas mitbekommen?

»Geh vor. Ich muss noch mal zurück.« Sie zeigte in Richtung der WCs.

»Aber beeil dich.«

Aus dem Spiegel blickte ihr ein angespanntes Gesicht mit aufgerissenen Augen entgegen. Yakubu konnte nicht übersehen haben, dass sie nahe daran war, zu weinen. War er ihr deshalb gefolgt? Manchmal fühlte sie sich von ihm richtig überwacht. Aber das hatte sie anfangs auch von Mr. Adigwe geglaubt, und beachtete er sie jetzt etwa noch? Yakubu war sicher nur in sie verliebt, auch wenn er sich bisher nichts dergleichen hatte anmerken lassen.

Regina drehte den Hahn auf und wusch ihr Gesicht. Frisch und kühl perlte das Wasser über ihre Haut. Man konnte es sogar trinken, so sauber war es. Die Seife aus dem Spender war cremig und schäumte, als sie ihre Hände damit wusch. Diesen Luxus würde sie wohl am meisten vermissen.

Ihre Zeit in Deutschland war fast vorbei, nur noch wenige Tage blieben ihr. Onkel Kazeem wurde bei jedem Telefonat wütender. Aber was konnte sie tun, wenn der Kontaktmann, den er angekündigt hatte, einfach noch nicht aufgetaucht war? Ein Geistlicher – natürlich ein verkleideter – werde sie ansprechen, hatte Kazeem gesagt. Das sei in katholischen Kreisen am unverfänglichsten, und Priesterkleidung wäre leicht zu beschaffen. Sie hatte hier so viele Kirchenmänner getroffen, doch keiner von ihnen hatte Interesse an ihr gezeigt. Aus ihrer hohlen Hand trank sie ein paar Schlucke Wasser und ließ auch etwas für Oshun auf den gekachelten Boden fließen. Vielleicht kam der Mann gar nicht mehr.

Mit einem weichen schneeweißen Papiertuch trocknete Regina Gesicht und Hände. Es fühlte sich kuschelig an, als streichle Schwester Helena wie früher ihr Gesicht. Doch diesmal verging ihre Angst nicht. Was war, wenn der Mann doch noch erschien? Für Onkel Kazeem war das unausweichlich. Was sollte sie dann bloß sagen? Am Ende erging es ihr genauso wie dem armen Emmanuel …

Auf dem Flur traf sie auf Yakubu, der doch auf sie gewartet hatte. Er war groß und stark, hatte aber gutmütige Augen und war immer freundlich. Ob er Regina nun überwachte oder nicht – in seiner Nähe hatte sie ein sicheres Gefühl. Noch nie hatte er sie angefasst, nicht einmal, wenn sie allein waren wie jetzt. Mit einer Armlänge Abstand und so schweigsam wie immer ging er neben ihr. Ein Gespräch kam nur zustande, wenn sie es begann, und auch dann sagte er nur wenige Worte. Mit Timothy und Joseph hatte er sich lebhafter unterhalten, aber jetzt redeten sie kaum noch miteinander.

Die gläserne Front des Treppenhauses gab den Blick auf den Garten der Franziskaner frei, bei denen sie heute zu Gast waren. Bischof Rufai und Mr. Adigwe standen mit Bruder Guardian, dem Leiter des Klosters, vor einem Schuppen und sahen sich Autos an. Zwei Stockwerke unter ihr stand Ujunwa in der Sonne und winkte ihr zu. Schon zweimal an diesem Morgen hatte sie gefragt, ob Regina wegen Emmanuels E-Mail bei Schwester Helena angerufen habe. Regina hatte es versucht, aber niemanden erreicht. Ujunwa war wirklich neugierig. Ohnehin war kaum Zeit zum Telefonieren gewesen, auch Onkel Kazeems Anrufe hatte sie mehrfach wegdrücken müssen.

Während sie mit Yakubu einen Treppenabsatz nach dem anderen hinter sich ließ, dachte sie an den Vormittag zurück, der sie alle in Aufregung versetzt hatte. Gleich nach dem Frühstück waren zwei Polizeibeamte in den Aufenthaltsraum gekommen und hatten sie nacheinander in einen kleinen Seminarraum gebeten. Sie hatten wohl herausgefunden, dass Emmanuels Tod doch kein Unfall war.

»Was haben die Polizisten dich eigentlich gefragt?«, erkundigte sich Regina bei Yakubu.

»Nur, wo ich an diesem Abend – dem Montag, als Emmanuel verschwunden ist – war.«

»Ja und?«

»Wir haben zusammen im Aufenthaltsraum gesessen, weißt du noch? Das habe ich ihnen gesagt.«

Regina atmete auf. »Genau das Gleiche habe ich gesagt.«

Sie hatte geglaubt, damit sei alles erledigt, doch dann war der Polizist mit dem Papageienhemd gekommen, der so ganz anders gewirkt hatte als die Beamten bei ihr zu Hause. Vielleicht hatte sie deshalb kein Vertrauen zu ihm gehabt. Mit seinem harmlosen Gesicht sah er nicht so aus, als könne er ihr gegen Onkel Kazeem und seinen langen Arm – die Verbindungen, die seine Gruppe auch in Deutschland pflegte – beistehen. Nicht einmal eine Pistole hatte er getragen. Sie hatte Angst bekommen und abgestritten, dass sie Emmanuel und den Grafen in der Bibliothek beobachtet hatte, und gar nicht daran gedacht, dass er dies bestimmt von Ujunwa erfahren würde. Mit ihr hatte der Polizist fast eine Stunde lang gesprochen. Bestimmt hatte sie ihm auch von der Durchsuchung ihres Zimmers erzählt.

Auf dem letzten Treppenabsatz blieb Regina vor der Glasscheibe stehen. Im Garten hatte ein junger Mann Ujunwa angesprochen, die sich umdrehte und sie heranwinkte. Regina erschrak – war das Kazeems Kontaktmann, der sich bei Ujunwa nach ihr erkundigt hatte? An den nackten Füßen trug er schwarze Mönchssandalen, auf dem weißen T-Shirt entdeckte sie das Tau, das franziskanische Zeichen des Segens und Friedens. Sie tastete nach ihrem eigenen Tau, das ihr und den anderen Mitgliedern der Gruppe der Guardian nach der Klosterbesichtigung überreicht hatte. Frieden hatte es ihr bisher nicht gebracht. Timothy und Joseph, die sich mit ihrem deutschen Begleiter Martin Wrede im hinteren Teil des Gartens aufgehalten hatten, kamen ebenfalls näher. Die Gruppe um den Guardian war nicht mehr zu sehen.

Ein paar Schritte hinter Yakubu trat Regina aus der Tür und hielt sich in seinem Schatten, als er auf die Gruppe zuging.

»Da seid ihr ja«, rief ihnen Ujunwa entgegen. Als alle zusammenstanden, stellte sie den jungen Mann als Bruder Sigisbert vor, der ihnen noch ein wenig über die Franziskaner erzählen werde. Über seinem Arm hing ein dunkles Tuch. Er hatte ein breites Lächeln und kleine Grübchen in den Wangen und war keineswegs der Finsterling, den Regina erwartet hatte.

Ein Stein fiel ihr vom Herzen. Vielleicht wirkte das Tau ja doch.

Als Bruder Sigisbert das Tuch von seinem Arm nahm und entfaltete, sah Regina, dass es ein Mönchshabit war, wie es auch der Guardian trug und ein paar andere, die sie beim Mittagessen getroffen hatten. Viele waren ganz normal gekleidet gewesen.

»Das ist unsere Kutte«, erklärte der junge Mönch und zog sich das dunkelbraune Gewand über den Kopf. Sein blondes Haar war verstrubbelt, als er wieder auftauchte. Um seine Taille zog er einen weißen Strick, den er vorn verknotete. Das längere Ende mit drei dicken Knoten zeigte er ihnen. Sie stünden für die drei Gelübde, die jeder Franziskaner ablege: Armut, Ehelosigkeit und Gehorsam. Er lächelte wieder über das ganze Gesicht.

»Wie Sie gesehen haben, tragen wir die Kutten nicht jeden Tag.« Ujunwa übersetzte seine Ausführungen zu den verschiedenen Tätigkeiten der Mönche im Dienst ganz unterschiedlicher Menschen, die das Habit nicht als Hemmschuh für eine freundschaftliche Beziehung ansehen sollten.

Dann streckte Bruder Sigisbert einen Fuß vor und lachte. »Am ehesten erkennen Sie einen Franziskaner an den Sandalen, die wir – allerdings ebenfalls ohne Zwang – auch im Winter tragen.« Die blaue Jeans guckte unter dem Habit hervor. Das war wirklich ein lustiger Pater.

Gern hörte ihm Regina zu, als er vom Klosterleben erzählte, das sich von dem Schwester Helenas und ihres Konvents nicht sehr unterschied. Sie hatte schon überlegt, dort einzutreten. Ob sie bei den Nonnen vor Onkel Kazeem sicher war? Die dicken Mauern dieses Klosters hier sahen um einiges vertrauenerweckender aus.

Zum Abschluss führte Bruder Sigisbert sie um die Hausecke mit dem Zugang zum Garten. Eine Reihe Bäume, deren Zweige an Drähten entlangwuchsen, bildete die vordere Grenze.

»Das ist Spalierobst«, erklärte Ujunwa. »Deutsche Birnen.«

Die Bäume hingen voll hellgrüner Früchte. Bruder Sigisbert lud sie ein, sich davon zu bedienen. Sie waren hart, aber viel saftiger und süßer als alle, die Regina bisher gegessen hatte. Birnen hatte sie erst in Deutschland kennengelernt.

Hinter den Bäumen erstreckte sich ein kleiner Park, der Regina schon auf den ersten Blick besser gefiel als die früher besichtigten Klostergärten. Verschnörkelte Blumenrabatten und gestutzte Buchsbäumchen fehlten ganz, auf dem Rasen standen unregelmäßig verteilt ein paar Büsche und alte Bäume. Ganz hinten erblickte sie eine Bank mit einem komischen Gebilde darauf. Yakubu folgte ihr, als sie in die Richtung schlenderte.

Sie waren noch ein gutes Stück davon entfernt, als Regina meinte, vom rechten Parkeingang her käme Bruder Sigisbert auf sie zu. Doch als sie sich umsah, stand er bei Ujunwa und trug auch noch seine Kutte, während der Mann vor ihr ein weißes Hemd und eine schwarze Hose anhatte. Sein Kopf glänzte, es waren keine Haare darauf. Eilig ging er auf die Bank zu, setzte sich und steckte sich eine Zigarette an, die er einem silbernen Etui entnommen hatte. Regina fühlte, wie sich ihr Rücken versteifte.

Das musste der Mann sein, von dem Onkel Kazeem gesprochen hatte. Das weiße Hemd hatte einen Stehkragen wie das eines Priesters, an einem Ohrläppchen glänzte ein kleiner Ring. Ganz offensichtlich war er verkleidet. Er breitete die Arme auf der Banklehne aus und beobachtete sie.

Instinktiv rückte Regina näher an Yakubu heran, doch der wich ihr aus. Der Mann richtete sich auf und zwinkerte mit den Augen. So etwas würde ein richtiger Priester nie tun. Wollte er ihr bedeuten, dass sie zu ihm kommen solle? Yakubu stand einen Schritt hinter ihr, die anderen waren nicht weit. Dennoch raste ihr Herz.

Regina holte tief Luft und näherte sich der Bank, als wolle sie die Figur neben dem Mann im weißen Hemd betrachten, die ihr aus der Nähe ebenso gruselig erschien wie er selbst. Ein halber Mann saß dort, eine blaue Jeans mit braunen Schuhen am Ende der Beine, und da, wo der Bauch sein sollte, wuchsen blaue Blumen.

Der richtige Mann – der mit der Glatze – machte eine verstohlene Handbewegung, als solle sie sich neben ihn setzen. Zögernd wandte Regina sich ihm zu. Wieder blinzelte er.

Auf einmal hörte sie hinter sich ein leises Zischen. Wollte Yakubu sie warnen? »Bleib hier«, flüsterte er. »Geh da nicht hin.«

Erstaunt drehte sie sich zu ihm um. Woher wusste er, dass ihr von diesem Mann Gefahr drohte? Als er auch noch fast unmerklich den Kopf schüttelte, beschloss sie, auf seinen Rat zu hören. Er hatte bestimmt etwas gesehen, was ihr entgangen war. Womöglich verbarg der Mann ein Messer in seinem Ärmel. Sie machte kehrt und hastete davon, ohne sich noch einmal umzusehen. Yakubu hatte ihr wahrscheinlich das Leben gerettet.

Erst jenseits der Spalierbäume, im Rücken die festen Klostermauern, fühlte sie sich geschützt. Aber was sagte sie nun Onkel Kazeem? Sein Anruf ließ gewiss nicht lange auf sich warten.

***

Sir Henry spitzte die Ohren. Mitten im Raum lag er in einem Sonnenfleck, der durchs Fenster hineinfiel.

Im Büro klingelte das Telefon, wie immer, wenn Therese weit davon entfernt arbeitete. Mit ihrem Polierzeug hatte sie sich den Saal mit der Orientliteratur vorgenommen, Schränke voll alter Reise- und Abenteuerromane, die sämtliche Klischees vom unberechenbaren, von Leidenschaften und fanatischem Glauben beherrschten Barbaren versammelten. Machthungrige Kalifen, blutgierige Paschas zuhauf, aber auch schöne »Odalisken« – oft geraubte blonde Christenmädchen, die für die Bedürfnisse des Haremsherrn »ausgebildet« wurden – neben zügellosen Orientalinnen, die wie Julie von Richthofens 1826 geschaffene Frauenfigur mit dem schönen Namen Zephyre aufgrund ihres »Pflanzenlebens« für die verführerische Art nicht verantwortlich zu machen waren.

Therese klappte den ledergebundenen Schmöker zu, in den sie sich genussvoll vertieft hatte, und schob ihn in die Reihe zurück. Gräfin Amalie hatte selbst die damalige Schundliteratur mit goldgeprägten Lettern, Schmucklinien und Rosetten verzieren lassen.

»Komm, du Kater«, rief sie Sir Henry zu und machte sich auf

den langen Weg durch die Büchersäle. Das Parkett knarrte unter ihren Füßen. Noch immer hatte sie die Stellen nicht gefunden, die es laut Joe Richter geben sollte, wo Schritte nahezu unhörbar blieben.

Mit erhobenem Schwanz lief Sir Henry voraus, als warte eine mit einem Glöckchen bimmelnde Maus auf ihn. Therese beschleunigte ihren Schritt. Wer in der weitläufigen Bibliothek anrief, musste Geduld haben.

Im Gehen atmete sie den frischen Zitronenduft ein, der von ihren Händen aufstieg und den von ihr gepflegten Einbänden noch lange anhaftete. Ihr kleiner Beitrag zum Erhalt der jahrhundertealten Bibliothek. Auch Julie von Richthofens Werk hatte sie liebevoll poliert, bevor sie sich in den Inhalt versenkte. Jetzt erschien es ihr, als sei das Konzept – das Phantasma – des so grausamen wie sinnesfreudigen Orientalen aus der Trivialliteratur des 19. Jahrhunderts in vielen westlichen Köpfen heutiger Zeit immer noch präsent.

Vieles von dem, was Therese inzwischen über Nigeria gelesen hatte, bestätigte dieses Bild. Nigerianer galten als promiskuitiv, brutal und betrügerisch und hingen immer noch dem alten Zauberglauben an. Was Wunder, wenn der Graf und mit ihm viele Missionare alten Stils den »Wilden« das Christentum bringen wollten, getreu der aus alter Zeit überkommenen Annahme, dass mit dem »Unglauben« das Böse in der Welt ausgerottet werde. Immerhin wurden dazu wie in den Kreuzzügen und Türkenkriegen die Heiden nicht mehr umgebracht.

Doch was war es anderes, wenn ihr Land heute orientalischen Despoten die Waffen in die Hand gab, mit denen sie ihre eigenen Leute ermordeten? Dem vorauseilenden Kater nach betrat Therese ihr Büro, wo das Telefon zunehmend hysterisch schrillte.

»Der Junge ist schwuhul, Therese«, zwitscherte ihr Uwe ins Ohr, kaum dass sie abgenommen hatte. »Ich hab's gleich gesehen, er brauchte sich gar nicht groß zu bewegen. Schon wie er diesem Mädchen ausgewichen ist …«

»Dir auch einen schönen guten Tag, Uwe«, sagte Therese. »Und dann fang bitte noch mal von vorn an. Zum Beispiel damit, mir zu sagen, wen du schon wieder als Schwulen geoutet hast.« Wer auch immer es war – sicher war er jung und hübsch und beflügelte Uwes Träume.

»Na, der Nigerianer«, rief Uwe. »Einer von denen, da waren ja mehrere. Aber nicht so niedlich …« Atemlos erzählte er, wie er zu seiner Zigarettenpause in den Franziskanergarten gegangen sei, wo die Besuchergruppe sich an den franziskanischen Birnen gütlich getan hätte.

»Ich setze mich also auf meine Bank und steck mir 'ne Zichte an und recke mich ein bisschen. War ein schwerer Tag, ne? Da hab ich schon gemerkt, wie der Junge fickerig wurde. Na ja – ich plinkere also ein bisschen mit den Augen und so, aber dummerweise hat sich wohl das kleine Mädchen mit den Zöpfen angesprochen gefühlt.«

Regina – dann musste der Junge Yakubu sein. Ujunwa hatte von den beiden erzählt.

»Er heißt übrigens Yakubu.«

»Yakubu? Wie schöööön«, flötete Uwe in ihr empfindliches Ohr. »Du glaubst nicht, wie gut er aussieht, Therese. Dieser Kussmund …«

Gewiss verdrehte er die Augen zum Himmel und sah wieder aus wie ein Cherub.

»Die Kleine hat aber bestimmt nicht gedacht, dass ich sie anbaggern wollte«, erzählte Uwe weiter. »Da war nicht ein Schimmer von Lächeln in ihrem Gesicht. Ich hatte sogar das Gefühl, dass sie Angst hatte.«

»Vor dir?«

»Sicher nicht. Du sagst doch selbst immer, dass ich aussehe wie ein Engel.«

»Ein Engel mit Glatze. Da kann man schon das Fürchten lernen.«

»Egal. Sie kam jedenfalls auf mich zu, aber der Junge – Yakubu – hat sie aufgehalten. Keine Ahnung, was er zu ihr gesagt hat, aber sie ist abgepest, als wär der Teufel hinter ihr her.« Er klopfte mit dem Fingernagel an den Hörer. »Die Kleine solltest du im Auge behalten, Therese. Das schlechte Gewissen konnte man auf zehn Meter riechen.«

Sie würde es Ujunwa ausrichten. »Und Yakubu?«

»Der kam zu mir. Ich hab ihm mein Kärtchen gegeben.« So, wie er jubelte, hörte er schon die Hochzeitsglocken läuten.

»Na so was. Hat er's genommen?«

»Therese!« Uwe war die Entrüstung selbst. »Natürlich hat er! Er wird versuchen zu kommen, hat er gemurmelt. Richtig leid tat er mir, weil er sich dauernd nach den anderen umsah. Schwul sein in Nigeria ist echt ein schweres Schicksal.« Sein Seufzer kam aus tiefster Seele.

»Nett von dir, dass du ihm tragen helfen willst.« Aber Yakubu schien selbst nicht abgeneigt zu sein.

»Ja, ne?« Selig kicherte er in sich hinein. »Vielleicht möchte er ja hierbleiben.« Uwe hatte wirklich weit nach vorne gedacht.

»Ich hab auch was zu erzählen«, kündigte Therese an, bevor er ihr beschreiben konnte, wie er sich die Hochzeitstorte vorstellte. In groben Zügen berichtete sie von ihrem Treffen mit Ujunwa und was sie über die merkwürdigen Mitglieder ihrer Delegation berichtet hatte.

»Die haben bestimmt gemerkt, dass Yakubu schwul ist«, warf Uwe ein, als sie vom Ende der Freundschaft zwischen den Studenten sprach.

Das war gut möglich.

Therese wechselte das Thema. »Und dann rate mal, mit wem ich heute Morgen gefrühstückt hab.«

»Mit dem Papst.« Das war sein Standardspruch auf so blöde Fragen. »Hatte er die schicken roten Schühchen an?«

»Der neue trägt die doch nicht mehr.«

»Schade. Allein deswegen wär ich gern Papst geworden.«

»Willst du es nun wissen?«

»Klar. Mit wem? In unserem Lieblingscafé?«

»Mmh. Kleiner Tipp: Seine Kehrseite hätte dir gefallen.«

»Ah – der Kommissar. Den würd ich auch nehmen, bevor ich mich schlagen lasse.« Er war wieder ausgesprochen witzig.

»Kommissar Brinkmöller hatte noch Fragen zum Tod des Nigerianers, bei denen ich ihm helfen konnte.«

»Sicher. Wenn die Polizei dich nicht hätte.«

»Erzähl das mal Liborius Schlüter.«

Uwe lachte. »Hat Peterchen wieder mit dir geschäkert?«

Er hieß Paolo. »Was du immer denkst.« Wenn sie Uwe nicht bremste, plante er gleich eine Doppelhochzeit. »Das war ein rein dienstliches Gespräch.«

Nachdem Therese ihm versprochen hatte, bald vorbeizukommen, legten sie auf. Schmunzelnd wanderte sie zurück zu ihrer Lektüre aus dem Morgenland. *Ein* wollüstiges Vergehen der Orientalen hatten die Romanschreiber des 19. Jahrhunderts nicht berücksichtigt: Von Homosexualität war damals – zumindest in der Öffentlichkeit – noch keine Rede gewesen.

***

Ein endloser Güterzug ratterte über die Bahnschienen. Das war die Krux am Infoladen: Ein ruhiges Gespräch war kaum möglich. Die große Schaufensterscheibe vibrierte im Takt der Räder.

Michael zuckte mit den Achseln. Gerade hatte er weit ausgeholt, um den Kids die Bedeutung der revolutionären Symbole zu verklickern, aber jetzt musste er erst einmal den Mund halten. Nur eine Handvoll Leute waren nach der Antifa-Sitzung noch geblieben, darunter er selbst, der hier als »Altlinker« galt, was ihm sehr wohl bewusst war. Aber sie sollten nicht glauben, dass es ein Gruftie wie er nicht mehr draufhatte. Für seine Recherchen hatte er Wikipedia bemüht, doch das mussten sie ja nicht wissen.

Die Wände des zimmergroßen Raums – ein ehemaliger Tante-Emma-Laden – waren voll mit Plakaten und Aufklebern, ein schwarz-rotes Tuch war mit Plaketten bedeckt, die viel verkauft wurden. Die Kids hatten heute andere Sprüche, statt des treudeutschen »Keine Macht den Doofen«, das Michael oft genug auf weiße Bettlaken gesprüht hatte, hieß es *»Good Night – White Pride«* oder *»Have Fun – Fight Fascism«*. Aber das Anarcho-A und die schwarzen Sterne benutzten sie immer noch, auch schwarze Fahnen sah Michael.

Manne – eigentlich hieß er Manuel – nahm seine leere Bierflasche und schaute fragend in die Runde. Michael nickte. Chrissie und Jule hoben ihre Limoflaschen hoch. Beide hatten schwarz gefärbtes Haar und Lippenpiercings, in Jules Ohrläppchen sah er diese neuen Tunnelstecker. Undenkbar bei seinen eigenen Kindern. Ihm wäre es durchaus recht gewesen, wenn sie ein wenig mehr Individualität und Widerstandsgeist gezeigt hätten, aber ihre Mutter legte es ja darauf an, sie zu angepassten kleinen Monstern zu erziehen. Statt politischen Kampfs hatten sie nur ihre Daddelspiele im Sinn.

Die schwarze Wollmütze nahm Manne nie vom Kopf. Er stellte eine Flasche Detmolder »Thusnelda-Bier« vor Michael auf den Tisch und gab den Mädels ihre Limo. Niklas und Timmi, die mit Teetassen in der Hand auf dem kleinen Sofa in der Ecke saßen, hätten Zwillinge sein können, beide hatten langes schwarzes Haar und schmale Gesichter. An den Handgelenken trugen sie lederne regenbogenfarbige Freundschaftsbänder. Sie waren wohl noch sehr jung.

Michael trank einen Schluck Bier und nahm das Flugblatt vom Tisch, das heute aus der Druckerei gekommen war. Eine Information über die Paderborner Faschos, deren Schlägertrupps den ganzen Sommer über alternative und linke Jugendliche terrorisiert hatten. Aber Therese hatte ihn ja nicht ernst nehmen wollen, als er seinen Verdacht geäußert hatte, dass die Rechten auch den Nigerianer angegriffen hätten. Das Bild auf der ersten Seite zeigte die Moschee am Nordbahnhof, die mit »Raus aus unserm Land« und einem Hakenkreuz beschmiert worden war.

Nach der Antifa-Sitzung hatte sich Michael erkundigt, ob es in der letzten Woche ähnliche Vorfälle gegeben hatte, und tatsächlich hatten Timmi und Niklas Anfang der Woche ein paar von den »Domstädtern« durch die Westernstraße laufen sehen. Dummerweise konnten sie sich nicht einigen, ob es am Montag- oder Dienstagabend gewesen war. Aber Jürgen – wie Michael ein Gewerkschafter – hatte am Dienstag neue rassistische Sprühschriften entdeckt, und einige Wahlplakate waren wieder mit Davidsternen verunziert worden. Wie Michael es sich gedacht hatte: Sie waren am Montag unterwegs gewesen.

»Irgendwann die Woche sind hier am Laden zwei Faschos vorbeigekommen, die uns den Hitlergruß gezeigt haben«, hatte

Laura erzählt, die jetzt nicht mehr da war. Sie hatte die beiden aber nicht erkannt.

Nach wie vor musste am Tisch des Infoladens Stille herrschen, während draußen der Zug dröhnte und rumpelte. Man hätte schreien müssen, um sich zu verständigen. Michael blätterte durch das Infoblatt. Die Antifa-Gruppe hatte die gängigsten Symbole und Zeichen der Rechten zusammengetragen und hier abgedruckt. Höchste Zeit, dass es so etwas gab. Hakenkreuz und SS-Rune kannten alle, aber mit Wolfsangel und Triskele wussten viele nichts anzufangen. Er nahm seine Bierflasche, die schon wieder halb leer war. Die dritte, Thusneldas Bier war echt gut, mit einem Nachgeschmack nach mehr. Aber egal, bis zum Ükern konnte er zu Fuß gehen. Es war Thusnelda gewesen, die Arminius, ihren hasenfüßigen Kerl, weiterhin gegen die Römer geschickt hatte. Eine frühe Widerstandskämpferin … Prost!

Die letzte Seite des Flugblatts war besonders interessant. Nicht einmal Michael selbst hatte alle faschistischen Zahlencodes gekannt. Dass zum Beispiel die Ziffernfolge »168:1« den antisemitisch motivierten Sprengstoffanschlag 1995 in Oklahoma verherrlichte, bei dem einhundertachtundsechzig Menschen ums Leben gekommen waren, hatte er tatsächlich nicht gewusst. Die Eins war zu Ehren des rechtsradikalen Attentäters hinzugefügt worden. Echt makaber. Auch die neuesten Klamottenmarken wie »Consdaple«, aus dem man NSDAP herauslesen konnte, oder »Masterrace« für »Herrenrasse« hatte er nicht gekannt. Und nichts davon war verboten …

Endlich verklang das Geratter da draußen. Michael stellte die Flasche hin und hob den Kopf. »Also, Leute, um darauf zurückzukommen, was ich eben sagen wollte: Das Anarcho-A steht für Proudhons Maxime ›Anarchie ist Ordnung‹. A und O, ne? Es wurde schon im 19. Jahrhundert verwandt. Und die schwarze Fahne –«

Die kleine Jule fiel ihm ins Wort. »Aber George Woodcock sagt, dass die klassischen Anarchisten das Symbol noch nicht benutzt haben.« Die Kids informierten sich natürlich auch bei Wikipedia.

»Die schwarze Fahne also –«

Verdammt. Ein Riesenkrach, dann klirrte es. Michael sprang auf. Etwas war gegen die Fensterscheibe geknallt. Aber gesprungen war sie nicht. Auf der Straße sah er feixende Gesichter.

»Die Faschos«, schrie Manne und riss die Tür auf. Die Mädels rannten ihm nach, während sich Timmi und Niklas verschreckt ansahen. Langsam standen sie auf und gingen ebenfalls vor die Tür, wo bald Geschrei zu hören war.

Vorsichtig lugte Michael durchs Schaufenster nach draußen. Auf dem Bürgersteig lag der blau gestrichene Aufsteller, der anzeigte, wann der Infoladen geöffnet war. Den hatten sie wohl gegen die Fensterscheibe geworfen. Ein Wunder, dass sie heil geblieben war. Jetzt kam einer der Faschos darauf zu und wollte nach dem Gerät greifen. Ein schwarzes T-Shirt, beide Arme waren tätowiert. Ein Bodybuilder. Jule und Chrissie stürzten sich auf ihn, doch er boxte sie einfach weg. Früher hätten die Rechten nicht gewagt, Frauen anzugreifen. Das sollte er dem Knallkopf nicht durchgehen lassen.

Wütend raste Michael hinaus, packte den Kerl am Hosenbund und zog ihn von dem Aufsteller weg. Doch der blöde Hund drehte sich um und trat Michael mit einer schnellen Bewegung die Beine weg. Mit dem Hintern zuerst knallte er auf den Bürgersteig, für einen Moment sah er nur die neongrünen Schnürbänder in den Sportschuhen, die ihn getreten hatten. Der Fascho nahm den Aufsteller und warf ihn auf Timmi und Niklas, die einen jüngeren Kerl im Schwitzkasten hatten. Zum Glück war der im selben Moment mitsamt den beiden weitergestolpert. Ein anderer Fascho in karierter knielanger Hose trat nach den Mädchen, die ihn johlend umtanzten, traf sie aber nicht. Seine Gürteltasche mit dem Dreihasenmotiv – das Paderborner Wahrzeichen, das die »Domstädter« okkupiert hatten – wippte lustig auf und ab. So ein Täschchen trug auch der Tätowierte um den Bauch.

Auf der anderen Straßenseite standen drei ganz Mutige, die abwechselnd »Sieg Heil, ihr Scheiß-Zecken« und »Wir sehn uns in Auschwitz wieder« skandierten. Genau wie – wie hießen die noch? Genau wie Cheerleader, so. Wäre cool, wenn die Nazis auch diese Püschel in den Händen hätten. Auf die einheitlich schwarzen T-Shirts war ein Emblem aufgedruckt, das Michael nicht erkennen konnte.

Es ging etwas mühsam, aber dann rappelte er sich auf. Eigentlich war er zu alt für solche Späße. Von wegen *»Have Fun – Fight Fascism«*. Er stand kaum, da musste er schon einer Bierflasche ausweichen, die hinter ihm an der Eingangstür zerschellte. Die nächste Flasche flog in Mannes Richtung, der nur deshalb nicht getroffen wurde, weil er sich vor einem Fahrrad duckte, das so ein Arschloch in hohem Bogen auf ihn warf. Scheppernd flog es gegen die Hauswand. Nachbarn kamen auf die Straße gelaufen, blieben aber in sicherer Entfernung stehen.

Die Faschos wollten Blut sehen, das war mal klar. Schon wieder griff sich einer das Öffnungsschild, es war der Tätowierte mit den neongrünen Bändern in den Schuhen. Michael lief auf ihn zu und trat gegen den Aufsteller, der dem Rechten prompt aus der Hand flog. Seine Beinarbeit war immer schon gut gewesen. Dann packte er das schwarze T-Shirt des Kerls und drehte es in der Faust zusammen. Der Fascho hatte eine Fahne, die zum Himmel stank.

»Du Scheißkerl«, brüllte Michael mitten in sein knallrotes Gesicht. »Du sagst mir jetzt sofort, ob ihr auch diesen Afrikaner angegriffen habt.« Er drehte den Knoten fester. »Sonst ist es aus mit dir.« Vom Südviertel her hörte er Polizeisirenen.

Eine ganze Weile stierte der Fascho auf die Faust an seinem Hemd, dann schlug er sie schneller weg, als Michael gucken konnte. »Was willst du, Alter«, knurrte er. »Lass mich bloß mit dem verfickten Neger in Ruhe.« Er drehte sich um und latschte zu den drei Lautsprechern hinüber. »Der hat gekriegt, was er verdient hat«, rief er über die Schulter zurück. »So geht's euch allen.«

Ein wenig staunte Michael über sich selbst. Der brutale Kerl zog den Schwanz ein, er hatte ihn tatsächlich eingeschüchtert. Und was der für Muckis hatte!

Wie ausgeknipst war auf einmal aller Stress vorbei. Die Faschos scharten sich um die vier auf der anderen Straßenseite, dann zogen sie ab Richtung Rosentor. Nicht ohne sich ein paarmal mit erhobenem Stinkefinger umzudrehen und »Scheiß-

Juden, wir kriegen euch« zu grölen. Ein paar andere, die noch hinter den Zuschauern gestanden hatten, liefen durch die Bahnunterführung davon. Das nachbarschaftliche Publikum löste sich auf.

Die oberirdischen Nazis versperrten in breiter Front die Leostraße und rempelten sich gegenseitig an. Das ist deine Chance, dachte Michael, eine bessere Gelegenheit, es Therese zu zeigen, kriegst du nie. Der Fascho hatte genau gewusst, wovon Michael sprach, bei ihrem Streifzug durch die Stadt mussten sie den Schwarzen getroffen haben. Und was war dann passiert? Michael seufzte leise. Wahrscheinlich würde er es aus dem Mistkerl herausprügeln müssen. Aber er hatte eben schon klein beigegeben …

»Ich geh denen nach«, rief er den Kids zu, die schon vor dem Laden aufräumten.

»Mach kein' Scheiß.« Manne trug den Aufsteller hinein. Inzwischen war es fast dunkel geworden.

Michael spreizte zwei Finger zum Victory-V. *»No problem.«* Die Kids sollten sich mal nicht in die Hosen machen. Dann huschte er geschickt von einem Hauseingang zum nächsten, um den Faschos unauffällig zu folgen. Sobald sie allein waren, würde er sich den tätowierten Schwachmaten krallen. Bestimmt war er schwul. War doch albern, dieses Gürteltäschchen. Bei den Eiern würde er ihn packen.

Am Rosentor bogen sie ab und gingen stadteinwärts. Hier konnten die Faschos in viele Richtungen verschwinden. Michael nutzte Straßenschilder und Hausecken als Deckung und beeilte sich, ihnen zu folgen. Er grinste in sich hinein. Machte Spaß, das Verfolgungsspiel. *»Have Fun – Fight Fascism.«* Nach dem großen IT-Crash, wenn Systemadministratoren wie er arbeitslos wurden, konnte er glatt eine Detektei aufmachen. Die Polizeisirenen waren nicht mehr zu hören.

Drei von den Kerlen hatten ein Handy am Ohr. Sie bewegten sich zivilisierter, hier gab es eine Menge Passanten. Ein guter Schutz für Michael, der jetzt nur noch ein paar Schritte hinter ihnen war. Er sollte sich schon mal ein paar äußere Merkmale einprägen, für später, wenn er mit seinen Informationen zur

Polizei ging. Kurz geschorenes Haar hatten sie alle, und bis auf einen in schwarzer Montur und Springerstiefeln steckten alle in diesen knielangen Hosen mit den bollerigen Taschen am Bein. Würde er nie anziehen, so was. Die reinsten Spielhöschen waren das doch, kariert wie Mutters Bettwäsche. Und alle mit schwarzen T-Shirts. Michael ließ sich ein Stück zurückfallen. Wenn sie Stress machen wollten, bei Demos und Aktionen, stylten sich die Blödmänner wie Autonome, ganz in Schwarz, sogar Tunnelstecker hatten einige im Ohr. Täuschen und tarnen …

Scheiße. Was war das denn?

Gerade war Michael ein Stück hinter den Faschos in die Jühengasse eingebogen, da standen sie auf einmal vor ihm. Jeder ein Arnold Schwarzenegger. Sie hatten sich wohl hinter einer Hausecke verkrochen, bevor er um die Straßenecke kam. Wie hatten sie ihn nur entdeckt? Als er sich umsah, erkannte er die Kerle, die eben durch die Unterführung verschwunden waren. Die Telefongespräche – sie hatten ihre Kumpels zur Verstärkung herbeigerufen. Feiglinge. Er war doch nur einer …

Aber weglaufen war nicht, dafür standen sie zu dicht um Michael herum. Fieberhaft sah er sich um. In der Kneipe nebenan saßen Leute, aber die konnten wohl nichts sehen. Eine Laterne gab es hier nicht, alle Jalousien waren unten. Selbst ist der Mann, war die Devise. Er ballte die Fäuste, da rempelten sie ihn von allen Seiten an. Einer trat ihm auf den Fuß, ausgerechnet der mit den Stiefeln. Wie ein Stehaufmännchen flog Michael von einer Seite zur anderen. Er boxte hektisch in alle Richtungen, hatte aber keinen Platz, richtig auszuholen.

Erst nach einer Weile fiel Michael auf, dass niemand einen Laut von sich gab. Wegen der Anwohner, klar. Sollte er um Hilfe rufen? Auf der Rosenstraße hörte man ihn vielleicht.

Er holte gerade tief Luft, als ihn jemand am Kopf packte. »Was unser Kleiner hier für hübsche schwarze Locken hat!« Es war der Bodybuilder mit den tätowierten Armen. »Biste vielleicht schwul?« Brutal riss er an Michaels Haar. »Warste deshalb hinter dem Nigger her?« Die anderen johlten, aber leise. Einer trat ihm heftig in den Hintern. Vor Schmerzen bekam er kaum noch Luft. War's das jetzt?

Aber nein. Michael stöhnte gequält auf, als der Muskelprotz ihn an den Haaren neben sich herschleifte. Seine Beine kamen kaum nach. Mit dem Gesicht nach vorn ging es auf das gelbe Graffito zu, das, je näher es kam, vor Michaels Augen verschwamm. Daneben war eine dunklere Nische, da wurde er hineingestoßen. Das Letzte, was er sah, war der altbekannte Methadon-Schriftzug auf dem Verputz, dann knallte sein Kopf gegen die Mauer. Fäuste droschen auf ihn ein, bis er atemlos zusammensackte.

»Nächstes Mal bist du tot«, hörte Michael noch, und leiser werdend: »Schwule Zeckensau.«

Irre, dass er darüber kichern musste. Alles tat ihm weh. Zeckensau … Dann verebbte der Schmerz, das Licht ging aus.

***

Klonk. Klonk. Klonk.

Es hörte nicht auf. Was war das für ein Gepolter mitten in der Nacht? Wenn das Michael war, konnte er was erleben. Der Krach kam aus dem Treppenhaus.

Therese richtete sich im Bett auf. Das verdammte Klonkklonk musste doch mal aufhören. Es war im Flur, jetzt kam es in die Wohnung. Hatte er völlig den Verstand verloren?

Auf nackten Füßen tappte sie ins Wohnzimmer, das die Straßenlaterne vor dem Fenster in oranges Dämmerlicht tauchte. In der Küche ging die Lampe an. Michael – mit blauem Gipsfuß. Therese erschrak. War er mit dem Auto verunglückt? Sein Gesicht war voll mit Jod bepinselter Schrammen, er atmete heftig wie nach einem Dauerlauf.

»Was hast du nur gemacht?« Sie rückte ihm einen Stuhl zurecht, ächzend und stöhnend ließ er sich nieder. Der Arme – er musste starke Schmerzen haben. Als sie ihm die Hand auf den Arm legte, schrie er auf. Sie hockte sich vor ihn. »Nun sag schon, Michael. Was ist passiert?«

»Die Faschos. Sie haben mich erwischt«, stieß er zwischen den Zähnen hervor. »In der Jühengasse.«

Oh nein. »Und haben dir den Fuß gebrochen?«

»Nicht den Fuß. Nur den Zeh.«

»Und was ist mit dem Arm? Warum hast du eben aufgeschrien?«

»Alles voll Prellungen. Und guck …« Er wandte ihr die linke Kopfseite zu. Neben dem Ohrläppchen klebte ein Pflaster. Mit dem Finger tastete er vorsichtig darüber. »Das halbe Ohr ist ab.«

Na ja. »Und wie kam das?«

Abgehackt und unter Stöhnen berichtete er von einer Schlägerei vor dem Infoladen und dass er danach die Rechten verfolgt habe. »Dieses aufgepumpte Arschloch kannte den Nigerianer, Therese. Er war es, glaub mir das. Das hab ich auch den Bullen gesagt.«

»Die sind dazugekommen?«

»Nein. Später. Hör erst mal zu.« Bis zur Jühengasse war alles gut gegangen. Dann waren völlig unvermutet sämtliche Faschos um ihn herum gewesen und hatten auf ihn eingedroschen. Einer hatte ihm auf den Fuß getreten, dabei war der Zeh gebrochen. Auf der Stirn hatte er eine blau unterlaufene Beule, aber eine Gehirnerschütterung war nicht festgestellt worden.

»Ich war ewig bewusstlos, die hätten mich totschlagen können.« Seine blauen Augen waren anklagend auf sie gerichtet.

Therese wusste, dass sie nicht gemeint war. »Und dann?«

»Nach einer Weile hab ich mich aufgerappelt, Hand für Hand an der Wand hoch, aber ich konnte kaum stehen. Die Leute müssen mich für besoffen gehalten haben.« Danach war er zum Infoladen zurückgehumpelt, und die noch da waren, hatten einen Krankenwagen gerufen. Die Polizei war ins Krankenhaus gekommen und hatte ihn dort vernommen. »Ich hab ihnen gesagt, wie die Faschos aussahen und dass sie den Afrikaner umgebracht haben.«

»Und sie?«

»Weiß nicht. Das waren welche vom Staatsschutz. Aber du hättest mal das uralte Aufnahmegerät sehen sollen, das der eine hatte. Dauernd musste er vor- und zurückspulen.« Seine Schmerzen hinderten ihn nicht zu kichern.

Der Staatsschutz residierte in Bielefeld. Doch wenn sie von

einem Paderborner Mordverdacht hörten, gaben sie es doch sicherlich weiter. Ob Brinkmöller schon davon wusste?

»Im Vincenz musste ich dann ewig warten. So 'n gebrochener Zeh ist ja *nichts* für die.« Er schnippte mit den Fingern. »Und weißt du, was dieser Arzt gesagt hat? Nachdem er ewig dran rumgepult hat? Das hat wehgetan wie Hölle, aber das war *ihm* ja egal.«

Der Arzt hatte festgestellt, dass der Zeh gebrochen sei. Man könne jetzt viel Aufwand betreiben, hatte er zu Michael gesagt, Röntgen, Gips und so weiter, aber eigentlich würde der kleine Knochen von allein zusammenwachsen. Ein paar Tage mit leichten Schmerzen beim Auftreten, das wär's gewesen.

»Die gucken da nur noch auf die Kosten. Der Patient ist ja leidensfähig.« So wie er mit den Armen herumfuchtelte, konnten seine Prellungen nicht so schlimm sein.

Michael hatte natürlich auf dem ganzen Programm bestanden, und jetzt lief er wochenlang mit dem Gipsbein herum. Krankgeschrieben war er auch. Therese schüttelte den Kopf. Sie hätte diesem pragmatischen Arzt unbesehen geglaubt, bei den Nonnen im St.-Vincenz-Krankenhaus gab es keine Kurpfuscher.

Fürsorglich bugsierte sie den Schwerverletzten ins Bett, was nicht ohne viel »Aus« und »Ohs« abging, schmierte ihm ein Brot, weil er dann Hunger bekam, und kochte ihm einen Schlaftee. Als sie noch ein wenig auf dem Bettrand saß und seine Hand hielt, überlegte er, wen er morgen alles anrufen müsse.

»Die sollen die Augen offen halten. Das sind Mörder, und wenn die Polizei sie nicht bald fasst …«

Schlafen konnte sie jetzt nicht mehr, nicht nach diesem Schreck. Michael hatte sofort angefangen zu schnarchen, vielleicht war auch seine Nase verletzt. Der Arme – es hatte ihn böse erwischt.

Therese schlug ihr Bett auf dem Gästesofa auf, zog Socken und ihren Bademantel an und ging hinaus auf den Balkon. Es war immer noch warm. Fast weiße Wolken schwammen am anthrazitfarbenen Himmel, ein paar Sterne flimmerten. Als sie sich auf die Bank setzte, sah sie auch ein Stück des Vollmonds, der sich hinter dem Nachbarhaus versteckte. So etwas nannte man wohl eine lauschige Nacht. Sie zog einen Sessel heran und legte die Füße hoch.

Michael tat ihr leid, ja, aber wie konnte er nur so leichtsinnig sein, allein hinter den Faschos herzuschleichen? Bei so einer Übermacht, die *konnte* er doch gar nicht im Auge behalten. Aber er hatte – wenn auch nur schwach – nach Bier gerochen. Dieses Detmolder, das es im Infoladen gab, feuerte ihn an, das kannte sie schon. Männer. Jetzt würde er tagelang leiden und ihr wohl bald auf die Nerven gehen.

Dabei hatte sie genug anderes im Kopf. Mehr und mehr hatten sie die Rätsel gepackt, die mit Emmanuel Sabos Tod verbunden waren. Dass sie mit Brinkmöller die Informationen nicht besprechen konnte, die sie heute von Uwe und – wichtiger – von Ujunwa bekommen hatte, machte die Sache kompliziert. Für morgen am späteren Nachmittag hatte er sich mit Therese zum Spazierengehen verabredet, weil sie sich beim Schwimmen nicht sehen würden. Er wollte schon ganz früh gehen, wenn Therese kaum die Augen geöffnet hatte, weil es viel zu tun gebe. Was, hatte er nicht gesagt, nur, dass er dann den Kopf freikriegen müsse und in Paderborn noch niemanden habe, mit dem er reden könne.

Obwohl Therese bei sich gedacht hatte, dass er dafür auch eine Sozialarbeiterin engagieren könnte, hatte sie zugesagt. Mit einem kleinen Kribbeln im Leib. Seine Stimme am Telefon hatte warm geklungen, und als sie sich jetzt seine Lachfältchen vorstellte, fühlte sie das Kribbeln wieder. Das waren doch nicht etwa die berühmten Schmetterlinge? Wie lange war das her …

Therese reckte ihre Arme und betrachtete den Mond, der wie ein halber Prinzenkeks am Nachbarschornstein klebte. Prinzenkeks, so ein Blödsinn. Es war wohl eher eine Eiterbeule. Sie nahm die Arme herunter und kehrte auf die Erde zurück. Die Schmetterlinge hatten sicher mit dem Zwiebelkuchen zu tun, den sie heute mit Ujunwa gegessen hatte.

Sie hatte große Neuigkeiten mitgebracht. Nach einem Spaziergang durch die Paderwiesen hatte Therese sie auf ihren Balkon eingeladen und vorher beim Bäcker Zwiebelkuchen geholt, den Ujunwa noch nie gegessen hatte. Sie hatten Wein getrunken und sich gut unterhalten, nachdem beide erzählt hatten, was sie erfahren hatten. Therese schaute noch einmal nach Michael, der aber friedlich vor sich hin schnarchte, und ließ sich wieder auf dem Balkon nieder.

Ujunwa hatte ihre Blümchen bewundert, während Therese von Uwes Anruf berichtete und wie er entdeckt hatte, dass Yakubu homosexuell war. Das wusste Ujunwa schon, aber sie hatte es heute erst herausgefunden.

»Ich war es leid, mir immerzu ansehen zu müssen, wie die beiden den armen Yakubu mobbten«, sagte sie und meinte die anderen Studenten, die Timothy und Joseph hießen. »Das verdirbt mir irgendwie die Stimmung.«

»Mmh.« Therese wusste, was sie meinte. *»Bad vibrations.«*

»Genau. Die machen mich krank. Als wir aus dem Franziskanerkloster zurück waren, habe ich sie also angesprochen und gefragt, was sie neuerdings gegen Yakubu haben.«

»Mutig. Du kennst sie doch kaum.«

»Na ja, nachdem wir so lange miteinander durch die Klöster gezogen sind … Sie haben gleich losgeprustet. Das willst du gar nicht wissen, Ujunwa, hat Timothy gesagt.«

Therese schmunzelte. Das »losgeprustet« hörte sich zu witzig an aus Ujunwas Mund. Dass sie solche Wörter kannte!

»Und was meinst du, was sie mir erzählt haben.« Ujunwa neigte ebenfalls zu spannungserzeugenden Tricks. »Sie hätten nämlich – halt dich fest – Daniel Adigwe aus Yakubus Zimmer kommen sehen, und das nicht nur einmal. Immer abends, wenn es längst ruhig war im Gästehaus. Daraus haben sie geschlossen, dass die beiden ein Verhältnis hätten.« Ujunwas kurzes Auflachen klang bitter. »Du weißt vermutlich, wie homophob die Nigerianer sind.«

»Ja. Davon hat mir Uwe erzählt. Ihm tat Yakubu leid.«

»Yakubu hat bestimmt kein Verhältnis mit Adigwe«, sagte Ujunwa. »Der Kerl ist viel zu hässlich.«

»Es sei denn, er wurde dazu gezwungen.«

»Oder die beiden haben etwas anderes zu bereden.«

»Oder das. Hast du nicht gesagt, dass jetzt Yakubu euch beobachtet? Adigwe hat ihn eventuell dazu angestiftet.«

»Darum tut er so, als interessiere er sich nicht für uns! Vielleicht hat er Yakubu mit seiner Homosexualität unter Druck gesetzt.«

»Und deshalb hat sich Adigwe abends in die Stadt fahren lassen.«

»Ob sie wüssten, wann das angefangen habe, war dann meine nächste Frage«, sagte Ujunwa. »Joseph meinte, von Anfang an, aber Timothy hat Adigwe zum ersten Mal an dem Tag gesehen, als wir alle im Schloss nach Emmanuel gesucht haben.«

»Aber warum will Adigwe unbedingt wissen, was ihr tut?«

»Ich muss mit Yakubu reden.«

Therese zog den Bademantel enger um sich und drapierte das kuschelige Mikrovlies über ihre Beine. Ein wenig kühl wurde es doch. Ujunwa und sie hatten überlegt, ob sie mit dieser Information zu Brinkmöller gehen sollten. Aber Ujunwa wollte erst von Yakubu hören, was er zu sagen hätte.

Die nächste Sensation, von der Ujunwa berichtet hatte, war der rätselhafte Einbruch in ihr Zimmer gewesen, bei dem nichts gestohlen worden war. Davon wusste Brinkmöller bereits, der heute lange mit Ujunwa gesprochen hatte. Er sei ein freundlicher Mensch, hatte sie gesagt, und dass man nach solchen Polizisten in Nigeria lange suchen müsse. Jetzt – nach dem Gespräch mit Timothy und Joseph – hatte Ujunwa den Verdacht, dass Yakubu ihr Zimmer durchsucht habe. Auch darüber wollte sie mit ihm reden.

Weniger spektakulär war Ujunwas dritte Neuigkeit gewesen: Martin Wrede, der rotgesichtige Missionsreferent, war wieder aufgetaucht. Den ganzen Tag hatte er sie mit seinen Sprüchen genervt. Da standen der Armen noch ein paar unerfreuliche Tage ins Haus, besonders der morgige, der bis in den späten Abend mit Programm gefüllt war. Deshalb hatte Ujunwa sich erst für Freitag mit Therese verabreden können. Aber es gab ja das Telefon, Ujunwa hatte auch ihre Nummer im Schloss. Noch vor Sonnenuntergang hatte Therese sie in ihr Gästehaus begleitet.

Diesmal hatte sie gleich gewusst, wer da anrief, als ihr auf der Treppe das Telefon entgegenschrillte. Sie hatte sich beeilt und die Worte »Anonymer Anruf« im Display ignoriert. Brinkmöllers »Guten Abend, Therese« hatte sich angehört, als schnurre Sir Henry voll Wohlbehagen. Polizisten waren eben auch nur Kater. Aber das Kribbeln im Bauch – die Schmetterlinge – hatten ihr nicht schlecht gefallen. Wann hatte es aufgehört, dass Michael so etwas in ihr hervorgerufen hatte? Ihr »Eheleben« war von Gewohnheit geprägt und kaum noch von Erotik.

Doch wie konnte sie nur – und dann noch mit Bezug auf Brinkmöller – an die Liebeslust denken, während Michael krank im Bett lag? Er war sozusagen im Dienste *ihrer* Neugier zusammengeschlagen worden, weil er *ihr* hatte helfen wollen, den Mörder Emmanuel Sabos zu finden. Na gut, ein wenig Selbstüberschätzung war auch im Spiel gewesen, aber so waren Männer. Unzweifelhaft hatte er einen Schock erlitten, so hilflos unter den gewalttätigen Kerlen. »Alles Arnold Schwarzeneggers«, hatte er gesagt. Er musste ordentlich Angst gehabt haben. Michael war ein ganz friedlicher Mensch, vielleicht sogar ein wenig ängstlich. Jedenfalls vorsichtig. Es musste am Thusnelda-Bier gelegen haben, das beflügelte auch den lahmsten Revolutionär.

Der Mond strahlte so hell, dass die Sterne verblassten. Alles war ruhig, kaum ein Auto fuhr um diese Zeit durch die Stadt. Therese gähnte, aber so eine Nacht – vielleicht die letzte vor dem Herbst – war viel zu schade, um sie zu verschlafen. Früher hätte sie wohl Michael geweckt …

Vom Kräuterbeet her fächelte ihr ein leichter Wind den belebenden Duft des Oregano zu. Sie musste sich bald einmal Gedanken darüber machen, was sie von Brinkmöller wollte, dessen Vorname – Paolo – ihr nur schwer über die Lippen kam. Michael war immer noch ein guter Freund, aber das war's dann auch, die Liebe war längst zerbröckelt. Ganz offensichtlich bemühte sich Brinkmöller um sie. Hatte er mehr im Sinn als Freundschaft? Und sie selbst? Es gab vieles an ihm, das ihr gefiel, aber er sollte ihr besser keine Vorschriften machen. Diesen Einstand hatte er verpasst. Vertrauen gegen Vertrauen, doch dazu waren Polizisten wohl nicht in der Lage. Und er konnte so verdammt unfreundlich werden – wollte sie mit so jemandem befreundet sein? Vorher musste er wohl noch die eine oder andere Prüfung bestehen …

Schließlich kam nicht einmal mehr der Oreganoduft gegen ihr Gähnen an. Therese stand auf und ging hinein. Was Brinkmöller morgen wohl zu tun hatte? Hatte er weitere Spuren zum Tod Emmanuel Sabos gefunden? Zu gern hätte sie auch gewusst, was er von diesem Adigwe erfahren hatte, aber für ihn fiel das wohl unter Dienstgeheimnis. Doch wenn Brinkmöller ihr Freund sein wollte, musste er ihre Neugier akzeptieren. Es würde nicht das Einzige bleiben.

Als sie die Decke über sich zog, nahm sich Therese vor, morgen als Erstes eine E-Mail an Oliver Bussmann zu senden und ihm mitzuteilen, dass sie nicht ins Schloss komme. Ein kleiner familiärer Unglücksfall, das war ein guter Grund. So unbeweglich, wie Michael mit dem Gips und seinen Blessuren sein würde, war er sicher dankbar, wenn sie sich ein wenig um ihn kümmerte. Freunde taten so etwas.

Aber es waren Paolos blaue Augen und nicht die des armen verletzten Michael, die sie dann in den Schlaf begleiteten. Ob er morgen wieder so ein schickes Hawaiihemd trug?

NEUN

Sir Henry flitzte durch die Tür in den nächsten Saal. Hatte da ein Mäuslein geraschelt? So viel Jagdfieber überkam ihn nur selten.

Eben war Therese in der Lektüre der »Orientalin« Julie von Richthofens beim Happy End angekommen, dem zweiten eigentlich, rechnete man die Hochzeit der schönen Heldin Zephyre hinzu. Ihr Adolar hatte sie tatsächlich geheiratet, obwohl sie nicht zum christlichen Glauben übergetreten war, und sogar seine Eltern hatten ihre »strenge Anhänglichkeit an den Glauben ihrer Väter« respektiert. Dabei hatte die Richthofen Adolars Familie als nicht eben tolerant beschrieben. Auf seine Persienreise hatte ihm der Vater mitgegeben, er solle sich von Klima und Sitte nicht zu der Schlaffheit verführen lassen, die dem Europäer die Orientalen so verächtlich mache. Zephyre war die löbliche Ausnahme; obwohl ein »Wesen zügelloser Willkür«, hatte sie eine edle Seele mit Sinn für des Abendlandes »zarte Schwärmerei«. Als sie dann doch zum Christentum konvertierte, war Adolars Glück vollkommen. So mussten Missionare fühlen … Therese schlug das Buch zu und stellte es zurück in den Schrank.

»Du bist ja doch da.«

Therese fuhr herum. »Hast du mich erschreckt.« Sie hatte nicht gehört, wie Oliver Bussmann näher gekommen war.

»Schlechtes Gewissen, was?« Oliver gab wieder den Landjunker, gestickte Edelweißblüten prangten am Kragen seines tannengrünen Jacketts.

Ihr schwarzes T-Shirt machte längst nicht so viel her. »Klar. Hab grad meinen Rucksack mit Biedermeierschmökern vollgepackt.«

»Von mir aus. Liest sowieso keiner.« Oliver war nicht eben ein Büchernarr. »Hattest du nicht gemailt, du kommst heute nicht?«

»Bin geflohen. Hab du mal 'n kranken Kerl zu Hause.«

Oliver grinste. »Kann mir nicht passieren.«

Natürlich nicht. Oliver war verheiratet, aber dass seine Frau ihn aufopferungsvoll pflegte, wenn er krank war, konnte sich Therese nicht vorstellen. Er hatte einmal erwähnt, dass sie mit Liebesentzug reagierte, wenn er nicht mit ihr shoppen ging. Allzu oft sahen sie sich ohnehin nicht; Katharina lebte in Hannover, und Oliver musste so gut wie rund um die Uhr dem Grafen zur Verfügung stehen. Nach auf dem Hochsitz verbrachten Nächten klagte er oft genug über Müdigkeit.

»Garantiert bist du so wehleidig wie Michael, wenn dir was fehlt.«

Oliver hörte amüsiert zu, als Therese vom gebrochenen Zeh ihres Freundes berichtete. Den Grund behielt sie für sich – Oliver, der sich schon bei ihrem ersten Treffen mit Michael über Politik gestritten hatte, würde doch nur dumme Bemerkungen vom Stapel lassen. Aber als Mülleimer für ihren Frust kam er genau richtig.

»Das Frühstück durfte ich ihm noch ans Bett bringen, aber dann hat er es kaum noch darin ausgehalten. Weißt du, wie sich das anhört, wenn jemand mit Gehgips durch die Wohnung tapert? Dieses Klonk-klonk wird mich bis in meine Träume verfolgen.« Während des Erzählens fettete Therese die nächsten Bücher in der Reihe ein.

Es war ein anstrengender Morgen gewesen, mit einem Mann, der ihr dauernd im Weg stand, ihr auf die Finger sah und an ihr herummäkelte. Michael war ruhelos von einem Raum zum nächsten gehumpelt, während Therese die Fenster putzte. Nebenbei telefonierte er, von Mal zu Mal wurden seine Heldentaten größer, die Verletzungen schlimmer. Therese wartete nur darauf, dass er erzählte, am Ende seien die Faschos abgehauen, weil er sie so wütend angeblickt hätte …

»Er hat mich sogar angemault, ich solle mich endlich um ihn kümmern – und mit was für einem Gesicht. Dabei kann er alles selbst, ist doch nur sein Fuß.« Viel zu heftig polierte sie den kostbaren Ledereinband.

»Ts, ts, Männer.« Oliver verdrehte theatralisch die Augen.

»Mach dich nur lustig.«

Nachdem Therese ihren Schwerkranken mit der »Süddeutschen« auf den Balkon gelockt und ihm geholfen hatte, sein schlimmes Bein hochzulegen, war er eine Weile zufrieden. Aber schon bald rief er nach ihr, hatte Durst, brauchte einen Apfel, unter dem Gips juckte es ihn. Er gab keine Ruhe, bis sie ein passendes Gerät zum Kratzen fand, erst eine Fonduegabel genügte seinen Ansprüchen.

»Da bin ich doch lieber ins Schloss gefahren. Hier ist wenigstens Ruhe.«

»Dann störe ich dich wohl?«

»Du gehst ja bald wieder.«

»Also willst du nicht wissen, was heute hier los war.« Bussmann tat, als wolle er gehen.

Die reine Show. »War etwas los?« Dass er gern tratschte, wusste Therese längst.

Er kehrte um und stellte sich vor sie. »Mmh. Die Polizei war mal wieder da.« Dann erzählte er von einem Kommissar im Hawaiihemd und mehreren Beamten, die das Personal verhört hätten. »Komisch, nach dir haben sie gar nicht gefragt.«

»Warum auch? Sie waren bestimmt nicht auf der Suche nach verschwundenen Büchern.«

»Nein. Es geht immer noch um den toten Nigerianer. Sieht ganz so aus, als ob sie nicht mehr an einen Unfall glauben.« Oliver schmunzelte. »Und der Leguan war's wohl auch nicht.«

»Bist du auch vernommen worden?«

»Klar. Vom Chef persönlich.« Außer ihm hatte Brinkmöller selbst nur den Grafen und Joe Richter, den Hausmeister, befragt. »Du hättest mal sehen sollen, wie Joe auf die Hibiskusblüten auf seinem Hemd geschielt hat.«

Das konnte Therese sich vorstellen. Die Leute aus dem Dorf Ettlerbrück waren noch konservativer als der Graf. »Und E.T.?« Sie mochte Hibiskus, Brinkmöller sollte sich vor ihrem Date am Nachmittag bloß nicht umziehen.

»Er ist ja Mann von Welt und hat sich nichts anmerken lassen. Mal seh'n, was er sagt, wenn ich demnächst mit so 'nem Teil ankomme.«

Therese zeigte auf die Edelweißblüten. »Den Anfang hast du ja schon gemacht.«

»Haha.« Oliver ging zum Fenster und sah hinaus. Er mochte es nicht, wenn sie ihn mit seinem Aristokratenjöppchen aufzog. Heute trug er dazu sogar die dunkelgrüne Krawatte mit dem eingestickten Wappen von Ettlerbrück. Therese hatte nie herausgefunden, ob er sich E.T. zu Gefallen so kleidete oder selbst ein Faible für adlige Gewohnheiten hatte. In Jeans gefiel er ihr jedenfalls besser.

Als der Ledereinband, den sie gerade polierte, zu ihrer Zufriedenheit glänzte, stellte sie das Buch zurück und trat neben Oliver ans Fenster. Im Park disputierten der lange Joe und Hans Mikus miteinander. Bestimmt ging es noch um die Befragung am Morgen. »Was wollte die Polizei denn von dir wissen?«

Bussmann sah sie nicht an. »Von mir?«

»Klar. Sie werden jeden dasselbe gefragt haben, und E.T. erzählt es mir bestimmt nicht.«

Mit den Fingern trommelte er aufs Fensterbrett. War er wirklich ärgerlich wegen ihrer kleinen Fopperei? Draußen pflanzten einige Gartenhelfer neue Buchsbäumchen in die Beetumrandungen. Die Sonne warf kurze Schatten neben sie. Hoffentlich blieb sie bis zum Nachmittag …

Oliver drehte sich zu ihr um, seinem Gesicht war kein Unmut anzusehen. »Geht dich ja auch nichts an.«

Das war wohl die Retourkutsche. »Ach komm. Du weißt doch, wie neugierig ich bin.« Sie lächelte ihn an. »Oder muss ich erst vor dir auf die Knie fallen?«

»Bloß nicht. In deinem Alter führt das leicht zu einem Bandscheibenvorfall«, sagte er mit hämischer Miene.

Quitt, dachte Therese. Oliver war fast zehn Jahre jünger als sie. »Nun erzähl schon.«

»Na gut.« Er zuckte mit den Schultern. »Sie haben nach dem Montag gefragt, als dieser Sabo verschwunden ist. Joe meinte, dass es bei den anderen auch darum gegangen sei.«

»Also steht ihr unter Verdacht, und sie wollten eure Alibis«, sagte Therese augenzwinkernd.

»Quatsch. Was du immer denkst. Sie wollten sich ein Bild machen, wie alle den Montag verbracht haben, um herauszufinden, wann genau Sabo verschwunden ist. Sonst nichts.«

»Und – haben sie es herausgefunden?«

»Keine Ahnung. Ich konnte dem Kommissar ja nur erzählen, wo *ich* war und wann ich ihn zum letzten Mal gesehen hab.«

»Ich weiß noch, wie ihr ihn alle gesucht habt. Du hast mir sogar unterstellt, ich hätte ihn hier versteckt.«

Oliver machte ein belustigtes Gesicht, er fand den Witz wohl immer noch gut. »Ja, aber das war am Tag danach. Verschwunden ist er schon am Montag, bald nachdem E.T. die Gruppe durch die Gärten geführt hat. Von den anderen hat ihn später auch keiner mehr gesehen.«

»Von den anderen im Schloss, meinst du?«

»Auch die Nigerianer. E.T. hatte doch schon am Dienstag alle gefragt.«

»Wahrscheinlich ist Sabo ja in die Stadt gefahren. Wie sonst sollte er an die Pader gekommen sein?«, sagte Therese, obwohl sie durchaus Zweifel an ihrer Behauptung hatte. Bisher gab es keinen Hinweis, dass Emmanuel Sabo an dem Tag das Schloss verlassen hatte.

»Kann sein.«

»Ich frage mich allerdings, warum sich dann nicht längst ein Busfahrer oder – falls er getrampt ist – ein Autofahrer gemeldet hat. So ein Schwarzer fällt doch auf.«

»Ja, merkwürdig. Es sei denn, er ist auf einen getroffen, der nicht wollte, dass seine Frau erfährt, in welch abgelegenen Gegenden sich ihr Mann herumtreibt. Vielleicht hat er hier irgendwo eine Geliebte sitzen.«

»So was gibt's hier nicht. Die sind alle katholisch.«

»Die gerade.«

Therese musste grinsen. »Na gut. Diesmal hast du gewonnen. Wie sind denn die anderen Nigerianer zurück in die Stadt gekommen?«

»Joe Richter hat sie im Bulli hingefahren. Ich musste doch mit E.T. zum Argentinier, Begrüßungsessen mit den römischen Gästen. Hab ich dir erzählt.«

»Stimmt. Und was war mit den beiden, die hier wohnen? Der Bischof und der Kerl, der immer so schwitzt?«

»Adigwe meinst du. Der ist mitgefahren, den hab ich am

Westerntor abgesetzt. Der Bischof ist aber hiergeblieben, er brauchte wohl Ruhe.« Oliver nahm sein Trommelkonzert wieder auf. »Auf der Rückfahrt hab ich dann richtig Stress gekriegt. Eigentlich sollten die Italiener ja auch im Gästehaus wohnen, aber dann hat sich der Graf so gut mit denen unterhalten, dass er alle drei ins Schloss eingeladen hat. Da durfte ich also mitten in der Nacht noch einen Haufen Gepäck verladen.« Er schnitt eine Grimasse. »Die müssen Steine eingepackt haben.«

»Wahrscheinlich Bibeln.«

»Klar. Mit Signatur vom Papst. Mann, hab ich geschleppt.«

Therese beugte in Bodybuilderpose ihren rechten Arm. »Davon bekommt man Muckis.«

Oliver lachte sie aus. »*Du* solltest mal Koffer schleppen.«

Er hatte den Grafen zum Abendessen begleitet, da musste die Gartenführung, die von Etteler dem afrikanischen Besuch hatte angedeihen lassen, längst zu Ende gewesen sein. »Und vorher? Ist E.T. die ganze Zeit mit den Nigerianern zusammen gewesen?«

»Keine Ahnung. Ich war ja nicht mehr dabei, hatte mich ein bisschen aufs Ohr gelegt.«

Therese nickte – das hatte Oliver an diesem Montag angekündigt.

»Als wir um halb acht losfuhren, kam er aus seinen Wohnräumen.«

Draußen im Park standen der Hausmeister und der Gärtner voreinander wie zwei Streithähne. Der lange Joe reckte den Kopf vor, Hans Mikus ballte die Fäuste. Es war mal wieder so weit. Beide Gesichter waren rot angelaufen. »Guck dir die an«, sagte Bussmann. »Der Mörder ist immer der Gärtner.«

»Na, Joe sieht auch nicht gerade harmlos aus. Wenn er so wütend ist, möchte ich ihm nicht begegnen.«

»Das gibt sich, weißt du doch. Morgen klauen sie wieder zusammen Blumenkohl.«

***

Regina hatte wieder einmal nichts mitbekommen. Oder gab sie es nur vor? Sie hörte ihre *Juju*-Musik und achtete nicht auf Yakubu.

Obwohl Ujunwa Timothy und Joseph gebeten hatte, Yakubu in Frieden zu lassen, mobbten sie ihn immer noch. Eben hatte er sich zu ihnen setzen wollen, da waren sie aufgestanden und feixend eine Bank weitergezogen. Wie geprügelt zog der Arme die Schultern hoch und ging mit steifen Beinen auf die Blumenbeete zu. Die Hände vergrub er in den Taschen seiner Jeans. Weil die vorige Bank in der Sonne stand, kehrten Timothy und Joseph zu ihr zurück. Kindereien nannten die Deutschen so ein albernes Verhalten. Yakubus sexuelle Orientierung war doch nicht ansteckend.

Nach einem bösen Blick auf die beiden erhob sich Ujunwa ebenfalls und ging Yakubu nach, der vor den in Lilatönen blühenden Blumen stehen geblieben war. Wie ein mäandernder Fluss zogen sich die mit Stauden bepflanzten Beete durch die gepflegten Rasenflächen. Heute ging es einmal nicht um Kirchenkunst. Sie waren in einem Heilbad zu Gast, das einer Grafenfamilie – Verwandte der Grafen von Etteler – mit einem sogar für Ujunwa unaussprechlichen Namen gehörte. Nachdem die Gastgeberin die nigerianischen Besucher am Morgen durch den riesigen Park und viele elegante Kureinrichtungen geführt hatte, lud sie von Etteler, Bischof Rufai und Daniel Adigwe in ihre Privaträume ein. Später sollten alle zusammen in einem der schicken Restaurants des Heilbades speisen, bevor es weiterging zu den nächsten Verwandten von Ettelers, richtigen Fürsten, die in einer Nachbarstadt in einem alten Schloss residierten. Ujunwa freute sich vor allem auf das Beethovenkonzert, das am Abend dort stattfinden sollte.

Aber jetzt musste sie erst einmal mit Yakubu sprechen. Ein Blick über die Schulter zeigte ihr, dass Martin Wrede neben Regina sitzen geblieben war. Er konnte wohl nicht mehr laufen. Nun redete er auf Regina ein, die tatsächlich die Stöpsel aus den Ohren genommen hatte.

Trotz des Sonnenscheins wehte auf einmal ein kühler Wind, ihre nackten Arme fröstelten. Im Gehen nahm Ujunwa den Pullover von den Schultern und zog ihn über die ärmellose weiße Bluse. Kuscheliges Kaschmir in einem satten Beerenton wie die Blumen vor ihr. »Damit du es warm hast im kalten

Norden«, hatte Vater gesagt und ihr sein Geschenk für die Deutschlandreise überreicht. Der Pullover war wunderschön, aber bisher hatte sie ihn kaum gebraucht.

Als sie Yakubu erreicht hatte, legte Ujunwa ihm leicht die Hand auf den Arm. Er wandte sich ihr zu, tiefe Falten zogen seine Augenbrauen zusammen.

»Ach, Ujunwa.« Sein Blick schweifte ab. »Müssen wir schon los?«

»Nein, wir haben noch Zeit. Lass uns ein paar Schritte gehen.« Die anderen saßen in Hörweite.

»Na gut.«

Nebeneinander umrundeten sie das Beet und schlenderten über die Wiese auf eine Baumgruppe zu, auf deren Sonnenseite eine weiß gestrichene Bank stand. Hier wehte kein Wind.

Yakubu ging hinter die Bank und stützte Kehrseite und Arme auf der Rückenlehne ab. »Was haben die nur gegen mich?« Über die Schulter hinweg machte er eine Kopfbewegung zu ihren Reisegenossen hinüber. »Timothy und Joseph verhalten sich, als hätte ich Lepra.«

»Mach dir nichts draus«, sagte Ujunwa zu seinem Rücken. »Es ist ihr Fehler, nicht deiner.«

»Und so was will nun Priester werden.« Von einem überhängenden Zweig riss er ein Blatt ab und rollte es zwischen den Fingern. »Weißt du vielleicht, was ihnen an mir nicht passt? Vor ein paar Tagen haben wir uns doch noch gut verstanden.«

»Nun ja.« Ujunwa suchte nach den richtigen Worten. »Nimm es mir nicht übel, wenn ich dir zu nahetrete, Yakubu. Aber ich glaube, sie haben erkannt, dass du Männer liebst.«

Sein Arm zuckte, mit den Fingern zerquetschte er das Blatt, aber er blieb still.

»Mir ist das übrigens egal. Ich hätte das *Jail-all-the-Gay*-Gesetz bestimmt nicht unterschrieben.«

Yakubus Kopf wandte sich ihr zu. »Was ist, wenn ich es zugebe?«

»Ich sage es nicht weiter, darauf kannst du dich verlassen.«

Nun war es ein Zweig mit mehreren Blättern, den Yakubu vom Baum abriss. Sachte schlug er damit gegen sein Bein. Dann atmete er tief ein und setzte sich neben sie. »Du hast recht. Es ist so.« Er starrte zu Timothy und Joseph hinüber, die sie ihrerseits beobachteten. »Aber woher wissen sie das?«

Ujunwa erzählte von ihrem Gespräch mit den beiden und dass sie ihre Erkenntnis darauf stützten, dass sie Adigwe aus Yakubus Zimmer hätten kommen sehen. Yakubu drehte ohne hinzusehen den Zweig zwischen den Fingern.

Als sie zu Ende gesprochen hatte, lachte er trocken auf. »Mit dem Kerl soll ich was haben?« Er sah sie an. »Glaubst du das etwa auch?«

»Ich kann mir vorstellen, dass es um etwas anderes ging.« Der Zweig in Yakubus Händen rührte sich nicht, als sie Emmanuels und ihren Verdacht schilderte, Adigwe sei ein Mitarbeiter des nigerianischen SSS. »Bis Emmanuel verschwand, hat er ihn beobachtet. Seitdem scheint er arbeitslos zu sein.«

Wieder kam das trockene Lachen von Yakubu. Der Zweig peitschte geradezu gegen sein Bein. »Er hat einen Dummen gefunden, der ihm die Arbeit abnimmt, daran liegt das.«

»Dich?«

»Ja. Leider.« Er zupfte ein Blatt nach dem anderen von dem Zweig, als er von Adigwes erstem Besuch an dem Montag berichtete, der wahrscheinlich Emmanuels Todestag war. Adigwe hatte ihm ganz offen von seinem Auftrag erzählt, der sich offenbar auf ihre gesamte Reisegruppe bezog. »Aber er hat aufs falsche Pferd gesetzt«, sagte Yakubu mit einem schadenfrohen Grinsen. Adigwe hatte Emmanuel der nicht näher bezeichneten Tat für schuldig gehalten, und als er nicht wieder aufgetaucht war, hatte er dessen Zimmer durchsucht, aber nichts gefunden.

»Unser Zimmer ist ebenfalls durchsucht worden«, sagte Ujunwa. »War das auch Adigwe? Oder hat er dir den Auftrag gegeben?«

Yakubu sah sie erst erstaunt an, dann senkte er den Blick. »Ich war es nicht«, antwortete er. »Das muss Adigwe gewesen sein. Er meinte, wenn nicht Emmanuel, dann sei Regina oder dir am ehesten zuzutrauen, was seine Auftraggeber verhindern wollten.«

»Warum das denn?«

Er zuckte mit den Schultern. »Hat er nicht gesagt. Aber ich denke, es hängt mit den Anrufen zusammen, die Regina immer bekommt. Warum er dich in Verdacht hat, weiß ich nicht, vielleicht nur, weil ihr viel zusammen seid.«

»Und welches Verbrechen planen wir angeblich?«

Wieder nur ein Achselzucken. »Er ist ja nie konkret geworden, hat immer nur von ›Tat‹ und ›Täter‹ gesprochen. Ich hab danach gefragt, aber er meinte, das sei Dienstgeheimnis.«

Ujunwa nickte. »Jedenfalls scheint Adigwe davon auszugehen, dass die Tat – was auch immer da geplant sein soll – noch nicht geschehen ist.« Diese Information konnte er nur von seiner nigerianischen Dienststelle bekommen haben, mit der er natürlich in Kontakt stand, und die wiederum von einem Spitzel … Doch worum ging es dabei? Drogen, Staatsgeheimnisse, vielleicht sogar Sprengstoff? Oder erwarteten sie gar einen terroristischen Anschlag? Aber dann würde wohl nicht einmal der SSS so seelenruhig zuschauen. Emmanuels Tod blieb in diesem Zusammenhang völlig rätselhaft, es sei denn, man hatte ihn ausgeschaltet, um die Tat zu verhindern, und erst danach gemerkt, dass er nichts damit zu tun hatte. Dem SSS war das zuzutrauen …

Yakubu starrte auf den Rasen zu ihren Füßen und sagte nichts. »Welche Arbeit solltest du Adigwe denn abnehmen?«, fragte ihn Ujunwa.

Sein Kopf sank noch tiefer, er schämte sich wohl sehr. »Ich soll euch beide – vor allem Regina – im Auge behalten«, murmelte er. »Wen ihr trefft und mit wem ihr telefoniert, will er immer wissen, wenn er kommt, und möglichst auch, was gesagt wird.« Er hatte sie richtig ausspioniert.

Dennoch war Ujunwa überrascht, als Yakubu ohne aufzusehen berichtete, dass er ihr am Dienstag zu ihrem Treffen mit Therese nachgeschlichen war. Sie hatte nichts davon bemerkt. Er hatte sie durch die Büsche beobachtet, war dann aber bald gegangen, weil er nichts hören konnte. An Therese erinnerte er sich von dem Bibliotheksbesuch her, er hatte sie an ihrem abstehenden roten Haar erkannt. Adigwe wusste also von ihrer Bekanntschaft – musste jetzt auch Therese Angst haben? Wie ein Sinnbild ihrer Befürchtungen zerrte ein fetter schwarzer Vogel – eine Amsel war das wohl – einen rosafarbenen Wurm aus dem Boden und flog mit dem sich windenden Todgeweihten davon.

Yakubu richtete sich auf und sah sie schuldbewusst an. »Ich wollte das alles nicht tun, Ujunwa, glaub mir. Aber Adigwe hat mir gedroht, mir wegen meiner Homosexualität Schwierigkeiten zu machen.«

»Schon gut. Woher wusste er das denn?«

Er atmete auf. »Keine Ahnung. Hat er nicht gesagt.«

Der SSS war eine so finstere Macht im Lande, dass Ujunwa über die Bespitzelung der NSA, vor der hier alle Angst hatten, nur lachen konnte. Über jemandes Homosexualität Bescheid zu wissen zahlte sich für die Agenten aus: Im Austausch für zehn Jahre in nigerianischen Gefängnissen würde wohl jeder alles tun.

»Er hat auch an mein Nationalgefühl appelliert«, sagte Yakubu noch.

»Tatsächlich.«

Sie grinsten sich an, Yakubus Gesicht war wieder ganz entspannt. Er warf den blattlosen Zweig zur Seite. »Kann ich dir noch etwas anvertrauen, Ujunwa? Ich bräuchte da mal einen Rat.«

»Natürlich. Wenn ich helfen kann …«

Es erstaunte sie wenig, als Yakubu erzählte, dass er daran denke, nicht mit nach Nigeria zurückzufliegen. Er hatte sogar schon mit seinen Eltern darüber gesprochen, die von seiner Homosexualität wussten und ihn auch wegen der in Nigeria allgegenwärtigen Aids-Gefahr in Sicherheit haben wollten. Sie würden ihm das Studium in Deutschland bezahlen.

»Vielleicht mache ich dann etwas ganz anderes, Architektur oder so. Ich habe schon so tolle Gebäude gesehen, und was sie hier mit historischen Häusern machen, finde ich auch interessant.« Sein Gesicht strahlte, als er zu den Fachwerkbauten der Kureinrichtungen hinüberschaute. »Theologie hab ich ja nur genommen, weil dann keiner von mir erwartet, dass ich heirate.«

Das war doch mal ein guter Grund, Priester zu werden. Aber vermutlich hätte Yakubu das Amt besser ausgefüllt als Timothy und Joseph, die ihnen immer noch abschätzige Blicke zuwarfen. Von nun an würde wohl auch Ujunwa ihrer Verachtung ausgesetzt sein. Auf der Bank neben ihnen holte Martin Wrede sein Handy aus der Jackentasche, schaute aufs Display, stand auf und hielt es an sein Ohr. Nach einem kurzen Moment winkte er sie mit hektischen Bewegungen heran. Bestimmt hatte ihm der Graf mitgeteilt, dass es zum Essen gehe.

Auch Yakubu hatte Wredes Aufforderung bemerkt, der jetzt der Gruppe voran auf die Kurgebäude zumarschierte. Sie schlenderten langsamer hinterher. Nach den Eröffnungen Yakubus verspürte Ujunwa wenig Lust, mit den anderen – gar mit Adigwe – an einem Tisch zu sitzen. Viel lieber wäre sie noch einmal zum Hölderlin-Hain gewandert und von dort aus zur Diotima-Insel und hätte unterwegs versucht, Friedrich Hölderlins Verse seiner Ode an die Parzen in der richtigen Reihenfolge zusammenzubekommen. »Nur einen Sommer gönnt mir, Ihr Gewaltigen!«, hatte der Graf voller Pathos und mit ausgebreiteten Armen, aber falsch rezitiert, als sie vor der Statue der Susette Gontard standen. Ujunwa war froh gewesen, dass er danach nicht weiterwusste.

Auch das Gespräch mit Yakubu hätte sie gern fortgesetzt, er wartete immer noch auf ihren Rat. »Ich finde es übrigens gut, dass du überlegst, in Deutschland zu bleiben«, sagte sie zu ihm. »Wenn der SSS von deiner Neigung weiß, hast du in Nigeria keine Zukunft.«

»Das ist wohl so«, gab er mit einem leisen Seufzer zurück. »Und hier könnte ich sicher auch leben. Es ist alles so schön sauber. Allein dieser Park hier – nichts liegt herum, nichts stört.« Mit glänzenden Augen sah er sich um. »Und der Rasen sieht aus wie ein Teppich.«

Mit Nigeria konnte man Deutschland sicher nicht vergleichen, doch auch hier gab es Schmutz und Armut. Aber das sollte Yakubu selbst herausfinden. »Dann bleib am besten in Paderborn. Das ist die sauberste Stadt von allen.«

»Ja, vorerst jedenfalls. Zumal ...« Er holte eine Visitenkarte aus seiner Brusttasche und hielt sie Ujunwa hin. »Zumal ich hier schon jemanden kennengelernt habe.«

»Uwe Beckmann«, las sie auf dem Kärtchen. Das war Thereses Freund mit den heilkräftigen Steinen.

»Vielleicht hast du ihn gesehen«, meinte Yakubu. »Er kam in den Garten des Franziskanerklosters, wo wir die Birnen gegessen haben.«

Gesehen hatte sie ihn nicht, aber Thereses Bericht war detailreich genug gewesen. »Ich glaube schon. Hat er nicht hinten auf der Bank gesessen? Mir schien, dass er ein freundliches Gesicht hatte.« Eine kleine Lüge, aber das war es wert. Yakubu sollte ruhig Uwes Bekanntschaft suchen, er – und mit ihm Therese – konnten ihm bei den ersten Schritten im fremden Land beistehen.

»Wenn du das auch meinst, gehe ich morgen zu ihm in seinen Laden. Die Wewelsburg kann ich dann immer noch besichtigen.« Yakubu hatte seine Entscheidung getroffen.

***

Therese steckte das Telefon zurück in die Ladestation. Brinkmöller würde Augen machen …

In breiten Streifen fiel das Sonnenlicht durch die Fenster auf das glänzende Parkett. Nach ein paar weiteren Witzeleien hatte sich Oliver Bussmann verabschiedet, um die beiden Streithähne im Garten auseinanderzubringen. Mit Buch und Poliertuch in der Hand stand sie noch für ein Weilchen am Fenster und beobachtete Olivers Friedensbemühungen, die vor allem dazu führten, dass nun drei Männer mit den Händen fuchtelten. Sir Henry schwang sich auf die Fensterbank und sah ebenfalls zu. Wie immer hörte er es als Erster, als das Telefon klingelte, und lief ihr voraus, als wolle er ihr den Weg frei machen. Ein wahrhaft ritterlicher Kater, der ihr – wenn sie allein war – nicht von der Seite wich. Roch sie etwa nach Maus?

Auch jetzt, als sie nach dem Gespräch zurück zu ihren Büchern wanderte, strich er ihr wieder um die Beine. Eigentlich war sie in der Hoffnung ins Schloss gekommen, dass ihre Arbeit sie vom Grübeln über Emmanuel Sabos Tod und dem Ärger über Michaels Wehleidigkeit ablenken werde. Den Unmut war sie bei Oliver losgeworden, es war immer nett, mit ihm zu flachsen. Doch das Gespräch über die Alibis der einzelnen Leute am Montag – denn das war es natürlich gewesen, was Brinkmöller herausfinden wollte – hatte erneut Fragen aufgeworfen …

Ujunwas Anruf hatte zwar bestätigt, was sie bereits vermutet hatten, ihnen aber auch neue Ungewissheiten beschert. Statt wieder an ihre Arbeit zu gehen, sah Therese hinaus in den Park, wo Hans Mikus jetzt die Gärtnerburschen beschimpfte. Ein Buchsbäumchen, das die geschwungene Linie störte, riss er aus der Erde. Hin und wieder warf er Joe Richter misstrauische Blicke zu, der sich in der hinteren Ecke des Ziergartens am Gerüst einer cremeweißen Kletterrose zu schaffen machte. Der reine Friede herrschte nicht in diesem Park.

Müßig ließ Therese ihre Augen über das Grün der Büsche und Bäume im Hintergrund schweifen, das noch kaum eine Gelbfärbung aufwies, da fiel ihr die Wanderung durch das Schloss und die Parkanlagen ein, die sie in ihrem Traum mit Ujunwa unternommen hatte. Sonst vergaß sie Träume sofort, aber diesmal war ihr gleich nach dem Erwachen klar gewesen, dass dieser einen realen Kern hatte. Tief in ihr – zu tief, als dass sie auch nur einen Zipfel davon zu fassen bekam – war ein bedeutungsvolles Bild verborgen. Wieder erlebte sie das erlösende Gefühl der Gewissheit, als die Erkenntnis sie blitzartig erleuchtet hatte. War es hier im Schloss gewesen oder irgendwo da draußen? Und wen hatte sie gesehen? Zwischen die Bilder vor ihren Augen drängte sich das Paderufer mit einem toten schwarzen Mann, der mit dem Gesicht nach unten im Wasser lag.

Auf Ujunwas Anruf hatte Therese schon den ganzen Vormittag gewartet und befürchtet, dass er sie nicht erreicht hatte, weil Michael das Telefon blockierte. Doch Ujunwa hatte Yakubu Oibe erst nach einer Parkbesichtigung zu fassen bekommen. Es war so, wie sie es sich gedacht hatten: Yakubu hatte von Adigwe den Auftrag bekommen, Regina und Ujunwa zu bespitzeln.

Deren Zimmer hatte er aber nicht durchwühlt, das musste Adigwe selbst getan haben. Wonach er wohl gesucht hatte?

Unbedingt musste Peter Brinkmöller von diesen Informationen erfahren, nur er hatte die Möglichkeit, den Agenten der nigerianischen State Security ins Gebet zu nehmen. Ujunwa war unterwegs, also blieb Therese nichts anderes übrig, als es ihm mitzuteilen. Wenn er nur nicht gleich wieder mauerte angesichts ihrer Einmischung … Unten im Park stiefelte Hans Mikus mit großen Schritten in Richtung der Gewächshäuser.

Die Kopie von Emmanuels E-Mail aus seiner nigerianischen Schule, die Regina gestern angefordert hatte, sei am Morgen immer noch nicht da gewesen, hatte Ujunwa zum Schluss erzählt. Vorerst sei auch nicht damit zu rechnen, bei ihrem Tagesprogramm – heute war offenbar der Tag des westfälisch-lippischen Adels – hatten sie kaum Gelegenheit, ins Internet zu gehen.

Eine gute Nachricht hatte Ujunwa überbracht: Dass Yakubu in Deutschland bleiben wollte, würde Uwe sicher freuen. Therese selbst mochte gar nicht daran denken, dass sie Ujunwa, mit der sie sich richtig angefreundet hatte, am Montag schon wieder verlieren sollte …

Ein wenig gestritten hatten sie allerdings, als Therese gemeint hatte, Yakubu habe vielleicht – von Adigwe unter Druck gesetzt – dabei geholfen, Emmanuel Sabo zum Paderufer zu locken oder ihn dorthin zu transportieren, falls er Emmanuel hier im Schloss niedergeschlagen hatte. Sie hatte noch Ujunwas entrüsteten Ton im Ohr, als sie gerufen hatte: »Das glaubst du doch selbst nicht.« Sie war sicher gewesen, dass Yakubu es ihr gesagt hätte, wenn es so wäre. Möglich ist es aber schon, dachte Therese jetzt wieder. Die Drohung mit jahrelanger Gefängnishaft oder Schlimmerem vertrieb wohl jedermanns Skrupel.

Mit dem Werkzeugkasten in der Hand war Joe Richter weitergezogen zur rechten Parkseite, wo ein hinter Rhododendronbüschen verborgener Maschendraht Rehe und Kaninchen von den leckeren gräflichen Gewächsen fernhalten sollte. Sogar der lange Joe verschwand fast hinter dem Gebüsch, aber von hier oben konnte Therese sehen, wie er Pflöcke einschlug und den Draht befestigte. Der unvermeidliche Cordhut auf seinem Kopf ging auf und nieder. Ein paar Meter hinter Joe schillerte der um den Park herumgeleitete Ettlerbach durch das Grün. Viel Wasser führte er nach den trockenen Tagen nicht.

Auch wenn sie kaum mit den Gedanken dabei war, genoss es Sir Henry, wenn sie ihn hinter den Ohren kraulte. Er schnurrte und bewegte den Kopf hin und her, um ihren Fingerspitzen zu zeigen, wo seine genusssüchtigsten Stellen lagen. In ihrem Kopf drängten sich die Fragen, die sich aus Ujunwas Mitteilungen ergeben hatten, wie beispielsweise die, was Regina mit Adigwe zu tun hatte. Therese war sich mit Ujunwa einig gewesen, dass die kleine Oshun-Jüngerin vor irgendetwas Angst hatte. Setzte Adigwe sie ebenso unter Druck, wie er es mit Yakubu getan hatte? Was konnte er gegen Regina in der Hand haben? Ujunwa würde sie danach fragen müssen …

Und welcher Missetat der Agent Ujunwa verdächtigte, war ebenfalls nebulös. Es mochte mit ihrer Tätigkeit für den O'odua People's Congress zusammenhängen, doch Ujunwa war sich keiner Schuld bewusst. Ihre OPC-Fraktion arbeite nur mit friedlichen Mitteln, was der Regierung bekannt sein dürfe, hatte sie gesagt. Sie hatte weder Sprengstoff noch Drogen geschmuggelt, obwohl das in des Bischofs Umgebung leicht genug gewesen wäre. Auf ihren Reisen hatte Ujunwa die scharfen Kontrollen an den Flughäfen oft genug durchstehen müssen, die besonders Afrikaner trafen und intimste Körperregionen nicht ausließen, doch die Delegation der Christian Association of Nigeria war unbehelligt geblieben. Oder hatte Adigwe, der SSS-Agent, dafür gesorgt? Welche Rolle er in der Gruppe spielte, blieb so undurchsichtig wie der tiefe Baumschatten am Ende des Parks.

Vielleicht hatte Adigwe sogar etwas mit Emmanuels Tod zu tun. Es gab an diesem Montag eine Zeitlücke zwischen der Parkführung und der Abfahrt der Gäste und der noch späteren des Grafen. Was hatten sie alle während der Zeit getan? Brinkmöller musste bei seinen Befragungen Erkenntnisse darüber gewonnen haben. Therese hoffte sehr, dass er sie daran teilhaben ließ, aber sicher war das keineswegs.

Ihr Blick wanderte über die in der Sonne leuchtenden Terrassenbeete und die englischen Rosen, mit denen sie bepflanzt waren, doch ihre Gedanken liefen auf eigenen Wegen. Wenn Emmanuel Sabo im Schloss oder in dessen Umgebung niedergeschlagen worden war, musste sein bewusstloser Leib in der Nacht zur Pader transportiert worden sein. Einen Wagen hatten nur der Graf und seine Mitarbeiter zur Verfügung, aber falls einer der Nigerianer der Täter war, hätte er sich leicht einen Leihwagen besorgen können. Ob Brinkmöller diese Möglichkeit bedacht und sich bei den Autovermietungen umgehört hatte?

Andererseits konnte sich Emmanuel mit einem von ihnen in Paderborn getroffen haben, vielleicht sogar mit Regina, die Ujunwa nach seinem Verschwinden auffällig bedrückt erschienen war. Auch Michael hatte auf eine Beziehungstat getippt, bevor seine Theorie von den schuldigen Rechten zur Obsession geworden war. Regina glaubte an Oshun, deren Element das Wasser war. Wenn Emmanuel – warum auch immer – am abschüssigen Ufer unterhalb von Regina gestanden hatte, mochte ein Schubs genügt haben, ihn in die Pader zu befördern, wo er auf etwas Hartes, Fünfzackiges gefallen war …

Der gleiche Ablauf war am Ettlerbach vorstellbar, der von vielen Stellen im Park aus zugänglich war, und mit weiteren Beteiligten über Regina hinaus. Nach allem, was ihr Ujunwa über die Spannungen in der Gruppe erzählt hatte, konnte Therese an einen außenstehenden Mörder – ob Rechtsextreme oder Drogenabhängige – kaum glauben.

Und dann waren da noch der Graf und das rätselhafte Papier, vor dem er zurückgescheut war wie ein Vampir vor der Knoblauchzehe. Bei einem passionierten Jäger wie ihm würde niemand Verdacht schöpfen, wenn er in der Nacht leblose Körper transportierte, allenfalls deshalb, weil er selbst Hand anlegte. War es gar vorstellbar, dass ihm jemand geholfen hatte? Einer seiner Angestellten vielleicht, der ihm so ergeben war – oder vom Grafen so unter Druck gesetzt werden konnte –, dass er alle Skrupel über Bord warf? Die Zeiten der Leibeigenschaft waren vorüber, aber die Arbeitsplätze der Ettlerbrücker hingen immer noch vom Funktionieren der gräflichen Betriebe ab. Es ist nun mal geschehen, mochte sich derjenige gedacht haben, und dass es jetzt am wichtigsten sei, den Schaden zu begrenzen. Dass Emmanuel Sabos Haut schwarz gewesen war, hätte in diesem Szenario die Bereitschaft gewiss nicht verringert.

Ein leichter Wind fuhr durch die Baumkronen des Parks, bewegte auch die Wipfel der endlosen gräflichen Wälder jenseits des Ettlerbachs. Wenn Sabo hier zu Tode gekommen war, hätte man die vermeintliche Leiche dann nicht viel sicherer dort draußen verstecken können, statt sie ins weit entfernte Paderborn zu schaffen? Therese lauschte dem zufriedenen Schnurren des Katers und beobachtete die Gärtner beim Buchsbaumpflanzen. Der Täter mochte sich gedacht haben, dass im Wald vergrabene Leichen wieder auftauchen konnten, so war es jedenfalls in Krimis, und dann wäre unweigerlich der Verdacht auf jemanden gefallen, der sich in der Umgebung des Schlosses auskannte. Einen Ettlerbrücker also. In Paderborn war der Kreis der Verdächtigen größer und bezog auch die Nigerianer ein, die dort untergebracht waren.

»Dir könnte durchaus etwas Erhellenderes einfallen als Schnurren«, sagte Therese zu Sir Henry, der ihre Kritik an seinen intellektuellen Leistungen übel nahm, einen Buckel machte und von der Fensterbank sprang. Sie schaute auf ihre Uhr. Noch lange hin bis zu ihrem Treffen mit Peter Brinkmöller. Ein bisschen frische Luft vorher konnte nicht schaden. Sie beschloss, auf den Spuren ihres Traums einen Streifzug über das Parkgelände zu machen, in der Hoffnung, dass sich der Moment der Erkenntnis wiederholte und ihr die Lösung aller Fragen zeigte. Ein kleiner Schwatz mit Joe Richter, der immer noch den Zaun reparierte, war auf dem Weg sicherlich nicht zu vermeiden.

Wie eine in südlichen Farben bemalte Schale lag der gräfliche Park vor Therese, als sie durch den Hinterausgang auf die breiten Stufen trat. Auf halbrunden, in den Ecken angelegten Terrassen wuchsen Rosen in Weiß, Rosa und Tiefrot, am Rand überragt von wolkigen Kletterrosen an hölzernen Gerüsten. Den Boden der Schüssel nahm das Barockparterre ein, wo zwischen den Buchsbaumhecken noch viele Sommerblumen blühten, in Beeten an den Rändern protzten die Dahlien mit feurigen Farben und kindskopfgroßen Blüten. Therese nahm sich vor, noch Fotos zu machen, bevor die ganze Pracht zu Bioabfall wurde.

Am Ende des Blumengartens öffnete sich der Blick in einen weiten englischen Landschaftspark mit Baumgruppen und einzeln stehenden Riesen, dazwischen ein Pavillon in Form eines Monopteros, mit Sitzecken unter hölzernen Baldachinen und versteckten Bänken. Der Barockgarten war erst zur Zeit des heutigen Grafen angelegt worden, doch den Park hatten seine Vorfahren schon im 18. Jahrhundert geschaffen. Ausgedehnte Rasenflächen umgaben Solitäre wie einen mächtigen Gingkobaum, der so gar nichts mit dem Architektengemüse zu Hause vor ihrem Wohnzimmerfenster gemein hatte, oder eine uralte Trauerweide mit einer Bank darunter, die zu Thereses Lieblingsplätzen im Park zählte. Bald merkte sie, dass sie heute alles anders wahrnahm als auf früheren Streifzügen. Sie erfreute sich nicht am Grün und an den vielfältigen Formen, sondern überlegte, woran sie der Anblick erinnert haben könnte. Doch nichts von dem, was sie hier sah, passte zum entscheidenden Bild ihres Traums.

Hinter den mannshohen Rhododendren am Rand, die ihre Blüten längst abgeworfen hatten, hörte sie immer noch Joe Richters Hammerschläge. Therese wanderte zum Bach hinunter, wo es ein Schiebetor zur anderen Seite des Zauns gab. Am Boden des Wasserlaufs entdeckte sie Kiesel, Ziegelsteinbrocken und anderes Geröll. Im Gebüsch ringsum gab es Plätze genug, wo ein lebloser Körper für eine kurze Zeit versteckt werden konnte. Jenseits des Tors führte ein Weg über eine steinerne Brücke ins Dorf Ettlerbrück, diesen Zugang nutzten die Gärtner, wenn sie neues Strauchwerk heranschafften oder Abfall entsorgten. Der Ettlerbach plätscherte munter übers Gestein, aber in ihrem Gehirn setzte sich nichts in Bewegung.

Zwischen den Lippen einen Vorrat an Krampen, befestigte Joe mit kräftigen Schlägen den weitmaschigen Draht an den Pfosten. Als er sie sah, nahm er die Krampen aus dem Mund und legte den Hammer in die Werkzeugkiste. Zeit für eine Pause. Er kramte die Marlboroschachtel aus der Tasche seiner beuligen Arbeitshose und steckte sich eine Zigarette an. Unterhalb der Hosenbeine war ein langes Stück Socke mit braun-roten Rautenkaros zu sehen.

»Na, genug von den alten Schinken?«, rief er ihr entgegen. »Für mich wär das ja nichts.« Das sagte er immer.

»Mir wär's auch lieber, ich könnte draußen arbeiten. Dann würde ich endlich mal braun.« Bis auf den Grafen waren alle Ettlerbrücker, die Therese bisher kennengelernt hatte, braun gebrannt bis zu den Hemdsärmeln, darunter war die Haut schneeweiß.

»Du kriegst sowieso nur Sommersprossen, wie unsere Marie.« Sein rothaariges Enkelkind.

»Ja, aber wenn es genug sind, hab ich dunklere Haut als du.« So heiß wurde es in Paderborner Sommern nie.

Wie ein Drache ohne Feuer blies Joe einen Schwall Zigarettenrauch in die Luft. »Erzähl mir bloß nichts von dunkler Haut. Von denen hab ich erst mal die Schnauze voll.«

»Wie kommt's?«

»Meinst du, es wäre schön, wenn dauernd die Polizei hier ist und ihre Nase in alles steckt, was sie nichts angeht?«

»Ihr habt doch nichts zu verbergen.«

»Jedenfalls braucht das keiner wissen, wo wir rumlaufen und wie wir unsere Arbeit tun.«

»Das hat doch auch nichts mit dem toten Diakon zu tun«, sagte Therese, obwohl sie ebendies glaubte.

»Genau. Aber dieser Polizist hat mir Löcher in den Bauch gefragt. Jeden Schritt hat er gezählt, den ich an diesem Montag getan hab.« Ein heftiger Zug an der Zigarette unterbrach seine Rede. »Soll lieber zusehen, dass er dies bescheuerte Hemd auskriegt, bevor es mit den Dorfjungs Ärger gibt. Schwule Bullen haben uns hier grad noch gefehlt.«

»Soso.« Er sollte erst mal Uwe sehen mit seinem tuntigen Gehabe und den Tattoos. Was Brinkmöller wohl zu der Vermutung sagte? Therese würde ihm Joes Spruch nicht vorenthalten.

Ein letzter tiefer Zug, dann drückte Joe die Marlboro aus und legte die Kippe zurück in die Schachtel. Die nächste hielt er zwischen den Fingern, steckte sie aber nicht an. Ungefragt erzählte er Therese von der Vernehmung durch Brinkmöller und gab auch gleich seine Antworten wieder. Die andere Hand spielte mit dem Feuerzeug. Um sechs Uhr abends hatte Joe die afrikanischen Gäste zurück nach Paderborn kutschiert, aber seinen Worten nach dauerte es ewig, bis er sie eingesammelt hatte. Die drei Studenten saßen im Pavillon zusammen – da hatten sie sich noch vertragen –, und die beiden Frauen hatte er am Bach gefunden, wo sie die Füße ins Wasser hielten. Er hielt inne und zündete seine Zigarette an.

Gleich danach ging es weiter. Den Nachmittag über habe er – bis auf Adigwe, den er überhaupt nicht gesehen hatte – die Leute größtenteils im Auge gehabt. Der Bischof sei eine Weile mit E.T. durch den Park gegangen, aber dann wären beide irgendwo verschwunden.

»Und Emmanuel Sabo?«, fragte Therese dazwischen. »Das war der Diakon, der später gestorben ist.«

»Keine Ahnung, welcher das war. Sehen doch alle gleich aus.«

Dann hatte Brinkmöller wissen wollen, wo Joe selbst gesteckt habe.

»Und wo war das? Du hattest ja alle gut im Blick.«

»Na, hier«, er zeigte auf den Boden, »wo ich jetzt stehe.« Er habe an dem Montag ebenfalls den Zaun repariert. »Durch die Büsche kann man überall durchgucken, selber sieht einen aber keiner.«

Als Therese ein paar Schritte am Zaun entlang ging, bestätigte sich Joes Aussage. Doch etwas anderes stimmte hier nicht.

»Dann hätte ich dich aber sehen müssen von da oben.« Sie wies mit dem Kopf zu den Bibliotheksfenstern hinauf. »An diesem Montag hab ich nach dir Ausschau gehalten, aber du warst nicht da.« Das Mauseloch hatte Joe erst im Laufe der Woche verstopft.

»Na ja.« Er bückte sich nach dem Werkzeugkasten und nahm den Hammer heraus. »Du kannst es ruhig wissen, hast ja mit allem nichts zu tun.« Mit dem Hammerkopf pochte er auf seine Handfläche. »Aber sag's nicht E.T., sonst meint er noch …« Statt weiterzusprechen, verdrehte er die Augen. »Er kann ganz schön ungemütlich werden.«

»Klar.« Therese nickte. Auch Oliver Bussmann hatte Respekt

vor dem Zorn des Grafen. »Und was hast du stattdessen gemacht?«

»Na, meine Frau wurde doch an dem Tag zweiundvierzig.« Joe hatte also den Rosenstock genommen, den ihm Hans Mikus für die Gattin »geschenkt« hatte, und war nach Hause gefahren, wo Nachbarn und Verwandte schon auf ihn gewartet hatten. Nach Kaffee, Kuchen und einigen Klaren war er erst kurz vor sechs zurückgekehrt. Er hatte seinen Dienst geschwänzt, und weil der Graf das nicht erfahren sollte, hatte er auch Brinkmöller belogen. Aber ein Alibi hatte er wohl für die Zeit.

Der lange Joe musterte den Hammer in seiner Hand, als habe er ihn noch nie gesehen. Therese schmunzelte in sich hinein. Auf Schloss Ettlerbrück lief allerhand, von dem der Graf nichts wissen durfte. Seine Rosen ließ er aus England einfliegen, der Rosenstock, den Frau Richter zum Geburtstag bekommen hatte, war bestimmt nicht billig gewesen. Aber auch Therese selbst nahm gern die dicken Blumensträuße an, die ihr Hans Mikus zum Wochenende verehrte. Sie würde demnächst besser aufpassen, dass sie damit nicht E.T. über den Weg lief.

Nur mit halbem Ohr hörte Therese zu, als Joe Richter über die viele Arbeit schimpfte, die während der Befragung durch die Polizisten liegen geblieben war. Natürlich auch deshalb, weil die Leute noch stundenlang darüber geschwatzt hätten.

»Dann will ich dich mal nicht länger von der Arbeit abhalten«, erklärte Therese mit Blick auf den Hammer, der in Joes Hand geradezu ungeduldig auf- und abschwang.

»Jau«, seufzte er. »Die Arbeit …«

»Na dann tschüss.« Therese ging in Richtung des Tors davon. Als sie sich noch einmal umdrehte, sah sie, dass er das Werkzeug beiseitegelegt hatte und sich eine Marlboro anzündete.

Am Ettlerbach blieb sie stehen und schaute den kleinen Wellen nach, die es auf ihrem Weg zum Dorf Ettlerbrück nicht besonders eilig hatten. Der kleine Bach verband zwei völlig unterschiedliche Welten, die dennoch – in Jahrhunderten zusammengewachsen – in engster Symbiose lebten. Die von Etteler'schen Betriebe waren der größte Arbeitgeber weit und breit, mit neidischem Blick registrierten die Bewohner der

Nachbardörfer den Wohlstand des Dorfs. Auf den Grafen ließ hier niemand etwas kommen. Wahrlich durchs Feuer würden die Dörfler für ihn gehen – was sie nicht davon abhielt, ihn zu beschwindeln und sogar zu bestehlen.

In ihre Gedanken vertieft, wanderte Therese durch den Park zurück, ohne auch nur einem der imposanten Baumriesen einen Blick zu schenken. Erst vor den Kletterrosen blieb sie stehen. In ihrem Kopf formte sich das Bild des Grafen, der im edlen Zwirn vor der Rosenpracht stand. Vor dem Weiß der Blüten verschwamm sein blutleeres Gesicht, nur das rote Einstecktuch leuchtete heraus. Mit der Seite seines lackbeschuhten Fußes schob er ohne hinzusehen einen schwarzen Mann unter den Busch, unter dessen Zweigen sich ihm hilfreiche Hände entgegenstreckten. Ein Blatt Papier flatterte zu Boden …

Mit einem Kopfschütteln hielt Therese den geisterhaften Film an. Die Rosen erstrahlten in unschuldigem Weiß. Es gab dunklere Ecken in den verwinkelten Schlossanlagen, wo ein Mann ungesehen zu Tode kommen konnte. Und außer dem Grafen viele andere Verdächtige.

»Unser Bürgermeister meint ja, Neptun sei der eigentliche Schutzpatron der Stadt.« Therese zeigte auf den Dreizack in der Hand der Brunnenfigur.

»Tatsächlich.« Brinkmöller staunte wie gewünscht. »Ein heidnischer Gott?«

»Warum nicht?« Therese lächelte ihn an. »So katholisch sind wir gar nicht.« Es geschah nicht oft, dass sie ihrem Stadtoberhaupt dankbar war, dessen waghalsige Behauptung sie im Antrag der Stadt zur Aufnahme des Paderquellgebiets ins UNESCO-Weltkulturerbe gefunden hatte. Verdient hätten es ihre Quellen, aber dann war nichts daraus geworden.

Am Neptunbrunnen hatten sie sich verabredet, weil Therese ihm einen Spaziergang entlang der Pader versprochen hatte und der Marktplatz vor dem Dom für einen Ortsfremden leichter zu finden war als eine der vielen Quellen. Dass der alte Wassergott darüber hinaus einen würdigen Auftakt bot, war ihr erst eingefallen, als sie Brinkmöller vor dem Brunnen stehen sah. Es hatte wohl an dem skeptischen Blick gelegen, mit dem er den Domturm bedachte.

Er war ein naseweiser Bielefelder, aber sein Hawaiihemd mit den grellbunten Hibiskusblüten machte das wett. Sehr schmetterlingsfreundlich, sagte das Flattern in Thereses Innerem. Das Hemd war aus einem leichten, anschmiegsamen Baumwollstoff, das dunkle, fast violette Blau des Hintergrunds hatte die Farbe seiner Augen. Die sandfarbene Stoffhose passte nicht schlecht dazu, war aber an den Knien beschmutzt.

Als Therese aufsah, ertappte sie Brinkmöller bei einem Lächeln, das wohl ihrer Musterung galt. »Schicke Schühchen«, sagte sie und zeigte auf seine nackten, in weiches Leder gebetteten Füße.

»Und zu meinem Hemd sagst du nichts? Hab extra das schönste herausgesucht.« Wohlgefällig sah er an sich herab.

»Selbst gebügelt?«

Er verdrehte die Augen zum Domturm hinauf. »Nein! Auch noch ’ne Feministin.«

»Tja.« Therese musste sich das Lachen verbeißen, als ihr Joe Richters Spruch vom schwulen Bullen einfiel. »In Ettlerbrück bist du jedenfalls gut damit angekommen.« Sie gab wieder, was der lange Joe über Brinkmöllers Hawaiihemd gesagt hatte.

Aber statt sich zu ärgern, was Therese halb und halb erwartet hatte, prustete er los. »Das hab ich mir gedacht, so, wie der Gute guckte. Kannst ihm sagen, sein magerer Hintern gefiele mir sowieso nicht.«

»Mach ich. Von Joe Richter muss ich dir noch etwas erzählen, aber lass uns erst mal sehen, dass wir aus der Stadt herauskommen.«

Gleich setzte er wieder den Polizistenblick auf. »Du hast doch wohl nicht –«

»Keineswegs«, sagte Therese, ihm das Wort abschneidend. »Nur ein zufälliges Gespräch.«

»Darüber reden wir auch noch. Wollte ich sowieso.« Sein Blick legte nahe, dass ihr wieder die Inquisition drohte. So schön waren dunkelblaue Augen nun auch wieder nicht. Aber da war noch ein kleines Zwinkern, oder irrte sie sich?

Therese ging vor, doch schon nach ein paar Schritten hielt Brinkmöller sie auf. »Was ist das nur für ein hässlicher Blechkasten, den sie vor das alte Gemäuer gesetzt haben.« Er wies mit dem Kopf auf das moderne Diözesanmuseum, vor dessen Eingang lange Schlangen von Besuchern der Credo-Ausstellung warteten. Ein berühmter Kölner Architekt hatte es in den Achtzigern entworfen.

»Mir gefällt's. Wer will schon immer den Dom sehen?«

»Verstehe ich nicht. Ich dachte, die Paderborner lieben ihren Dom.«

Therese nickte. »Tun sie. Die meisten von ihnen sind deiner Meinung.«

»Na, da haben wir ja wenigstens etwas gemeinsam.« Sein Blick auf das mit Kupferplatten verkleidete Museum fiel schon viel freundlicher aus.

»Und denk an den Neptun.«

»Du willst mich unbedingt zum Eingeborenen erziehen, was?«

»Da wäre nur noch ein Bad in der Pader zu absolvieren.« Sie unterdrückte ihr Schaudern. »So kalt ist sie gar nicht.«

»Mach ich, wenn du mitgehst.«

»Klar.« Darauf konnte er lange warten. Das Paderwasser war eisig.

Während Therese dem neuen Mitbewohner ihrer Stadt die am Weg liegenden historischen Bauten erklärte, liefen sie am Dom vorbei und die Michaelstraße hinab. Am Fuß der kleinen Erhebung entsprang die Rothobornpader, die mit der Dielenpader das östliche Quellgebiet bildete. Ein paar Schritte voraus hatte der tote Emmanuel im Wasser gelegen.

Brinkmöller blieb stehen. »Da bin ich heute Mittag schon rumgerutscht.« Das erklärte den Dreck an seiner Hose. »Zum zweiten Mal. Da muss ich nicht wieder hin.« Viel zu spät habe er den Fundort besichtigt, meinte er. Weil Schlüter von einem Unfall ausgegangen war, habe man die Stelle nicht abgesperrt und auch keine Spuren gesichert. »Das war die reine Schlamperei.«

Inzwischen waren das Efeu beschnitten und die Eiben abgeholzt worden, der Boden entlang des Ufers war blank gefegt. Man habe Kondome und Zigarettenkippen eingesammelt, auch ein paar gebrauchte Spritzen, dazu jeden Stein im Bach umgedreht, aber nichts gefunden, das die Verletzungen an Sabos Kopf erklären konnte.

»Es muss ja auch nicht hier passiert sein.« Therese wandte sich nach rechts, wo es zum Quellbecken der Dielenpader ging. Immerhin erzählte er von seinen Ermittlungen, da hatte er eine kleine Freude verdient.

»Nein.« Nach einem letzten Blick auf den Fundort kam Brinkmöller ihr nach. »Übrigens hattest du mit der Laterne recht, Therese. Am Dienstagmorgen hat ein Nachbar bei der Stadt angerufen. Wir haben ihn natürlich gefragt, wann er gemerkt habe, dass sie nicht leuchtete, und er meinte, das wäre etwa um zwölf am Montagabend gewesen, als er zum letzten Mal mit dem Hund raus war.« Er grinste. »Hundeküttel haben wir übrigens auch reichlich gefunden und alle ordentlich eingetütet.«

»Sag nicht, ihr untersucht, ob was vom Leguan dabei ist.«

»Haha.« Er blieb vor der verwitterten Mauer der Stadtbibliothek stehen, die mit den Füßen im Wasser stand. »Was ist das denn – da sprudelt's ja drunter weg.« Brinkmöller schaute auf das Geblubber wie ein neugieriger kleiner Junge, der am liebsten sofort die Hosenbeine hochgekrempelt und das Phänomen untersucht hätte.

»Ja, das Wasser kommt aus der Erde wie aus einem Schwamm.« Therese wies mit dem Arm in die Runde. »Die Häuser hier haben alle eine Quelle im Keller. War früher praktisch.«

»Gibt's da nie mal 'ne Überschwemmung?«

»Nie. Die Pader sieht immer zu, dass sie schnell aus der Stadt kommt.«

»Kluger Fluss.« Er warf einen Blick zum Dom, der sich wie ein Gebirge über ihnen türmte, und ging einen Schritt schneller.

»Warte«, rief ihm Therese nach. »Hier gibt's noch eine Kleinigkeit, die dir Spaß machen wird.« Sie blieb unterhalb der Kaiserpfalz stehen, wehrhafte Unterkunft der früheren Sachsenkaiser, die anders als die nur in den Grundmauern erhaltene Pfalz Karls des Großen rekonstruiert worden war und heute ein Museum beherbergte. Auch hier lief ein Teil der Credo-Ausstellung. Jahrhundertelang waren die Pfalzen mit Wohnhäusern überbaut gewesen, mitsamt dem mittelalterlichen Quellgewölbe, das Kaiser und Könige mit Wasser versorgt hatte. Doch die Geschichte Karls, der zusammen mit Papst Leo hier an der Pader das christliche Fundament Europas gelegt hatte, und die seiner Nachfolger würde sie Brinkmöller ein anderes Mal erzählen.

Als er stehen blieb, wies sie auf eine in den Abhang eingeschnittene, gemauerte Nische mit einer barock eingefassten Quelle. Aus einem Rohr in der Wand tröpfelte Wasser in das in den Boden eingelassene Becken. »Das ist Heilwasser auf Paderborner Art.« Sie erzählte, wie im Mittelalter Bischof Rotho, Namensgeber der Rothobornpader, diese Quelle gesegnet und ihr damit heilkräftige Wirkung verliehen habe. »Hilft gegen alles, nur mal als Tipp. Was meinst du, warum wir Paderborner alle so gesund sind?«

Brinkmöller schüttelte den Kopf und hielt die Hand unter das Geriesel. »Aber die Götter sind geizig.«

»Klar – du bist ein Bielefelder. Sonst ist es mehr.«

»Zeig mir sofort, wo ich in die Pader springen kann.« Er nahm Therese bei der Hand und zog sie hinter sich her. Nicht schlecht, der Griff, fest, aber kein Schraubstock.

Nach ein paar Schritten machte sie sich los. »Wer ist hier eigentlich der Stadtführer?«

Er drehte sich zu ihr um und feixte. »Ich halte mich lieber an die Pader. In Bielefeld heißt es, dass die Paderborner, wenn sie nach dem Weg gefragt werden, einen grundsätzlich in die falsche Richtung schicken.«

»Kann passieren.«

Therese ging an ihm vorbei durch den Hof der Stadtbibliothek auf die hohen Bäume des Geißelschen Gartens zu. Brinkmöller war neben ihr, als sie in den schattigen Urwald eintauchten. Am Sonntag war sie in umgekehrter Richtung an der Dielenpader entlanggegangen, hatte auf der anderen Seite die über den Leguan spekulierenden Leute getroffen und später

Regina bei ihrem Oshun-Kult an der Marienstatue beobachtet. Das war für Brinkmöller eher unwichtig, aber was ihr Ujunwa heute am Telefon erzählt hatte, musste er unbedingt erfahren. Am besten sofort. Sie holte tief Luft …

In dem Moment legte ihr Brinkmöller eine kühle Hand auf den Arm. »Weißt du, Therese …« Er nahm die Hand weg, als sie sich umdrehte. Einen Moment lang sah er sie nur an. Ein Sonnenstrahl fiel durchs Geäst und streifte eine zartgelbe Hibiskusblüte auf tiefblauem Grund. Seine Lippen umspielte ein Lächeln. »Als du am Montag auf einmal in meinem Büro standest, war das vielleicht eine göttliche Fügung«, sagte er, »in Paderborn muss man ja mit so etwas rechnen. Aber ich hätte dich sowieso angerufen, das stand ganz oben auf meiner Liste.« Hier unter den Bäumen waren seine Augen fast schwarz.

»Soso.«

»Ja. Das also vorweg. Und ich will auf keinen Fall, dass du mir sofort wieder wegläufst. Aber ich sagte ja, dass wir über etwas reden müssen.«

Therese zuckte abwartend mit den Schultern.

Brinkmöller beobachtete eine fette Taube, die unter einer Bank nach Krümeln suchte. »Ich war vielleicht etwas harsch, als ich dir verboten habe, deine neugierige Nase in diesen Fall zu stecken. Versteh mich richtig, Therese – das will ich auch weiterhin nicht, aber ich werde mich nicht wiederholen. Es geht mir um etwas anderes.« Sein Blick suchte den ihren. »Obwohl es ja nicht so nett angefangen hat, finde ich doch, dass wir uns gut verstehen.«

Das kam ganz darauf an …

Brinkmöller hob die Hand. »Keine Angst, das wird jetzt kein Heiratsantrag. Aber ich will, dass zwischen uns Offenheit herrscht.« Eine Frau mit einem Rauhaardackel an der Leine zwang ihn zum Ausweichen, doch als sie vorbei war, redete er weiter. »Nachdem du mir diesen Fall vor die Füße gelegt und mir auch schon den ein oder anderen Tipp gegeben hast, wäre es doch dumm von mir, nicht mit dir darüber zu reden. Und du würdest wahrscheinlich platzen vor Neugier, was ja auch keiner will. Nur müssen wir dann gewisse Vereinbarungen treffen.« Er hatte die Rede wohl auswendig gelernt.

»Die du vorgibst.«

»Sag, was dir wichtig ist.«

Prüfend sah sie ihn an. »Ich tue, was ich will, und ich rede, mit wem ich will.«

Brinkmöller nickte kurz. »Bedingung eins: Du bringst dich nicht in Gefahr.«

»Einverstanden.« Wer tat das schon wissentlich?

»Bedingung zwei: Du erzählst mir, was du denkst oder irgendwie erfährst, und überlässt mir die Ermittlungen.«

»Okay.« So hatte sie sich das von Anfang an vorgestellt.

»Das Dritte wäre, dass du mit niemandem darüber sprichst, was du von mir erfährst.«

Da war beispielsweise Ujunwa. »Über Ausnahmen wäre zu reden.«

»Das sehen wir dann.« Brinkmöller lächelte sie so warm an, dass die Schmetterlinge in ihr aufstiegen. Paolo – immer besser passte der Name zu ihm. Nebeneinander gingen sie auf die Mühlenstraße zu, ließen den Bus vorbei und betraten durch das halbrunde Tor das Gelände des ehemaligen Haxthausenhofs, von dem nur der denkmalgeschützte Keller übrig war. Man hatte ihn mit vier langweiligen Wänden umgeben und eine Infotafel darangehängt. Wahrlich nicht der schönste Ort Paderborns.

Erst an dem kleinen Quellbecken hinter der Paderhalle, dem einzigen in der Stadt, das nicht zwischen Mauern gefasst war, blieb Therese stehen. Dunkelgrüne Brunnenkresse bedeckte Teile der Wasseroberfläche. »Dann hätte ich dir auch etwas zu erzählen.« Etwas kleinlaut berichtete sie, wie sie vor zwei Tagen Ujunwa Achibola angesprochen hatte, weil sie mehr über das Papier Emmanuel Sabos erfahren wollte. »Nachdem du mich im Schwimmbad angemault hattest, sah es schließlich nicht so aus, als wolltest du in der Sache noch etwas unternehmen.« Sie erwähnte auch, was Regina über die E-Mail gesagt hatte und dass sie versuchen wolle, sie noch einmal aus Nigeria zu bekommen.

Mit den Augen verfolgte er den eifrig plätschernden Bach auf seinem Weg zur Dielenpader. »Meinst du nicht, dass es mich genauso neugierig gemacht hat, als dieses Blatt dann auf einmal verschwunden war?«

»Hat es?«

»Hat es. Aus Neugier bin ich Kriminalist geworden.«

So weit würde es sie hoffentlich nie treiben. »Na, dann hab ich einen Leckerbissen für dich.« Therese wandte sich dem Maspernplatz zu, wo die letzte Paderquelle auf sie wartete.

Paolo machte große Augen, als sie im Gehen wiedergab, was Ujunwa von Yakubu über Daniel Adigwes Interesse an Emmanuel erfahren und wie der Agent den Studenten erpresst hatte. Sofort holte er sein Handy aus der Hosentasche und wies jemanden an, Daniel Adigwe für den nächsten Morgen auf die Wache zu bitten und Yakubu Oibe auszurichten, er möge im Gästehaus auf ihn warten. Er steckte das Handy weg.

»Diesen Adigwe werde ich mir kaufen«, sagte er zu Therese. »Hier in Deutschland hat er nichts zu spionieren.« Sein Blick streifte den alten Stadtturm, den kürzlich das Denkmalamt mit einem bräunlichen Verputz versehen hatte. »Sieht aus wie 'ne leere Klopapierrolle, find'ste nicht?«

Therese musste lachen, genau das hatte sie auch schon gedacht. Dieser Turm war ebenfalls mit Lichtkunst veredelt: flach anliegende Neonröhren, die abends blinkende Kreuze bildeten, wohl nicht zufällig im gleichen Rot wie das Logo der benachbarten Sparkasse, die als Sponsor der Lichtskulptur aufgetreten war. Aber das sah man im Hellen nicht. Im Vorbeigehen wies sie Paolo auf das Quellbecken der Maspernpader hin, deren Lauf sie bis zur Einmündung folgten. Hohe Bäume beschatteten ihren Weg.

Ohne dass Therese fragen musste, erzählte Paolo von der Vernehmung Daniel Adigwes. »Ihr hattet übrigens recht«, sagte er. »Er ist wirklich als Beauftragter der nigerianischen Regierung hier.« Ausweise habe er vorlegen können, trotzdem hatte Paolo über Interpol eine Bestätigung angefordert. »Das kann aber dauern.«

»Hat er etwas über seinen Auftrag gesagt?«

»Nur, dass er für die Sicherheit der Delegation, insbesondere des Bischofs, verantwortlich wäre.«

»Ach so. Dann war es wohl eine Bombe, wonach er in Ujunwas und Reginas Zimmer gesucht hat.« Von Ujunwa wusste Therese, dass sie dem Kommissar von dem Einbruch berichtet hatte. »Das kann ja nur Adigwe gewesen sein.«

»Danach werde ich ihn natürlich auch fragen.«

»Bin gespannt, was er sagt.«

Auf dem Heierswall mussten sie einer Gruppe behelmter Fahrradfahrer ausweichen, die auf eine der zwei Betonbrücken zuhielt, die hier die Pader überspannten. Oberhalb des Rad- und Gehwegs rauschte der Feierabendverkehr vorüber. Therese blieb stehen und legte ihre Hände auf das blau gestrichene Geländer. Ein Ansichtskartenidyll – von hier aus sah man auf das alte Mühlrad und die hölzerne Brücke, auf der sie am Dienstag mit Ujunwa gesessen hatte, vor ihr vereinigten sich brausend die Paderarme, unter ihren Füßen hinweg floss das Wasser in breitem Strom stadtauswärts.

»Ganz schön viel Wasser«, sagte Paolo beeindruckt. »In der Stadt sieht man das gar nicht so.«

»Mmh.« Genau das hatte Therese hören wollen.

Durch die Unterführung der Autobrücke erreichten sie die Paderwiesen mit ihren Baumgruppen und gepflegten Rasenflächen, auf Decken lagen junge Leute in der Sonne, ein paar Hunde jagten um sie herum. Ein schöner Anblick, doch heute störte Therese der viele Müll, der wie immer nach sonnigen Tagen auf der Wiese verteilt war. Aber das war in Bielefeld sicher nicht anders. Auf den Wegen kurvten Radfahrer um Spaziergänger herum. Inlineskater mit Helmen und Gelenkschutz überholten sie fast lautlos.

Sie wandte sich ihrem Begleiter zu. »Du wirst doch Adigwe nicht erzählen, dass Yakubu ihn verraten hat?«

»Ich fürchte, das wird er sich denken.«

»Dann muss Ujunwa jetzt *ihn* im Auge behalten.«

»Das wäre sicher gut. Polizeischutz kann ich Herrn Oibe nicht anbieten.«

An der ungemütlichen Sitzgruppe aus Beton hatten Wohnungslose einen Grund zum Feiern gefunden, der Tisch war mit Dosen übersät. Therese überlegte, ob sie Paolo von Yakubus

Plan, in Deutschland zu bleiben, erzählen solle, ließ es dann aber doch. Es war Yakubus Geheimnis.

»Nachdem die Behörden von seinen Vorlieben wissen, wäre es für Herrn Oibe sicher besser, wenn er nicht nach Nigeria zurückkehrt«, sagte Brinkmöller zu Thereses Überraschung. »Mag sein, dass er hier Asyl beantragen kann, die Verfolgung geht ja von der Regierung aus.«

»Ich werde es Ujunwa sagen.« Und Uwe, falls sich Yakubu wirklich bei ihm meldete.

»Gut.« Dann grinste er auf einmal. »Apropos Homophobie – gab's da nicht noch etwas aus Ettlerbrück?«

»Genau. Joe Richter.« Therese teilte ihm mit, was Joe ihr über den Montagnachmittag und die Geburtstagsfeier seiner Frau erzählt hatte.

Paolo verzog amüsiert das Gesicht. »Deshalb waren seine Angaben so vage, als ich wissen wollte, wo genau sich die Leute aufgehalten haben. Sie seien halt hin und her gelaufen, hat er gesagt, von den Gewächshäusern zu den Blumen zu den Bäumen zum Bach …« Er lachte kurz auf. »Aber wer wann und wo gewesen ist, fiel ihm nicht mehr ein. Kein Wunder.«

»Erzähl das aber nicht dem Grafen. Ich hab's Joe versprochen.«

»Warum sollte ich?« Sein Blick wanderte zur Pader hinüber, die von Zeit zu Zeit zwischen den Büschen aufblitzte. »Zumal der mir auch nicht die Wahrheit gesagt hat.« Er sah sie an. »Aber das bleibt unter uns, ja?«

»Sicher. Wo will er denn gewesen sein?«

»Mit dem Bischof in den Gewächshäusern. Nur dass der sagt, er habe sich nach einem kurzen Spaziergang zur Ruhe begeben.«

»Hast du nicht nachgefragt?«

Mit beiden Händen demonstrierte er seine Hilflosigkeit. »Das Problem ist, dass ich noch kein grünes Licht für Mordermittlungen bekommen habe. Vorerst gehen wir von einem ungeklärten Todesfall aus, da kann ich die Leute nicht wegen eines Alibis unter Druck setzen. Schon gar nicht den Grafen.«

»Und die Sache mit der Laterne?«, fragte Therese. »Dass sie genau an dem Abend nicht brannte, lässt doch darauf schließen, dass jemand an Sabos Tod beteiligt war.«

»Könnte ein Zufall sein, meint der Chef. An dem Abend waren auch Rechtsextreme in der Stadt unterwegs, die treten die Lampen gern mal aus. Vom Staatsschutz weiß ich, dass sie gestern sogar jemanden zusammengeschlagen haben.«

»Mmh. Das ist ein Bekannter von mir.« Mehr brauchte er über Michael vorerst nicht zu wissen.

»Ach.« Er sah sie verblüfft an. »Dann wundert es mich nicht, dass er auch hinter den angeblichen Mördern Emmanuel Sabos her war. Ganz schön unvorsichtig, kann ich nur sagen.«

»Stimmt. Verfolgt die Polizei die Sache denn weiter?«

»Das übernehmen die Kollegen vom Staatsschutz.«

Therese zog die Brauen hoch. »Sonderlich engagiert waren die noch nie.«

»Kann ich nicht ändern.« Er verzog das Gesicht.

An der Fußgängerampel überquerten sie den Fürstenweg, der die Trennlinie zwischen den parkähnlichen Paderwiesen und den naturbelassenen Paderauen bildete. Hier ging es wilder zu: Zwischen dem gepflasterten Weg und der Pader wucherte für Feuchtgebiete typisches Gestrüpp, Heimat für Wasservögel und Bisamratten. Die Nachtigallen, die früher hier genistet hatten, waren nach der Umgestaltung der Auen ausgewandert.

»Ist natürlich nicht auszuschließen, dass es die Faschos waren«, begann Therese wieder zu reden, als der Pulk Fußgänger und Radfahrer, die mit ihnen an der Ampel gewartet hatten, sich verteilt hatte. »Aber eigentlich sehe ich bei den Leuten, die mit Emmanuel Sabo direkt zu tun hatten, Verdächtige genug. Mir ist auch nicht klar, wie er nach Paderborn gelangt sein sollte. Habt ihr mal die Busfahrer gefragt?«

»Die Kollegen sind dran. Bisher hat sich niemand gemeldet.«

»Ich fürchte, er hat das Schlossgelände gar nicht auf eigenen Füßen verlassen«, sagte Therese. »Aber wenn ihr nicht von einem Mord ausgeht, kannst du wohl auch nicht die gräflichen Fahrzeuge untersuchen lassen oder nachforschen, ob jemand von den Nigerianern sich einen Leihwagen besorgt hat.«

Wieder die hilflose Geste. »Nein.«

»Und was ist, wenn sie Montag abreisen und sich danach herausstellt, dass es doch ein Mord war?«

Paolo nickte. »Das läuft. Mein Chef will klären, ob es dann nicht doch einen richterlichen Beschluss gibt, der uns erlaubt, sie hierzubehalten.«

»Na, immerhin.«

»Du meinst also, was immer auch Herrn Sabo zugestoßen ist, sei im Schloss passiert?«

»Oder auf dem Gelände, an dem Nachmittag waren doch alle dort versammelt. Einer von denen – ob aus Nigeria oder aus Ettlerbrück – könnte ihn niedergeschlagen und versteckt haben, bis er ihn wegbringen konnte. Uneinsehbare Ecken gibt's da genug.« Von dem Geisterfilm mit dem Grafen in der Hauptrolle und den helfenden Händen unter dem Rosenbusch erzählte sie lieber nichts.

»Aber warum nach Paderborn?«

»Vielleicht weil er den Verdacht von Ettlerbrück oder ganz allgemein – falls es einer der Nigerianer war – von den dort Anwesenden ablenken wollte?«

»Mag sein.«

Therese fiel noch etwas ein, das sie von Ujunwa gehört hatte. »Habt ihr eigentlich auch Martin Wrede befragt?«

»Nein. Wer ist das?«

Offenbar hatte niemand den rundlichen Finanzreferenten erwähnt, was Therese nach dem, was sie von Ujunwa über ihn erfahren hatte, nicht wunderte. »Er soll wohl im Auftrag seiner Dienststelle die Delegation betreuen.« Sie erzählte von der zeitweisen Abwesenheit Wredes, die ihr jetzt, als sie sich die Daten vor Augen führte, durchaus fragwürdig erschien. »Vielleicht gibt es da einen Zusammenhang – er wurde nicht mehr gesehen, nachdem es hieß, Emmanuel Sabo sei einem Unfall erlegen, und ist genau dann wieder aufgetaucht, als die Polizei die Ermittlungen wieder aufgenommen hat.«

»Hm. Noch 'ne Aufgabe für morgen.« Er verdrehte die Augen. »Dabei wollte ich möglichst früh nach Bielefeld, damit ich meine Wohnung endlich leer kriege.« Am Nachmittag sei er mit den Leuten verabredet, denen er die alte Küche verkauft habe, aber vorher müsse er noch die Schränke abnehmen. »Wir haben schließlich keinen Mord, hab ich gedacht, da kann ich pünktlich Feierabend machen.« Er lächelte sie an. »Und dann kommst du und halst mir jede Menge Jobs auf.«

Therese zog die Augenbrauen in die Höhe.

»Schon klar«, sagte er. »Dafür bezahlst du Steuern.«

»Eben.« Schmunzelnd bog sie in den Weg ein, der quer durch die dicht bewachsenen Feuchtwiesen zurück zur Pader und weiter zur Ottilienquelle führte, die ihr eigentliches Ziel war. Eine Zeit lang war nur das Zwitschern der Vögel zu hören, dann übertönte sie Wasserrauschen. Ein Brückenbauwerk verengte den Flusslauf und erhöhte seine Geschwindigkeit. Eng nebeneinander lehnten sie sich auf das Geländer und genossen den Blick auf die silbrig glitzernde Pader. In den eiligen Wellen verschwamm das sich spiegelnde Grün der Bäume, die so nah am Ufer standen, dass ihre Wurzeln ins Wasser ragten. Hinter ihnen fuhren ein paar Radfahrer rumpelnd über die Holzbohlen der Brücke.

»So viel zur Romantik«, kommentierte Paolo den Krach. Sein Kopf war ganz nah neben ihrem, ihre Arme berührten sich fast. Die Hibiskusblüten auf seinem Hemd schienen tropische Hitze abzustrahlen.

Am Ufer platschte es, ein schwarzer Labrador schwamm einem Stock nach, den sein Herrchen in den Fluss geworfen hatte. Mit der Beute im Maul sprang der Hund die Böschung hinauf und schüttelte so gründlich das Wasser aus seinem Fell, dass auch die Zuschauer ihr Teil abbekamen. Der junge Mann entschuldigte sich, doch Therese wehrte lachend ab. Die Abkühlung war dringend nötig gewesen.

»Lass uns weitergehen«, sagte sie zu Paolo. »Wir haben noch eine Quelle vor uns.« Der Hund durfte noch einmal ins Wasser springen.

Der Weg führte am eingezäunten Gelände eines Kindergartens auf ein Wäldchen zu. »Das gehörte früher alles zum Inselbad.« Ohne den Blick von ihrem Gesicht zu wenden, hörte Paolo zu, als sie die Geschichte der weithin bekannten Kuranstalt referierte.

»Für die Romantik braucht's hier allerdings ein bisschen Phantasie«, sagte Therese, als sie die Anlage rund um die Ottilienquelle erreichten. Sie standen vor dem ehemaligen Schwimmbecken des Heilbades, das in ihren Jugendjahren noch voller Seerosen gewesen war. Nun war es gepflastert und mit eckigen Betoneinbauten versehen, in denen ein pflegeleichter Bodendecker Natur vorgaukelte. Sie wusste selbst nicht, warum hier einer ihrer Lieblingsplätze war.

Mit gelangweiltem Gesicht sah Paolo sich um. »Und die Quelle?«

»Tja.« Therese wies auf das trockene Betonbecken. »Die ist leider versiegt. Aber früher war Ottilie mal 'ne richtige Heilquelle.« Sie zeigte auf die Tafel mit den chemischen Werten. Vom benachbarten Tennisplatz schallte unregelmäßig das Aufschlagen der Bälle herüber.

»Da ist es ja bei uns am Jahnplatz romantischer«, sagte Paolo, als er sich neben sie auf die Bank aus grün gestrichenem Drahtgeflecht setzte.

Therese lachte. »Wenn die Autos leise rauschen …«

»Genau.«

»Ich sage doch, du brauchst Phantasie. Stell dir einen kleinen Quellteich vor, in dem es in der Mitte blubbert, am Rand wachsen wilde Iris und Vergissmeinnicht, ein kleiner Pavillon steht da drüben …«

»… darin eine rothaarige Prinzessin, die auf den Frosch mit der goldenen Kugel wartet und ganz übersieht, dass der Prinz schon neben ihr sitzt.«

Therese lachte. »Phantasie hast du ja schon mal.«

»Soll ich dir erzählen, was ich mir noch alles vorstellen kann?«

»Ein andermal.« Prinzen hatten die fatale Neigung, sich in Frösche zurückzuverwandeln.

»Gut.« Statt gekränkt zu sein, schenkte Paolo ihr ein warmes Lächeln.

Es war zu ruhig. Kein Laut drang aus ihrer Wohnung, kein unablässiges Klonk-klonk, das ihr am Mittag bis auf die Straße hinaus gefolgt war, keine Musik, kein Fernsehton. Eigentlich war Michael kein Freund der Stille. Und die Wohnungstür war abgeschlossen.

Therese öffnete und wandte sich nach rechts, wo hintereinander Wohn- und Schlafzimmer lagen. Kein Michael. Links vom Flur waren Küche und Bad: Auch hier war er nicht. Als sie den ihm zugedachten Salat auf den Küchentisch stellte, entdeckte sie zwischen Obstresten, Saftgläsern und einer Kaffeetasse ein weißes DIN-A4-Blatt. »Bleibe ein paar Tage zu Hause« stand da in Michaels raumgreifenden Versalien. Zu Hause war für ihn da, wo sich jemand um ihn kümmerte, in diesem Fall seine Frau, die früher als Krankenschwester gearbeitet hatte. In Thereses Wohnung lief er Gefahr, dass er vor dem vollen Kühlschrank verhungerte. Er musste mit dem Auto gefahren sein, das ging immerhin. Für die Automatik brauchte er nur den rechten Fuß.

Na gut, dachte Therese. Michael würde wiederkommen, wenn es ihm langweilig wurde. Während sie durch die Räume wanderte und seine Unordnung beseitigte, überlegte sie, wie sie ihm klarmachen konnte, dass er sich am besten eine eigene Wohnung suchte. Ihre paar Zimmer waren zu klein für zwei, Michael hatte nicht einmal einen eigenen Schrank. Sie hängte Jacke und Hose, die er gestern zur Arbeit getragen hatte, zu ihren Sachen und warf Socken und zwei T-Shirts in den überquellenden Wäschekorb. Michael konnte komplizierte Computernetzwerke basteln, aber keine Wäsche sortieren und in die Waschmaschine packen. Am Bett stand noch das Frühstückstablett vom Morgen, zwischen dem Geschirr eine kleine Vase mit Löwenmäulchen von ihrem Balkon. Wenn Therese krank war, was selten vorkam, schaffte er es nicht einmal, ihr eine Tasse Tee zu kochen.

Sie räumte den Balkon auf, entsorgte Michaels Zeitung, trug das Geschirr in die Küche und wusch es ab. Auch Michael war einmal ein Prinz gewesen; dass er zum Frosch mutiert war, lag an seiner Bequemlichkeit und daran, dass Therese ihre eigenen Grenzen nicht klar genug gezogen hatte. Nie hatte sie daran gedacht, dauerhaft mit ihm – mit überhaupt jemandem – zusammenzuleben. Michael hatte das immer gewusst. Stille um sie herum, Alleinsein und Raum für ihre Gedanken, das war es, was sie zu Hause brauchte. So wie jetzt. Es wurde höchste

Zeit, dass sie Michael daran erinnerte. Als Letztes stellte sie die Löwenmäulchen auf den glänzenden Küchentisch.

Es lag nicht an Paolo, was Michael sicher behaupten würde, wenn sie ihm jetzt den Stuhl vor die Tür setzte. Therese goss sich ein Glas Wein ein, nahm die Flasche mit und ging nach draußen. Zu essen brauchte sie nichts mehr, auf dem Rückweg von der Ottilienquelle hatten sie und Paolo im Biergarten des »Schützenhofs« haltgemacht. Nachdem sie ihre Blumen gegossen hatte, rückte sie die Stühle so zurecht, dass sie durch die Lücke zwischen den Nachbarhäusern den Himmel sehen konnte, und legte die Beine hoch. Die Sonne hatte eben den Horizont erreicht. Aus der Nachbarwohnung drang das Dudeln des Fernsehers, vor dem jetzt auch Michael sitzen würde.

Paolo hatte ihr interessiert zugehört, als sie beim Essen von ihrem Leben in Ettlerbrück erzählt hatte und von den Schätzen, die sie in der gräflichen Bibliothek gehoben hatte. Wie gestreichelt hatte sich jede Sommersprosse gefühlt, wenn sein dunkelblauer Blick darüber hinwegwanderte. Jede Minute ihres Zusammenseins hatte sie genossen, was mit Michael längst nicht mehr so war. Wenn sie sich von dem Kommissar so angezogen fühlte, war das ein deutliches Zeichen dafür, dass ihre und Michaels Beziehung am Ende war, so marode, dass sie nicht einmal ein kleines Bedauern in sich spürte. Sie seufzte, als sie an das vor ihr liegende Gespräch dachte; Michael mochte es gar nicht, wenn seine Gewohnheiten durcheinandergebracht wurden.

Von der untergehenden Sonne angestrahlt, waberte wie ein orangeroter Feuerball eine einsame Wolke durch den Himmel. Da war die Romantik, die Paolo an der Ottilienquelle vermisst hatte. Es hatte ihr gefallen, wie er auf ihre kleine Phantasie eingegangen war, aber ihr war auch bewusst gewesen, dass jeder Prinz den Frosch in sich trug. Man durfte ihm keine Gelegenheit geben, herauszukommen. Paolo hatte eine eigene Wohnung und wie Therese gelernt, für sich selbst zu sorgen.

Sie trank einen Schluck Wein und entzündete die Windlichter, die auf dem Tisch bereitstanden. Auch in Sachen Romantik war sie ziemlich selbstständig, aber sie für eine Weile zu teilen war ebenfalls verlockend. Lange würde sie sich ohnehin nicht halten; Polizisten waren nicht gerade für ein romantisches Leben bekannt. Und Therese selbst – mit der Zeit würden ihr die Lachfältchen neben den dunkelblauen Augen gar nicht mehr auffallen und die knallbunten Hibiskusblüten ihr vielleicht sogar auf die Nerven gehen. Dann wäre Paolo nur noch ein Frosch im Hawaiihemd …

Heute indes hatte Therese sich mehrmals dabei ertappt, wie ihr wohlgefälliger Blick über die eng am Körper anliegende tropische Pracht gewandert war. Peinlich, wenn er das bemerkt hätte. Aber Paolo sah sie auch nicht eben voller Abscheu an. Wenn sie mit ihm redete, wandte er kaum einmal den Blick von ihrem Gesicht und lächelte sie sogar an, wenn sie ihm widersprach. So war es auch auf ihrem Weg von der Ottilienquelle zum Schützenplatz gewesen, als sie wieder über Emmanuel Sabos Tod gesprochen hatten.

»Lass uns noch mal über Ettlerbrück reden«, hatte Paolo gesagt. »Du hast da viel mehr Einblick als ich.«

»Kaum. Ich bin genauso außen vor wie du hier.«

»Ja, aber du hast ein gutes Auge für die Leute und kennst sie schon ein Weilchen. Wie läuft das denn da zwischen dem Grafen und den Ettlerbrückern? Seine Angestellten sind ja wohl meist aus dem Dorf?«

Therese nickte. »Mit Ausnahmen. Bussmann, ich …«

»Klar. Sind sie alle so wie dieser Joe Richter? Ich meine, so wie er seinen Chef hintergeht?«

»Alle. Aber das täuscht. Sie lügen und beklauen ihn, sind ihm aber treu ergeben.«

»Und würden alles für ihn tun?« Paolo schien den gleichen Film gesehen zu haben wie sie vor dem Rosenbusch im gräflichen Park.

»So ziemlich.«

»Und dieser Dr. Bussmann?«

»Eher nicht. Oliver tut nur, was im Arbeitsvertrag steht, und ich hab noch nie gesehen, dass er in den Gärten auch nur eine Blume geklaut hätte.«

»Aber er gehört zu den wenigen, die von Emmanuel Sabos Papier wussten. Du hast es ihm selbst erzählt.«

»Ja, aber es hat ihn gar nicht interessiert. Was sollte er auch mit den Nigerianern zu schaffen haben?«

»Als Assistent des Grafen ist er mit allem befasst.«

»Schon.« Therese überlegte, was ihr über Olivers Arbeitstag bekannt war. »Ich weiß nicht genau, was er im Einzelnen macht. Aber nach meinem Eindruck hat er alle Hände voll zu tun, von Etteler und seinen vielen Besuchern den Tag zu organisieren. Ganz zu schweigen vom nächtlichen Jagdvergnügen.«

»Und wenn der Graf – nur mal als Hypothese in den Raum gestellt – ihm befohlen hätte, den bewusstlosen Emmanuel Sabo wegzubringen?«

»Er wäre sofort zu ›Bild‹ gelaufen – oder zum ›Spiegel‹, das ist eher sein Niveau.«

Paolo grinste. »Heute postet man so was auf Facebook.«

»Meinetwegen. Es hätte schon seine Leser gefunden.«

»Und Joe Richter? Meinst du, er hätte das für den Grafen getan?«

»Na ja – Facebook kann er eher nicht. Aber der Graf müsste damit rechnen, dass Joe es seiner Frau erzählt, und dann weiß es im Dorf jeder. Außerdem meine ich, dass er wohl doch Skrupel hätte. Ein Mord ist was anderes als Kartoffelnklauen.«

»Sicher. Diese Spekulationen sind sowieso müßig, weil wir gar nicht wissen, ob und wenn ja, warum Emmanuel Sabo umgebracht wurde.« Paolos missmutiger Blick hob sich zu den Baumkronen, in deren Geäst stachlige grüne Knollen die glänzenden Kastanien vor ihnen verbargen.

»Nicht einmal wo.«

»Mmh.«

Sie kamen einfach nicht weiter.

Am Schützenplatz würden die Kastanien – anders als die Antworten auf ihre Fragen – bald von den Bäumen fallen. Hier auf Thereses Balkon blühte es noch wie im Sommer, geheimnisvoll veränderte das rote Licht die Farben ihrer Blumen. Die Nachbarn sahen sich im Fernsehen wohl eine Rate-Show an; die Musik schwoll auf und ab, Zuschauer klatschten und trampelten.

Bunte Bilder zogen auch vor Thereses Augen vorbei, andere als in ihrem Traum, aber genauso eindringlich. Ein Kandidatenkarussell, begleitet von Applaus und Buhrufen. Da waren der lange Joe mit dem Hammer in der Hand, der Graf im schwarzen Anzug vor der Kletterrose, und inmitten eines Pulks geisterhafter Ettlerbrücker der Gärtner Hans Mikus, der Emmanuel Sabo in einer Schubkarre durch den Park transportierte. Oliver Bussmann stand vor der Vitrine mit den Merian-Kupferstichen, während der rotgesichtige Martin Wrede mit dem Arm zum Domturm hinaufwies. Die nächsten Bilder zeigten eine Schar johlender Faschos, Regina mit steinernem Gesicht an der Rothobornpader, dann drei schwarze Männer bei einer Verfolgungsjagd rund um einen Busch. Das waren Daniel Adigwe, Yakubu Oibe und Emmanuel Sabo – wer wen verfolgte, war nicht zu erkennen. Es war nicht gerade ein Preis, der einen – oder mehrere – der Kandidaten erwartete, die anders als Therese wohl nicht darauf hofften, dass die Rate-Show endlich zu Ende ging.

Das Fernsehgeräusch verebbte, vom Nachbarbalkon her unterbrach Frau Kazinski Thereses Grübelei. »So ein schöner Sonnenuntergang«, meinte sie, während sie ihren Blumen Wasser gab. »Man sollte sich den viel öfter angucken.« Es war wohl gerade eine Werbepause.

»Mmh.«

»Na, dann noch viel Spaß.« Frau Kazinski ging zurück in ihre Wohnung. Bald darauf hörte Therese wieder den Fernseher murmeln.

Auf der Leinwand vor ihr fand ebenfalls ein Spektakel statt. Vor einem dunkleren Wolkenband segelte eine zweite Feuerwolke der ersten hinterher wie auf der Flucht vor dem schwarzroten Dunst, der sich auf sie herabsenkte. Therese füllte ihr Weinglas auf und nahm einen Schluck. Bei Gelegenheit musste sie Paolo ihr persönliches Fernsehprogramm vorführen.

Mit einem musste sie bei ihm nicht rechnen: dass er ihr – sollte es zu abendlicher Romantik kommen – eine Bierfahne ins Gesicht hauchte. Er war Weintrinker, wie sie, ein sehr sympathischer Zug. Im Biergarten am Schützenplatz hatten sie jeder ein Glas Grauburgunder getrunken und dazu einen Salat gegessen. Gleich war ihr aufgefallen, dass die Leute um sie herum die

Hibiskusblüten verstohlen musterten. Den Paderbornern galten Hawaiihemden als ziemlich exzentrisch, was Paolo auf der Polizeiwache bereits zu spüren bekam. Jedenfalls schob er es darauf, wenn er hier keinen Fuß auf die Erde bekam. Ganz offen hatte er über seine Probleme mit den neuen Kollegen gesprochen.

»Sie mauern«, erzählte er, als sie durch die Kastanienallee zurück in die Stadt gingen. »Klar – sie tun, was ich sage, müssen sie ja. Aber wenn ich mit ihnen reden will, hören sie kaum zu und bleiben einsilbig. Der Fall – der Tod Emmanuel Sabos – interessiert sie sowieso nicht.« Er sah an sich herab. »Soll ich jetzt in Sack und Asche rumlaufen wie alle hier?«

»Bloß nicht«, protestierte Therese. »Sie werden sich schon daran gewöhnen.« Sie hatte ohnehin einen anderen Verdacht. »Viel schlimmer ist ja, dass du aus Bielefeld bist, jemand ohne Stallgeruch – oder besser Weihrauchduft –, der ihnen vor die Nase gesetzt wurde. Das mögen die Paderborner nicht.« Dass er außerdem klüger war – naseweis eben – als viele seiner Kollegen, machte es auch nicht besser. Aber das sagte sie Paolo nicht.

»Und was tut man dagegen?«

»Erst mal kleine Brötchen backen und dann langsam anschleichen. Sie werden schon merken, dass du ganz in Ordnung bist.«

»Danke für die Blumen. Hast du nicht neulich etwas von zwanzig Jahren gesagt?«

»War ein bisschen übertrieben.«

»Na, jedenfalls kann ich mit dir reden.« Er lachte. »Sonst hätte ich womöglich gar nicht gewusst, womit ich mich morgen beschäftigen soll.«

»Wie wär's mit 'nem Beraterhonorar?«

»Gotteslohn, kennst du doch.«

»Heute heißt das Ehrenamt. Das ist übrigens eine Idee: Engagier dich im Schützenverein, dann bist du sofort mittendrin.«

»Nie im Leben.« Mit Schwung schoss Paolo eine frühe Kastanie über den Weg.

Am Himmel gingen die Feuerspiele zu Ende, die Farben verblassten und wichen einem violett getönten Grau. Therese meinte Paolo noch vor sich zu sehen, wie er sich lachend zu ihr umdrehte. Er war ein Mann mit zwei Gesichtern, widersprüchlich, aber spannend. Der doppelte Vorname war angemessen. Da war der Kriminalkommissar Peter Brinkmöller, wie es auf dem Namensschild an seiner Bürotür stand, ein biederer, pflichtbewusster Beamter, und da war Paolo, spontan und fröhlich, voll Sinnenfreude und Bewegungslust, der mit einem Augenzwinkern dem Beamten das Hawaiihemd überzog.

Paolo war von beiden der Prinz. Für Therese konnte er das ruhig noch eine Zeit lang bleiben.

ZEHN

»Was wollen Sie denn im Internet?« Schwester Elisabetha fasste mit beiden Händen an ihre Brille und schob sie bis zur Nasenspitze hinab, über die Ränder hinweg wanderte ihr scharfer Blick von einer zur anderen. Stahlgraue Augen hatte sie.

»Nur eine E-Mail abrufen«, erklärte Ujunwa. »Das geht ganz schnell.«

Obwohl am Empfang des Gästehauses ebenfalls ein moderner Computer stand, hatte die Pfortenschwester Regina und sie mit ihrem Wunsch zu Elisabetha geschickt. Am Morgen war sie aber nicht aufzufinden gewesen; erst nach dem Ausflug der Delegation zur Wewelsburg und nachdem sie zu Mittag gegessen hatten, war sie aus ihrer Klausur aufgetaucht. Elisabetha oblag wohl die Aufsicht über die Kontakte der Gäste zur Außenwelt. Eine strenge Wächterin – ihrer Miene nach musste es sich um Verbindungen zur Hölle handeln.

»Was für eine E-Mail?«, fragte sie tatsächlich.

Ujunwa wechselte einen Blick mit Regina. »Es ist ein Projektbericht, den wir zu Hause vergessen haben. Bischof Rufai wartet darauf, weil er ihn dem Herrn Grafen vorlegen will.« Der Bischof sollte ebenso wie sie an der Aufklärung des Todesfalls in seiner Delegation interessiert sein und ihr die Unwahrheit vergeben.

»Seine Exzellenz?« Elisabethas Miene war immer noch skeptisch, doch sie setzte sich und schaltete den PC ein. Während des Hochfahrens behielt sie den Monitor im Blick.

An der Wand über dem Computerarbeitsplatz hing die gerahmte Fotografie einer monumentalen Statue, der Kleidung nach ein geistlicher Würdenträger, dessen kantige Finger in einem Buch blätterten. Irgendwoher kannte Ujunwa die Figur …

Auch Regina hatte das Bild entdeckt, sie wies mit dem Kopf auf den Text, der am unteren Rand abgedruckt war. Wohl ein Gebet, denn am Ende stand das Wort »Amen«.

»Drehen Sie sich bitte um«, sagte die Schwester, als das Eingabefeld für das Passwort auf dem Bildschirm erschien. Sie taten wie gewünscht und lauschten, wie – wohl nur mit einem Finger und langen Pausen bis zum nächsten Klick – mehrere Tasten gedrückt wurden. An der Wand neben der Tür hing ein Weihwassertöpfchen, über dem Schreibtisch der Nonne prangte das übliche Kreuz mit dem angenagelten Jesus. Ein Menschenopfer wie im finstersten Heidentum, verbrämt mit Erzählungen aus der Christenbibel. Befremdet schüttelte Ujunwa den Kopf. Aber Regina waren die harmlosen Wasserspiele zu Ehren ihrer Schutzgöttin verboten.

»So«, sagte Elisabetha und erhob sich. »Jetzt dürfen Sie ins Internet.«

Doch Regina blieb stehen, faltete die Hände und murmelte mit Blick auf das Foto an der Wand einen englischen Text vor sich hin, in dem es darum ging, dass der heilige Isidor ihre Hände und Augen nur zu dem führen möge, was gottgefällig sei. Ujunwa übersetzte für Schwester Elisabetha, die erfreut die kleine Darbietung beobachtete, mit der Regina den Ärger über ihren Heidenkult wohl vertrieben haben dürfte. Der deutsche Text unter dem Foto hatte einen ähnlichen Inhalt.

Erst jetzt sah Ujunwa, dass am Sockel der abgebildeten Statue »San Isidoro« eingemeißelt war. Das war ein spanischer Name, und sie hatte ihn schon einmal gelesen. Richtig – das war die Skulptur vor der spanischen Nationalbibliothek in Madrid, die vor Jahren Ziel einer Exkursion mit ihren Bayreuther Kollegen gewesen war. Regina rief einen spanischen Heiligen an?

»Und bewahre uns vor dem Bösen. Amen«, sagte Regina zum Schluss und nahm auf Elisabethas Stuhl Platz. Fix klickte sie den Internet Explorer an, gab ihren E-Mail-Account und dann das Passwort ein, während ihr die Nonne auf die Finger schaute. Unter ihrer Haube quoll ein wenig gewelltes graues Haar hervor, ihre Füße steckten in hellen Nylonstrümpfen und schwarzen Sandalen. Bei dem anhaltend schönen Wetter musste es unter dem Habit ziemlich warm sein.

»Da ist sie ja«, sagte Regina, als sie ihren Posteingang öffnete.

Ujunwa atmete auf. Sie musste gleich Therese anrufen, die wohl schon ungeduldig wartete.

Mit einem Lächeln, das Ujunwa schon lange nicht mehr in ihrem Gesicht gefunden hatte, las Regina die paar Begleitworte. »Schwester Helena«, sagte sie. »Die ist immer nett.« Sie klickte den Anhang an, auf dem Bildschirm erschien ein Worddokument mit wenigen Worten und vielen Zahlen, das mit *»Final Invoice of Children's Home Ilesha«* überschrieben war. Das war aber kein Projektbericht.

»Was heißt das?«, erkundigte sich Schwester Elisabetha mit dem Finger auf dem Bildschirm.

»Endabrechnung für das Kinderhaus in Ilesha«, übersetzte Ujunwa, während sie versuchte, die kleiner geschriebenen Angaben zu entziffern. Viel Text – das musste sie sich in Ruhe ansehen. »Dürfen wir das vielleicht ausdrucken?«

Elisabetha näherte ihren Kopf dem digitalen Dokument, rückte ihre Brille zurecht, konnte aber wohl ebenfalls nichts lesen. Sie sah Ujunwa an, dann Regina. »Na gut«, sagte sie. »Sie wissen ja wohl, wie es geht.«

Regina gab den Druckbefehl ein, und Elisabetha ging zum Drucker hinüber. Als das Blatt erschien, musterte sie es lange, bevor sie es Regina überreichte. Was glaubte die Nonne wohl, das sie da aus dem weltweiten Netz gezogen hätten? Nach einem *Juju*-Zauber sah die E-Mail bestimmt nicht aus.

Nachdem sich beide herzlich bedankt hatten, verließen sie das Büro Schwester Elisabethas, die ihnen noch nachsah, als Ujunwa die Tür schloss. Dass eine Endabrechnung kein Projektbericht war, hatte sie zum Glück nicht bemerkt.

»Sankt Isidor ist der Schutzpatron des Internets«, erklärte Regina ihr sonderbares Verhalten vor dem Foto der Madrider Statue, als sie den langen Flur hinab zum Aufenthaltsraum gingen. Emmanuels wichtiges Papier hielt sie unbeachtet in der Hand.

»In unserem Schulbüro hängt ein anderes Bild, da hat er einen richtigen Bischofshut auf«, erzählte Regina. Vor ein paar Jahren habe der Papst dem heiligen Isidor den Schutz der Gläubigen vor den Gefahren der virtuellen Welt anvertraut, und seitdem werde er auch in ihrer Schule vor jedem Gang ins Internet angerufen. »Er hat wohl ein Wörterbuch geschrieben«, nannte sie als Grund für das Patronat über das global vernetzte Wissen heutiger Zeit.

An den Wänden des Flurs hingen Fotografien historischer Klöster, die Ujunwa bereits studiert hatte. Reginas Zöpfchen wippten beim Gehen; dass sie so entspannt wirkte, lag wohl an den digital übermittelten Grüßen ihrer Schulschwester. Es war eine merkwürdige Welt, in der Regina lebte. Ganz rational und selbstverständlich ging sie mit Computer und Internet um, gleichzeitig betete sie archaische Götter an und glaubte an die Macht christlicher Heiliger. Aber vielleicht war das gar kein Widerspruch, denn im weltweiten Netz fand sich Aberglaube genug. Ujunwa fiel auf, dass Reginas Handy heute noch gar nicht geklingelt hatte.

Erst als sie im leeren Aufenthaltsraum an einem Tisch saßen, beschäftigte sich Regina mit dem Ausdruck. »Ich weiß gar nicht, was Emmanuel damit wollte. Das sind doch nur Zahlen.«

»Lass mal sehen.« Ujunwa drehte das Blatt zu sich herum. Es war in zwei Spalten aufgeteilt, links fanden sich Angaben wie »Materialkosten« oder »Handwerkerleistungen«, rechts waren die Beträge jeweils in Euro und Naira aufgeführt. Die Endsumme betrug etwas über fünfundsechzigtausend Euro, in Naira waren das gut vierzehn Millionen. Nicht viel für einen Neubau. Der Ortsname – Ilesha – brachte in Ujunwa etwas zum Klingeln.

»Kennst du das Kinderhaus in Ilesha?«, fragte sie Regina.

»Klar. Es gehört doch unserem Konvent.«

»Hast du es schon einmal gesehen?«

»Mmh. Emmanuel hat mich mal mitgenommen.« Mit traurigem Blick sah sie auf das Blatt und seufzte. »Er war oft da, weil er das Haus mit geplant hat und immer schauen musste, ob alles in Ordnung ist.«

Ujunwa umschloss mit ihrer Hand die Reginas. »Weißt du, ob er sich auch um die Abrechnungen gekümmert hat?«

»Muss er wohl, weil er immer über die hohen Preise geschimpft hat.« Sie sah Ujunwa an. »Warum wollte Emmanuel das bloß dem Grafen geben? Der muss die Abrechnung doch schon haben, die Stiftung hat ja alles bezahlt.«

Die St.-Ansgar-Stiftung hatte ein Kinderhaus in Ilesha gebaut. Das war es, davon hatte der Graf an ihrem ersten Abend in Paderborn gesprochen, als sie beim Argentinier gegessen hatten. Kaum waren die blutigen Steaks verzehrt gewesen, hatte er Bischof Rufai auf die Korruption in ihrem Land angesprochen, was dessen Verdauung sicher nicht gefördert hatte. Was hatte der Graf noch gesagt? Er hatte eine Zahl genannt – waren das vierzigtausend Euro gewesen? Jedenfalls sollten in dieser Höhe Bestechungsgelder gezahlt worden sein, was angeblich aus der Kostenaufstellung hervorging, die von Etteler dem Bischof hatte zeigen wollen.

Ujunwa schaute noch einmal auf die einzelnen Posten der Abrechnung. Wo sollten sich hier vierzigtausend Euro verstecken? Unter der Rubrik »Sonstige Kosten«, wo sie am ehesten Schmiergelder vermutet hätte, fanden sich nur siebenhundertfünfzig Euro. Unten am Rand wurde auf einen ausführlichen Projektbericht verwiesen, der wohl auch keine anderen Zahlen enthielt.

»Ist etwas nicht in Ordnung?«, erkundigte sich Regina.

»Doch, doch. Scheint alles zu stimmen.«

Regina schob das Blatt weiter zu ihr. »Du kannst es haben, wenn du willst. Vielleicht kannst du mit dem Grafen darüber reden, der weiß bestimmt, was Emmanuel damit vorhatte.«

»Gute Idee.« Als Erstes musste sie mit Therese sprechen. »Würdest du mir dein Handy leihen, Regina?«

***

Wieder einmal knarzte das Parkett in einem der hinteren Bibliotheksräume. Sir Henry spitzte die Ohren, entschied sich aber dann, so liegen zu bleiben: lang ausgestreckt, den Bauch in der Sonne.

Therese lauschte einen Moment, doch als sich weiter nichts rührte, fuhr sie mit ihrer Arbeit fort. Sie würde nicht wieder aufstehen und nachsehen, ob da jemand war. Das Holz arbeitete eben. Für den Schauder, der ihr über den Rücken lief, gab es überhaupt keinen Grund.

Die Kataloge warteten. Weil ein Teil der gräflichen Büchersammlung noch nicht digital erfasst war, hatte Therese einige alte, handschriftliche Verzeichnisse einzelner Bestände aus dem Magazin geholt, die sie jetzt durchforstete. Kaum einen übereinstimmenden Buchtitel hatte sie bisher gefunden; der Graf würde sich freuen, wenn in der Bibliothek des französischen Conte die Bücher fehlten, die er stolz sein Eigen nannte. Auch der nächste Eintrag ergab keinen Treffer. Die Arbeit im Büro war trostlos und ermüdend, aber hier stand das Telefon, ein vorsintflutliches Modell ohne große Reichweite. Den ganzen Morgen über hatte sie mit Ujunwas Anruf gerechnet. Nicht einmal aus Nigeria konnte eine E-Mail so lange brauchen.

Eben blätterte Therese nach weiterem erfolglosen Abgleich eine Seite um, da schrillte es in die Stille hinein. Sie schrak zusammen, griff aber sofort zum Hörer. Ujunwa, endlich.

Die E-Mail sei angekommen, sagte sie gleich. »Sie war schon am Morgen da, aber wir mussten erst zu Sankt Isidor beten, bevor wir ins Internet durften.«

Therese lachte. »Willkommen in Paderborn. Nun sag schon – was war es?«

»Eine Bauabrechnung.« Ujunwa las die Überschrift vor, gab den Inhalt der Aufstellung wieder und nannte den Schlussbetrag. Für fünfundsechzigtausend Euro konnte man hier nicht einmal ein Gartenhaus bauen. »Alles wenig spektakulär, nicht wahr?«

»Aber echt.« Was konnte an diesen Zahlen so wichtig sein? »Und dafür hat sich Emmanuel mit dem Grafen angelegt?« Therese ging zur Tür und spähte in den benachbarten Bibliothekssaal. Niemand da.

»Das Wichtige kommt noch. Warte es ab.«

»Moment mal.« Erst als Therese zurück in ihrem Büro war und mit dem Rücken zum Raum am offenen Fenster stand, sprach sie weiter. »Ich kann hier nicht frei reden, Ujunwa, also wundere dich nicht über komische Antworten.«

»Okay. Hör zu.« Es ging um ihren ersten Abend in Paderborn, als der Graf die nigerianische Delegation zum Begrüßungsessen beim Argentinier an der Pader eingeladen hatte. Ujunwa zählte die Teilnehmer auf, während Therese auf die roten Blätter der Blutbuche starrte, die aus dem Parkgrün herausstach. Später war die Rede auf die korrupten Beamten und Politiker in ihrem Heimatland gekommen, und der Graf hatte geklagt, wie teuer ihn diese schlechte Angewohnheit komme. Als Beispiel hatte er ein Kinderhaus in einem Ort namens Ilesha angeführt, dasselbe, dessen Bau in Emmanuels E-Mail abgerechnet wurde. »Und weißt du, was er gesagt hat?«

»Natürlich nicht. Komm schon, Ujunwa …«

Ein leises Kichern drang durch den Hörer. »Neugier ist wohl eine Germanistenkrankheit, was?«

»Nicht nur.« Kurz dachte Therese an einen blauäugigen Polizisten. »Aber wenn du nicht willst, dass ich wirklich krank werde, dann leg los.«

»Na gut.« Ujunwas belustigtes Glucksen verklang. »Der Graf hat also gesagt, dass dieses Kinderhaus wegen der Bestechungsgelder um vierzigtausend Euro teurer geworden sei. Vierzigtausend, stell dir das vor! Das ganze Projekt war kaum so teuer.«

Der Kater gab ein wohliges Schnurren von sich, als Therese seinen Kopf kraulte. »Nigerianische Beamte müssen fein raus sein.«

»Nicht doch, Therese. Das Geld ist gar nicht gezahlt worden.«

»Wieso das denn?«

»Der Graf hat gesagt, dass er dem Bischof eine entsprechende Abrechnung zeigen werde. Er hat also eine andere als Emmanuel.«

Ach, so war das. »Eine höhere.«

»Genau. Jemand muss das Geld unterschlagen haben.«

»Unterschlagen.« Ujunwas Nachricht hatte Thereses Kopf leer gefegt. Was hatte das zu bedeuten?

»Ja, in die eigene Tasche gesteckt. Habe ich das falsche Wort benutzt?«

»Nein, ist schon richtig.« Im Park unten rührte sich keine Hand. Wo waren sie bloß alle? Die Fenster des Kavaliershauses zu ihrer Linken waren geschlossen wie auch die Türen der Gewächshäuser gleich dahinter. In dem mit den Milchglaswänden, dem ersten in der Reihe, züchtete der Graf unter künstlichem Licht seine fleischfressenden Pflanzen. Bis hinab zum mit Weiden bestandenen Ettlerbach zogen sich die Nutzgärten. Der Graf war nicht da, deshalb hatten die Gärtner sich wohl den Freitagnachmittag freigenommen. In Thereses Kopf herrschte ebenso gähnende Leere wie da unten. »Was meinst du, wer das gewesen sein kann?«

»Keine Ahnung. Jedenfalls haben wir hier wohl den Grund für Emmanuels Tod.«

»Wegen vierzigtausend Euro?« Therese warf einen Blick über die Schulter.

»Das wird nicht das einzige Mal gewesen sein.«

»Stimmt. Wenn sich einem die Möglichkeit bietet …« Das Telefon am Ohr, ging sie zur Tür und zog sie ins Schloss. Sollte die Bibliothek ausrauben, wer wollte.

»Das ist eben die Frage: Wer hatte die Möglichkeit zu so einem Betrug?«

Im Vorbeigehen nahm Therese den kreiselnden Bildschirmschoner mit dem gräflichen Wappen wahr. »Na, zuerst mal der Graf selbst.« Wo viel Geld floss, entwickelten sich Begehrlichkeiten, das war sicher im katholischen Landadel nicht anders. Und von Etteler warf ganz schön mit dem Geld um sich.

»Dann wäre es aber dumm von ihm, wenn er die Aufmerksamkeit darauf lenkt.«

»Vielleicht wollte er jemanden am Tisch in die Irre führen?« Zurück am Fenster, sah Therese wieder in den menschenleeren Park.

»Mag sein. Aber lass uns lieber versuchen, systematisch vorzugehen.«

Ujunwa hatte recht. Aber wo war hier ein System? Thereses Kandidatenkarussell war völlig durcheinandergewirbelt worden. »Dann erzähl mal, was du meinst.« Ujunwa hatte schon eine Weile Gelegenheit gehabt, über alles nachzudenken.

»Okay. Fangen wir mit dieser Abrechnung an, die ja nicht vom Himmel gefallen ist. Zwischen Nigeria und Deutschland muss sie durch mehrere Hände gegangen sein. Es ist nicht ganz leicht, so viel Geld dorthin zu überweisen.« Ujunwa lachte kurz auf. »Aber ganz einfach wäre es, die Abrechnung zu ändern, jedenfalls dann, wenn es Standard ist, dass sie wie unsere Version als Worddokument versandt wird.«

»Damit ist zu rechnen. Hier im Haus zum Beispiel stehen sie mit PDFs auf dem Kriegsfuß.«

»Kaum zu glauben«, sagte Ujunwa. »Aber lass uns mal überlegen, welchen Weg die Abrechnung genommen haben könnte. Sie muss jedenfalls in Nigeria erstellt worden sein.«

»Ja. Und Emmanuel muss sie gekannt haben. Da war sie noch ohne die vierzigtausend.«

»Laut Martin Wrede geht so etwas dann erst einmal zur CAN, genauso wie hier zu seiner Behörde, die alles noch einmal kontrollieren und weitergeben.«

»Damit hätten wir Daniel Adigwe und Martin Wrede als mögliche Beteiligte. Wie sie das gemacht haben könnten, muss die Polizei herausfinden.«

»Stimmt. Wir müssen das diesem Brinkmöller erzählen.«

»Ich rufe ihn später an. Wegen der E-Mail wird er sich wohl bei dir melden.«

»Gut.« Ujunwa holte Luft. »Als Nächstes wären da die Leute, die das Geld anweisen. Da kämen der Graf in Frage oder seine Mitarbeiter in der St.-Ansgar-Stiftung. Das wird sich herausfinden lassen.«

»Sicher.« Dazu musste von Etteler nicht einmal kooperativ sein.

»Dann ist das Geld nach Nigeria gegangen. Zunächst wieder zu einer Abteilung der CAN, die den Klöstern und Gemeinden bei Auslandsüberweisungen behilflich ist.«

In dieser Suppe hatten viele Löffel gerührt. »Und überall auf diesen Stationen kann das Geld verschwunden beziehungsweise die Rechnung verändert worden sein.«

»Du hast es erfasst. Aber da kommen wir allein nicht weiter.« Ein Seufzer Ujunwas drang aus dem Hörer.

»Jedenfalls ist der Verdacht nicht von der Hand zu weisen, dass diese E-Mail der Grund für Emmanuels Tod sein könnte.« Therese hatte bewusst den Konjunktiv gewählt, weil sie beim Reden an Regina dachte, die ganz andere Gründe haben mochte. Aber so seltsam sich die Kleine auch verhielt – Ujunwa war mit ihr befreundet und würde in ihr keine Mörderin sehen wollen. Das Gleiche galt für Yakubu, der vor Adigwe große Angst haben musste. Was hätte er im Austausch für seine Freiheit wohl noch getan?

»Bestimmt hängt es irgendwie zusammen«, meinte Ujunwa. »Diese E-Mail und die Summe, die der Graf genannt hat. Aber du hast recht, Therese. Er mag es gesagt haben, um sich vor jemandem, der die Rechnungen kennt und kontrolliert, reinzuwaschen.«

»Wie stellst du dir das vor?«

»Na, wenn der Bischof bestätigt, dass die Korruption in Nigeria so schlimm ist, wie von Etteler behauptet, kann er weiter Schmiergelder in seine eigene Tasche zahlen.«

Therese nickte, obwohl Ujunwa das nicht sehen konnte. »Es ist ja nicht so, dass ich unbedingt meinen Arbeitgeber verdächtigen will. Aber irgendwie drängelt er sich immer vor.«

»Ja, er macht einen undurchsichtigen Eindruck. Als ob er noch ganz anders könnte, als er sich gibt.« Das traf auch auf den gräflichen Kater zu, der unter Thereses Hand die Krallen ausstreckte und einzog. »Allein, wie er immer auffährt, wenn ihm etwas gegen den Strich geht«, fügte Ujunwa hinzu.

»Mmh.« Derartiges hatte schon Bussmann über den Grafen erzählt. »Er kann ganz schön unangenehm werden. Hab ich aber noch nicht selbst erlebt, zum Glück.«

»Pass auf dich auf, Therese. Dieses Schloss ist mir irgendwie unheimlich.«

»Na, wenn du das schon aus der Ferne merkst ...«

Sie verabredeten sich noch für den Abend, dann legte Ujunwa auf. Therese nahm sich vor, ihr dann von ihrer Bekanntschaft mit Paolo Brinkmöller zu erzählen.

Mit leisen Schritten ging sie zur Bürotür und riss sie auf. Natürlich stand niemand davor und lauschte. Darüber solltest du mal mit deinem Therapeuten sprechen, würde Uwe sagen. Aber wohl fühlte sie sich heute in ihrer Bibliothek wirklich nicht.

Sir Henry sah ihr erwartungsvoll entgegen, als sie wieder

ihren Standort am Fenster einnahm. »Ja, du kriegst noch ein paar Streicheleinheiten«, sagte Therese zu ihm. Wie konnte ein adliger Kater nur so gierig sein?

Sollte sie jetzt Paolo anrufen? Sie hatten vereinbart zu telefonieren, falls es etwas Wichtiges gebe, und das traf auf die E-Mail sicherlich zu. Möglicherweise verwies sie auf ein Motiv, aber es konnte auch sein, dass sie sich verspekuliert hatten und sich alles ganz harmlos erklären ließ. Bei den für heute anstehenden Vernehmungen hatte Paolo wohl nichts Sensationelles erfahren, sonst hätte er sich gemeldet. Wahrscheinlich war er jetzt schon in Bielefeld und baute die Küchenmöbel aus.

Am Samstagabend wollten sie sich treffen, das hatte Paolo vorgeschlagen. Zum Kennenlernen, ganz privat. Geht das nicht ein bisschen schnell, hatte Therese gedacht, und mitten in einem Fall? War eigentlich nicht Polizistenart. Aber zu den Verdächtigen gehörte sie wohl nicht, die Skrupel blieben Paolo erspart. Inzwischen konnte sich Therese den Abend mit ihm gut vorstellen: ein nettes Lokal an der Pader, ein Glas Wein, und dann würde man sehen …

Von unten winkte Hans Mikus zu ihr herauf. Wo war er auf einmal hergekommen? Er bewegte den Arm auf sich zu, sie solle herunterkommen, hieß das. Sicher hatte er wieder Blumen für sie. Therese zeigte auf ihre Uhr und streckte fünf Finger aus. Der Gärtner nickte und wandte sich seinen Beeten zu.

Spontan beschloss sie, Feierabend zu machen. Mit Paolo wollte sie in Ruhe telefonieren, nicht hier, wo man nie wusste, wer sich im nächsten Raum aufhielt. Sie würde Hans Mikus' Blumenstrauß einkassieren, dann aufräumen und die Kataloge zurück ins Magazin bringen. In spätestens einer Stunde war sie zu Hause.

Sie gab Sir Henry einen Schubs. »Auf geht's, Dicker. Das Wochenende ruft.« Er sprang von der Fensterbank und stolzierte mit beleidigt erhobenem Schwanz von dannen. Auf seine Körperfülle hätte sie wohl nicht anspielen dürfen.

Als Therese in den von der Sonne beschienenen Garten hinauskam, waren auf einmal alle wieder da. Die Gärtnerburschen bückten sich eifrig nach dem Wildwuchs zwischen den edlen Gewächsen, Hans Mikus schnitt Dahlien, und Joe Richter hämmerte an seinem Zaun.

»Warte, ich schneide dir noch mehr«, sagte der Gärtnermeister, als sie neben ihm stand und zusah, wie er einzelne Blüten auswählte und abschnitt. »Sind sowieso verblüht. Wenn man sie nicht entfernt, entwickeln sich die Knospen nicht.« Kugelköpfige und spitzblättrige Dahlien in allen Farben zwischen weiß und rot, darunter viele mehrfarbige Hybriden, wuchsen in seinem Arm zu einem prachtvollen Strauß zusammen. Sie waren voll erblüht, in der Vase hielten sie sich noch lange.

»Was hat dich denn gestern die Polizei gefragt?«, erkundigte sich Therese, weil sie wusste, das Mikus gern schwatzte bei der Arbeit.

»Das Gleiche wie alle – ob ich diesen Diakon an dem Montag gesehen hab.« Ohne dass sie fragen musste, erzählte er, dass Emmanuel Sabo sich als Einziger für die Gärten interessiert habe. »War wohl ein Pflanzenfreund. Was der alles wissen wollte.« Emmanuel und er waren von einem Beet zum anderen gegangen, auch in den Nutzgärten, und wenn Mikus nun so tat, als sei ihm die Neugier des Nigerianers auf die Nerven gegangen, wusste Therese doch, dass er nur zu gern seine gärtnerischen Erfolge präsentierte.

»Und die anderen, die hier wohnten? Ein so schöner Park kann die doch nicht kaltgelassen haben.«

»Ach, die haben das kaum gesehen, glaube ich. Der Vierschrötige, der immer so schwitzt, sitzt sowieso nur im Schatten. Ein schwarzer Mann im Schatten, ne?« Sein Lachen hörte sich an wie das Meckern eines Ziegenbocks. »Ist wie ’n Neger im Tunnel.«

Therese bemühte sich um ein neutrales Gesicht. Den blöden Spruch kannte sie aus ihrer Kindheit. »Und der Bischof? Wenigstens der müsste doch ein Freund von Gottes Natur sein.« Wenn man hier von Natur sprechen konnte, war es wohl eher die des Grafen.

Mikus zeigte auf den Pavillon zwischen den Parkbäumen. »Da sitzt er immer und liest, wenn er überhaupt mal herauskommt. Die sind ja dauernd unterwegs.«

»Mmh.«

»Später hatte ich dann ja Feierabend, aber der Neger ist noch weiter hier rumgestrunzt.« Mikus schnitt eine sonnengelbe Blüte mit einem orange leuchtenden Auge ab.

»Durfte er denn auch die Karnivoren sehen?« Therese hatte den Gärtner früher schon gebeten, sie mal ins Gewächshaus zu lassen, das aber immer abgeschlossen war.

»Klar. An dem Tag war E.T. großzügig und hat die Tür aufgelassen.« Das hätte sie wissen müssen. »Ist ja schön warm da drin, vielleicht hat das dem Schwatten gefallen.« Wieder sein meckerndes Lachen, das mit einem Mal abbrach.

Sie schaute sich um. Von der Hausecke her, wo der Privateingang lag, kam der Graf mit seinen Besuchern auf sie zu. Deshalb also waren die Kollegen so schnell wieder aufgetaucht; der Flurfunk musste sie darüber informiert haben, dass E.T. zurück im Schloss war. Therese hatte niemand gewarnt, das machten die Ettlerbrücker unter sich aus. Und jetzt stand sie hier und vergeudete die vom Grafen bezahlte Arbeitszeit.

Hans Mikus beschäftigte sich weiter mit den Dahlien, sagte aber nichts mehr. Manchmal warf er eine verblühte in die Schubkarre neben ihm, doch die schönsten landeten in Thereses Strauß. Oliver Bussmann löste sich aus der Gruppe, winkte ihr kurz zu und schlenderte zum langen Joe hinüber. Die anderen nahmen keine Notiz von ihr, als sie auf dem Weg oberhalb des Barockgartens das Kavaliershaus ansteuerten, wo die Gäste untergebracht waren. E.T. wurde vom Bischof, Daniel Adigwe und Martin Wrede begleitet.

»Na, sind die schön?« Hans Mikus drehte den fertigen Strauß vor Thereses Gesicht hin und her, stolzer als er konnte kein Vater auf seinen Nachwuchs sein. Aus einer der tiefen Taschen seiner Gärtnerhose zog er ein Band und wickelte es um die Stiele, bevor er ihr die Dahlien überreichte.

»Wunderschön, wirklich.« Therese steckte die Nase zwischen die feuerfarbenen Blüten und bedankte sich. »Ich werde das ganze Wochenende an dich denken, jedes Mal, wenn ich sie sehe.«

»Das will ich hoffen.« Er blickte dem Grafen nach, der sich

von den Besuchern verabschiedet hatte und jetzt das Karnivorenhaus aufschloss. Die anderen drei stiegen die Stufen zum Eingang des Kavaliershauses hinauf. Das sah nach einer interkulturellen Besprechung aus.

Der Gärtner machte eine Kopfbewegung zum Gewächshaus hinüber. »Geh ihm nach, du wolltest das doch sowieso sehen.«

»Meinst du, er erlaubt mir das?«

»Sicher doch. Seine Fleischfresser zeigt er immer gerne.« Mikus mochte die rabiaten Exoten nicht und war froh, dass er mit deren Pflege nichts zu tun hatte.

»Und die Dahlien?«

»Sag, die hätt'ste von mir. Er soll bloß nicht maulen.«

»Hm.« Eine Gefahr bestand wohl nicht, die Kollegen waren in Rufnähe. Und ein Gespräch mit ihrem Arbeitgeber konnte Paolo ihr nicht verbieten.

»Geh ruhig«, sagte Mikus. »Die Viecher beißen dich schon nicht.« Er grinste sie an. »Bist denen viel zu mager.«

Was Magerkeit anbelangte, galten in Ettlerbrück eigene Maßstäbe.

Die Vorliebe von Ettelers für fleischfressende Gewächse hatte sich auch in den Bibliotheksschränken niedergeschlagen, wo – von ihm selbst gesammelt – eine Reihe historischer Werke und viele neue Bildbände über Karnivoren standen. Auf diesem Gebiet konnte er sich nicht auf seine Vorfahren berufen; Gräfin Amalie hatte wohl kein Faible für *Nepenthes* und *Sarraceniae* gehabt. Therese hatte nur eine vage Vorstellung, was sich hinter den Begriffen verbarg, es schauderte sie schon, wenn sie sich die mörderischen Gewächse nur vorstellte, aber neugierig auf ihr Aussehen war sie doch.

Natürlich hatte Therese, als sie die Ledereinbände der historischen Ausgaben einfettete, in den Büchern geblättert, die voller Mythen auch über menschenfressende Pflanzen waren. Besonders im Gedächtnis geblieben war ihr die Zeichnung des riesigen *Arbre Carnivore*, den sie in einer 1887 in Amerika erschienenen Sammlung weltweiter Kuriositäten gefunden hatte. Der flehende Gesichtsausdruck des Schwarzen, der in die Fänge des menschenfressenden Baums geraten war, stand ihr wieder vor Augen, zwei weitere Eingeborene mit krausem Haar, bewaffnet mit Speer und Schild, wichen den peitschenden Tentakeln aus. Therese waren die glänzenden Arm- und Fußreifen und die säuberlich gefalteten schneeweißen Lendenschurze der Buschbewohner aufgefallen.

Aber der Menschenfresserbaum war natürlich eine Legende; wirkliche Gefahr ging von den Karnivoren nicht aus. Ein wenig zögernd hielt sie auf das Gewächshaus zu, in das sie wegen der Milchglasscheiben nicht hineinsehen konnte. Nur das Dach war aus klarem Glas, es konnte aber gegen allzu starkes Sonnenlicht mit Bastmatten verhängt werden. Der Graf war nicht zu sehen. Von den Stahlstreben der Glasdecke hingen die berühmten Speziallampen, die er aus den USA hatte einfliegen lassen. Das viele Geld, das von Etteler für seine Lieblingsgewächse ausgab, hätte Hans Mikus lieber in neue Rosensorten gesteckt.

Als Therese vorsichtig die Tür des Gewächshauses aufzog, schlug ihr säuerlicher Modergeruch entgegen. Ihr Blick fiel auf einen langen Gang, an dessen Ende der Graf sich über eine Pflanze beugte. Den dunklen Anzug bedeckte eine grüne Gärtnerschürze, die er auf dem Rücken mit einer ordentlichen Schleife zugebunden hatte. Der Boden war so sauber, dass er sich um die handgenähten schwarzen Budapester an seinen Füßen keine Sorgen machen musste.

Mit dem Dahlienstrauß in der Hand blieb Therese am Eingang stehen. Zu beiden Seiten des Gangs waren auf drei hintereinanderliegenden Stufen Pflanzkästen angeordnet, in denen sie auf den ersten Blick nichts entdeckte, das auch nur entfernt an den menschenfressenden Baum erinnert hätte. Als sie genauer hinsah, erkannte Therese die mit Dornen bewehrten Klappen einer Venus-Fliegenfalle und ein paar aufragende schlauchartige Gewächse mit violetten Köpfen, die ihr unbekannt waren.

»Guten Tag, Herr von Etteler«, sagte sie vom Eingang aus.

Er schaute auf. »Ach, Frau Urban. Wollen Sie mir Blumen bringen?« Heute war wohl sein jovialer Tag. Unter der hellen Lampe erschien sein Gesicht noch weißer als sonst.

»Nein, nein. Der Strauß ist von Herrn Mikus, für mich. Er hat gesagt, sie wären alle verblüht.«

»Schade. Blumen kann man nie genug haben, nicht wahr?« Sollte das jetzt eine Spitze sein? Er hatte doch Blumen im Überfluss.

Weil sie nichts fand, worauf sie den Strauß hätte ablegen können, bückte sich Therese und legte ihn auf den Boden unter den Pflanzkästen. Die Stiele streiften einen kleinen Erdhaufen, von dem ein paar Brocken herabkullerten und den Blick auf eine fünfzinkige Blumenkralle mit orangenem Griff freigaben, wie sie selbst sie auf ihrem Balkon benutzte. Jemand hatte sie wohl hier unten verloren.

Sie richtete sich auf und machte einen zögernden Schritt auf den Grafen zu. »Ich wollte Sie fragen, Herr von Etteler, ob ich mir Ihre Karnivoren mal ansehen darf.«

»Aber gern, Frau Urban. Kommen Sie ruhig näher.« Die Tür solle sie offen lassen, meinte er. »Wir brauchen ein wenig frische Luft.«

Im Vorbeigehen nahm Therese verblüffende Formen wahr, überdimensionale Pfeifenköpfe mit Deckel, glitzernde Rosetten und Borten an langen Blättern, einige Pflanzen, die wie Fettkräuter aussahen.

»Haben Sie schon einmal Karnivoren gesehen?«, fragte der Graf, als sie vor ihm stand.

»Nur auf Bildern«, gab Therese zur Antwort. »Die meisten Pflanzen, die Sie hier haben, sind mir völlig unbekannt.«

»Das will ich wohl glauben. Es gibt über tausend verschiedene Arten. Hier haben wir zum Beispiel ein paar *Nepenthes* …« Das waren die bunten Pfeifenköpfe. »Auf Deutsch heißen sie Kannenpflanzen.« Er wies auf einen anderen Kasten. »Hier steht eine *Drosera*, auch Sonnentau genannt …«, die Rosetten, »… und da das Gemeine Fettkraut.«

»Fettkräuter sind auch Karnivoren?«

»Aber sicher. Mit ihrer glänzenden Oberfläche locken sie Insekten an. Sehen Sie hier.« Er deutete auf einen Blattrand. »Wenn sich eine Beute hier niederlässt, bleibt sie kleben, und das Blatt rollt sich ganz langsam um sie herum ein und verdaut sie.«

Ekelhaft. Ihr kam kein Fettkraut mehr auf den Balkon.
»Interessant«, sagte Therese.

»Ja, nicht wahr? Wussten Sie, dass unser Hirtentäschel auch zu den Karnivoren gehört?«

»Nein.« Therese hatte es immer für ein harmloses Ackerkraut gehalten.

Der Graf nickte. »Da sind es die Samen. Sie werden bei der Keimung klebrig und halten auf die Art winzige Tierchen fest.« Er zeigte in die Runde. »Aber bei mir sehen Sie nur die tropischen Arten, dafür ist das Gewächshaus eingerichtet. Konstante siebzig Prozent Luftfeuchtigkeit, das ist sehr wichtig.« Er wies auf die Lampen. »Und Licht. Einen besonderen Boden, am besten moorig, brauchen sie auch.« Mit dem Finger strich er sachte am Kelch einer Kannenpflanze entlang. »Und auch dann wachsen wir nur sehr langsam, nicht wahr …?«

Therese wartete auf ein angehängtes »meine Liebe«, aber es kam nicht. Dennoch hatte sie den Eindruck, dass die Lebewesen verschlingenden Pflanzen für den Grafen zur Familie gehörten.

»Und was ist das hier?« Sie zeigte auf eine Gruppe aufrecht stehender Schläuche, wie es sie auch im vorderen Bereich gab. Nur hatten diese gelbe Köpfe mit roten Adern und waren fast einen halben Meter hoch. Als sie näher hinsah, entpuppten sich die Köpfe als eine Art Haube über der Öffnung.

»Das ist unsere *Sarracenia ornata*«, erklärte der Graf. »Eine Schlauchpflanze. Man sagt auch Trompetenblatt dazu.« Er griff zu einem Kästchen am Beetrand und öffnete es. Therese sah entsetzt, dass es darin wimmelte von sich windenden Maden und halb entwickelten Schmeißfliegen. Mit einer Pinzette pickte er eine davon heraus und setzte sie auf den verdickten Rand des Schlauchs, wo sie blind umherkrabbelte und dann hinabfiel in den tiefen Schlund. »Da unten ist die Verdauungsflüssigkeit«, sagte der Graf. »Jetzt haben wir Nahrung für etwa eine Woche.«

Mit einem flauen Gefühl im Magen wandte sich Therese zur anderen Seite des Gangs, wo ein Pflanzkasten voll mit gefleckten Gewächsen stand, die an aufgerichtete hohle Schlangen erinnerten. »Und diese hier?«

Der Graf drehte sich um. »Das ist eine ausnehmend schöne

Verwandte, sozusagen eine Cousine der *Sarracenia.*« Er streichelte einer besonders groß Gewachsenen über den Kopf, aus der eine feuerrote Schlangenzunge hing. »Sie wird Kobralilie genannt, *Darlingtonia californica.* Da – sehen Sie …« Er hob vorsichtig die Zunge an, bis darunter eine Öffnung mit lippenartigen Wülsten zum Vorschein kam, griff mit der anderen Hand zur Pinzette und steckte in den aufgesperrten Rachen eine fast ausgewachsene Fliege. Bald erschien sie hinter den hellen Flecken am Kopf und kroch schwerfällig dazwischen herum. »Für die Fliege sind das Öffnungen nach draußen«, erklärte der Graf, so locke die *Darlingtonia* ihre Beute nach innen. »Sie wird sich wundern, warum sie nicht hinauskann.«

Immer mehr näherte sich das Tier dem drohenden Abgrund und war mit einem Mal weg. Er kümmerte sich wirklich liebevoll um die verfressene Sippschaft.

In den nächsten Kästen standen wieder Kannenpflanzen, auch sie wurden mit Fliegen versorgt. »Größere *Nepenthes* fressen Kleintiere bis hin zu Fröschen«, sagte er und warf einen dicken Brummer in einen erdbeerroten Schlund, der – wäre er aus Porzellan – eine hübsche Blumenvase abgegeben hätte. Er beugte sich darüber und schaute dem Gemetzel zu. »So ist das in der Natur, liebe Frau Urban, jeder frisst jeden.« Dann wandte er sich einem trockenen Ast zu, an dem eine *Nepenthes*-Art hinaufrankte. Zahlreiche cyclam und hellgrün gefärbte Kannen hingen daran wie Strümpfe, die auf ein Nikolausgeschenk warteten.

»Sicher.« Therese versuchte, ihr Befremden zu verbergen. War das Natur, wenn lebendes Futter nur deshalb gezüchtet wurde, damit sich ein »Naturliebhaber« an makabren Schauspielen ergötzen konnte? Der Graf war Jäger, auch die gaben sich als »Naturfreunde«. Jetzt hantierte er geschickt mit der Pinzette, doch Therese konnte sich durchaus vorstellen, wie die kräftigen Hände ein schweres Jagdmesser hielten und die langen Finger eine blutige Jagdbeute ausweideten.

Heute aber war Graf von Etteler in ausgesprochen freundlicher Stimmung, was selten genug vorkam. Die Gelegenheit war günstig – sollte sie ihn auf Emmanuel Sabos Papier ansprechen?

Die Neugier plagte sie, seit Ujunwa ihr von der E-Mail erzählt hatte. Aber wie ging sie dann am besten vor? Sie würde lügen müssen, aber anders erfuhr sie wohl nicht, was er zu der Angelegenheit mit den offenbar nicht gezahlten Bestechungsgeldern zu sagen hatte.

Von Etteler stellte das Fliegenkästchen beiseite. »Man darf die Damen nicht überfüttern, nicht wahr?« Er nahm eine Blumenkralle zur Hand, mit der er zwischen ein paar Jungpflanzen die Erde lockerte. Sie schien neu zu sein, der türkisfarbene Lack auf den stählernen Zinken glänzte noch. Die Griffe der neuen Serie waren offenbar schwarz. Es hatte Therese beeindruckt, dass die Herstellerfirma der handlichen Kralle eine Garantiezeit von fünfundzwanzig Jahren einräumte. Auch ihre war unverwüstlich. Diese hier hatte der Graf wohl nur angeschafft, weil er die alte verloren glaubte. Nun, er würde sie schon finden, jetzt lag sie frei zugänglich unter dem Pflanztisch.

Während der Fütterung der Karnivoren hatten sie sich auf die Tür zubewegt, die nach wie vor offen stand. »Übrigens, Herr von Etteler, da wäre noch etwas …«

»Ja bitte?« Er wandte ihr den Kopf zu, behielt aber das Gartenwerkzeug in der Hand, als wolle er ihr bedeuten, dass er anderes zu tun hatte, als ihr zuzuhören.

»Ich habe da etwas erfahren, worüber ich Sie informieren muss.«

Er drehte sich zu ihr um, seine Augenbrauen hoben sich und verstärkten die Falten auf seiner Stirn. »Gibt es Probleme in der Bibliothek?«

»Nein, keinesfalls.« Sie sah ihn so treuherzig an wie eben möglich. »Ich weiß, Herr von Etteler, dass Sie es nicht gern sehen, wenn jemand die kostbaren Bildbände anfasst. Aber ich konnte nicht widerstehen, als ich die Merian-Drucke offen da liegen sah, und habe ein wenig darin geblättert.« Schuldbewusst schaute sie auf ihre profan mit Birkenstocks beschuhten Füße.

»Das kann ich sogar verstehen, Frau Urban«, sagte er. »Und Sie sind ja auch nicht irgendwer.«

»Danke. Und beim Blättern habe ich dann dieses Papier gefunden, nach dem die Polizei später wohl gesucht hat.«

Des Grafen helles Gesicht verfärbte sich. »Haben Sie es herausgenommen?«

»Nein, ich habe nur kurz darauf geschaut und es gar nicht angefasst.«

Er richtete seinen Blick auf einen Punkt hinter Therese, die meinte, die raue Zunge der Kobralilie fahre ihr bereits das Rückgrat hinab. »Dann waren Sie es wohl, die der Polizei von dem Papier erzählt hat?«

»Natürlich nicht«, sagte Therese mit der gesamten Empörung, zu der sie fähig war.

Von Etteler sah sie skeptisch an. »Und was soll nun damit sein?« Mit einer ungeduldigen Bewegung seiner Hand ließ er die kleine Blumenkralle vor- und zurückwippen.

»Entschuldigen Sie, Herr von Etteler, aber die Geschichte geht noch weiter. Neulich habe ich nämlich ein Mitglied der nigerianischen Besuchergruppe kennengelernt, Frau Achibola, die Übersetzerin, Sie kennen sie wohl. Ganz zufällig, wir haben uns auf der Straße getroffen. Sie hat mich von der Besichtigung her erkannt und Fragen zur Bibliothek gestellt. Dann haben wir einen Kaffee zusammen getrunken und über die schreckliche Korruption in ihrem Land gesprochen. Ganz entsetzt hat sie mir erzählt, dass die Kosten für das Kinderhaus in Ilesha dadurch so verteuert worden sind. Dabei sei es eine überaus hilfreiche Einrichtung – das hat sie gesagt –, wie sie ihr Land dringend benötige.« Ujunwa möge ihr die Notlügen verzeihen. »Sie hat von vierzigtausend Euro gesprochen, eine Zahl, die sie von Ihnen erfahren habe, Herr von Etteler.«

Seine hellen Augenbrauen zogen sich zusammen, doch er sagte nichts. Therese holte tief Luft. »Ich erinnerte mich an den Ortsnamen, weil ich zufällig die Abrechnung in dem Merian-Band gesehen hatte. Selbstverständlich habe ich Frau Achibola nicht gesagt, dass ich die wahre Summe kenne. Das gehört schließlich zu den Bibliotheksinterna. Aber ich hielt es für meine Pflicht, Sie darüber zu informieren, dass mit dieser Kostenaufstellung etwas nicht stimmt.«

Der Graf schüttelte den akkurat gescheitelten Kopf. »Nichts für ungut, liebe Frau Urban, aber das ist Unsinn, was Sie da reden. Schon als mir Herr Sabo die Abrechnung zeigte, habe ich gesehen, dass sie falsch war.« Beim Reden war seine Stimme schärfer geworden. Die Blumenkralle in seiner Hand zeigte mit den stählernen Zinken auf sie.

In Thereses Bewusstsein begann ein Bild sich zu formen …

»Ich weiß auch nicht, was Sie mit solchen Anschuldigungen erreichen wollen, Frau Urban.« Jetzt sprach er in dem ätzenden Ton, von dem Oliver Bussmann ihr erzählt hatte. »Soll der gute Ruf unserer St.-Ansgar-Stiftung beschmutzt werden?« Der Graf ereiferte sich, als er die altbekannte Litanei von den verdienstvollen Werken der Stiftung herbetete und die hochrangigen Persönlichkeiten aufzählte, die St. Ansgars Arbeit gewürdigt hätten.

Therese starrte auf die Blumenkralle in seiner Hand, deren fünf türkis glänzende Zinken im Dreieck angeordnet waren. Was war nur damit? Etwas in ihrer Erinnerung machte ihr den Anblick unheimlich.

Als die Erkenntnis sie überkam, wäre sie beinahe zusammengezuckt. Genauso waren die Verletzungen Emmanuel Sabos beschrieben worden: hervorgerufen von fünf Zacken, im Dreieck angeordnet, die an seinem Kopf tiefe Kerben hinterlassen hatten. Nach seinem Tod hatte sie Dutzende Male ihre eigene Kralle in der Hand gehabt, aber nie war der Groschen gefallen. Wer schaute sich auch ein Gerät genauer an, das er täglich benutzte? Jetzt erstand vor ihren Augen das Bild der kräftigen Hand des Grafen mit der Blumenkralle darin, die gegen Emmanuels Kopf geschwungen wurde. Sie sah zur Tür, die zum Glück noch offen stand. Aber es musste die alte Kralle gewesen sein, die mit dem orangen Griff, die wohl nicht zufällig, wie sie angenommen hatte, in dem Erdhaufen versteckt gelegen hatte. Der Mörder hatte das Tatwerkzeug beseitigen wollen …

Von Etteler beendete seine Rede mit den ärgerlichen Worten: »Und jetzt verlassen Sie bitte das Gewächshaus, Frau Urban. Ich habe zu tun.« Er drehte sich um und ging zu seinen hinterhältigen Pflanzen zurück.

Nur zu gern, dachte Therese. Soll er sich um die Verwandten kümmern.

Als sie sich nach ihren Dahlien bückte, spähte sie zum Grafen hinüber, der sich mit dem Rücken zu ihr über ein Gewächs beugte. Wenn sie die Blumenkralle liegen ließ, würde sie verschwinden wie Emmanuels Papier. Und mit ihr die Spuren des Täters. Mit den Spitzen von Daumen und Zeigefinger ergriff sie die Biegung eines Zinkens und ließ den Stiel vorsichtig zwischen die Dahlien gleiten. Die hinterließen wenigstens keine Fingerabdrücke.

Erleichtert blies sie den angehaltenen Atem aus, als sie die Tür des schaurigen Gewächshauses hinter sich schloss. Den klebrigen Tentakeln des Menschenfresserbaums war sie mit knapper Not entkommen. Nun musste sie schnellstens Paolo von der mörderischen Kralle im Karnivorenhaus berichten. Alles andere war seine Sache.

Zurück in ihrem Büro, konnte Therese kaum glauben, was sie eben erlebt hatte. Hatte sie wirklich das Tatwerkzeug entdeckt, oder war alles nur ein Hirngespinst? Im Gewächshaus des Grafen – was hatte das zu bedeuten?

Vorsichtig legte sie den gehaltvollen Dahlienstrauß auf einer freien Fläche ihres Schreibtischs ab, fuhr den Computer herunter und brachte ihre Kaffeetasse in die Spülküche. Schnell noch ins Magazin, dann konnte sie losfahren. Sie legte die ledergebundenen Kataloge zurück in die säurefreien Pappkartons und lud sie auf ihren Arm. Im Vorbeigehen entdeckte sie, dass zwischen den Dahlien die türkisfarbenen Zinken der Blumenkralle herausragten. Die konnte hier nicht bleiben, die Gefahr war viel zu groß, dass von Etteler mit einem Besucher oder Angestellten hereinkam und sie fand.

Therese stellte die Schachteln wieder ab. Die Kralle in den offenen Schränken zu verstecken reichte nicht, und ihren Rucksack konnte jeder durchsuchen. Am besten nahm sie das Gerät mit. Sie holte einen kleineren Karton, faltete ihn auf und füllte ihn mit zerknülltem Altpapier, um ihre Beute sorgsam darin zu betten. Die anderen Behälter kamen obendrauf und dann wieder auf ihren Arm, in der anderen Hand hielt sie die Schlüssel.

Niemand begegnete ihr, als sie die Kataloge balancierend die

Treppen zum Keller hinabstieg. Im klimatisierten Magazinraum lagerten die Originale der im Lauf der Jahrhunderte entstandenen Verzeichnisse, Akten aus der Schlossverwaltung und viele zerfledderte Bücher mit zerrissenen oder fleckigen Einbänden, die für die Bibliothek zu unansehnlich waren. Therese schloss die dicke Feuerschutztür auf und schob den Keil darunter, damit sie nicht zufiel. Es würde nicht lange dauern.

Im Laufe des Tages hatte jemand die Regalzeilen verschoben, an den Stellplatz für die Kataloge kam sie so nicht heran. Therese trat an die Schalttafel für das automatische Schiebesystem und gab die Nummern der Regale ein und die Richtung, in die sie verschoben werden sollten. Leise brummend setzte sich der Motor in Gang und bewegte einen schweren Schrank nach dem anderen zur Seite. Lange benötigte er nicht dazu, aber wie immer lag der Zwischengang, in den sie hineinmusste, ganz am anderen Ende der Reihe. Zum Glück brauchte sie hier nicht mit der Hand zu kurbeln. Therese starrte ungeduldig auf die vorbeiziehenden blauen Seitenflächen.

Eben war der Motor verstummt, da wischte ein orangerotes Etwas an ihren Füßen vorbei in den Raum. Sir Henry, so eilig wie auf der Flucht. Eine Maus verfolgte er wohl nicht, denn er kam ihr nach in den Gang und strich maunzend um ihre Beine.

»Für Streicheleinheiten hab ich jetzt keine Zeit, Kater«, sagte sie zu ihm, während sie die Kartons in die tiefen Fächer räumte. Anders als in jedem Archiv, das Therese kennengelernt hatte, war hier so viel Platz, dass die flachen, großformatigen Kataloge nebeneinanderliegen konnten und die Einbände nicht gepresst wurden.

So, das war der letzte. Therese wollte sich gerade aus einem unteren Abteil aufrichten, da begann der Motor wieder zu brummen. Ihr Kopf fuhr hoch und knallte gegen das obere Blech. Im nächsten Moment spürte sie an ihrem Hinterteil eine Berührung, die sofort zum Druck wurde, unaufhaltsam schob das Nachbarregal sie mit dem Kopf voraus in das vor ihr liegende Fach. Sie hörte einen dumpfen Laut, das war die zufallende Tür.

»He, nein«, rief sie gegen die hallenden Blechwände. Hastig legte sie den Oberkörper quer und zog ihre Beine nach, damit sie nicht zwischen die Regalbleche gerieten. Sir Henry sprang ihr im letzten Moment hinterher, seine Krallen trafen ihre Arme. Vor Schreck schrie Therese auf. Etwas raschelte unter ihr, das musste die papiergefüllte Schachtel mit der Blumenkralle sein, die noch auf dem Boden stand und jetzt zerdrückt wurde.

Das Regal machte halt, der Motor schaltete sich ab. Stille. Schwarze Stille, es war völlig dunkel.

»Hilfe«, schrie Therese. »Ich bin hier drin.« Wenn die Tür zu war, konnte sie draußen keiner hören. »Ist da jemand? Hilfe.«

Rufen war sinnlos. Sie war allein. Allein mit Sir Henry und eingeklemmt in ein Regalfach, dessen kalte Wand sie am Rücken spürte. Hin- und herrutschend versuchte sie, eine bequemere Lage zu finden. Reines Glück war es gewesen, dass sie ein fast leeres Fach erwischt hatte. Ein Zittern überlief sie, als ihr bewusst wurde, wie knapp sie sich gerettet hatte.

Und dann kam der Schreck, er schüttelte sie geradezu. Wenn sie aufrecht gestanden hätte, wäre sie zerquetscht worden. Sie befand sich ganz hinten im Gang, so schnell, wie alles gegangen war, hätte sie es nie bis zum Ausgang geschafft. Über die Gefahr zwischen den automatisch gesteuerten Regalen hatte sie sich keinerlei Gedanken gemacht. Jetzt war die Fliegenfalle zugeklappt, und der Verdauungsprozess begann …

Schnell vertrieb Therese den grässlichen Einfall. Unter sich spürte sie die Pappkartons mit den Katalogen, wenigstens dort war kein Blech. Sie lag auf der Seite mit gebeugtem Kopf und eng angezogenen Knien, vor ihrem Bauch hatte der Kater es sich bequem gemacht und begann zu schnurren. Für ihn war das alles ganz normal; dass die Menschen seltsame Gewohnheiten hatten, war ihm nichts Neues.

Die Dunkelheit war undurchdringlich, es war keine von der Art, an die man sich gewöhnte, aus der sich nach und nach graue Schemen herausbildeten. Therese streckte einen Arm aus und erkundete den Raum, der ihr zur Verfügung stand. Sie wusste, dass die Abteile einen Meter zwanzig lang und fünfzig Zentimeter tief waren. Nicht viel für einen ausgewachsenen Menschen. Nach oben hatte sie noch Platz, aber das half wenig. Im gegenüberliegenden Regal fühlte sie Buchrücken. Als ihre Hände über den Boden tasteten, entdeckte sie eine knapp handbreite Lücke zwischen den Fächern, die eigentlich ohne Zwischenraum hätten gegeneinanderstoßen müssen. Die Blumenkralle – ihre stählernen Zinken hatten das Regal gestoppt.

Hatte derjenige, der den Motor in Gang gesetzt hatte, gewusst, dass sich Therese zwischen den Schränken befand? Die Tür war zugefallen, bevor sie zum Stillstand gekommen waren, er hatte also nichts darin verstaut. Es mochte jemand gewesen sein, der den offenen Gang zwischen den Regalzeilen gesehen und angenommen hatte, er sei vergessen worden. Ein Ordnungsfanatiker wie der Graf. Therese schauderte es, als sie sein zorniges Gesicht vor sich sah und wieder seine scharfe Stimme hörte. Wenn er der Mörder Emmanuel Sabos und die Abrechnung des Kinderhauses der Grund war, mochte er gedacht haben, dass Therese ihm auf der Spur war …

Wie auch immer – sie war hier eingesperrt und es gab keine Möglichkeit, herauszukommen. Es war Freitag, am Wochenende verirrte sich niemand ins Magazin. Sie musste sich auf eine lange Wartezeit einstellen.

Sir Henry drehte sich um und drückte die Füße mit ausgestreckten Krallen in ihren Bauch. Ihm war langweilig. Sie streichelte den Kopf des Katers, den er wohlig an ihrer Hand rieb. Ujunwa würde sich wundern, wenn sie vor ihrer Tür stand und Therese nicht öffnete. Aus dem gemütlichen Abend auf ihrem Balkon würde nun nichts werden. Und Paolo – was würde er denken, wenn sie am Samstagabend nicht erschien? Dass sie einen Rückzieher mache, weil sie einen Polizisten nicht näher kennenlernen wollte? Vielleicht würde er noch bei ihr anrufen oder vorbeifahren, aber gewiss nicht Himmel und Hölle in Bewegung setzen, um nach ihr zu suchen.

»Tja, Kater, dann werden wir beide wohl das Wochenende zusammen verbringen«, murmelte Therese und unterdrückte ihre Angst. Sir Henry strahlte Wärme ab wie ein kleines Heizkraftwerk, erfrieren würde sie schon mal nicht.

***

Wie jeden Abend nahm Ujunwa das Kreuz mit dem leidenden Jesus von der Wand und versteckte es unter ihrem Bett. Am Morgen würde sie es wieder aufhängen müssen, aber beim Erwachen wollte sie den gruseligen Anblick nicht vor Augen haben.

Regina saß mit den anderen vor dem Fernseher im Aufenthaltsraum, doch Ujunwa war nicht nach Gesellschaft. Sie hatte sich auf den Abend mit Therese gefreut und war enttäuscht, weil sie sich nicht getroffen hatten. Mehrmals hatte sie an ihrer Tür geklingelt, doch niemand hatte ihr geöffnet. Dann war sie zurück ins Gästehaus gegangen und hatte mit Reginas Handy angerufen, und als keine Antwort kam, war sie, weil sie glaubte, sich in der Zeit geirrt zu haben, noch einmal in den Ükern gewandert. Sogar zur Pader war sie gelaufen, wo sie sich neulich getroffen hatten. Viele junge Leute waren vom Parkplatz aus unterwegs in die Stadt gewesen, andere waren mit Tüten beladen von dort zurückgekehrt, aber Therese hatte sie nicht gesehen. Nachdem sie noch eine ganze Stunde vor ihrer Tür gewartet hatte, war sie wieder zu ihrer Unterkunft gegangen.

Sie zog ihren Schlafanzug an und legte sich aufs Bett. Therese mochte etwas dazwischengekommen sein, etwas mit ihrem Freund vielleicht, und sie hatte keine Zeit gefunden, Ujunwa zu benachrichtigen. Es war auch schwierig, sie im Gästehaus zu erreichen. Warum nur hatte sie Therese nicht Reginas Handynummer gegeben? Sie war gleich bereit gewesen, es Ujunwa für den Abend zu überlassen. Wenn ein Anruf aus Nigeria käme, hatte sie gesagt, solle sie es klingeln lassen, das sei dann ihr Onkel und der könne warten. Aber das Handy lag auf dem Schreibtisch und blieb stumm.

Ujunwa stand auf und versuchte es noch einmal bei Therese. Nichts. Was war bloß geschehen? Die Deutsche hatte einen verlässlichen Eindruck gemacht. Beunruhigt stellte sich Ujunwa ans Fenster und sah auf den beleuchteten Parkplatz hinaus. Wahrscheinlich würde sich alles als harmloses Missverständnis aufklären, aber was war, wenn Therese im Schloss etwas zugestoßen war? Oder unterwegs? Sie dachte daran, zur Polizei zu gehen, aber dort würde man ihr nur sagen, dass es für die Suche nach einer Vermissten viel zu früh sei.

Eine schwarze Limousine mit glänzendem Lack fuhr durch das Tor, das sich automatisch hinter ihr schloss.

Mit einem Buch in der Hand setzte sie sich aufs Bett, blätterte ein paar Seiten um und legte es beiseite, weil sie sich nicht konzentrieren konnte. Sie waren im sicheren Deutschland – was sollte Therese hier Schlimmes widerfahren? Außerdem schien sie durchaus in der Lage zu sein, auf sich aufzupassen und sich notfalls helfen zu können. Einen Moment lang beruhigte sie der Gedanke, bis ihr einfiel, dass sie – wenn sie überhaupt auf die Idee gekommen wäre, über so etwas nachzudenken – das Gleiche auch von Emmanuel angenommen hätte.

Nachdem sie das Licht gelöscht hatte, zog sie die Decke über sich, lag aber noch wach, als Regina kam und sich im Dunkeln auszog. Bald hörte Ujunwa vom anderen Bett her regelmäßige Atemzüge. Sie stand noch einmal auf und drückte im Schein der Parkplatzbeleuchtung die Wahlwiederholungstaste. Wieder keine Reaktion. Immer mehr stieg ihre Sorge um Therese. Ihr Bild vom sicheren Deutschland war doch sehr ins Wanken geraten.

***

Wie spät mochte es sein? Im Dunkeln verließ einen jedes Zeitgefühl. Ob es schon Samstag war? Sie hatte Durst, ihre Glieder schmerzten, und schon wieder drückte ihre Blase.

Therese knöpfte ihre Hose auf und zog sie im Liegen herab. Für ihre Notdurft immerhin hatte sie eine Lösung gefunden. Keinesfalls durften die kostbaren Kataloge unter ihr beschmutzt werden, die Generationen von Bibliothekaren umhegt hatten und oft der einzige Wegweiser durch die unübersehbar zahlreichen literarischen Bestände waren. Und mit verdreckter Kleidung wollte sie bei ihrer Rettung auch nicht dastehen. An einer Seite ihres Gefängnisses schob sie sich über die Lücke zwischen den Regalen, die sie der Blumenkralle zu verdanken hatte, und erleichterte sich. Auch Sir Henry schien diesen

Ausweg gefunden zu haben, Therese hatte es hin und wieder plätschern gehört. Katzen waren reinliche Tiere.

So gut es ging, streckte sie sich wieder aus. Etwas mehr Platz hatte sie gewonnen, nachdem sie die Bücher aus dem anderen Regal so umgeschichtet hatte, dass in den beiden Fächern die Diagonale für sie frei wurde. Einige Bände hatte sie auf dem kalten Blech des Bodens ausgelegt, auf denen sie jetzt lag, ein kleiner Stapel bildete ihr Kopfkissen. Fast gemütlich hatte sie es in ihrer Höhle. Sir Henry schien nichts zu vermissen, er schnurrte zufrieden und hatte kein einziges Mal gemaunzt.

»Wenn wir hier herauskommen, kriegst du eine ganze Dose Thunfisch für dich allein«, versprach Therese dem Kater. Mit seinem ewigen Bedürfnis nach Streicheleinheiten war er ihr in der Vergangenheit oft auf die Nerven gegangen, doch das bat sie ihm jetzt ab. Warm spürte sie sein Fell unter ihren Händen, sein Schnurren beruhigte ungemein.

Sir Henry war ihr einziger Trost, wenn die Verzweiflung sie überfiel. Solange Therese die Bücher hin- und hergeschoben und ihr Gefängnis eingerichtet hatte, war es nicht so schlimm gewesen. Sie hatte sich gefreut, dass sie mit nur leicht abgewinkelten Beinen auf dem Rücken liegen konnte, und die Nähe des Katers genossen, der es sich gleich auf ihrem Bauch bequem gemacht hatte. Eine Weile hatte sie sogar geschlafen, doch die unbequeme Lage hatte sie aufgeweckt. Bis sie realisiert hatte, wo sie sich befand, hatte es eine ganze Weile gedauert, und dann hatte sie weinen müssen. Sir Henry hatte es wahrscheinlich nur warm haben wollen, aber sie war ihm dankbar gewesen, als er sich wie jetzt eng an ihre Seite schmiegte.

»Du bist mir einer«, sagte Therese zu ihm, nur um ihre eigene Stimme zu hören. Sonst mochte sie die Stille, doch zusammen mit der Dunkelheit lag sie auf ihr wie ein Zentnergewicht. Ihr Mund war schon ganz ausgetrocknet – wie lange dauerte es, bis man verdurstete? Musste sie darüber nachdenken, ihren eigenen Urin zu trinken, wie sie es oft gelesen hatte? Wenn sie erst am Montagmorgen befreit werden sollte, waren fast siebzig Stunden in diesem Kerker auszuhalten, das hatte sie längst ausgerechnet, und dann war es nicht einmal sicher, dass man sie sofort fand.

Bald würde zu dem Durst der Hunger kommen, und nicht nur der ihre …

Vorsichtig, damit sie die papierene Unterlage nicht verschob, legte sich Therese auf die Seite und rollte sich zusammen, sodass Sir Henrys Rücken in der Höhlung ihres Körpers lag. Vielleicht konnte sie noch ein wenig schlafen, dann verging die Zeit schneller. Als hätte Sir Henry gewusst, dass sie ihn brauchen würde, war er ihr in den Magazinraum nachgelaufen, so schnell, dass sie gedacht hatte, er sei vor irgendetwas auf der Flucht. Wahrscheinlich war das in Wahrheit der Grund für seine Anhänglichkeit. Der Kater hatte wohl Oliver Bussmann erblickt, er war der Einzige, vor dem er davonlief. Warum war das nur so? Bei Gelegenheit musste sie Oliver danach fragen …

Sie war wohl eingenickt, doch mit einem Mal war sie hellwach. Da war wieder der Traum gewesen, mit dem Bild, das ihr ganz deutlich gezeigt hatte, wer für Emmanuel Sabos Tod verantwortlich war. Aber anders als in den letzten Tagen stand es ihr nun deutlich vor Augen. Sie schaute aus dem Bibliotheksfenster, und unten ging Oliver Bussmann vorbei, der den Schlüsselbund des Grafen von einer Hand in die andere fallen ließ.

So plötzlich warf sie sich auf den Rücken, dass der Kater aufsprang und empört fauchte. Deutlich erinnerte sie sich an die Szene, ein Traum war das keineswegs. Ihre Gedanken rasten. Es war an dem Montag gewesen, als Sabo das Papier versteckt und Oliver die Vitrine abgeschlossen hatte. Therese hatte das Bild vor dem Fenster in sich aufgenommen, dann aber vergessen. Oliver hatte sie angelogen, als er gesagt hatte, er habe den Grafen unten an der Tür getroffen und ihm die Schlüssel übergeben. So schnell hätte von Etteler den langen Weg gar nicht zurücklegen können, das hatte sie nicht bedacht. Ebenso war Bussmanns Desinteresse an Sabos Papier gespielt gewesen. Er musste es gewesen sein, der es entwendet hatte, und dafür konnte es nur einen Grund geben …

Suchend streckte sie eine Hand nach Sir Henry aus und kraulte sein Fell. »Tut mir leid, Kater«, sagte sie in die Dunkelheit hinein. »Ich weiß, du hast mich gewarnt.« Sie hätte daran denken sollen, dass auf Sir Henrys Flucht in der Regel ein Auftritt Oliver Bussmanns folgte, und sich gleich fragen müssen, warum sie keine Schritte gehört hatte und er sich nicht zeigte. Das war nicht die Vorsicht gewesen, die sie Paolo und sich selbst versprochen hatte. Jetzt war sie sicher, dass sie nicht aus Zufall hier eingesperrt war und – bevor sie sich hatte retten können – beinahe den Tod gefunden hätte.

Sie starrte ins Dunkel, doch wie es ihr Traum versprochen hatte, sah sie hell beleuchtet vor sich die Lösung des Falls. Bussmann musste derjenige sein, der die Bestechungsgelder unterschlagen hatte, und damit das nicht herauskam, hatte er Emmanuel Sabo getötet. Und zwar im Gewächshaus des Grafen, wo sich Emmanuel die fleischfressenden Pflanzen angeschaut hatte, und mit der Blumenkralle, die sie dort gefunden hatte. Die Tür hatte die ganze Zeit offen gestanden, wahrscheinlich hatte Bussmann Thereses Gespräch mit dem Grafen heute Nachmittag belauscht und so erfahren, dass eine Mitwisserin zu beseitigen war.

Zufrieden schnurrend wie zuvor lag Sir Henry neben ihr. Ihn interessierte es nicht, wenn sich die Menschen gegenseitig umbrachten, solange jemand übrig blieb, der für sein Futter sorgte. Wie gut, dachte Therese, dass sie von Etteler vorgelogen hatte, Ujunwa wisse nichts von der Angelegenheit, denn sonst wäre sie ebenfalls in Gefahr.

Unternehmen konnte sie jetzt nichts. Nach einer Weile drehte sie sich wieder auf die Seite, wo ihr kleiner Heizofen ungerührt vor sich hin brummte. Immer schon hatte Sir Henry gewusst, dass Oliver Bussmann gefährlich war, ein Fingerzeig auf Katzenart, den sie viel ernster hätte nehmen sollen.

»Du bekommst sogar zwei Dosen Thunfisch, Kater«, murmelte sie, bevor sie einschlief in der sicheren Gewissheit, dass Sir Henry sie warnte, wenn der Mörder sich ihrem Versteck näherte.

ELF

Erschrocken fuhr Ujunwa aus dem Schlaf. Ein Poltern und Krachen, einer der Schränke der gräflichen Bibliothek war umgefallen und hatte Therese unter sich begraben. Sie rieb sich die Augen und sah sich um. Draußen dämmerte eben der Morgen herauf, Regina lag in ihrem Bett und schlief. Ujunwa hatte nur geträumt.

Trotz dieser Erkenntnis blieb die Beunruhigung, als sie sich ins Bett zurücksinken ließ. Sie hatte nur wenig geschlafen und immer wieder auf die Uhr geschaut, während ihr Gefühl zunahm, dass es ein Fehler war, nicht sofort die Polizei von Thereses Verschwinden zu benachrichtigen. Wenn ihr etwas geschehen war, dann deshalb, weil sie mit jemandem über die E-Mail und den sich daraus ergebenden Verdacht gesprochen hatte. Hoffentlich nicht mit dem Grafen, aber dazu fehlte ihr wohl doch der Mut. Eher schon mit Oliver Bussmann, von dem sie erzählt hatte, dass sie manchmal mit ihm in der Bibliothek zusammensaß und über die Ereignisse im Schloss plauderte.

Wieder stand vor ihren Augen das Bild des Grafen, wie er am Tisch des argentinischen Restaurants mit unmutiger Miene von den hohen Bestechungsgeldern sprach. War der Ärger nur gespielt gewesen? Oliver Bussmann hatte die Angabe bestätigt, auch er wusste also von den Zahlungen. In seinem Gesicht hatte Ujunwa einen säuerlichen Ausdruck wahrgenommen und gedacht, dass es ihm nicht recht sei, wenn sein Arbeitgeber von gesetzwidrigen Vorgängen sprach. Doch auch ein anderer Grund war denkbar. Bussmann konnte ebenfalls die Abrechnungen gefälscht haben, und er wohnte im Schloss. Therese hatte Vertrauen zu ihm …

Ujunwa sprang aus dem Bett und rief noch einmal von Reginas Handy aus bei Therese an. Wenn das Klingeln sie aus dem Schlaf riss, mochte sie ruhig schimpfen, aber sicher verstand sie Ujunwas Sorge. Therese nahm nicht ab. Schnell zog sie sich an, weil sie noch einmal zu Thereses Wohnung gehen und dort

Sturm läuten wollte. Wenn sie sich dann immer noch nicht rührte, würde Ujunwa sofort zur Polizei gehen. Vielleicht war es trotz des Wochenendes möglich, Kommissar Brinkmöller aufzutreiben, der auf sie einen zugänglichen Eindruck gemacht hatte. Im Telefonbuch fand sie die Anschrift der Wache, und weil sie den Weg nicht kannte, nahm sie ihren Stadtplan mit. Auch Reginas E-Mail steckte sie ein. Auf einen gelben Zettel schrieb Ujunwa, dass sie einen langen Spaziergang mache, und klebte ihn an den Spiegel im Bad.

Wie Ujunwa es befürchtet hatte, öffnete Therese nicht die Tür. So fest konnte sie um diese Zeit doch nicht mehr schlafen. Mit dem Finger verfolgte sie das Straßengewirr auf ihrem Plan, bis sie die Riemekestraße fand. Allzu weit schien es nicht zu sein, und ein Taxi sah sie ohnehin nicht. Sie lief, so schnell sie konnte, und kümmerte sich nicht darum, wenn ihr die wenigen Leute, auf die sie unterwegs traf, verwundert nachschauten. Trotz ihrer Angst nahm sie wahr, wie sauber in dieser Stadt auch die Nebenstraßen waren. Gepflasterte Bürgersteige gab es in nigerianischen Städten nur selten, und in den Lagoser Straßen würde sie jetzt – in der Regenzeit – über schlammgefüllte Schlaglöcher springen müssen.

Vor der Polizeiwache machte sie halt und beruhigte ihren Atem. Sie stand vor einem massiven rot geklinkerten Bau, der solide Verlässlichkeit ausstrahlte und dessen grüne Fensterrahmen sie freundlich einzuladen schienen. Die Polizei, dein Freund und Helfer, hieß es hier, das galt hoffentlich auch für Ausländerinnen.

Es war wohl ihr gutes Deutsch, das den Beamten hinter der Glasscheibe letztendlich überzeugte. Zuerst hatte er sie skeptisch angesehen, als sie von ihrer verschwundenen Freundin erzählte und von dem möglichen Zusammenhang mit dem Tod Emmanuel Sabos. Als sie den Namen Kommissar Brinkmöllers erwähnte, griff er zum Telefon und rief ihn an. Was er sagte, konnte Ujunwa nicht hören, doch bald kam er mit dem Telefon in der Hand zum Schalter zurück und erklärte, dass der Kommissar sie in fünf Minuten vor der Wache abholen werde. Beim Hinausgehen sah sie, dass er noch mit Brinkmöller sprach.

Ujunwa dauerte es viel zu lange, bis endlich des Grafen sonore Stimme aus der Sprechanlage drang. Neben dem schwarzen Volvo des Kommissars standen zwei blau-silberne Streifenwagen, die sie bereits erwartet hatten, als sie auf dem Parkplatz vor dem Schloss Ettlerbrück ankamen. Brinkmöller hatte sie herbeordert und dem Beamten auf der Wache außerdem Anweisung gegeben, sich in den Krankenhäusern nach einer eventuellen Einlieferung Thereses zu erkundigen. Man werde ihn unterwegs benachrichtigen, wenn das der Fall sein sollte, hatte er gesagt, doch es war kein Anruf gekommen. Ujunwa hatte ihn über die E-Mail und die auf der Abrechnung fehlenden vierzigtausend Euro informiert, danach war die Fahrt weitgehend schweigend verlaufen. Mehrmals war ihr aufgefallen, dass Brinkmöller schneller fuhr als erlaubt.

Anders, als Ujunwa es aus Nigeria kannte, wo die Polizei verdächtige Anwesen ohne viel Federlesens und sogar unter Einsatz von Schusswaffen stürmte, erklärte Kommissar Brinkmöller dem Grafen, dass Therese Urban vermisst werde und er befürchte, dass sie irgendwo im Schloss zu Schaden gekommen sei. Höflich bat er von Etteler um die Genehmigung, in den Räumen und Anlagen nach ihr suchen zu dürfen.

Erstaunt war Ujunwa auch, als der Graf sofort einwilligte. »Ich werde Ihnen meinen Herrn Richter schicken«, sagte er, »er wird Sie herumführen.«

Brinkmöller ging zu den Streifenwagen und sprach mit den darin sitzenden Uniformierten. »Sie werden den Park durchsuchen«, sagte er, als er zu ihr zurückkehrte.

Mit einem dicken Schlüsselbund in der Hand kam ein langer, dünner Mann auf sie zu, den Brinkmöller ihr als den Hausmeister Joe Richter vorstellte. Unter dem beigen Hut sah gleichfarbiges Haar hervor.

»Sie kommen mit«, sagte der Kommissar zu Ujunwa. »Frau Urban wird Sie unter Umständen brauchen.« Er schien ganz sicher zu sein, dass sie Therese hier finden würden.

Ujunwa hatte keinen Blick für den Inhalt der Bücherschränke, als der Hausmeister sie erst durch lange Gänge und dann durch die Bibliotheksräume führte. Stattdessen schaute sie wie die anderen auch in jeden Winkel, hinter jeden Schrank. Ein paar Nebengelasse, das Büro, Spülküche und Toiletten – nirgendwo war Therese zu finden.

»Jetzt fällt mir nur noch das Magazin ein«, sagte Richter und ging ihnen auf der Kellertreppe voraus. Unten schloss er eine voluminöse Tür auf und schaltete das Licht ein.

Etwas rumste blechern. »Hilfe!«, hörte Ujunwa rufen. »Ich bin hier eingesperrt!« Es schien Thereses Stimme zu sein, aber sie klang ziemlich dumpf. Ujunwa seufzte auf, Therese lebte. Hoffentlich war sie nicht verletzt …

»Meine Güte«, sagte der Kommissar, während der Hausmeister auf einen großen blau gestrichenen Schrank zulief. »Therese«, rief er. »Wo steckst du denn?«

»Hier«, erklang es dumpf aus der Richtung, wo in der blauen Fläche eine schmale Lücke klaffte. Brinkmöller ging darauf zu, und Ujunwa folgte ihm.

Der Hausmeister lief zu einem Schaltkasten neben der Tür und drückte einige Tasten. Die Schränke glitten auf Schienen zur Seite, der Spalt vergrößerte sich, eine dicke rötliche Katze kam gemächlich heraus, setzte sich und putzte ihr Fell.

»Therese?«, rief Brinkmöller und stürmte in den offenen Gang, bevor Ujunwa auch nur hineinsehen konnte. Sie folgte ihm und bemerkte ein Paar Beine in einer roten Hose, die aus einem Regalfach ragten. Von Brinkmöller unterstützt, kletterte Therese heraus. Ihr Gesicht war bleich, Tränen liefen über ihre Wangen. Das rote Haar war völlig zerzaust. Verletzungen waren auf den ersten Blick nicht zu sehen.

Verblüfft beobachtete Ujunwa, wie der Kommissar Therese fest in die Arme schloss. Waren hier alle Polizisten so emotional? Therese legte den Kopf an seine Schulter und schluchzte auf. »Meine Güte«, sagte Brinkmöller noch einmal. Er schien ziemlich erschüttert zu sein.

Nach einer Weile löste sich Therese von ihm und kam mit staksigen Beinen auf Ujunwa zu. Sie umarmten sich ebenfalls. »Ujunwa«, sagte Therese mit noch ein wenig zittriger Stimme. »Es tut mir leid, dass ich dich gestern versetzt habe.«

Ujunwa warf ihren Kopf zurück und lachte befreit auf.

»Wenn dich sonst nichts plagt ...« Alle stimmten in ihr Lachen ein.

Die Katze strich um Thereses Beine. Sie ging in die Hocke und streichelte sie. »Das ist Sir Henry«, stellte sie lächelnd vor. »Wir haben zusammen eine wilde Nacht verbracht.« Außer einigen unbequemen Stunden schien Therese nichts Schlimmes widerfahren zu sein. Als sie sich erhob, wirkte sie aber noch steif. »Ich muss euch etwas zeigen«, sagte sie und ging in ihren Gefängnisgang zurück.

Ujunwa bekam einen Schreck, als sie Therese nachsah und ihr klar wurde, wie leicht man zwischen den Regalen zerdrückt werden konnte, wenn sie sich unvermutet in Bewegung setzten. Therese musste sich im letzten Moment in das Regalfach gerettet haben. Jetzt – nach der Befreiung – wirkte sie euphorisch, doch gewiss holte der Schock sie noch ein.

Etwa in der Mitte des Gangs bückte sich Therese, hob einen zerknautschten grauen Karton auf und nahm den Deckel ab. Den Inhalt – ein unansehnliches Gartenwerkzeug inmitten zerknüllten Papiers – präsentierte sie wie eine glitzernde Kostbarkeit. »Tätä«, machte sie ausgelassen. »Das ist das Mordwerkzeug, und ich weiß auch, wer es benutzt hat.« Sie übergab die Schachtel dem Kommissar. »Für dich. Aber jetzt will ich hier raus.« Brinkmöller legte den Arm um ihre Schultern, als sie das Magazin verließen.

Verwirrt folgte ihnen Ujunwa. Was hatte das alles zu bedeuten?

***

Gleich als Therese die Bibliothek betrat, fühlte sie sich wieder heimisch. Sie räkelte sich wohlig, als sie die Wärme spürte, die Sonne schien herein und erhellte jeden Winkel. Noch lief der Mörder Emmanuel Sabos frei herum, doch Paolo würde ihn finden und dafür sorgen, dass er ihr Refugium nie mehr betrat. Kein Grund mehr für die Angst, das Zittern in ihr konnte aufhören.

Als Erstes musste sie Paolo von ihrem Verdacht berichten, der ihr jetzt – im hellen Licht – so zwingend nicht mehr erschien. Mit seinen abfälligen, manchmal menschenverachtenden Sprüchen hatte Bussmann sie oft genervt, aber konnte er wirklich einen Mord begehen? So viel sollte sie in Sir Henrys Verhalten und das Bild aus einem nächtlichen Traum vielleicht nicht hineininterpretieren.

Paolo griff zum Handy und blies die Suche nach ihr ab. Heute trug er nur ein einfaches schwarzes T-Shirt unter einem grauen Leinenblazer, auch so gefiel er ihr. Therese ging zum Fenster und sah hinaus in den Garten. Unten stand Hans Mikus und winkte mit beiden Händen wedelnd zu ihr herauf. Sie lächelte und winkte zurück, dann drehte sie sich um, lehnte sich an die Fensterbank und ließ ihren Rücken von der Sonne wärmen. Obwohl sich ihre Knie noch ziemlich weich anfühlten, wollte sie lieber ihre Glieder strecken als sitzen. Sir Henry strich um ihre Beine, als mache er nach der gemeinsam verbrachten Nacht Besitzansprüche geltend.

Therese hob den Kater auf die Fensterbank und kraulte ihn hinter den Ohren, während sie den anderen erzählte, wie sie zwischen die motorgetriebenen Schränke und in das Regalfach geraten war und was ihr in der Nacht zu Bussmann und den Schlüsseln des Grafen eingefallen war.

»Diese Schlüssel?«, fragte Joe Richter und schüttelte sie. »Hm.« Er musterte den Bund und überlegte.

»Verrat mir erst mal, wie du an die Blumenkralle gekommen bist«, sagte Paolo.

Das war der wunde Punkt, aber anlügen wollte Therese ihn nicht. »Das war reiner Zufall, aber darauf gekommen, dass es sich um das Mordwerkzeug handeln muss, bin ich, weil der Graf mit einer neuen Kralle herumgewedelt hat, als ich ihm von der falschen Abrechnung erzählte.« Sie gab wieder, was im Karnivorenhaus geschehen war und wie ihr die Dahlien geholfen hatten, das Gerät zu verstecken.

»Du kannst es nicht lassen, was?«, sagte Paolo nur und lächelte sie liebevoll an. »Ist doch klar, dass der Täter – wer immer es auch war – euer Gespräch belauscht hat.«

»So war das wohl«, gab Therese kleinlaut zurück. »Ich war

neugierig, zugegeben. Da war der Graf, und in meinem Kopf war die E-Mail. Sozusagen schicksalhaft.« Sie grinste schief. »Dabei hättet ihr – die Polizei, meine ich – über die Abrechnung und die Geldflüsse den Fall sicher auch bald aufgeklärt.«

»Eben.« Obwohl Paolo Grund gehabt hätte, sich zu ärgern, blieben Therese die freundlichen Fältchen neben seinen Augen erhalten.

»Der Kerl hatte die Schlüssel tatsächlich noch«, platzte Joe Richter heraus. »Der Chef war an dem Tag stinksauer.« Alle wandten sich ihm zu. »Ich weiß das noch genau, weil ich die Ersatzschlüssel von der Gräfin holen musste, damit E.T. das Gewächshaus aufschließen konnte. Bussmann war nämlich nicht aufzutreiben. Abends, als sie nach Paderborn gefahren sind, hat er sie dann abgegeben.«

»Und wo ist Herr Bussmann jetzt?«, erkundigte sich Paolo.

»Nicht da.« Joe sah aus dem Fenster. »Er wollte in die Sauna, hat er gesagt, weil es heute Abend wieder spät wird. Dann fährt er immer nach Bielefeld.«

»Ins Ishara?«

»Jau, ich glaube, das hat er gesagt.«

»Da fahre ich sofort hin.« Paolo schaute Therese prüfend ins Gesicht. »Ich sage den Kollegen, dass sie dich und Frau Achibola nach Hause bringen sollen. Fahren kannst du noch nicht.«

»Und mein Auto?«

»Ich kann euch fahren«, bot Joe Richter an. »Ich komm dann mit dem Bus zurück. Kenn ich noch von früher.«

»Gut«, meinte Paolo. »Aber vorerst reden Sie bitte nicht über das, was Sie hier gehört haben. Es ist bisher nur ein Tatverdacht.«

»Hm. Und heute Abend?« Joe freute sich wohl schon darauf, im Dorfkrug mit seinen Neuigkeiten im Mittelpunkt zu stehen.

»Dann meinetwegen.« Paolo musste klar sein, dass er den Tratsch sowieso nicht aufhalten konnte. »Aber achten Sie darauf, dass niemand Sie wegen übler Nachrede belangen kann.«

»Sicher.« Joe wusste, dass aus dem Dorf nichts herausdrang.

»Bis später«, sagte Paolo zu Therese, ließ sich von Ujunwa noch den Ausdruck der Abrechnung geben und verließ die Bibliothek im Laufschritt.

»Ich zieh mich mal schnell um«, kündigte Joe an. »Wir treffen uns dann am Parkplatz.«

»Mmh.« Therese ging mit Ujunwa ins Büro, um ihren Rucksack zu holen. Die Dahlien waren verwelkt, das nannte man wohl Kollateralschaden. Sie nahm sie mit hinaus, um sie im Biomüll zu entsorgen. Von Sir Henry verabschiedete sie sich diesmal in aller Form und Freundlichkeit, ganz sicher würde sie ihn nie wieder »Dicker« schimpfen.

Als sie mit Ujunwa aus der Tür trat, kam Hans Mikus auf sie zu, in der Hand trug er einen riesigen Dahlienstrauß. »Das hab ich mir gedacht«, sagte er, als er ihr die vertrockneten Blumen aus der Hand nahm. »Wo hast du denn gesteckt?«

»Kann dir Joe erzählen«, sagte Therese und bedankte sich. Es würde wohl nicht bis zum Abend dauern, dass ihre Geschichte in Ettlerbrück herum war.

***

Schon an der Tür hörte Ujunwa Reginas Schluchzen. Oh nein, dachte sie, ist heute der Tag der Katastrophen?

Regina lag bäuchlings auf dem Bett, ihr Körper bebte. Ujunwa setzte sich neben sie und strich ihr sacht über den Rücken. Mit einer Hand umklammerte Regina ihr Handy, mit der anderen die Marienstatuette mit den Rosen unter den Füßen.

»Was ist denn, Regina?«, fragte sie mit sanfter Stimme auf Yoruba. »Du kannst es mir erzählen. Ich würde gern versuchen, dir zu helfen.« Doch Regina schluchzte umso mehr.

Hilflos sah Ujunwa sich im Zimmer um. Nichts deutete auf irgendein Unheil hin. Das Kreuz hing wieder an der Wand, mit einem kleinen Schreck fiel Ujunwa ein, dass sie am Morgen vergessen hatte, es wieder aufzuhängen. Aber die Eile war nötig gewesen, ihr Gefühl hatte sie nicht getrogen: Sie hätte noch viel eher versuchen sollen, Therese zu finden. Die Nacht zwischen den Blechwänden des engen Regalfachs, in dem sie sich nicht einmal ausstrecken konnte, musste schrecklich für sie gewesen sein, auch wenn der Kater dafür gesorgt hatte, dass sie sich nicht allzu verlassen fühlte.

Ujunwa hatte gut verstanden, dass Therese als Erstes hatte laufen wollen: frische Luft tanken und die Beine vertreten, hatte sie gesagt. Ujunwa war gern mitgekommen. Sie wanderten hinaus zu den Fischteichen, vertilgten in einem Café ein opulentes Frühstück und redeten die ganze Zeit. Wirklich aufregende Stunden hatte Therese erlebt: am Tag schon die Angst in der Bibliothek, Ujunwas Anruf mit der beunruhigenden Information über den Inhalt der E-Mail, die unheimliche Szene im Karnivorenhaus und dann das Magazinregal, das sie mit einem Mal eingeklemmt hatte.

»Dagegen war die Nacht geradezu erholsam«, sagte sie. »Ich hab mir an Sir Henry ein Beispiel genommen, konnte nur nicht so schön schnurren wie er.« Sie lächelte, doch mit einem Mal begann sie zu zittern. Ujunwa musste Therese einfach in den Arm nehmen, aber sie beruhigte sich lange nicht. Reginas Beben hatte ebenfalls kaum nachgelassen, aber jetzt weinte sie nur noch leise vor sich hin. Ujunwa streichelte ihren Handrücken.

Später hatte Therese von ihrer neuen Liebe erzählt, alles war wohl noch ganz frisch, und dass der Kommissar sie nach der Befreiung so zärtlich in den Arm genommen hatte, war für sie ebenfalls überraschend gekommen. Nach dem Spaziergang begleitete Ujunwa sie nach Hause und blieb, bis Therese eingeschlafen war. Am Abend wollte sie sich mit dem Kommissar treffen. »Paolo ist ein Schlitzohr«, sagte sie lachend. »Da muss man ausgeschlafen sein.« Er schien ein widersprüchlicher Mensch zu sein, aber gerade das schien Therese zu gefallen. Offensichtlich liebte sie Herausforderungen, was Ujunwa nicht ganz fremd war.

Schlafen wollte sie eigentlich auch; so müde, wie sie nach der unruhigen Nacht war, mochte sie das Abschiedsessen der Delegation nicht überstehen müssen. Ob der Graf kommen würde? Ujunwa hoffte, dass ihr irgendwer berichtete, was den Tag über geschehen war. Therese wollte gleich anrufen, wenn sie etwas erfuhr. Jetzt hatte sie auch Reginas Handynummer.

Vorsichtig zog Ujunwa das Handy aus Reginas Hand und drückte ihr ein Taschentuch zwischen die Finger. »Komm, Regina. Putz dir die Nase und erzähl mir, was los ist. Bestimmt kann ich dir irgendwie helfen.«

Noch auf dem Bauch liegend wischte sich Regina über die Augen und schnaubte in das Taschentuch. Dann drehte sie sich um und setzte sich auf. Ihre Augen waren verquollen und rot unterlaufen, ihre Zöpfchen lösten sich auf.

Ujunwa strich ihr übers Haar. »Bis heute Abend muss da aber noch etwas passieren.«

Regina lächelte, wenn auch ziemlich verkrampft, in ihren Augen stand die blanke Angst. »Gut, dass du da bist, Ujunwa. Ich halte das einfach nicht mehr aus.« Ihre Stimme klang fast hysterisch, immer noch war ein Schluchzen darin.

»Komm, sag's mir.« Ujunwa legte den Arm um ihre Schultern. »Das erleichtert dich ein bisschen.« Sie zeigte auf das Handy. »Hat dich dein Onkel wieder angerufen?«

»Mmh. Wäre ich bloß nicht drangegangen.«

»Was will er denn immer von dir?«

»Das darf ich keinem sagen.« Zwischen ihren Finger drehte sie einen Zipfel des Taschentuchs. »Aber er hat mir wieder gedroht, dass es mir ergeht wie dem armen Emmanuel, wenn ich nicht tue, was er will.«

»Woher weiß er denn das mit Emmanuel?«

»Das hab ich meiner Tante am Telefon erzählt. Er war ja oft mit mir da.« Reginas Verwandte lebten in Oshogbo, nicht weit von der Schule, an der die beiden tätig waren.

»Und was ist das, was du tun sollst?«

Regina schaute auf ihre Hände und blieb stumm.

Ujunwa musste ihr die Angst nehmen. »Dein Onkel hat Emmanuel nicht umgebracht, Regina. Die Polizei kennt den Mörder, es ist ein Deutscher.«

»Sie haben auch Verbindungen nach Deutschland.«

»Wer?«

»Na, Onkel Kazeem und seine Leute.« Regina griff zu einem neuen Taschentuch.

»Aber bestimmt nicht ins Schloss Ettlerbrück.«

Über das Tuch hinweg sah sie Ujunwa mit großen Augen an. »Schloss Ettlerbrück? Ist er von da?«

»Mmh. Aber das erzähle ich dir später.« Wenn ich selbst Genaueres weiß, fügte Ujunwa im Stillen hinzu. »Du siehst also, dass dein Onkel nichts damit zu schaffen hat. Er kann dir hier nicht schaden.«

»Aber zu Hause. Am liebsten würde ich hierbleiben wie Yakubu.«

Das wusste sie also schon. »Und warum tust du es nicht?«

»Ach, hier ist alles so fremd, das würde ich nicht aushalten. Und dann die Sprache …«

Aber in Nigeria mochte sie wirklich bedroht sein. »Dann musst du dich an den Konvent halten, an – wie hieß sie noch?«

»Schwester Helena. Meinst du, sie könnte mir helfen?«

»Sicher fällt ihr etwas ein, wenn du ihr sagst, wovor du Angst hast.«

»Ja.« Die Erinnerung an die Nonne schien sie zu erleichtern. »Sie hat bestimmt Verständnis dafür. Sie kennt ja Onkel Kazeem …«

»Ist er wirklich so schlimm?«

Regina nickte. »Furchtbar jähzornig. Nur mit Emmanuel war er anders, mit dem konnte man sich nicht streiten.« Traurig sah sie zum Fenster, das mit einer Gardine verhängt war.

»Emmanuel war wohl wie ein großer Bruder für dich, hm?«

»Ja. Und mein Freund.« Sie sah Ujunwa an. »Aber nicht so – Emmanuel wollte ja Priester werden. Onkel Kazeem hat das immer gedacht, aber das stimmte nicht.« Regina stand auf, zog die Gardine weg und sah durch die Scheibe hinaus. »Die beiden waren zusammen im OPC, Ujunwa, kennst du den?«

»Sicher. Sie leisten gute politische Arbeit.« Dass sie selbst in der oppositionellen Gruppe mitwirkte, musste Regina nicht wissen.

Sie drehte sich zu Ujunwa um. Mit beiden Händen umklammerte sie jetzt die Marienfigur. »Kann wohl sein. Ich hab kaum zugehört, wenn die Männer über Politik redeten. Emmanuel war ja immer ganz begeistert, wenn er von einem Treffen kam. Wie viele es gewesen sind und was sie erreicht haben, und alles auf friedlichem Wege, hat er dann gesagt. Onkel Kazeem hat immer nur ›Pfft‹ gemacht, der wollte wohl etwas anderes.«

»Und was?«

»Na ja.« Regina musterte Ujunwas Gesicht. »Anfangs waren sie in der gleichen Gruppe, aber nachdem sie Kazeem verhaftet haben …«

»Weil er im OPC ist?«

»Mmh. Er war unterwegs zu einem Treffen in Lagos, das war im August, und sein Konvoi ist von der Polizei überfallen worden.«

Ujunwa war ebenfalls bei dem Treffen gewesen, aber ihr war auf der Fahrt zum Glück nichts geschehen. »Das hat in der Zeitung gestanden, nicht wahr?«

»Ja. Fünf Leute sind verhaftet worden, darunter mein Onkel. Es muss wohl schlimm gewesen sein im Gefängnis, obwohl er ja bald wieder herauskam. Tante Bisi kennt die Frau des *Oba* und hat ihr Geld gegeben, damit hat dann ihr Mann die Beamten bestochen.«

Wie das so lief in Nigeria.

»Danach hat er nur noch geschimpft. Auf die Regierung, die Polizei … Er kennt die richtigen Leute, hat er gesagt, die machen mit dem allem kurzen Prozess. Dann ist er nicht mehr in Emmanuels Gruppe gegangen, nur noch in eine andere.«

Auch in Oshogbo gab es einen gewalttätigen Flügel des OPC. In Ujunwas Gehirn machte es klick, alles fügte sich zusammen. Daniel Adigwes Interesse galt nicht Regina selbst, sondern in erster Linie den Aktivitäten ihres Onkels, für dessen Werkzeuge er Emmanuel, Regina und vielleicht auch Ujunwa hielt. Sie konnte sich denken, welchen Verdacht die State Security hegte. Reginas Angst hatte einen realen und ziemlich bedrohlichen Grund. »Und was hat das mit dir zu tun, Regina? Du interessierst dich doch gar nicht für Politik.«

»Nein. Aber Onkel Kazeem hat gesagt, das muss ich für mein Land tun, und wenn nicht, wird mich der *Babalawo* verfluchen. Er hat mir sogar Haare abgeschnitten.« Vor einem *Juju*-Zauberer hatte Regina Angst, dabei gab es ganz andere Gefahren. Abwesend strich sie mit der Hand an Mariens Gewand entlang.

»Und dann hast du getan, was er gesagt hat?«

»Erst wollte ich es, aber dann hab ich Angst gekriegt. Und

seitdem …« Regina setzte sich wieder neben Ujunwa aufs Bett. »Es ist so schrecklich, Ujunwa, was soll ich nur tun?«

Ujunwa drückte ihre Hand. »Wenn ich dir helfen soll, musst du mir mehr erzählen, Regina. Ich verrate dich bestimmt nicht.«

»Das musst du mir versprechen.« Als Ujunwa nickte, sprudelte es geradezu aus Regina heraus. Kurz vor ihrer Abreise war Kazeem zu ihr gekommen und hatte ihr ein Päckchen übergeben, das sie mit nach Deutschland nehmen sollte. Ganz naiv war Regina nicht, sie hatte sich gleich gedacht, dass es sich um Rauschgift handelte. Ujunwa wusste, dass die militanten Abteilungen des OPC Waffen und Sprengstoff finanzierten, indem sie Drogen schmuggelten. Kazeem hatte von der Reise seiner Nichte mit einer bischöflichen Delegation erzählt und war selbst unter Druck gesetzt worden, die Gelegenheit zu nutzen, weil man wusste, dass hohe Kirchenvertreter nahezu unbehelligt durch die Kontrollen kamen. Eine der üblichen Bewährungsproben in solchen Gruppen, dachte Ujunwa, das neue Mitglied sollte zeigen, was es leisten kann.

»Wo hast du das Päckchen denn versteckt?«, fragte Ujunwa erstaunt. »Unser Zimmer ist doch durchsucht worden.« Hatte Daniel Adigwe es etwa gefunden?

»Ich hab es gar nicht mitgenommen«, sagte Regina mit kläglicher Stimme. »Ich hab es in seinem Haus gelassen, unter einem Haufen Gerümpel. Wenn er das merkt …«

Ujunwa konnte sich vorstellen, welche Ängste Regina ausgestanden hatte, als der Kontaktmann nicht auftauchte, während Kazeems Fragen und dann Verdächtigungen, sie sabotiere den Auftrag, immer bedrohlicher wurden. Aber als sie den glatzköpfigen Mann im Klostergarten erwähnte, musste Ujunwa schmunzeln. Yakubus Bericht nach konnte es sich nur um Uwe Beckmann handeln, dessen Augenzwinkern keinesfalls Regina gegolten hatte. Seitdem hatte niemand Fremdes versucht, sie auf sich aufmerksam zu machen.

»Da ist wohl etwas mit der Absprache schiefgelaufen«, meinte Ujunwa. »Dein Onkel hat das ja zum ersten Mal gemacht.«

»Glaubst du? Und wenn der Mann noch kommt?«

»Dann tu einfach so, als ob du ihn nicht bemerkst. Bis auf

heute Abend haben wir ja kein Programm mehr, und wenn du morgen vor die Tür gehst, nimmst du mich mit oder Timothy und Joseph. Wir lassen dich einfach nicht mehr allein.«

»Aber er könnte hier auftauchen.«

»An der Pfortenschwester kann niemand vorbei, das weißt du doch. Und wenn sie dich anruft, sagst du, du wärest krank und könntest nicht herunterkommen.«

Regina nickte zögernd. »Und Onkel Kazeem?«

»Dem erzählst du bei seinem nächsten Anruf, er soll einmal in das Versteck schauen. Wenn du nach Hause kommst, weiß er, dass kein Schaden angerichtet wurde. Er wird vielleicht schimpfen, aber dann gehst du einfach hinaus.«

Eigentlich sollte ich die Polizei benachrichtigen, dachte Ujunwa. Sie wusste, was Drogen anrichteten, und diese würden sicher irgendwie unters Volk gebracht werden. Aber Kazeems Rache – oder die der Gruppe – würde Regina treffen, die genug ausgestanden hatte. Ein paar Nonnen konnten sie da kaum beschützen.

Regina stand auf und stellte die Marienstatue zurück ins Regal. Dann drehte sie sich zu Ujunwa um. »Es hat wirklich geholfen, mit dir zu reden, Ujunwa. Danke. Aber jetzt …« Sie ging ins Bad und kam mit dem Seifenschälchen voll Wasser zurück, das sie vor der Marienfigur abstellte. »Du weißt ja, heute ist Oshuns Tag.« Dann zeigte sie auf das Kreuz an der Wand. »Das hab ich wieder aufgehängt. Du hattest es wohl vergessen.«

Ujunwa verließ den Raum, als Regina vor ihrem improvisierten Altar niederkniete. Ihre Götter hatten ihr nicht geholfen, aber alles musste seine Ordnung haben.

***

»Mannomann.« Die Schmetterlinge flogen himmelhoch.

»Da staunst du, was?« Paolo stand auf und umarmte Therese ganz selbstverständlich. »Ich wollte dir doch mal zeigen, dass die Bielefelder etwas von Verpackung verstehen.« Sein Mund streifte ihr Ohr. »Aber die Paderborner kriegen das offensichtlich auch gut hin.« Mit seiner Stimme konnte er die Vögel von den Bäumen locken.

Therese hielt ihn von sich ab. »Lass mal gucken.« In einem dunkelblau gewellten Meer schwammen palmenbestandene Inseln im letzten, fast schon nächtlichen Licht traumhafter Sonnenuntergänge. Todschick. Aber Hawaiihemden waren sonst bolleriger. »Lässt du dir die umändern?«

Paolo zeigte seine Lachfältchen. »Das mit der Romantik schaffen wir auch noch.« Er steckte die Hände in die Taschen seiner Jeans. »Aber damit du zufrieden bist: Ja, meine Schwester kann so etwas. Ich kaufe die Dinger größer, und sie schneidert mir Maßhemden daraus. Macht ihr Spaß, aber sie kriegt auch Geld dafür.«

»Ach so.« Therese nahm die Umhängetasche von der Schulter und öffnete den Verschluss. Sie selbst hatte sich ebenfalls schick gemacht mit der moosgrünen Bluse, die ihre Augenfarbe hervorhob, und ihr frisch gewaschenes Haar legte sich ausnahmsweise mal locker um den Kopf. Weil sie sich ein wenig blass fand, hatte sie mit Wimperntusche und Lippenstift nachgeholfen.

Sie lächelte Paolo an. »Ich wollte mich bei dir für die Rettung aus dem finsteren Kerker bedanken.« Sie überreichte ihm die Prinzenrolle, die sie auf dem Weg schnell noch erstanden hatte. »Das weiße Pferd kommt später.«

Erst strahlte er, runzelte dann aber die Stirn und sah sich gespielt vorsichtig um. »Du machst mir Spaß, Therese. Über so etwas sind schon Bundespräsidenten gestolpert.« Sie waren allein auf weiter Flur.

Einander gegenüber nahmen sie auf altmodischen Gartenstühlen Platz, ein wenig Verstaubtheit gehörte zum Flair des Restaurants. Paolo hatte Therese am frühen Abend angerufen und mitgeteilt, dass Bussmann in Haft genommen worden sei, aber weil er auf der Autobahn war, hatten sie nicht viel geredet. Obwohl es im Laufe des Tages kühl geworden war, hatten sie sich auf ihren Wunsch im Freien verabredet, denn immer noch verfolgte sie das Gefühl, in einem blechernen Sarg zu liegen. Die tief hängenden Wolken über dem Paderquellgebiet machten es nicht besser, aber dass sie ganz allein auf der großen Terrasse saßen, gefiel Therese. Beide hatten sich Jacken mitgebracht.

Als die Bedienung kam, bestellten sie Weißwein und für jeden ein Stück Gemüsequiche mit Salat. Paolo sah sich um. Im großen Quellbecken der Börnepader schwammen ein paar Enten, das Wasser war steingrau.

»Bei Sonnenschein ist es hier schöner«, sagte Therese.

»Ich weiß, war ja schon mal hier. Aber vor fünf Jahren gab es noch mehr Natur. Bäume, Büsche … romantische Ecken, du weißt schon.« Er blinzelte mit den Augen.

»Ja, die Paderborner sind immer groß im Aufräumen. Was du romantisch nennst, heißt hier Angstecken.«

»Verrückt. Anderswo bauen sie Grotten, Nischen, sogar Irrgärten.«

»Mmh.« Sie bekamen ihren Wein serviert und tranken jeder einen Schluck. »Aber jetzt erzähl«, sagte Therese. »Wie ist es mit Bussmann gelaufen? Hast du ihn in Handschellen aus der Sauna geführt?«

»Womöglich nackt?« Er grinste sie an. »Wäre mal was für 'nen Film. Nein, ich hab seine Autonummer ausrufen lassen, ›Der Besitzer des Wagens …‹, du weißt schon. Ich hab am Ausgang auf ihn gewartet, mit den Kollegen in der Nähe. Anderswo konnte er nicht heraus, er musste ja den Chip entwerten.«

»Clever. Und dann?«

»Hab ich ihn ganz höflich gefragt, ob er mich aufs Kommissariat begleitet, es wären da ein paar Fragen zu klären.«

»Und er ist gleich mitgekommen?«

Paolo schmunzelte. »Dass die Kollegen einen Schritt näher getreten sind, hat vielleicht ein wenig dazu beigetragen. Im Büro habe ich ihn um seine Fingerabdrücke gebeten, natürlich nur, um einen möglichen Sachverhalt auszuschließen. Er hat wohl gedacht, wenn er nicht zustimmt, macht er sich verdächtig, das ist oft so bei Leuten, die selten mit der Polizei zu tun haben. Danach hab ich ihm geraten, seinen Rechtsanwalt anzurufen, und bis der ankam, hatte das Labor die Fingerabdrücke mit denen auf dem Griff der Blumenkralle verglichen. Und siehe da – sie stimmten überein. Du hattest einen guten Riecher, Therese.«

»Na ja, die Wunden an Emmanuel Sabos Kopf waren charakteristisch genug. Ich weiß nicht, wie ich so blind sein konnte, ich hab doch dieselbe Kralle.«

»Auch ein sehendes Huhn verpasst mal ein Korn«, flachste Paolo und erzählte weiter. »Von da an war es ganz einfach. Der Rechtsanwalt wollte ihn zwar bremsen, aber er hat alles zugegeben. Gute Nerven hat er wohl nicht, ich verstehe gar nicht, wie er den Stress die ganze Zeit durchgehalten hat.«

»Ich habe ihm nicht das Geringste angemerkt. Er war wie immer.«

»Guter Schauspieler, hat wohl den Beruf verfehlt. Auf die Idee mit den Unterschlagungen ist er übrigens gekommen, als nach dem Amtsantritt des neuen Präsidenten die Korruption in Nigeria abnahm. Das Geld sei nun mal eingeplant gewesen, meinte er.«

»Und wie hat er es geschafft, es auf sein eigenes Konto zu leiten?«

»Kein Problem.« Paolo spreizte die Hand und legte den rechten Zeigefinger auf den linken Daumen. »Erst mal war er dafür zuständig, die E-Mails des Grafen abzurufen, da hat er dann in den Abrechnungen die Rubrik ›Sonstige Kosten‹ auf die früher üblichen Summen erhöht.« Auch die nächsten Punkte zählte er an den Fingern ab. »Mit der Verwaltung von St. Ansgar gab es die Absprache, dass dieses Geld – dafür hat man natürlich einen Reptilienfonds – auf ein anderes Konto überwiesen wird als die Baukosten. Ein wenig unkorrekt, aber man wollte ja nur das Beste für das arme Land, nicht wahr? Und im Vergleich zu unseren Baukosten war das immer noch wenig Geld. Der Verwaltung brauchte Bussmann dann nur mitzuteilen – im Auftrag des Grafen natürlich – dass sich die Überweisungsdaten geändert hätten. Ein internationales Konto kann man heute per Internet eröffnen, und die entsprechenden Leute in der Verwaltung wussten, dass sie das Geld in Beträge aufsplitten mussten, die nicht unter das Geldwäschegesetz fielen.« Er rieb seine Hände gegeneinander.

Therese staunte. »Und von Etteler hat nichts gemerkt?«

»Der hat sich darauf verlassen, dass alles mehrfach – hier

und in Nigeria – kontrolliert wird. Ach ja – und dann hatte Bussmann noch eine Neuigkeit für uns.«

Genau in diesem Moment brachte die Bedienung das Essen. Weil ihre Gläser schon leer waren, bestellte Paolo auch neuen Wein. »Ich hab vielleicht einen Hunger«, sagte er und griff zum Besteck.

Therese zog seinen Teller zu sich herüber. »Erst sagst du mir, was für eine Neuigkeit.«

Er zog den Teller zurück. »Bielefelder können auch mit vollem Mund reden.« Sein Anblick blieb trotzdem ziemlich manierlich. »Nun ja, weil das alles noch ein bisschen zweifelhaft war – Reptilienfonds, getrennte Überweisungen und so –, hat er angeblich im Auftrag des Grafen Martin Wrede in der Kirchenbehörde ab und an etwas zugesteckt, damit er die Abrechnungen trotzdem abzeichnet.« Mit der Gabel spießte er einen Riesenberg Salatblätter auf. »Aber den Rest erzähle ich dir später, okay?«

»Mmh.« Therese war ebenfalls hungrig, sie hatte von gestern etwas nachzuholen. Und hier war die Quiche wirklich gut.

Die Bedienung brachte den Wein. Paolo lehnte sich zurück und verschränkte die Arme hinter dem Kopf. »Eigentlich hatte ich ja gedacht, dass ich in Paderborn vor Langeweile eingehe.«

»Aber dann kommt so 'ne rothaarige Furie und kriegt dich an die Arbeit.«

»Genau.« Er schielte zu ihr herab. »Und am Ende will sie noch vor dem Frühstück gerettet werden.«

»Dafür hast du 'ne Rolle Kekse bekommen.«

»Ach ja.« Paolo nahm die Arme vom Kopf und riss die Packung auf. »Wie wär's mit 'nem Prinzenkeks zum Nachtisch?«

»Ich mag die nicht.«

»Hm.« Er nahm einen Keks heraus und besah ihn. »Ich bin zwar nicht schwul, mein Prinz, aber ich vernasche dich trotzdem.«

Therese musste lachen. Aus dem Vernaschen hätte er durchaus eine blöde Anmache machen können. Am Himmel war das graue Wolkenband vorübergezogen, und hinter dem Hotelklotz kam die Sonne hervor.

Paolo streckte seine Hand nach ihrer aus und umschloss sie. »Eigentlich würde ich jetzt lieber neben dir sitzen, Therese. Was hältst du davon, wenn wir auf meinen Balkon umziehen?« Er zeigte auf die Abendsonne. »Vielleicht kann ich dir einen schönen Sonnenuntergang bieten, und ein Glas Wein hätte ich auch.«

»Hm.« Mit der freien Hand drehte Therese ihr Weinglas auf dem Tisch. Sollte sie? Die Schmetterlinge flogen schon voraus.

»Du musst ja nicht lange bleiben, wenn du nicht willst. Aber auf meine neue Wohnung bist du doch sicher neugierig.«

Auf das, was seine blauen Augen versprachen, nicht minder. »Da hast du recht. Aber ich will auch deine Hawaiihemden sehen.«

Paolo grinste sie an. »Die hängen im Schlafzimmer.«

»Na und? Solange du da keine Menschenfresserpflanze versteckst.«

»Ach ja. Von dem Karnivorenhaus musst du mir auch noch erzählen.« Er winkte der Bedienung. »Lass uns gehen. Unterwegs sage ich dir dann, wie Bussmann die Tat begangen hat.«

Sie bezahlten und wandten sich der Kleppergasse zu, um von dort über den inneren Ring ins Riemekeviertel zu gelangen. Es gefiel Therese, wie Paolo mit einer leichten Berührung den Arm um ihre Schultern legte, seine Nähe war angenehm und nicht besitzergreifend.

»Wie Bussmann die Tat begangen hat, ist mir klar«, sagte Therese. »Nachdem er das Papier gefunden hatte, muss er Emmanuel im Gewächshaus getroffen und ihn da niedergeschlagen haben.« Sie schlug sich vor den Kopf. »Warum habe ich ihm bloß von dem Papier erzählt.«

»Du konntest das alles nicht wissen. Außerdem hatte Bussmann schon vorher gemerkt, dass Sabo Verdacht geschöpft hatte, schon an dem Abend, als der Graf die Summe genannt hat. Die beiden hatten ja oft miteinander gemailt, und Sabo wusste, dass Bussmann die Abrechnungen als Erster bekam.«

»Ach so. Und nach der Tat hat er den Bewusstlosen irgendwo versteckt?«

Paolo nickte. »Erst mal unter einer Plane im Karnivorenhaus, wofür er ja den Schlüssel hatte. Und bevor er mit dem Grafen in die Stadt gefahren ist, ist er um das Kavaliershaus herumgefahren und hat ihn in den Range Rover geladen. In den Kofferraum, noch mit der Plane. Er dachte, er kann während des Essens mal kurz verschwinden und die vermeintliche Leiche im Dunkeln an der Pader ablegen.«

So kaltblütig konnte Bussmann sein? Mit einer Leiche im Auto den Grafen in die Stadt zu fahren war schon ein starkes Stück. »Das sollte wohl den Verdacht von Ettlerbrück und damit von ihm ablenken.« Wie sie es sich gedacht hatte.

»Ja. Hätte beinahe geklappt.« Paolo drückte ihre Schultern. »Und weißt du, wie er auf die Idee für das Versteck gekommen ist?«, fragte er, fuhr aber gleich fort. »Er hat sie eurem stellvertretenden Bürgermeister zu verdanken.«

»Nein. Dem?« Therese nannte den Namen. Er war ein großer Freund der Pader und oft mit seinem Hund auf den Spazierwegen unterwegs.

»Genau der. Bei dem Abendessen mit den Nigerianern hat er wohl von dem schönen Park auf der Paderinsel und den dunklen Ecken darin erzählt, woran sich Bussmann – mit Sabo im Wagen – dann erinnert hat. Vom Argentinier aus, wo sie auch an diesem Abend gesessen haben, kurz mit dem Range Rover in die Michaelstraße zu fahren, war ja ein Klacks. Die Laterne hat er wirklich ausgetreten.«

Unglaublich. Mitten in ihrer Stadt, an der immer so friedlichen Pader, konnte so etwas Böses geschehen. Wie sie den stellvertretenden Bürgermeister kannte, war er genauso entsetzt wie sie. Auch wenn es sicher nicht die erste Leiche war, die ihre Pader gesehen hatte, fand Therese doch, dass Bussmann den Fluss entweiht hatte, indem er ihn zum Mordwerkzeug degradierte. »Und dann hat er seelenruhig zugeschaut, wie man den armen Leguan verdächtigt hat.« Von dem sie seit Tagen nichts mehr gehört hatte, fiel ihr jetzt ein. Lief JJ immer noch frei herum?

Paolo lachte. »Dem ist das egal.«

Therese hatte kaum auf den Weg geachtet, jetzt bogen sie schon in die Salentinstraße ein und standen gleich darauf vor einem Haus aus der Gründerzeit, die in Paderborn allerdings ziemlich spät begonnen hatte. Paolo schloss auf, seine Wohnung lag in der ersten Etage. Im großzügig angelegten Treppenhaus standen auf jedem Absatz hübsch bestückte Blumenständer aus glänzenden Bambusrohren.

»Ich hab noch nicht alles fertig«, erklärte Paolo, als sie die Wohnung betraten. Im Flur standen ein paar offene Kisten, im Wohnzimmer lehnten gerahmte Bilder an der Wand, für die er noch die richtigen Plätze suchte. Musikanlage und Fernseher hatte er schon aufgebaut, eine helle Polstergarnitur stand mitten im Raum. Die zahllosen Bücher in den deckenhohen Regalen musste sich Therese später anschauen. Paolo führte sie kurz durch die anderen Räume – hübsche Küche mit gelben Fronten, ein Gästezimmer, in dem auch sein Schreibtisch stand, das schwarz und türkisfarben gekachelte Bad, im Schlafzimmer gab es ein großes Bett mit einer türkis gemusterten Tagesdecke und einen Kleiderschrank, den er öffnete.

»So viele«, staunte Therese, als sie die lange Reihe seiner bunten Hemden sah.

»Ich sammle seit Jahren. Die edelsten gibt's natürlich auf Hawaii, aber wann kommt man da schon mal hin?« Er zog ein dunkelrotes Seidenhemd heraus, das Ton in Ton mit Palmen und helleren Blüten bedruckt war. »Das ist für sonntags.«

»Wenn du in den Dom gehst.«

»Natürlich mit dir. Was ziehst du an?« Er lachte, schloss den Schrank und ergriff ihre Hand. »Komm. Die Romantik wartet.«

Der Balkon verlief um die Hausecke, man konnte ihn vom Wohnzimmer und der Küche her betreten. Paolo nahm im Vorbeigehen eine Flasche Wein aus dem Kühlschrank und holte zwei Gläser aus dem Schrank. Als sie nebeneinander auf einer mit hellgrünen und gelben Kissen ausgelegten Bank saßen, schenkte er ein. »Ein großer Weinkenner bin ich nicht. Für mich gibt's nur zwei Kriterien: schmeckt oder schmeckt nicht.«

Das war für Therese genauso. Sie probierte. »Erste Kategorie.« Sie stellte ihr Glas auf dem kleinen runden Tisch vor ihnen ab. Paolo hatte ein paar neue Blumenkästen an die Umrandung gehängt, sie aber noch nicht bepflanzt. Auf den Fensterbänken waren ein paar bizarre Steinbrocken und große, verdrehte Seemuscheln verteilt. In den Sonnenuntergang mochte Therese gar nicht schauen, weil sie fürchtete, dass sie auf der Stelle zerschmolz. Rosa Wölkchen schwammen vor einem hellblauen, frisch gewaschenen Himmel. »Gib es zu – für den Sonnenuntergang hast du Petrus bestochen.«

»Für so etwas sorgt Salentin. Er verstand was von Sinnenfreuden.« Paolo legte den Arm um sie, und Therese lehnte sich an ihn. Die Wölkchen färbten sich orange, während der Himmel sein Blau verlor und einen gelblichen, rötlichen, endlich violetten Farbton annahm. Kino vom Feinsten.

Erst als das letzte Licht verlosch, küssten sie sich. Genau der richtige Moment, dachte Therese, betrunken von der romantischen Stimmung und nicht vom Wein. Ebenso richtig waren Paolos Hände, zärtlich und gleichzeitig kräftig, wie sie es mochte, und sie fanden ohne Weiteres die Stellen, wo die Schmetterlinge flatterten. Sein Körper fühlte sich fest an und zugleich warm und lebendig.

Therese gab das Denken auf und entließ die Schmetterlinge in die Freiheit. Das hier war etwas anderes als die langweilige Nacht mit Sir Henry …

ZWÖLF

»Ich möchte die Heide sehen«, verkündete Ujunwa auf Thereses Frage, wo sie den letzten Tag ihres Aufenthalts verbringen sollten.

»Wie kommst du denn darauf?« Mit der Heide verband Therese Wanderstiefel, Knotenstöcke und Jägerhütchen, aber nicht die in elegantes Kaschmir und Designerjeans gekleidete Ujunwa. Sie war zu Therese gekommen, sobald sie sich im Gästehaus hatte freimachen können.

»Nicht wegen Hermann Löns.« Ujunwa erzählte, dass sie während ihres Studiums über den deutschen Heimatdichter, dessen banale, nationalistisch verseuchte Texte sie abstießen, ein Pflichtseminar habe absolvieren müssen. »Aber die Heide hat mich fasziniert, natürlich wegen der Assoziation zu den Heiden, was bei einer wie mir ja wohl naheliegt.«

Therese lachte sie an. »Die Verbindung ziehen andere auch. Zum Beispiel die Bewohner unserer Stadtheide, die nennen sich Heidenkinder. Dort wohnen viele Protestanten.« Die meisten Häuser des Stadtteils im Norden Paderborns waren erst nach dem Zweiten Weltkrieg erbaut worden und größtenteils von nicht katholischen Vertriebenen. Von der ursprünglichen Heidelandschaft war allerdings nicht viel übrig geblieben …

Ujunwas zweiter Wunsch war, noch ein wenig Zeit mit Yakubu zu verbringen, um zu sehen, ob sie ihn bedenkenlos in Deutschland zurücklassen konnte. Therese telefonierte mit Uwe, die beiden hatten Zeit und wollten sich um ein Picknick kümmern. Uwe fuhr sowieso mit dem Auto, zu Fuß gehen fand er unwürdig, und obwohl es kühl war, saß er lieber draußen, weil er dann rauchen konnte. Yakubu war tatsächlich am Freitag in seinem Laden aufgetaucht und hatte heute sein Gepäck in Uwes Wohnung geschafft. Am Telefon jubelte Uwe in höchsten Tönen; ob Yakubu ebenso zufrieden war, würde man sehen.

Der Sommer schien vorbei zu sein, stellte Therese seufzend fest und tauschte die Birkenstocks gegen Sportschuhe und Socken. Auch Ujunwas Füße waren nicht mehr nackt. In warme Jacken verpackt wanderten sie die Hermann-Kirchhoff-Straße hinauf und wichen Trauben von Leuten aus, die zum Jubiläum des Bundesbahnausbesserungswerks unterwegs waren. Ujunwa musterte die riesigen Werbetafeln an der langen Wand. Therese fragte sich, welches Bild der deutschen Kultur ihr wohl Reiseangebote, Kondomwerbung und Credo-Plakate lieferten. Die Tafeln mit Politikerköpfen waren mit Hinweisen auf den heutigen Wahltag beklebt.

Am Morgen, nach einem zärtlichen Frühstück mit Paolo im Bett, hatte Therese ebenfalls ihrer Wahlpflicht Genüge getan. Er hatte per Brief gewählt, aber sie ließ sich den direkten Wahlakt nicht nehmen. Selten genug fühlte sie sich als Bürgerin gefragt, auch wenn sie seit Langem wusste, dass Wahlen nichts änderten. Paolo war dann zur Wohnungsübergabe nach Bielefeld gefahren, wollte aber am Abend bei Therese vorbeikommen. Dennoch hatte sich ihr Abschied in die Länge gezogen – die Ereignisse der vergangenen Nacht waren wohl auch für ihn mehr gewesen als ein One-Night-Stand. Auf ihrer Haut spürte sie noch die Wärme seines Körpers, das genießerische Prickeln in ihr konnte nicht einmal der lange Gang über die hart gepflasterten Bürgersteige vertreiben.

Eben waren sie an Paderborns letztem, kaum fußballplatzgroßem Stück naturbelassener Heide angekommen, da sahen sie schon Uwes silbergrauen Kombi nahen. Yakubu und er stiegen aus, und sofort konnte Therese feststellen, dass sich hier zwei gefunden hatten. Sie strahlten um die Wette, ein schwarzer und ein weißer Cherub. Für den Neuanfang des jungen Mannes in Deutschland war die Beziehung sicher nicht schlecht, aber irgendwann musste er eigene Wege gehen. Therese seufzte schon im Voraus, dann würde sie Uwe in tagelangem, genüsslich zelebriertem Liebeskummer trösten müssen. Jetzt genoss Yakubu es sichtlich, sein Verliebtsein offen leben zu dürfen; beim Ausladen alberten die beiden herum wie kleine Jungs.

Uwe hatte das Autoradio angelassen, Radio Hochstift ließ den Nachrichtenjingle ertönen. Gleich bei der ersten Meldung horchten alle auf, auch Yakubu, der wohl nur den Namen

Emmanuel Sabo verstand. Ujunwa übersetzte für ihn. Der Tod des Nigerianers sei aufgeklärt, verkündete die Moderatorin, der geständige Täter befinde sich in Haft. Oliver Bussmann, dessen Name natürlich nicht genannt wurde, bezeichnete sie als Mitarbeiter einer gemeinnützigen Einrichtung, der die drohende Aufdeckung seiner Unterschlagungen habe verhindern wollen. Kein Wort von St. Ansgar oder gar vom Haus Ettlerbrück. Das würde morgen in den Zeitungen nicht anders sein.

Therese schüttelte den Kopf und half, das Auto leer zu räumen. Berge von Torte und Zwiebelkuchen vom Bäcker an der Detmolder, Fleischspieße, Salat und Harissa vom Türken, Sekt in der Kühltasche, sogar Sitzkissen und Decken – Uwe war einfach perfekt. Sie breiteten alles unter einer Birke aus, wo nur wenig Heidekraut wuchs. Ujunwas Augen schweiften über die violetten Flächen und blieben an Birken, Kiefern und einem Baum hängen, den Therese für eine Eiche hielt. Fast die gleiche Farbe wie die Erika hatte Ujunwas Kaschmirpulli, der das samtige Schwarz ihrer Haut zum Leuchten brachte.

»Das soll zwar ein Abschiedspicknick werden«, meinte Uwe, »aber ich denke, wir haben auch einiges zu feiern. Wenn ich Thereses heimliches Strahlen richtig interpretiere, wird sie mir wohl zustimmen.«

Die Schmetterlinge hatten sie verraten. Schnell griff sie zu dem Glas Sekt, das er ihr feixend reichte. Sie stießen auf die deutsch-nigerianischen Beziehungen an und ließen sich in der Miniaturversion der urdeutschen Heidelandschaft nieder.

Wegen Yakubu unterhielten sie sich auf Englisch, aber wenn er fragte, sagte Uwe ihm geduldig deutsche Worte vor. »Das ist der Dom«, konnte er bereits fehlerfrei aussprechen. In Paderborn war dies das Wichtigste. Uwe hatte die Kamera dabei und machte Erinnerungsfotos.

»Schade, dass ich Emmanuel Sabo nicht kennenlernen konnte«, sagte Therese. »Mir scheint, er hätte gut in diese Runde gepasst.«

Yakubu und Ujunwa nickten.

Ihr stand wieder das offene Gesicht des jungen Afrikaners vor Augen, sein hilfloser Blick auf den davonmarschierenden

Grafen. Bis zuletzt hatte von Etteler Bussmanns Betrug nicht wahrhaben wollen. Emmanuel könnte noch leben, wenn der Graf sich gleich mit der Abrechnung befasst hätte.

Alle schauten auf einen Streifen blühender Erika, den eben ein Sonnenstrahl illuminierte. Ujunwa pflückte einen Zweig und besah die winzigen kelchförmigen Blüten. »Emmanuel hätte die Heide gemocht«, sagte sie. »Die kleinen Sachen fand er immer schön.«

Während Uwe und Yakubu händchenhaltend aneinanderlehnten, erzählten Therese und Ujunwa von den Ereignissen der letzten Tage. Den Bericht aus dem Karnivorenhaus solle sie ins Internet stellen, meinte Uwe mit übertriebenem Schaudern, der kleine Horrorladen sei nichts dagegen. Ihre Schreckensnacht im Magazin kommentierte er mit viel erschrockenem Luftholen und spitzen Entsetzensschreien. Ujunwa kannte die Geschichten schon, aber Yakubu hörte mit großen Augen zu.

Therese überließ es Ujunwa, ihre Rettung zu schildern und wie Joe Richter mit seiner Enthüllung über den Schlüssel den entscheidenden Hinweis zur Identität des Täters gegeben hatte. Dann gab sie selbst – mit seiner Genehmigung – Paolos Informationen über die Vernehmung Bussmanns wieder.

»Das kommt davon, wenn man die Kontrolle über sein Geld höheren Mächten überlässt«, sagte Uwe. »Ich glaube, ich suche mir einen Job bei der Kirche.«

»Dann wirst du am besten Bischof.« Sogar Ujunwa hatte in der Zeitung über den Skandal in Limburg gelesen. Mit der Aussprache des bischöflichen Namens hatte sie allerdings Schwierigkeiten.

»Siehst du, ich hab gleich auf Drogen getippt«, rief Uwe, als Ujunwa Reginas Verstrickung in die Geschäfte ihres Onkels beschrieb. Besonders Yakubu lauschte gespannt ihren Schlussfolgerungen, was die Rolle des SSS-Agenten Daniel Adigwe in dem schmutzigen Spiel anging. »Er hat wohl über Regina die Verbindungen der OPC-Gruppe ihres Onkels in Deutschland ausforschen wollen«, schloss Ujunwa ihren Bericht.

»Also hat er seelenruhig zugesehen, wie Regina in ihrer Naivität eine Straftat beging – denn das musste er glauben –, die sie für ihr Leben hinter Gitter bringen konnte.« Yakubu verzog sein Gesicht. »Hinter nigerianische Gitter, wohlgemerkt. Ein Glück, dass sie sich nicht darauf eingelassen hat.«

»Nein, dumm ist Regina nicht«, sagte Ujunwa, »wenn sie nur von ihrem Aberglauben ließe und versuchte, hinter die Dinge zu schauen. Aber das lernt man in St. Ansgars Schulen wohl nicht.«

»Das ist bei uns nicht anders«, meinte Uwe. »Was denkst du, wovon ich lebe?«

»Richtig.« Ujunwa lächelte ihn an. »Dom und Neptun in engster Nachbarschaft. Zu glauben findet man hier genug.«

»Wenn man das will.« Therese fühlte sich genötigt, den Ruf ihrer Stadt zu verteidigen. »Es gibt hier ja nicht nur Glaubensstätten, sondern auch so manchen Tempel des Wissens, die von Etteler euch wohl vorenthalten hat. Das Computermuseum, die Universität …«

»Das Traktorenmuseum«, ergänzte Uwe trocken. »Gib dir keine Mühe, Therese, den Weihrauch vertreibst du nicht.«

»Er wird mir nicht als Erstes in den Sinn kommen, wenn ich mich an Paderborn erinnere.« Mit traurigem Gesicht – sie dachte wohl an Emmanuel – schaute Ujunwa über die Heide hinweg. Ihr Blick erhellte sich, als sie erst Uwe, dann Therese ansah. »Zum Glück habe ich euch kennengelernt.«

Sie hatten vereinbart, per E-Mail Kontakt zu halten und sich zu treffen, wenn Ujunwa das nächste Mal in Deutschland war. Therese holte ihr Abschiedsgeschenk hervor. »Damit du uns nicht vergisst.« Es war eine Fahrradklingel mit dem Dreihasenmotiv, das die Stadt Paderborn zu ihrem Wahrzeichen erhoben hatte.

Ujunwa lachte laut auf. »Ein heidnisches Symbol, das mir den Weg frei macht.«

»Ein veritabler *Juju*-Zauber«, meinte Uwe anerkennend. »Damit wäre der Weihrauch wohl neutralisiert.«

Wenn Uwe das sagte …